따뜻
합니까?

따뜻합니까?

1판 1쇄 찍음 2015년 8월 19일
1판 1쇄 펴냄 2015년 8월 25일

지은이 | 은지필
펴낸이 | 정　필
펴낸곳 | (주)뿔미디어

기획 · 편집 | 이은정

출판등록 | 2002년 9월 11일 (제1081-1-132호)
주소 | 경기도 부천시 원미구 소향로 17, 303(두성프라자)
전화 | 032)651-6513 / 팩스 032)651-6094
E-mail | scarlets2012@hanmail.net
블로그 | http://blog.naver.com/dahyangs
홈페이지 | http://bbulmedia.com

값 9,000원

ISBN 979-11-315-6690-9 03810

SCARLET ROMANCE
STORY

따뜻합니까?

은지필
장편 소설

contents

0. 따뜻합니까? ···▶ 7

1. 비련의 남자 ···▶ 12

2. 비겁한, 음란마귀 ···▶ 32

3. 개봉이 ···▶ 51

4. 비밀의 방 ···▶ 68

5. D-day ···▶ 93

6. 누구냐 너 ···▶ 121

7. 남자 짓 ···▶ 156

8. 상남자 vs 개봉이 ···▶ 189

9. 고백 ···▶ 231

10. 밀당의 고수 ···▶ 260

11. 삐— 처리가 되었습니다 ···▶ 288

12. 영재 ···▶ 312

13. 음란마귀와 땡땡이 ···▶ 328

14. 콩떡 찰떡 ···▶ 351

15. 따뜻합니다! ···▶ 365

에필로그

❶ 지켜보고 있다 ···▶ 373

❷ 대봉이 ···▶ 384

❸ 미령이의 영재 발굴 ···▶ 387

❹ 소녀, 언니를 만나다 ···▶ 391

작가 후기 ···▶ 399

O. 따뜻합니까?

"선배님! 이거 두르세요."

열희가 제 목도리를 풀어 선배 이삭에게 건넸다. 폭신한 붉은 실로 손수 뜬 목도리였다.

아까부터 몸을 움츠리며 달달 떨고 있는 이삭은 그냥 두면 감기에 걸리지 싶었다. 동아리에서 단체로 맞춘 패딩 점퍼만 입고 있기엔 한겨울 새벽바람은 꽤 매서웠다.

열희가 졸업하고 나면 몸담고 있던 호신술 동아리가 없어지게 되어 추억을 남기기 위해 선후배가 모여 정동진으로 해맞이 여행을 떠났다.

한겨울 새벽에 나온 길이라 추울 걸 예상한 열희는 내복 두 겹에 온몸에 핫팩을 두른 후, 제 손으로 뜬 두툼한 목도리에 마스크를 쓰고 벙어리장갑까지 껴서 완전무장을 했다. 원래 추위를 잘 타는 체질이라 꽁꽁 싸매야 했다.

그럼에도 제 목도리를 선뜻 이삭에게 내어 준 건 저보다 불쌍한 사람을 보면 그냥 못 지나치는 과분한 오지랖 때문이었다. 게다가 아직 손에는 제가 짝사랑하는 문채훈 선배에게 줄 여분의 목도리가 남아 있었기에, 정 추우면 그에게 전해 주기 전까지 저는 그것을 두르면 될 일이었다.

"이거 그거랑 커플 목도리 아냐?"

이삭은 열희의 마음을 눈치채고 있던 터라 건네받으면서도 미안한 듯 눈을 찡긋했다.

"사람 나고 사랑 났지, 사랑 나고 사람 났나요?"

입이 얼어 그 말이 그 말처럼 들렸지만 씨익 입꼬리를 올리는 열희의 미소에 이삭이 고마운 듯 목도리를 둘렀다. 그러자 열희가 이삭의 머리에 모자를 푹 씌운다. 저와 똑같은 귀 덮개가 달린 털모자였다.

"이건 미령이 건데 걘 자느라 안 왔으니까 선배님 쓰세요."

모자까지 씌워 놓고 보니 동아리 출신 최고 미녀이자 의대 얼짱으로 유명한 이삭과 제가 감히 쌍둥이라도 된 것 같아 열희는 미안해졌다. 그래서 서둘러 이삭의 곁에서 떨어져 얼굴에 마스크를 올려 썼다. 이렇게라도 제 얼굴을 가려 주는 게 예의다 싶었다.

일출을 앞두고 사람들이 더 옹기종기 모여들었다. 늦잠 자느라 못 나온 미령이를 대신해 일출을 동영상으로 촬영하려고 열희는 더 좋은 자리를 찾아 옮겼다. 더듬더듬 옮기다 보니 일행과 조금은 떨어져 섰다.

서 있는 곳이 높아서인지 바람이 꽤 세게 불었다. 그 바람이 너무 강해 주섬주섬 핫팩을 하나 더 꺼내 흔들었다. 조금 흔드니 금방 따뜻해져 손에 품고 문질렀다. 모자를 더 깊이 눌러쓰고 마스크도 더 올려 썼다. 그야말로 눈만 내놓고 일출을 기다렸다. 그랬더니 안경에 금세 하얗게 김이 서린다.

"그어, 따따탑이까?"

"……네?"

아무래도 저를 향한 말인 것 같아 열희는 뒤를 돌아보았다. 뿌옇게 된 안경 너머로 한 남자가 보였다.

이렇게 추운 날에 남자는 코트만 입은 채 어떠한 장비도 없이 바람을 맞고 있었다. 자기 몸을 껴안듯 세게 팔짱을 끼고 어깨와 목을 잔뜩 움츠린 모습이 동사하기 직전처럼 보였다.

그거 따뜻합니까. 남자의 말이 이거였구나, 행색을 보니 번역이 절로 되었다.

"쓰실래요?"

주머니에 들어 있던 새 핫팩을 뜯어 건넸다. 이 한겨울에 코트 하나 달랑 입고 이곳에 와 있는 이 남자는 아무래도 제정신이 아니다 싶었다. 자살 원인을 동사로 만들고 싶지 않은 다음에야 상식상 저렇게 무방비로 정동진에 올 순 없는 거다.

핫팩을 건네주자 남자가 고맙다는 듯 끄덕였다. 그러더니 가만히 들고만 서 있는다.

"왜 안 흔들어요?"

"네?"

"흔들어야 따뜻해지죠."

그 말을 들은 남자의 눈에 망설임이 스쳤다. 열희의 눈이 종용하듯 저를 보고 있자 바람을 맞고 서 있던 남자가 결심을 굳히고는 흔들기 시작했다. 핫팩이 아니라, 몸을.

뻣뻣한 막대기처럼 이리저리 흔들어 대는 꼴을 보던 열희의 입이 씰룩였다. 때마침 떠오른 해의 붉은 빛이 장엄하게 남자를 비춘다.

"음, 푸하하하하하하―"

결국 열희가 뿜어 버렸다. 막 해가 떠오르는 엄숙한 순간이라 사람들이 인상을 찌푸리며 열희를 돌아보았다. 그에 남자가 하던 몸짓을 얼른 멈췄다. 그러나 열희의 박장대소는 쉽게 가라앉지 못했다.

남자의 행동이 뚝 멈췄다. 싸늘하게 식은 눈으로 열희를 바라본다. 그게 제법 화가 나 보였기에 열희가 서둘러 웃음을 집어넣었다.

"혹시, 핫팩 쓸 줄 몰라요?"

설마 하며 물었는데 남자는 대답이 없다. 맙소사. 이 남자 핫팩을 모르는 게 분명했다. 어디 아프리카에서 살다 왔나?

황당해 쳐다보는 것도 잠시. 뿌연 제 안경 너머로 시뻘겋게 얼어 있는 남자의 코와 귓불이 보이자 열희는 조금 전 웃었던 게 미안해졌다. 퍼렇게 변한 남자의 입술이 바르르 떨렸다.

에라 모르겠다. 손에 쥐고 있던 붉은 목도리를 남자에게 둘렀다. 열희가 높은 곳에 올라와 있었기에 낮은 곳에 있는 남자와 어느 정도 키가 맞았다. 다짜고짜 저에게 목도리를 둘러 주는 열희를 남자가 똥그래진 눈으로 보았다.

"따뜻할 거예요. 이거 제가 무지하게 비싼 실로 일주일 넘게 한 땀 한 땀 직접 뜬 거거든요."

남자가 흠칫. 몸을 물리는 게 느껴졌다. 이걸 왜 저에게 주냐는 듯 커진 눈이 그녀를 향했지만 열희는 개의치 않았다. 목도리야 또 뜨면 되니까.

조금 전 웃은 게 미안하기도 하고, 어쨌든 약자를 돕는 게 저의 모토였기에 사람 하나 살리자는 생각으로 열희는 손에 쥔 제 핫팩까지 그에게 건넸다. 자요.

핫팩을 건네받은 남자가 또 움찔 놀랐다. 손에 전해지는 온기가 빨갛게 언 손가락에 간지럽게 퍼져 나갔다. 둥그레진 그의 눈이 열희를 향했다. 숨을 내쉴 때마다 뿌예지는 안경 너머 열희의 눈이 둥글게 접혔다.

"어때요? 따뜻하죠?"

남자의 얼굴이 가만히 열희를 향했다. 그러더니 한결 또렷해진 발음으로 나직이 답을 했다.

"……네. 따뜻합니다."

뿌연 안경 탓에 남자의 얼굴을 제대로 볼 순 없었지만, 그의 표정이 조금은 풀린 것을 열희는 느낄 수 있었다. 그의 눈빛에 온기가 돌았다.

최열희, 오늘도 사람 하나 살렸구나! 잘했어! 뿌듯함에 하늘을 보니 어느새 해가 저만치 떠 있었다.

1. 비련의 남자

"문채훈 파이팅-!"

"문 선생님 파이팅!!"

언제나 그렇듯 여자들의 응원 대상은 문채훈이었다. 퇴근 시간이 지났건만, 혹은 저녁 먹을 시간이건만, 병원 관계자든 환자든 이 시간만 되면 모두 모여 피부과 레지던트 4년 차 문채훈의 막간 농구 경기에 환호성을 질렀다.

동료끼리 취미로 하는 10점 내기 농구 경기를 뭐 그리 열을 내고 응원을 하나. 열희가 끌끌 혀를 찼다. 유려하게 몸을 흔드는 여자들을 못마땅하게 훑어보는데 그사이 문채훈이 3점 슛에 성공한다. 그에 열희가 쩌렁하게 고함을 친다.

"아아악! 문채훈 최고오!!"

그렇다. 열희도 이 한심한 여자들 중의 하나였다. 것도 품은 마음이 4년이나 된 골수팬이었다. 그런 이유로, 지금 제 주위에서 문채훈을 향해 추파를 던지는 이 여자들은 모두 적이다.

열희가 남자를 보는 기준은 아주 확고했다. 남자다움. 그리고 그 남자다움은 곧 문채훈으로 통했다. 대학교 3학년 때부터 시작된 열희의 짝사랑은, 문채훈이 의사로 있는 병원에 열희가 특수경비요원으로 취직하면서 해마다 더 열렬해졌다.

그러나 워낙에 여자 짓에는 감이 떨어지는 열희인지라 오랜 짝사랑에도 불구하고 문채훈에게는 여전히 성별 없는 동아리 후배로 인식되어 있는 중이다.

태생적으로 염색체에 애교나 유혹을 만들어 내는 여성 페로몬이 들어 있지 않은 탓에 맘에 드는 남자를 꼬시는 일 같은 건 엄두도 못 낸 채 살고 있는 열희였다. 저도 그걸 업이려니 하고 받아들인 채 살고 있었다. 뭐, 지금까지는 그랬단 거다.

"문채훈 멋있다아!!"

열희가 발딱 일어서서 두 손을 입에 대고 응원을 외쳤다. 무심히 돌아보던 그녀의 친구 미령이 깜짝 놀라 열희를 끌어당겨 앉혔다.

"친구야. 너 이게 무슨 짓이냐?"

"왜. 뭐."

"이거. 이거 뭐냐고."

미령의 손가락이 잡아당기고 있는 건, 열희가 입은 하늘거리는 스커트였다.

"내 눈 두 개가 하나로 합쳐진 게 아닌 이상, 왜 구멍 두 개인 바지가 구멍 하나인 치마로 보이는 거냐고."

"그야, 치마니까."

미령의 입이 터억 벌어졌다. 눈을 굴려 위아래로 열희를 살피는 게, 눈앞에 있는 제 친구에게 구천을 떠돌던 처녀귀신이 빙의한 게 아닌지 가늠하는 표정이었다.

"나 너랑 친구 먹은 뒤로 치마는커녕 치마바지 입은 것도 한번 못 봤거든. 근데 이게 무슨 조화냐, 친구야. 것도 그냥 치마가 아니고 나풀거리는 천 쪼가리라니. 너한테 이런 건 머플러 취급도 못 받는 거 아니었니?"

"그게……."

꺄악거리는 소리에 돌아보니 문채훈이 덩크슛을 성공해 경기를 끝냈다. 동료들과 하이파이브를 하며 수건으로 땀을 닦는 모습을 넋을 놓은 채 바라보며 열희가 중얼거렸다.

"나도 좀 해 보려고."

"뭘?"

"그, 여자 짓이란 거."

열희의 눈이 옹골찬 결심으로 단단해졌다. 그러느라 휴대폰을 들어 전화를 거는 미령의 행동은 보지 못했다.

"예, 여보세요? 119죠? 여기 정한병원인데요, 제 친구가 쉬었거든요. 아뇨, 남자한테 미쳐서 맛이 갔다구요. 혹시 이런 것도 응급 수송이 되나요?"

"야앗!!"

발끈해 미령에게서 전화기를 뺏어 들었다. 씩씩거리는 열희와 달리 미령은 재미있다고 깔깔거렸다. 장난인 걸 알면서도 손을 들어 미령을 퍽퍽 때렸다. 그 행동이 과격했지만 늘 있는 일인 듯 미령은 개의치 않고 이리저리 피하며 웃어 댔다.

그때였다. 펄럭, 치맛단이 바람에 들렸다. 익숙지 않은 치맛자락의 움직임에 열희가 놀라 굳어 버렸다.

눈이 휘둥그레진 미령이 먼저 손을 뻗어 치맛단을 내렸다. 그제야 열희도 제 치마를 손으로 쓸어내렸다. 당황한 시선이 주위를 살폈다. 그리고 하필 그 순간, 문채훈과 눈이 따악 마주쳐 버렸다.

"……!"

가슴이 철렁. 순식간에 얼굴이 불처럼 달아올랐다. 너무 놀라 시선조차 떼지 못한 채 뜨거워진 얼굴로 그를 보고만 있었다. 멀리 떨어진 거리에서도 기묘한 정적이 생생히 느껴졌다.

결국, 문채훈이 먼저 시선을 돌렸다. 아무 일도 없었던 듯 그가 재빨리 벗어 놓았던 의사 가운을 입고 동료들 속으로 파고들었다. 그의 숙인 얼굴이 벌겋게 달아올라 있는 걸 멀리 있는 열희는 알아보지 못했다.

허얼. 열희가 자리에 푹 주저앉았다. 허얼. 미령도 아무 말이 없었다.

"……근데 너, 속바지는 이쁜 거 입었냐?"

한참 만에 미령이 멍한 말투로 질문을 건넸다.

속바지……? 속바지? 속바지!!

열희가 고개를 번쩍 들어 미령을 돌아보았다. 그러자 미령의 눈이 튀어나올 듯 커졌다. 열희의 그 얼빠진 표정만으로도 그게 무얼 의미하는지 알아본 미령이다.

"팬티만 입었냐, 너?"

속바지란 걸 입어야 한다는 생각을 못 한 열희였다. 애초에 속바지란 것도 제게는 없었다. 황당함을 복제한 듯 열희와 미령의 똑같은 얼굴이 쪼르르 문채훈에게 향했다. 저 멀리 문채훈이 동료들 사이에 섞여 걸어가고 있었다. 농구선수 출신답게 머리 하나는 우뚝 솟은 그는 멀리서도 잘 보였다.

"봤겠지?"

열희의 물음에 미령이 크게 고개를 끄덕였다.

"응. 아주 잘 봤을걸. 문 선배 시력 짱 좋아."

"헐."

"그러게, 여자 짓 한번 아주 제대로 했구나, 친구야."

긴 한숨이 열희의 입에서 흘러나왔다. 후우……. 망연자실해 앉아 있기를 한참.

"……땡땡이를 좋아해야 할 텐데."

열희가 나직이 입을 열었다.

"뭐어?"

정체를 알 수 없는 말에 미령이 미간을 모았다.

"땡땡이 팬티 입었거든."

기가 막혀 쳐다보는 미령에게 열희가 배시시 웃었다. 그에 미령이 황급히 가슴에 성호를 긋고는 두 손을 모아 기도했다.

"오우, 아부지~ 드디어 제 친구에게 음란마귀가 씌었습니다. 이 불쌍한 영혼이 목적한 바를 이룰 수 있도록 더욱더 강력한 음란마귀를 마구마구 보내 주시옵소서~"

※

"그래서, 채훈 선배가 봤어?"

이삭의 질문에 열희가 께름칙하게 끄덕였다. 오늘 입었던 문제의 나풀거리는 치마는 이삭이 준 거였다. 이삭은 열희의 대학 시절 호신술 동아리 선배이자 문채훈과 의대 선후배이기도 했다.

"뭐. 이왕 이렇게 된 거 다른 팬티 입고서 다시 시도해 볼까도 해요. 아무리 생각해도 땡땡이는 채훈 선배 취향이 아닌 거 같으니까."

이삭이 와하하 웃었다. 못 말린다는 듯 고개를 털었다.

사실 열희가 이런 적극적인 행태를 보이는 데는 이유가 있었다. 며칠 전 엿들은 문채훈과 친구들의 대화가 화근이었다. 한창 떠오르는 청순가련형 여자 아이돌 하나가 병원에 다녀간 뒤로 그들의 대화 주제는 자연히 이상형이 되었다.

'그런데 나는 그런 타입은 별로야. 적당히 사랑도 해 보고 경험도 있어야 제대로 서로를 이해하지. 남자 경험 없는 순진한 여자보단 차라리 능숙한 여우과가 좋아.'

그 대화는 열희의 정신을 번쩍 들게 했다. 문채훈에게 맞는 여자가 되기 위해선 지금껏 살아왔던 패턴을 바꿔야 했다. 그리하여 미령에게 당당하게 능숙한 음란마귀가 되겠다고 선언까지 하기에 이르렀다.

짐 정리를 끝낸 이삭이 마지막으로 엽서가 가득 담긴 큰 박스를 가져왔다.

"그게 다 뭐예요?"

이삭이 곤란한 듯 콧등을 찡긋했다. '남자친구가 보낸 엽서들. 남미에 가 있는.' 그 말에 열희는 잠시 침묵했다.

이삭에겐 얼마 전 약혼식을 올린 애인이 있었다. 그리고 이 엽서는 그 사실을 모르는 남자친구가 지난 2년 가까이 꼬박꼬박 보내온 진실한 마음이었다.

"버리기엔 양심에 찔려서. 돌아오면 주려고 모아 놨는데, 내가 먼저 떠나게 됐네."

"그럼 이제 이분도 선배 결혼하는 거 알아요?"

"아니. 아직도 말 못 했어."

"그럼 어떡해요?"

열희가 놀란 눈으로 이삭을 보았다. 그런 건 예의상, 의리상 해선 안 된다는 비난도 살짝 섞어서.

"어차피 뭐, 돌아오면 다 알게 될 텐데."

"그래도……."

"네가 돌려줄래? 아니다. 그냥 태워 버리든가."

열희는 긍정도 부정도 못 한 채 시선을 내렸다. 차곡차곡 쌓여 있는 남자의 엽서들을 보자 제가 차인 것도 아닌데 숙연해졌다.

학교 퀸카였던 이삭의 애정행각을 저의 잣대로 재단하고픈 마음은 없었으나 이게 옳지 않다는 것 정도는 알고 있었다. 하지만 이삭에게 뭐라 할 입장은 아니었다. 이삭은 선배인 데다가, 이제 저는 그녀에게 신세를 질 참이었으니까.

이삭이 결혼을 위해 내일 미국으로 출국하면서, 전세로 살고 있던 이 전원주택이 비게 되었다. 아직 계약기간이 남아 있었지만 이 집 소유주가 남미에 가 있다는 남자친구여서 이삭은 그 사실을 알리지 않고 조용히 떠날 결정을 내렸다.

대신 남은 기간 동안 집을 돌봐 줄 사람으로 열희를 점찍었다. 때마침 열희가 월세 보증금이 올라 곤란해하고 있단 소식을 들은 후였다.

열희로서는 거절할 이유가 없었다. 이런 으리으리한 집에 공짜로 들어와 살 수 있는 데다가 관리비도 이미 선납이 되어 있다고 했다. 세상에 이런 호재가 어디 있나 싶어 열희는 이삭에게 충성까지 다짐했더랬다. 하지만 이 소중한 엽서들을 태우라는 건 아무리 이삭의 부탁이라도 쉽게 들어주기가 어려웠다.

"됐어, 신경 쓰지 마. 그냥 두면 나중에 이 집 주인이 와서 태우겠지."

열희가 대답을 하지 못하자 이삭이 대수롭지 않게 다시 엽서 상자를 들었다.

"그러고 보니, 너한테도 가르쳐 줘야겠다."

붙박이장 안에 상자를 넣은 이삭이 눈을 빛내며 돌아섰다.

"뭘요?"

"비밀의 방."

이삭이 신비한 것이라도 되는 듯 그 단어를 내었기에 열희의 눈에 호기심이 일었다. 지체 없이 이삭의 뒤를 쫄래쫄래 따랐다.

계단을 올라 2층으로 향했다. 서재로 들어서자 이삭은 한쪽 벽면을 차지하고 있는 책장을 옆으로 밀었다. 두 칸이나 겹겹이 쌓인 책장을 밀자 문손잡이가 달린 벽이 나왔다. 이삭이 열희를 향해 찡긋 웃어 보이곤 손잡이를 잡고 투욱 밀었다.

벽이었던 곳이 방문처럼 열리자 긴 복도가 드러났다. 사방이 유리로 된, 환한 햇살이 그대로 들이치는 환상적인 곳이었다.

이삭을 따라 발을 내딛던 열희가 움찔했다. 바닥도 투명해서 아래가 뻥 뚫려 보였기 때문이다. 앞선 이삭이 돌아보며 웃었다. '특수유리야. 안 깨져.' 애초에 깨질 것을 염려한 게 아니라 단순히 놀란 것뿐이었기에 열희가 성큼 발을 내디뎠다. 이런 것에는 겁이 없는 열희였다.

유리복도를 따라 걷자 정원의 나무며 풀이 발아래로 보였다. 바로 밑에는 인공 연못이 있었고 옆 공간에선 작은 분수 같은 폭포가 흐르고 있었다.

밖에서 보던 정원이 이곳에서는 다른 모양을 하고 있었다. 마치 숲 속에 떠 있는 공중누각에서 무릉도원을 바라보고 있는 느낌. 정원은 이곳에서 감상하기 위해 만들어진 것처럼 모든 각도가 놀랍도록 아름다웠다.

놀라기는 아직 이르다는 듯 이삭이 복도 끝에서 맞닥뜨린 유리문을 열었다. 그 안을 들여다본 열희는 제가 본 것을 믿을 수 없었다. 통로의 끝이라고 생각한 곳 뒤에는 사방이 통유리로 된 투명한 방이 있었다. 커다란 침대만 하나 놓여 있는 그곳은 숲 속 한가운데 떠 있는 침실인 듯한 착각이 들 정도로 바깥의 모든 것을 그대로 보여 주고 있었다.

"특수처리 돼서, 여기선 밖이 보여도 밖에선 안이 안 보여."

아. 그래서 복도에서 이 유리방 침대가 안 보였구나. 천만다행이라는 생각을 했다. 밖에서도 안이 이렇게 훤히 보인다면 여기서 무얼 할 수 있겠나. 만든 사람이 바보는 아니구나, 하며 고개를 끄덕였다.

"우리가 걸어온 유리복도도 밖에서는 안 보여. 밖에서 볼 땐 그냥 벽이야. 그마저도 정원의 나무에 가려져 있고."

그제야 열희는 이 공간이 왜 비밀인지 알았다. 정말로 밖에서 봤을 때는 이곳의 존재를 조금도 눈치채지 못했다. 신기하게 방 안을 둘러보던 열희의 시선이 또 다른 유리문 문손잡이에 꽂혔다. 이쪽 문 말고도 또 하나의 문이 유리방 반대편에 있었다.

"그거 열고 나가면 옆집이야."

"네에?"

"문 열면 우리가 걸어왔던 유리복도랑 똑같은 구조가 나와. 집 두 채가 이 유리방을 중심으로 쌍둥이처럼 연결되어 있는 거지."

"어머."

"사실 옆집도 그 사람 건축사무소 소유거든. 지금은 비어 있는데, 돌아오면 아마 저 집을 쓸 거야."

열희는 이삭의 집과 거울에 비춘 듯 반대로 똑같이 지어진 옆집을 떠올렸다. 두 집 사이에 넓은 정원과 마당이 있긴 했지만, 멀리서 보면 하나의 마당을 품고 있는 한 채의 커다란 집처럼 보였던 이유를 이제 알 것 같았다.

"근데 그분은 집에다 이런 장소를 왜 만들었대요?"

"뻔하지. 침대 보면 모르겠어? 채훈이 잘 꼬셔서 여기 이용할 날이 있길 바라."

이삭의 짓궂은 말에 열희는 얼굴이 화끈 달아올랐다. 커다란 침대가 있고 밖이 훤히 보이는 유리방 안에 채훈과 함께 있는 상상을 하자 몸 이곳저곳이 간질거렸다.

"선배님도 이 방 써 보셨어요?"

"안타깝게도 나는 한 번도 사용을 못 해 봤어. 그런데 엄청 짜릿할 거 같지 않아? 여기선 없던 성욕도 생길 거 같아."

닫힌 유리문에 눈길을 한 번 더 준 후 열희는 성큼 멀어진 이삭을 따라잡으려 걸음을 빨리했다. 속으로 이곳을 음란마귀방이라고 조용히 이름 붙이면서.

유리복도를 빠져나와 열려 있던 책장을 닫는 이삭의 손끝을 보며, 미령을 불러서 저 방에서 치맥을 마시면 재밌겠다는 생각을 슬쩍 해 보는 열희였다.

✻

잘 살아 보세- 잘 살아 보세-

새마을 운동 노래가 울려 퍼지는 휴대폰을 찾아 잠자던 열희의 손이 더듬더듬 헤맸다. 폭신한 베개에 얼굴을 푹 파묻은 채 눈 한 쪽만 조금 떠서 발신인을 확인했다. 미령이었다.

"어……."

잠이 덜 깬 탓에 다 죽어 가는 사람 같은 목소리가 나왔다.

— 어쭈! 이게 어디서 자다 깬 목소리로 날 영접해?

도대체 아침부터 이 기지배는 어떻게 이리 기운이 넘치는가 싶어 휴대폰을 보았다. 오후 12시. 제가 본 시간에 놀라 열희가 발딱 일어나 앉았다. 미뤄 두었던 짐 정리를 어제 새벽까지 했더니 완전히 늦잠을 자고 말았다.

— 나 지금 슈퍼. 맥주 말고 딴 건 필요 없냐?

"엉. 치킨은 시키면 되고, 지난번에 너랑 먹다 남은 족발도 그대로 있어.

— 기지배야! 그게 벌써 며칠 전이야. 썩었겠다.

"아냐. 어제 냄새 맡아 봤는데 멀쩡해. 이 집 냉장고 성능 짱이야.

— 알써. 그럼 나 눈썹이 휘날리도록 뛰어갈게.

"엉. 내가 얼른 씻고 마중 갈게, 친구야."

— 그래라, 친구야.

미령과 전화를 끊고 서둘러 샤워실로 향했다. 이삭이 떠나고 일주일. 어느 정도 이 집에 적응이 됐다 싶으면서도 아직도 아침에 일어나 주위를 둘러보면 제가 꿈속에 사나 싶기도 했다.

미령은 집들이를 핑계로 사람들을 초대해서 문채훈과 썸을 만들라고 닦달을 했지만, 이삭이 떠나자마자 남의 집에서 그러는 건 망설여졌기에 당분간 익숙해질 때까지 집들이를 미루기로 했다.

서둘러 양치를 하며 거울을 보았다. 얼마 전 라식수술을 했기에 아직은 안경이 없는 제 얼굴이 조금은 낯설어 거울로 몇 초간 더 바라봐 주었다.

안경 하나 없다고 까무잡잡한 외모가 특출 나게 예뻐질 리는 없지만, 그래도 시작이 반이라 했다. 이왕 여자 짓을 하려고 마음먹은 이상, 도수 높은 안경은 떼어 버리는 게 여러모로 옳았다. 역시 잘한 짓이야! 영화에 나오는 여배우들처럼 눈을 몇 번 깜빡여 보고는 샤워기를 틀었다.

빠른 샤워 후 목 늘어진 티셔츠와 헐렁한 반바지를 입은 채 수건으로 머리를 털었다. 널따란 통유리창으로 바깥 풍경을 보니 기지개가 늘어지게 켜졌다. 으아아함― 입이 찢어지도록 하품을 하는데 벨소리가 났다.

기지배, 날아왔나? 먹고 노는 데는 재빠른 미령이었기에, 날아왔다고 해도 놀랄 게 없었다. 미령이 아니면 치킨이겠지. 쪼르르 달려가 문을 열었다. 엉덩이까지 이리저리 흔들며 치맥을 환영하는 마음을 격한 몸짓으로 표현했다.

"접신하세~ 접신하세~ 치맥님과 접신하, 흐업!"

놀란 열희의 입에서 비명 같은 괴상한 소리가 새어 나왔다. 문 앞에 있던 남자도 소리는 안 내었지만 그런 비명 같은 눈빛을 하고 열희를 보았다. 문을 열 때만 해도 웃고 있던 게 분명한 남자의 눈이 순식간에 차갑게 변해 버렸다. 꿀꺽. 열희가 마른침을 목 뒤로 밀어 삼켰다.

문채훈만큼이나 키가 큰 남자는 저를 위에서 찍어 누르듯 내려다보고 있었다. 우주를 품은 듯한 까맣고 짙은 눈이 똑바로 제 눈에 꽂혔다. 높고 바른 콧대 밑으로 선이 고운 붉은 입술이 살짝 벌어져 있었다. 반듯하고 하얀 이마에 흐뜨려진 검은 앞머리가 바람에 살랑였다. 그에게서 기분 좋은 향기가 풍겨 나왔다. 그는 마치, 꽃 같았다.

분명 몇 초밖에 흐르지 않았는데도 열희는 그게 몇 십 분, 몇 시간인 듯 느리게 느껴졌다. 그를 올려다보며 생각했다. 크아ー 참 싸가지 없게 자알생겼다!

"누구시죠?"

낮고 차가운 음성에 열희가 정신을 차렸다. 그의 입은 존댓말을 하고 있었지만, 그의 눈은 전혀 열희를 존중하지 않고 있었다.

"여, 여, 열희인데요."

"누구?"

"최, 최열희요. 그러는 댁은 누구세요?"

남자는 대꾸도 없이 열희를 밀치고 안으로 들어섰다. 구두도 벗지 않은 채 성큼성큼 집 안을 둘러보는 게 마치 집주인이나 되는 것 같았다.

"뭐예요, 지금? 왜 남의 집에 함부로……."

저를 돌아보는 남자의 시선에 열희는 얼른 입을 다물었다. 남자의 눈이 묻고 있었다. 너야말로 왜 이 집에 함부로 들어와 있는 거냐고. 겁이 나 한 걸음 물러섰다. 집에 낯선 남자가 들어와 있다는 것보다, 저를 쳐다보는 남자의 차가운 시선에 더 움츠러들었다.

"이삭 씨는. 어딨지?"

아! 그 한마디로, 열희는 그가 누군지 알아 버렸다. 처음 본 저에게 대놓고 반말을 하는 이 건방진 남자는 정말로 집주인이 맞았다. 흔들리는 남자의 눈을 바라보며 열희는 벌어진 입을 꾹 다물었다. 본능이 말해 주고 있었다. 지금 그에게는 이삭의 행방을 내어놓아선 안 된다고.

2년을 한결같이 먼 타지에서 이삭에게 엽서를 보내온 남자였다. 이삭이 떠난 것도 모른 채 기대를 품고 돌아온 남자였다. 이제 와 이삭이 다른 사람과 결혼하러 떠나 버렸단 말을 어찌 해 준단 말인가. 그건 이 얼음장 같은 남자한테 얼어 죽으라는 말과 다를 바 없었다.

아니 그것보다, 그 소식을 전한 죄로 제가 먼저 이 남자한테 죽임을 당하지 싶었다.

"왜 문을 열고 있어? 나 올 줄 알았…… 응?"

조금 전 열희가 그랬던 것처럼 엉덩이춤을 추며 미령이 들어섰다. 양손 가득 맥주를 들고 들어서는 미령에게 열희와 남자의 시선이 동시에 꽂혔다.

"치킨이요!"

뒤를 이어 눈치 없게 맛있는 치킨도 도착했다. 이번엔 치킨 배달원에게로 세 사람의 시선이 쪼르르 꽂혔다.

그 순간 열희는 생각했다. 지금 제가 할 수 있는 최선은, 저 맥주를 따서 이 불쌍한 남자에게 권하는 것뿐이라고. 뭐, 원한다면 치킨 다리도 하나쯤은 떼어 줄 수 있다고.

※

불 꺼진 거실에 형형색색의 TV 불빛이 어지럽게 비치고 있었다. 그에 맞춰 쩌렁한 화면 속 음향이 집 안에 울려 댔다. 19금이 분명한 영화 속에서 반라의 여주인공이 야릇한 음악에 맞춰 뇌쇄적인 눈빛으로 남자를 유혹하고 있다.

열희도 미령도 입에 문 피자를 씹는 것조차 잊은 채 화면을 향해 집중하고 있었다. 마치 자신이 그 주인공이라도 된 듯 인물이 움직일 때마다 고개를 움찔하며 팔을 들어 동작을 따라 하고 눈에 힘을 주었다.

주말마다 행해지는 두 사람의 19금 영화 관람은 열희의 능숙한 음란마귀화를 향한 일종의 학습과정이었다. 고전부터 현대물까지, 팜프파탈 요부가 나오는 영화는 모두 미령이 조달해 오고 있었다.

순간 여주인공의 옷이 나풀거리는 종이처럼 바닥으로 떨어졌다. 열희와 미령은 자신들이 알몸이 되는 것처럼 양팔로 몸을 가리며 침을 꼴깍 삼켰다.

탁! 저벅. 저벅. 저벅.

화들짝 놀란 열희가 정지 버튼을 눌렀다. 똥그래진 눈이 미령과 마주쳤다. 이들의 야릇한 감상을 방해한 소리는 분명 밖에서 들렸다. 눈으로 신호를 주고받은 두 사람이 쪼르르 창가로 내달렸다.

옆집 마당에 차가 세워진 게 보였다. 처음 것은 차 문을 닫는 소리였구나. 그다음은 발소리였구나. 그렇다는 것은······.

"옆집 왔나 보다!"

동시에 외친 열희와 미령은 엉덩이를 뒤로 쭈욱 빼고는 상체를 창밖으로 내밀었다. 고개를 한껏 옆으로 꺾어 옆집을 살피다가 서로 마주 봤다가 다시 옆집으로 향하는 모양이 꼭 미어캣 자매 같았다.

"불은 꺼져 있는데?"

"그러게. 깜깜해."

소리를 죽이고 귀를 기울였지만 아무런 소리도 들리지 않았다. 그래도 포기 않고 옆집을 살피기를 한참. 그 자세가 힘들었는지 끄응거리며 열희와 미령이 몸을 거둬들였다.

"어디 갔다 온 거지?"

"왜 불도 안 켜고 있는 거지?"

이삭이 미국으로 갔다는 말에 쨍하고 깨져 버릴 것처럼 얼어붙었던 남자의 눈빛이 아직도 아른거렸다. 그곳 병원에서 남은 공부를 할 거라 당분간 올 계획이 없단 말을 덧붙이자 가뜩이나 허여멀건 남자는 녹아 없어질 눈사람처럼 생기가 사라졌었다.

거기다 대고 차마 결혼하러 갔다고까지는 내어놓지 못했다. 그랬다간 이 남자, 오늘 당장 목을 매지 싶었다. 이 집에 들어온 지 일주일 만에 송장을 치우고 싶진 않았다. 총각귀신이 나오는 옆집에 혼자 사는 건 끔찍했으니까.

충격에 휘청거릴 게 분명한데도 남자는 왔던 걸음 그대로 꼿꼿이 걸어 정원을 가로질러 옆집으로 들어갔다. 비밀번호를 세 번 만에 통과해 들어가는 게, 오랫동안 비워 둬서 잊어버린 건지 아님 이삭의 소식으로 충격에 빠져 그런 건지는 잘 분간이 되지 않았다.

어쨌건 그 이후로 남자는 조용했다. 차를 타고 나간 게 한참 전, 깜깜해져 돌아왔으면 불이라도 하나 켜져야 하는데 그것도 없었다. 아무런 소리도 안 났다.

밥은 먹고 온 건가? 집에 먹을 건 좀 있나? 대체 어두운 집에서 불도 안 켜고 뭘 하는 거지? 남자에 대한 의문들이 뭉게뭉게 피어났다.

"컴컴한 게, 자나?"

"실연당한 거 티 내려고 일부러 저러나?"

"우리한테 그거 티 내서 뭐 하려고."

"동정심을 유발해서 이삭 선배를 불러들이는 거지."

"그건 너무 찌질한데."

"혹시 술 먹고 문 앞에 뻗은 건가?"

"멀쩡히 차까지 몰고 왔잖아."

"하긴. 아, 뭐야. 드라큘라야 뱀파이어야. 왜 껌껌하게 저러고 있어?"

"저러다 뭔 일 나는 거 아니겠지?"

오싹한 기분에 열희가 시계를 보았다. 밤 열두 시가 다 되어 가는 시간. 무슨 일이 생기기에 딱 좋은 때 같았다.

"우리가 감시해야 하는 거 아냐?"

미령이 콜라에 꽂힌 빨대를 물고 쪼르륵 빨았다.

"감시? 어떻게?"

"저 사람 자살이라도 하면 어떡해?"

"에이. 설마."

그렇게 말하는 미령도 영 개운치 않은지 옆집으로 시선을 보냈다.

"이삭 선배 다시 봐야겠어. 이건 정말 예의가 아니라고 봐. 정식으로 이별 통보도 안 하고 내빼는 건 완전 얌체 짓인 거지. 이별의 몫은 다 저 남자한테 떠넘기고 도망친 거잖아. 완전 실망이야. 암튼 예쁜 것들은 이래서 문제야. 책임감이 없어. 뭘 해도 용서가 되는 줄 알아."

미령의 말이 틀린 게 아니어서 열희는 아무 말도 꺼내지 못했다. 이삭이 살던 집을 이어받은 게 마치 그녀의 죄도 이어받은 것처럼 마음이 무거워졌다.

"그래도 쉽게 목숨을 끊거나 할 사람은 아니야."

열희가 식어 버린 피자 두 조각을 하나로 접어 와락 베어 물었다.

"밝고 긍정적인 사람이야. 따뜻한 초원 같은. 그런 사람은 어떻게든 딛고 일어설 거야."

콜라를 들어 쪼르르 마시는데 얼굴 한쪽에 따가운 시선이 느껴졌다. 고개를 돌려 보니 미령이 어이없는 듯 열희를 바라보고 있었다.

"……왜?"

"밝고 긍정적인 사람? 따뜻한 초원? 네가 그걸 어떻게 알아?"

미령이 말끝마다 올려 가며 열희를 추궁했다. 당황한 열희가 눈을 이리저리 굴렸다.

"그, 그러니까 그건, 이, 이삭 선배가 표현한 바에 의하면 그렇다는 거지."

사실 열희는 이 집에 들어온 날부터 이삭이 두고 간 엽서를 야금야금 꺼내 봤다. 어차피 태워 버릴 거라면 제가 조금은 엿봐도 되지 않을까 싶어서였다.

연애고수인 이삭 선배는 어떻게 연애를 하는지 호기심이 일었다. 제가 하기로 마음먹은 그 여자 짓에 조금이라도 도움을 받을까 싶어 시작한 일이었는데, 읽다 보니 자연스레 남자의 품성이 느껴진 거다.

그러나 차마 미령에게 그걸 말하진 못했다. 가뜩이나 하얀 시체처럼 질려 버린 남자를 놓고 그가 쓴 엽서의 내용까지 까발리는 것은 예의가 아니라는 양심이 꿈틀거렸기 때문이다. 애초에 안 봤으면 모를까 남의 사연을 훔쳐본 이상, 적어도 발설하지 않는 게 최소한의 예의다 싶었다.

때문에 오늘 열희는, 제 불알친구 미령에게 처음으로 비밀을 만드는 안 하던 짓을 하고 말았다. 저 남자와 엮이면 계속 이런 일들이 생길 것 같은 기묘한 예감도 문득 스쳤다.

흐음. 한동안 집요하게 열희에게 머물던 미령의 시선이 결국 떨어져 나갔다. 미령이 더는 문제 삼지 않자, 고개를 돌린 열희가 들키지 않게 숨을 내쉬었다.

"그런데 이상하다?"

"뭐, 뭐가?"

쓸데없이 크게 놀라 버렸다. 다행히 미령은 개의치 않았다.

"아까 그 남자. 어디가 밝고 긍정적이야? 따뜻한 초원? 웃기시
네. 시베리아 허허벌판 같더만. 알래스카 냉동창고더만. 입만 열면
냉동바람이 휘이 나올 것 같더만. 말하는 거나 분위기나 완전 얼음
덩이가 동동 떠다니더만."

듣고 보니 그랬다. 열희가 머릿속에 품은 남자의 이미지는 실제
와 완전히 달랐다. 역시 사람은 글만 갖고는 몰라. 직접 만나 봐야
해. 그 생각을 하며 미령이 모르게 고개를 끄덕거렸다.

"야. 공부나 계속하자."

미령이 멈춰 있는 화면을 가리켰다. 열희가 군말 없이 재생을 눌
렀다.

화면 속에선 아까보다 더 야릇한 장면이 펼쳐지고 있었지만 더
이상 열희는 집중하지 못했다. 옆집 남자가 실제로 시베리아 벌판
에서 온 얼음인간이라면, 실연당한 슬픔에 해선 안 될 짓을 할 수
도 있지 않을까. 그 걱정에 한숨이 포옥 나왔다. 눈앞에서 여주인
공이 필살의 유혹 기술을 뽐내고 있었지만 열희의 눈길을 계속 유
리창 너머 옆집으로 향했다.

2. 비밀한, 음란마귀

짙은 군청색의 하늘 밑으로 말간 가로등이 쪼르르 켜져 있었다. 그 길을 따라 열희가 노래를 흥얼거리며 걸어왔다. 손에 든 비닐봉지가 제법 그럴싸하게 박자를 탔다.

매주 일요일마다 있는 봉사활동을 다녀오는 길이었다. 유기견들 목욕시키기, 양로원 어르신들 말벗해 드리기, 무료로 호신술 가르치기, 유아원 밀린 빨래 하기 등을 돌아가면서 했다. 평소 행동이 설렁설렁하긴 해도 한번 맡으면 책임을 다하는 주의라 대학교 입학하면서부터 해 온 일을 지금까지도 꾸준히 놓지 않고 있었다.

오늘은 양로원에 다녀오는 날. 묵직한 비닐봉지 속에는 사탕이며 껌이며 과자 등이 들어차 있었다. 양로원 어르신들은 당신들에게 지급된 주전부리들을 모아 두었다가 한 달에 한 번 열희가 오는 날이면 손녀딸 챙기듯이 바리바리 주머니에 찔러 주곤 했다. 봉사를 끝내고 돌아오는 길은 덕분에 그득 찬 봉지만큼이나 마음도 든든하다.

열희가 사탕봉지를 까서 입에 넣고 오물거렸다. 어르신들이 주신 주전부리를 맛있게 먹어 치우는 것 또한 봉사의 연장이라고 생각한다. 그렇기에 자신이 운동을 좋아하는 게 정말 다행으로 여겨졌다.

합기도, 태권도, 검도, 주짓수 등등 열희는 예를 갖추고 겨루는 운동을 상당히 좋아했는데, 덕분에 군것질로 채워진 열량을 남김없이 소진할 수 있었다. 먹을 거라면 가리는 것 없이 입에 주워 넣고 보는지라, 조금만 게을렀다면 영화 '길버트 그레이프'에 나오는 조니 뎁과 레오나르도 디카프리오의 엄마처럼 걸을 때마다 마룻바닥을 울리는 몸집을 갖게 됐을 게 분명했다.

어……. 열희의 걸음이 멈췄다. 옆집 마당에 주차된 차는 아침에 보았던 그대로 붙박이처럼 조금도 변함없이 그 자리에 있었다. 그 말은 남자가 어젯밤 이후 외출 한 번 안 하고 집에 있다는 의미였다. 하루가 꼬박 지났는데도 남자는 여전히 기척도 없다. 그렇게나 슬픈 걸까.

'옆집 남자, 너한테 또 이삭 선배 얘길 물어 올 텐데. 언제까지 결혼 얘길 비밀로 할 거야?'

미령의 말이 불쑥 떠올랐다. 언제고 털어놔야 할 일이 맞았다. 하지만 지금의 분위기라면 그걸 전해 듣는 순간 남자는 마당에서 분신을 할지도 모른다.

마당에서 석유를 몸에 끼얹고 성냥을 치켜든 남자의 모습이 떠올랐다. '난 이 결혼 반댈세−!' 절절하게 외친 남자가 제 몸에 불을 붙이자 불길이 활활 타올랐다.

으어억. 말도 안 돼! 열희가 진저리를 쳤다. 그러다 일순 이런 생각이 들었다. 저 남자는 불도 안 붙을 거 같다는. 인간 자체가 얼음같이 찬바람이 쌩쌩거려서, 몸에 불이 붙어도 알아서 꺼질 거 같았다.

'아무리 봐도 이삭 선배 타입이 아니란 말이지. 그 까다로운 이삭 선배 성격을 다 받아 줄 사람으로는 안 보이잖아. 오히려 성질을 부리면 부렸지.'

또 미령의 말이 떠올라 고개를 주억거렸다. 그렇다면 남자는 실연을 당해 성격이 급변한 걸지도 모른다. 역시 남자의 지금 상태는 위험하다. 당분간 결혼 소식도, 엽서를 돌려주는 것도 보류다.

여전히 불빛 하나 없이 컴컴한 옆집을 보고 있자니 차마 집에 들어가질 못하겠던 열희였다. 인기척 하나 없는 게 유령의 집인 것처럼 느낌이 싸했다. 어제도 그렇고 오늘도 그렇고. 남자가 뱀파이어가 아닌 이상, 이건 이상했다.

결국, 열희가 방향을 틀었다. 살금살금 발소리를 죽여 옆집 마당으로 향했다. 집으로 들어가는 문만 따로 있을 뿐, 마당에는 경계선이 없었기에 그냥 걸어가면 옆집이었다.

컴컴한 창문을 서성였다. 혹시나 해서 들여다봤지만 안에는 조금의 불빛도 없었다. 문 앞으로 가서 귀를 기울여 봤다. 역시 아무 소리도 들리지 않는다. 어떻게 된 거지? 열희가 얼굴을 큰 창에 바짝 붙이고 살폈다. 커다란 두 눈이 창문을 뚫을 듯이 노려본다. 제발 뭐라도 보여라. 제발…….

부스럭. 제 손에 든 비닐봉지 소리에 제가 놀라 굳었다. 눈치를 살폈지만 안에선 어떤 기척도 나지 않았다. 미심쩍게 돌아서던 열희의 눈이 남자의 차로 향했다. 혹시나 싶어 발뒤꿈치를 들고 차로 다가섰다. 차창 가까이 얼굴을 붙이고 살펴보니 차 안은 비어 있었다. 어느 미드에서 본 것처럼 보닛을 만져 보니 아니나 다를까 차가웠다.

순간 불길한 생각이 고개를 쳐들었다. 어젯밤에 돌아온 이후 남자는 줄곧 집 안에 처박혀 기척 하나 내지 않고 있었다. 죽어 있는 남자. 이삭의 사진을 품에 안은 채 싸늘하게 식어 있는 남자의 파리한 얼굴이 눈앞에 떠올랐다!

잘 살아 보세- 잘 살아 보세-

그때 새마을운동 노래가 정적을 깨 버렸다. 꽁무니에 불이 나도록 집 앞으로 도망쳐 온 열희가 서둘러 전화를 받았다. 눈은 옆집에 둔 채로 비밀번호를 누르느라 당황한 손이 자꾸 엇나갔다.

"어, 미령아."

— 야. 돌아오는 금요일. 집들이. 결정 났어.

"응?"

— 너 집들이 말야. 금요일 저녁부터 일요일까지 채훈 선배 오프래. 내가 그 소리 듣자마자 그냥 날짜 잡아 버렸어. 전화 다 돌렸으니까 그렇게 알아.

저도 모르게 입가에 웃음이 걸렸다. 고맙게도 참 행동이 빠른 미령이었다. 미령은 병원 안에서 카페를 운영하고 있는 고모를 도와 바리스타를 하고 있었기에 자질구레한 소식들을 많이도 접했다. 덕분에 이런 횡재를 얻었다.

— 금요일 근무 끝내고 나면 힘들어서 해롱거릴 테니까 그때 술 먹여서 그냥 덮쳐 버려.

"오케이! 확 덮쳐 버려! 힘으로 제압해 버려!"

늘 말만 그렇게 하는 두 사람이었지만 상상만으로도 좋아 키득거렸다.

내일부터 당장 집들이를 활용한 문채훈 공략법에 대해 작전을 짜고 특훈에 돌입하기로 하고 전화를 끊었다. 절로 들뜨는 기분에 '잘 살아 보세─' 노래를 흥얼거리며 덩실덩실 어깨춤까지 췄다. 조금 전만 해도 속 썩이던 비밀번호가 단번에 눌러졌다.

그러다 멈칫, 깜깜한 옆집에 눈이 갔다. 제가 지금 이리 좋아할 때가 아니었다. 옆집 남자의 생사조차 알 수 없는 이 시점에 기쁨의 춤이라니. 양심이 푹푹 찔렸다.

아무래도 이대로는 안 되겠다. 더 늦기 전에 옆집 남자가 무사한지 제 눈으로 확인해야 했다. 그런데 어떻게 확인한다. 벨을 누른다고 죽자고 결심한 사람이 문을 열어 줄 리도 없고……

열희의 눈이 반짝 빛났다. 구원처럼 한 곳이 떠올랐다. 비밀의 유리복도!

손바닥을 쓱쓱 비벼 결의를 다진 열희가 집 안으로 들어와 곧장 2층으로 향했다. 옆집으로 통하는 통로를 이렇게 사용하게 될 줄은 몰랐다. 조용히 건너가서 남자의 생존만 확인하고 돌아와야겠다 마음을 먹었다.

이삿짐 했던 것처럼 벽 책장을 두 개 넘기자 벽이 드러났다. 잠가 놓았던 벽문을 열고 밖을 살폈다. 깜깜했지만 달빛이 들어와 걸어가기엔 문제가 없어 보였다. 살그머니 발을 내디뎠다.

쪼르르 발이 미끄러졌다. 다시 한 걸음을 내딛는데 또 미끌거린다. 지난번엔 미끄럼방지가 되어 있는 슬리퍼를 신었기에 괜찮았다. 그 생각을 못 한 채 양말만 신고 온 제 잘못이다 싶어 양말을 벗으려 몸을 숙였다.

그러다 문득 오늘 하루 종일 땀을 흘렸을 발이 생각났다. 이 투명한 유리통로에 땀에 찌든 제 발자국이 적나라하게 찍힐 생각을 하니 죄를 짓는 것 같았다.

양말 벗기를 포기하고 벽에 붙어서 쭈르르 슬라이딩하듯 이동을 해서 유리방 앞까지 다가왔다. 이 문을 열고 방에 들어서서 건너편 문을 열고 나가면 옆집의 복도가 나올 것이다. 그리 생각하니 가슴이 콩닥거렸다. 어쨌거나 지금 저는 비밀리에 남의 집에 들어가려 하고 있는 거니까.

혹시나 옆집이 잠겨 있으면 어떡하지? 그 생각도 뒤늦게 들었다. 그건 그때 생각하자 싶어 유리방의 문손잡이에 손을 대었다. 일단은 가고 보는 거야! 눈에 힘을 주곤 유리방 문을 열었다.

딸깍. 유리방 안은 복도보다 조금 더 어두웠다. 숨을 죽인 채 방 안을 살금살금 걸었다. 빈방을 왜 이리 소리 죽여 걷는지는 저도 모를 일이었지만 어쨌건 지금 열희는 미끄러지지 않는 것에 집중했다.

벽에 몸을 바짝 붙인 채 게처럼 옆으로 전진했다. 바로 눈앞에 고지가 보였다. 반대편 문손잡이만 바라보며 게걸음을 걸었다. 위기에 놓인 인질을 구출할 임무를 부여받은 비밀요원처럼, 열희의 눈이 비장해졌다.

살아 있으시오! 내가 구해 주리다! 내가, 꼭, 살려 드릴게!

⋯⋯어쿡! 뭐에 걸렸는지 모르지만 발이 꼬인 열희는 무릎을 꿇고 엎어졌다. 꼴이 흉했지만 아무도 없는데 뭐 어떠랴. 서둘러 몸을 일으켰다. 아니, 일으키려고 했다. 그런데.

흐어어어억! 제 입에서 이런 괴상한 고함이 나올 줄은 몰랐다. 방 안 저만치에서 번쩍이는 안광 두 개가 저를 보고 있었다. 귀신인가? 짐승인가? 아니 저것은……

"뭡니까."

다행히 아직 죽지 않고 살아 있는 그 남자였다.

여자의 하는 양은 기가 막혔다. 몸을 숙여 복도를 내달려 오는 것이 수상하기 짝이 없었다. 지극히 조심스럽게 방 안으로 들어선 여자는 숨소리 하나 내지 않은 채 벽에 달라붙어 이동을 했다.

한참을 이곳에 있었던지라 어둠이 눈에 익숙해진 그에게는 여자의 행동이 다 보였지만, 여자는 저를 보지 못한 것 같았다.

눈이 반대편 문에 꽂혀 있는 게 그의 집으로 가려는 게 분명해 보였다. 도대체 왜. 제가 없는 동안에도 이렇게 들락거린 건가 싶어 기분이 상했다.

하는 짓이 딱 도둑을 연상케 했기에 리모컨을 눌러 여자의 발길쯤에 위치한 창문의 잠금장치를 툭 풀었다. 그 장치에 걸린 여자가 발이 꼬였는지 앞으로 푹 엎어졌다.

흐어어어억! 엎어졌던 여자가 저를 보고는 다시 뒤로 엉덩방아를 찧었다. 놀라는 것도 참 스펙터클했다.

"뭡니까."

몸을 일으켜 여자를 노려봤다. 겁에 질린 게 분명한 여자 쪽에선 아무 대답도 나오지 않았다.

순간 두 가지 마음이 들었다. 지금은 귀찮으니 쫓아 버린다, 가 하나. 그래도 어쨌건 침입자이니 잡아 놓고 추궁한다, 가 다른 하나. 추궁하는 게 맞다 싶었다. 이곳은 저런 이상한 여자 따위가 함부로 드나들라고 만들어 놓은 곳이 아니었기에.

몸을 일으켜 여자에게로 다가갔다. 상대가 여자인지라 힘으로 제압할 생각 따윈 없었다. 그저 여길 어떻게 알았고 여기서 뭐 하는 거며 제집엔 왜 가려고 했는지 물어볼 참이었다.

일어나 저를 향해 다가오는 남자를 열희는 눈을 꿈뻑이며 보고 있었다. 살아 있었구나. 죽진 않았구나. 여기 있느라 집에 불을 안 켜고 있었구나. 그리 안도하는 열희의 입가에 실룩 웃음이 지어졌다. 아! 다행이다!

"지금, 웃은 건가?"

빈정 상한 말투가 남자에게서 나왔다. 저의 웃음이 남자의 오해를 더 깊게 만든 줄 모르고 열희는 안도감에 자세를 편히 고쳐 앉고는 그를 올려다봤다.

"집에 먹을 건 좀 있어요?"

시위하듯 아예 자리를 잡고 앉아 저를 올려다보는 열희의 눈길에 남자는 적잖이 당황했다. 먹을 거라니. 그럼 우리 집에 먹을 걸 훔치러 가는 중이었단 말인가?

열희가 끄응 소리를 내며 일어섰다. 조금 전 넘어지느라 부딪힌 곳이 아픈 듯 무릎과 엉덩이를 손으로 문질거리면서.

"뭐, 국수라도 삶아 줄까요?"

국수를 삶아 줘? 나한테? 왜?

"미령이네서 가져온 김치, 아. 어제 봤죠? 제 친구. 걔가 미령인데, 걔네 집 김치가 엄청 맛있거든요. 그걸로 비빔국수 해 줄까요? 참기름 솔솔 넣고?"

난 찬 국수는 안 먹, 아니 것보다 나한테 비빔국수를 왜?

"아. 맞다. 찬 국수 별로 안 좋아하지."

그 말에 남자의 눈이 날카로워졌다. 열희의 코앞으로 성큼 다가섰다. 그에 놀란 열희의 눈이 두 배는 더 커졌다.

"뭐야, 너. 그건 어떻게 알았어?"

"뭐, 뭘요?"

"어디서 캐낸 거냐고. 누구한테 들었냐고, 그건!"

혁. 열희가 입을 다물었다. 당신 엽서를 훔쳐봤어요, 라고는 차마 말 못 했다. 그러자 남자의 눈빛이 더 험악해졌다.

우선 이 상황을 벗어나야겠다 싶어 열희가 슬금슬금 몸을 돌렸다. 이곳은 음란마귀방이었다. 그리고 저를 잡아먹을 듯 내려다보는 이 남자는 이 방의 창조주였다. '여기선 없던 성욕도 생길 거 같아.' 하던 이삭의 말이 떠올랐다.

위험한 곳에서 성난 남자와 함께 있어 봤자 좋을 게 없었다. 무엇보다 이 남자가 계속 질문을 해 오면 곤란한 건 저였으니까.

기회를 봐서 서둘러 발을 내딛는 그때, 미끈. 양말이 밀려 다리가 쭈욱 찢어졌다. 순간 발레리나처럼 우아하게 시옷 자로 중심을 잡았다. 제 순발력에 감탄한 것도 잠시, 다시 중심을 잃고 헛발질을 했다.

이대로라면 바닥에 머리를 찧겠구나 싶은 순간 남자가 열희의 손목을 낚아챘다. 그 힘에 서너 걸음을 뒤로 밀린 그녀의 다리가 어딘가에 닿았다. 어? 이건?

퍼억. 순식간에 시야에서 남자의 얼굴이 사라지고 유리천장이 나타났다. 열희는 깨달았다. 제가 지금 유리방 안의 그 커다란 침대 위에 눕혀졌다는 것을. 덕분에 다치지는 않았다. 그렇다면 저 남자, 날 도와준 건가? 끔뻑이는 열희의 눈앞으로 다시 날이 선 남자의 얼굴이 나타났다.

"왜 도망치지? 너 뭐야?"

취소한다. 이 남자는 날 도와준 게 아니라 포박한 거다.

"여긴 왜 왔어. 뭘 노리고 온 거야."

내가 무슨 첩자도 아니고 무슨 질문이 이래. 저기요, 나는…….

"너 대체 뭐냐니깐!"

열희를 덮쳐 온 남자의 얼굴이 코앞에 다다랐다. 본의 아니게 놀라 치켜뜬 눈이 그와 마주쳤다. 숨이 내쉬어지질 않았다. 모든 게 얼어붙은 채로 그를 보았다.

밤이라 더 까만 그의 눈은 이 와중에도 빛나고 있었다. 남자의 눈은 무섭도록 냉담했지만, 조금만 움직여도 닿을 듯한 그의 입술에선 따스한 숨이 뿜어져 나왔다. 제 목을 간질거리는 그 숨결에 온몸에 쭈뼛 진저리가 쳐졌다. 머릿속에서 알람이 울렸다. 정신 차려라, 최열희. 이곳은 음란마귀방이야!

쿵쿵쿵쿵. 저 멀리 어디에선가 북소리가 들렸다. 귓가가 먹먹해져 꼴깍 침을 삼켰다. 그랬더니 쿵쿵 소리가 바로 귓등에서 들려온다. 쿵. 쾅. 쿵. 쾅.

"너 뭐냐고!"

카랑하게 날이 선 물음에 열희의 정신이 돌아왔다.

"최, 최열희라니까요!"

겨우 답을 내놓은 열희가 그에게서 벗어나려 몸을 뒤틀었다. 이대로 계속 있다가는 제 심장 소리를 이 남자도 들을 것 같았다.

"아파요. 좀 놔 봐요."

"여긴 어떻게 알았어? 또 뭘 알고 있어? 어떻게 들어온 거야? 왜 온 거야? 뭘 노리고!"

"아프다고요!"

몸을 뒤틀던 열희가 이내 마음을 굳게 먹었다. 힘이라면 저도 뒤지지 않는다. 무엇보다 제게는 수년간 갈고닦은 기술이 있었다.

다리에 힘을 주고 몸을 뺌과 동시에 남자의 다리를 걸어서 넘어뜨렸다. 재빨리 그 위에 올라타 남자의 팔과 다리를 꼼짝 못하게 제압했다. 뒤바뀐 자세로 이번에는 열희가 남자를 위에서 덮쳤다. 순식간에 역전당한 남자의 눈이 열희에게 꽂혔다. 당황한 게 역력했다.

"가만히 좀 있어 봐요, 현승욱 씨! 다 얘기해 줄게요. 질문을 했으면 대답할 시간을 줘야지! 무슨 사람이 물어 놓고 답을 듣지를 않아요? 그리고 뭔 질문도 그리 많아? 그렇게 안 봤는데, 이제 보니 완전 호기심덩어리야!"

호기심, 덩어리? 적반하장 내지르는 소리에 남자가 입을 다물었다. 남자의 눈썹이 미세하게 꿈틀거리더니 가늘어진 눈이 열희를 살펴 온다.

쿵. 쾅. 밑에서 저를 올려다보는 시선에 열희의 심장이 다시 요동치기 시작했다. 쿵. 쾅. 그런데 뭔가가 달랐다. 쿵. 쾅. 이건 두려워서 울리는 게 아니었다. 쿵. 쾅. 저는 음란마귀방에 있어서 겁먹은 게 아니었다. 쿵. 쾅. 어이없게도 제 심장은 이 남자 때문에 뛰고 있었다! 이 허여멀건 싸가지 변태 실연남한테!

당황한 열희의 얼굴이 뜨겁게 달아올랐다. 눈앞에서 마주 본 남자의 눈이 달빛을 담아 빛났다. 벌어진 그의 입술은 여자도 아닌데 체리빛이 돌아 탐스러웠다. 아…… 입 맞추고 싶다……!

화들짝. 열희가 남자의 팔을 풀고 물러섰다. 방금 제가 품은 생각에 저도 적잖이 충격을 먹었다. 이 틈에 몸을 일으키는 남자를 열희는 휘둥그레진 눈으로 바라보았다. 열희에게 잡힌 손목이 아팠던 듯 그 손목을 만지는 그의 행동이 멋있었다. 조금 열린 셔츠 사이로 보이는 그의 속살이 섹시했다.

으아아아악! 두 손으로 제 머리를 움켜잡고 흔들었다. 그런 열희를 남자가 황당하게 바라본다. 그런데 그런 그의 표정까지도 아주 멋있다.

“미쳤어. 미쳤어. 미쳤어!”

입 밖으로 쉴 새 없이 중얼거리며 열희가 발을 굴렀다. 그리고 생각했다. 미령이의 기도가 정말 이뤄진 것이라고. 열희에게 더욱 강력한 음란마귀를 보내 달라던 그 바람이 저를 이렇게 만든 것이라고.

✻

물이 끓는 냄비에서 열희가 멸치와 다시마를 건져 냈다. 서걱서걱 김치를 써는 손길이 바빴다.

남자에게는 간단하게 잔치국수를 해 주기로 마음먹었다. 그나마 유일하게 제대로 할 수 있는 음식이기도 했고 저도 마침 출출했기에 면도 넉넉하게 삶았다. 아. 체를 안 가져왔네. 할 수 없이 삶은 국수를 찬물에 헹궈 손으로 물기를 짜 건져 냈다.

일부러 재료들을 챙겨 와 남자의 집에서 국수를 삶았다. 이삭의 흔적이 그대로 남은 곳에 남자를 들여 밥을 먹이는 건, 남자에게 밥을 먹다 체하라는 것과 같은 의미일 거 같았다. 간단하게 볶은 김치와 달걀지단만 올려 국수를 말아 내었다.

더 넣고 싶어도 집에 재료가 없었다. 지금 냉장고 속에 있는 건,

달걀과 소면과 김치 같은 기본 재료를 제외하고는 맥주와 피자 두 조각이 전부였으니까. 아. 족발도 아직 남아 있었다. 그걸 고명으로 얹을까 하다가, 고춧가루가 묻어 있던 게 기억이 나 관두기로 했다.

"다 됐어요. 와요, 얼른."

열희의 손짓에 멀찍이 떨어져 서 있던 남자가 뜸을 들이다 식탁으로 다가왔다. 그러고도 앉지 않고 떨떠름하게 열희를 보고 섰기에 열희가 아예 팔을 끌어 자리에 앉히곤 저도 맞은편에 가 앉았다.

"먹어 봐요. 내가 딴 건 못해도 이건 잘해요."

히죽 웃고는 그릇을 들어 후루룩 국물을 한 모금 마시는 열희다. 크아~ 아저씨처럼 추임새를 넣더니 국수를 휘이 저어 건지더니 입에 넣는다. 추릅. 추릅. 열희의 국수 먹는 소리가 홀로 집 안에 울렸다.

저 혼자 먹고 있다는 걸 깨달은 열희가 남자를 바라보았다. 그러자 남자가 거만하게 끼고 있던 팔짱을 풀고는 젓가락을 집어 들었다. 하는 폼이 그래 먹어 주지, 딱 그 분위기여서 빈정이 상했지만 그래도 참기로 했다. 어쨌건 이 남자는 지금 이삭에게 차여서 충격을 받은 심신미약 상태일 테니까.

남자가 국수를 조금 집어 입에 넣고는 삼켰다. 시식평을 기다리는 열희의 눈이 남자의 입에 꽂혔다. 아무 말도 내놓지 않은 남자가 다시 국물을 들이켰다. 국물이 남자의 입술을 촉촉이 적셨다. 체리빛 입술이 투명하게 반짝였다. 꿀꺽. 열희의 목으로 마른 침이 넘어갔다. 아, 만지고 싶다. 저도 모르게 입술이 벌어졌다. 하아…… 키스하고 싶……!

바라보는 남자의 눈길에 열희가 화들짝 놀라 고개를 숙였다. 제 생각을 남자에게 들킨 것처럼 얼굴이 화끈거렸다. 당황해서 서툴러진 젓가락으로 집어 올린 국수가 올올이 다 빠져나갔다.

아무래도 저는 정말로 미친 거 같았다. 이 남자는 이삭 선배의 남자였다. 게다가 실연까지 당한 사람이었다. 이런 상대를 두고 자꾸 음탕한 생각을 품는 제가 정말이지 사악한 음란마귀 같았다. 미령이가 가져온 19금 영화 탓인지, 미령의 기도 탓인지는 모르겠으나, 어쨌거나 이건 다 미령이 탓인 걸로 돌려 보는 열희였다.

"이게 뭐지?"

"……네?"

"이게 뭐냐고."

까딱. 눈만 내려 국수를 가리키는 남자의 태도에 열희는 살짝 화가 났다. 마치 이딴 걸 먹으라고 내놓았느냐, 라고 저를 타박하는 모양새였다. 역시나 첫인상만큼 싸가지가 바가지였다.

성질대로라면 제 앞에 놓인 국수 그릇을 그의 머리 위에 엎어 버리고 싶었지만 꾹 참았다. 방금 전 이 남자를 놓고 음란한 생각을 한 게 미안하기도 했고, 무엇보다 다시 한 번 되새기자면 이 남자는 갑작스런 실연으로 현재 심신미약 상태인 거니까.

"죽, 같은 거 먹을래요?"

"뭐?"

"생각해 보니 밀가루보단 아무래도 쌀이 낫지 싶네요. 죽 끓여 줄게요, 그럼."

남자가 열희를 물끄러미 보았다. 대답이 없는 것이 죽도 별로인 모양이었다.

"그럼 뭐, 라면? 아니, 그냥 우유나 달걀 프라이 같은 거 드실래요? 것도 싫으면 시리얼? 샐러드? 아까 보니까 냉동실에 생선 있던데. 그거 구워 줄까요? 근데 나 생선 못 만지는데. 내가 주먹만한 바퀴벌레도 맨손으로 잡고 쥐도 만지는데요, 생선은 안 돼요. 난 생선회도 못 먹거든요."

"……."

"혹시 나한테 찌개랑 밥 같은 거 원해요? 그러면 차라리 백반을 배달시키는 게 나은데. 제가 요리는 젬병이거든요. 아. 김밥 드실래요? 팔천 원 이상 시키면 금방 배달 오는데."

"……."

"아우 쪼옴! 그냥 먹어요, 쪼옴! 상황이 어쨌건 살아야죠! 다 먹고살자고 하는 짓이잖아요! 굶어 죽을 거예요? 봐 봐. 하루 만에 얼굴이 폭삭 썩었잖아. 흉물스럽게 됐잖아요, 아주."

남자의 눈동자가 허공을 부유했다. 열희의 말에 적잖이 동요하는 게 속내를 들켜 당황한 듯했다. 그게 또 안돼 보여서 열희가 핏발선 목소리를 풀었다.

"그냥 들어요. 나중에 맛있는 거 해 줄게요."

젓가락을 집어 남자의 손에 쥐여 주자 남자가 놀란 눈으로 열희를 봤다. 그에 눈을 꾸욱 감았다 뜬 열희가 어서 먹으란 듯 고개를 끄덕였다.

"자. 어서."

남자의 젓가락 쥔 손을 꼬옥 감쌌다 떼고는 아이 달래듯 미소를 물고 남자를 독려했다. 그에, 눈을 몇 번 끔뻑이던 남자가 결국은 젓가락을 들어 면발을 건져 입에 넣었다. 후루룩거리는 소리를 들으니 손주 녀석 입에 밥 들어가는 걸 보는 할머니가 된 심정으로 열희는 마음이 뿌듯해졌다.

그래, 최열희. 이렇게 또 사람 하나 살렸구나! 스스로가 대견한 마음에 열희는 제 국수 그릇을 들어 국물까지 다 마셔 버렸다.

선우는 이미 저녁을 먹은 후라 배는 고프지 않았다. 아까 슬슬 걸어 나가서 전에 자주 가던 레스토랑에서 간단히 해결하고 돌아온 터였다. 그냥 다짜고짜 제 팔을 끌고 와 국수라도 먹어야 한다는 이 여자의 주장이 어디에서 나온 걸까 궁금해 지켜본 것뿐이었다.

여자는 저를 제 친구 현승욱으로 오해하고 있었다. 하는 행동으로 보아 제 집에 무언가를 훔치러 온 건 아닌 듯했다. 문제는 이 여자의 태도였다.

이삭을 자신의 선배라고 소개했던 여자 말로 미루어 볼 때, 이 여자는 제 선배가 버린 남자친구에게 지금 과도한 친절을 베풀고 있는 것이다. 이유는 두 가지 중 하나일 터였다. 동정심이거나 아님, 빈 골대를 노리는 작업질이거나.

물론 저항 않고 여자를 따라온 데는 좀 전에 저를 제압했던 여자의 가공할 힘과 기술이 두려운 탓도 있었다. 방심했다고는 하나 여자의 힘으로 185센티가 훌쩍 넘는 장신의 남자를 쓰러뜨리는 건 보통 일이 아니었으니까. 직감적으로 알았다. 이런 여자의 심기는 건드려 봐야 좋을 게 없다는 것을.

크진 않지만 단단하고 야무진 체구가 보통내기가 아님을 말해 주고 있었다. 자고로 여자란 한을 품으면 오뉴월에도 서리를 내리게 할 정도로 무서운 사람들이다. 그런데 보통 여자도 아닌 이렇게 힘까지 센 여자가 작정하고 덤비면 저 하나쯤 어떻게 해 버리는 건 일도 아닐 게 분명했다.

울며 겨자 먹기로 국수를 먹었다. 그런데 생각보다 시원하고 개운한 국물 맛이 나쁘지 않았다. 볼품없게 생긴 국수라 이걸 무슨 맛으로 먹나 싶었는데, 먹다 보니 괜찮았다. 그래서 큰맘 먹고 관심을 표해 주었다. 이 국수의 이름이 뭐냐고.

"이게 뭐지?"

두려운 와중에도 존댓말을 하지 않은 건 마지막 남은 저의 자존심이었다.

그런데 이 여자의 반응이 가관이었다. 국수 이름을 잊어버렸는지 당황한 티를 역력히 내더니, 급기야 그냥 국수나 먹으라며 고함까지 쳤다. 저에게 얼굴이 썩었다는 폭언까지 서슴지 않는다.

살다 살다 이런 얘기는 처음 들어 봤다. 제 외모를 나서서 자랑한 적은 없지만, 어딜 가도 시선을 잡아끄는 꽃 같은 외모인 건 확실했다. 풍기는 분위기가 차갑다, 냉담하다, 오만하다, 도도하다, 싸가지 없다는 악평은 들었어도 생긴 게 썩었다는 얘기는 처음이었다. 가히 충격이다.

국수 이름 좀 물어봤다고 이런 소리까지 들어야 하나 싶었다. 국수 이름을 까먹은 게 저 여자한테는 그렇게나 자존심이 상하는 일이었나 보다. 의외로 쪼잔한 여자다. 사실 저도 이런 허접한 국수의 이름 따위 정말 알고 싶었던 건 아니었……

돌변한 여자가 대뜸 저의 손을 잡아챘다. 손을 꼬옥 쥐고는 은밀하게 눈으로 신호까지 보내온다. 이건 뭐?

순간 몸에 소름이 돋았다. 이런 행동은 주로 여자들이 남자를 꼬시려고 할 때 나오는 거였다. 지금껏 제 주위에 몰려들었던 수많은 여자들의 행태로 짐작건대 확실했다. 물론 이 여자라면 마음만 먹으면 저 같은 남자는 힘으로 제압하는 것도 가능할 터였다.

머릿속에 경계경보가 울렸다. 아까 여자에게 붙들렸던 손목이 아릿해져 왔다. 저를 보자마자 웃었던 그 미소도 생각났다. 이 여자의 의도가 확실해졌다. 동정심이 아닌 작업질인 것이다.

가만. 그러고 보니 어젯밤 집에 들어올 때도 이 여자는 음란한 영화를 보고 있었다. 마당까지 소리가 다 들리도록 틀어 놓은 19금 영상의 야릇한 장면이 집 앞을 지나던 제 눈에도 선연히 들어와 박혔더랬다.

좀 전에 밖에서 큰 소리로 통화하던 내용도 떠올랐다. '오케이! 확 덮쳐 버려! 힘으로 제압해 버려!'

번쩍하고 섬광이 스쳤다. 이제 보니 이 여자는 단순히 제게 작업을 걸려고 온 게 아니었다. 유리복도를 살금거리며 다가온 이유를 이제 알 것 같다. 이 여자는 저를 덮치려고 온 것이다!

순식간에 노란 경계경보가 빨간 대피경보가 되었다. 몸의 방어체계가 고양이처럼 털을 쭈뼛 세웠다. 이런 말라깽이 과격한 여자한테 성폭행이나 당하자고 귀국한 건 아니었다. 진정하자, 한선우. 진정하고 생각하자. 생각을.

눈만 굴려 여자를 가늠해 보았다. 아무리 이 여자가 놀라운 힘과 기술을 가졌다 해도 저는 남자였다. 이런 여자한테 당하는 것은 치욕스러운 일일 것이다.

한편으로는 제 어디가 그리 얕보였나 싶어 불쾌하기도 했지만, 일단은 문제를 만들지 않는 것에 집중을 해야 했다. 이 여자한테 당해도 수치스러운 일인 데다, 자칫하면 남자인 제가 덤터기를 쓸 수도 있는 미묘한 상황이었다.

일단 여자가 권하는 대로 군말 없이 국수를 먹었다. 우선 달래 놓고 방심하게 만든 사이 집을 빠져나가는 게 최선이라 여겨졌다. 주머니에 손을 가져다 대어 차 키가 있는 것도 확인했다.

어제 부동산 중개인에게 이 여자를 대신 내보내 달라고 부탁하 길 잘했다 싶었다. 날이 밝는 대로 다시 전화를 넣어 당장 이 집에 서 쫓아내는 대가로 얼마를 지불하든 상관없다고 강조해야겠다. 안 나간다고 버틸 경우를 대비해 이 변태녀를 주거침입죄로 신고할 준 비도 해 놔야겠다고 마음먹었다.

그렇게 결심을 굳히고 순순히 국물을 마셨다. 살다 살다 별일을 다 겪는다. 지난 2년간 도 닦는 마음으로 여자도 멀리하며 살았는 데 그 대가가 성폭행이라니.

진저리가 쳐져 국물이 코로 들어가는지 입으로 들어가는지도 모르 게 벌컥벌컥 삼켰다. 눈을 들어 퇴로를 확인했다. 이 그릇을 내려놓 는 순간 그대로 저 문으로 달려 나가는 거다. 그러는 거다! 그랬는데!

"따뜻하죠?"

"……!"

"국물이요. 따뜻하죠?"

철렁. 심장이 땅 끝까지 떨어졌다 올라왔다. 꼼짝도 못하고 여자 를 바라보았다. 여자의 눈이 반으로 접히며 저를 향해 웃는다. 그 웃음이 참 해사하다. 참으로…… 비겁하게.

"……응. 따뜻하네."

마음이 바뀌어 버렸다. 따뜻하냐고 물어 오는 그 말 한 마디에.

3. 개봉이

통통한 붉은 실이 촘촘하게 엮여 있었다. 가끔은 볼록 튀어나오기도 하고 간혹 고리의 크기가 작았다 컸다 하기도 했지만 기계로 떠서 시판하는 제품보다 훨씬 더 예뻤고 따뜻해 보였다.

서툰 솜씨였지만, 말 그대로 한 땀 한 땀 정성이 들어간 목도리였다. 모양은 달랐지만, 어릴 때 잃어버린, 어머니가 손수 떠 준 그 목도리를 떠오르게 했다. 그래서 승욱에게 장담했었다. 이런 목도리를 뜨고 그렇게 선한 눈으로 웃을 수 있는 사람은 좋은 사람이라고. 순전히 저의 감이지만 믿어 보라고.

'이삭 씨라면 너 끝까지 기다려 줄 거야.'

왜 옆집 여자에게서 이 목도리가 떠올랐을까. 전혀 상관이 없는 사람인데. 이건 그 여자가 아닌 이삭이 제게 준 목도리였는데.

고개를 젓고는 목도리를 옷장 안쪽에 깊숙이 집어넣었다. 이제 더는 이 목도리를 할 수가 없을 테니. 이삭이 이런 식으로 승욱을 떠나리라고는 생각지 못했다. 남미에서 돌아오면 두르고 다녀야지 했던 것인데, 이제는 그럴 수 없게 되어 버렸다. 제가 헤어진 것도 아닌데 마음이 허전했다.

"네, 박 실장님."

휴대폰이 울리기에 보니 박 실장이었다.

— 부소장님. 오늘 부지 둘러보기로 한 거 안 잊으셨죠?

아니나 다를까, 그녀답게 또 재촉을 해 온다.

아직 남미에 남아 있는 승욱은 자신의 실연을 핑계로 선우에게 커다란 일거리를 떠맡겨 버렸다. 이럴 줄 알았으면 동업 따위 애초에 안 하는 건데, 승욱이 놈을 소장 자리에 앉히는 게 아니었는데, 하는 가벼운 투정이 잠깐 들었다 사라졌다.

이로써 당분간 일하지 않고 쉬겠다는 선우의 계획은 우습게도 절친한 친구의 실연으로 인해 물거품이 되었다. 2년 가까이 죽자 살자 일만 하고 돌아왔는데, 또 일이다.

— 혹시나 또 토끼실까 봐 상기시켜 드려요.

토껴? 선우의 눈썹이 꿈틀, 미간이 좁혀졌다.

경상도 사투리 억양이 그대로 남은 박 실장은 선우가 떠나 있는 동안 더 괄괄하고 무대뽀인 아줌마로 변해 있었다. 사내아이 둘을 기르고 있는 강인함으로, 선우에게 조금의 일탈도 허용치 않겠다는 결의가 전화기를 통해서도 고스란히 전해졌다.

"안 잊었습니다."

— 아이고 기특하셔요!

분명 칭찬인데 묘하게 기분이 상한다.

— 아시겠지만 저는 원래 마음 약한 사람이거든요. 누구 협박하고 감시하고 윽박지르고, 그런 거 간 떨려 못 하잖아요. 그러니 제가 그런 무시무시한 일을 저지르지 않도록 부소장님께서 도와주셔야 해요. 이번엔 정말 갱생하셨길 빌어요. 저는 정말이지 철부지 막냇동생같이 여리여리한 부소장님께 폭력 같은 거 쓰고 싶지 않거든요. 이 나이 이 쌈밥에 부소장님 껌딱지를 자처한 제 심정도 알아주셔야 해요.

사무소를 위해 간 떨리는(?) 행동도 마다하지 않겠다는 참으로 충성심 넘치는 선언이었다.

사실 선우는 과거에 조금만 수틀려도 계약을 파투 내곤 했었다. 디자인을 맘대로 바꾸려 한다거나, 터무니없는 수정을 요구한다거나 하는 경우는 물론이거니와, 상대방이 사무소 직원에게 함부로 말을 놓는다거나, 흡연실도 아닌데 담배를 피운다거나 하는 결례만 저질러도 그는 상대를 하지 않았다. 한 번은 의뢰인의 사생활이 깔끔하지 않다는 이유로 계약하러 나온 상대방을 돌려보낸 적도 있었다.

덕분에 승욱은 그 뒤치다꺼리를 하느라 소장 자리에 앉은 턱을 톡톡히 치르곤 했다.

직원들이 선우의 눈치를 보느라 전전긍긍하는 고충이 있었다는 걸 선우는 뒤늦게야 깨달았다. 그래서 남미에 가 있던 지난 시간 동안 나름 자중하는 남자로 개선해 왔는데, 새삼 저를 단속하는 말을 들으니 사춘기 청소년처럼 반항심이 꼬물꼬물 올라왔다.

"가정도 있으시고 아이들도 아직 어린데, 제 껌딱지까지 하시는 건 무리지 않나요?"

— 아유, 어리긴요. 우리 아들들은 발육상태가 좋아서 어디 가면 초등학생으로 봐요. 벌써부터 학원을 몇 개를 다니는데요. 부소장님은 홀몸이라서 잘 모르시겠지만요, 제 쥐꼬리만 한 월급으로는 등골이 휜다니까요. 거기다 우리 남편 작년부터 백수 돼서 십 원짜리 한 장 못 벌고 집에 있잖아요. 백수 남편이 집에 처박혀 살림도 해 주고, 애들도 돈 잡아먹는 귀신처럼 잘 크고 있는데 무슨 걱정을 해요. 괜찮아요. 아—무 걱정 안 하셔도 되네요. 부소장님만 잘하시면 됩니다.

걱정을 하란 건지 말란 건지 애매했지만, 그것과 상관없이 선우는 입가에 조용히 웃음을 물었다. 사실 선우는 박 실장의 이런 잔소리가 정겹다. 떠나 있는 동안 많이 그리웠었다. 박 실장의 이런 사투리 억양의 협박이.

백수 된 남편까지 들먹이는 건 저더러 사고 치지 말고 이번 일잘 해서 성과급 좀 많이 나오게 하라는 압박이었다. 그런 당부가아니었어도, 선우는 이번만은 꾹 참고 맡은 바 책임을 다할 생각이었다. 지금 당장은 승욱이 놈의 속을 썩이기 싫었으니까. 그게 친구로서 제가 할 수 있는 위로 같은 거였으니까.

같은 맥락으로 할 일이 하나 더 있었다. 그래서 부동산에 전화해서 열희를 내쫓아 달란 부탁을 취소했다. 선우는 당분간 저가 승욱인 척하면서 열희를 지켜보기로 했다. 살 곳을 내어 준 고마운 선배의 옛 애인에게 추파를 던지는 몰상식한 행동이 거슬리긴 했지만, 그냥 내쫓기엔 아직 그녀에게 궁금한 게 있었다.

열희를 단순히 색마 변태녀로 취급하기엔 그녀는 승욱에 대해아는 게 너무 많았다. 이삭이 알려 줬다고 보기엔 너무 개인적인 것들이었고, 그런 얘기가 오갈 정도로 이삭과 친한 것 같지도 않았다. 어떻게 승욱에 대한 정보를 알았고, 무슨 이유로 저를 승욱으로 오해하고 덮치려고 하는지 알아내야 했다.

물론 제 정체를 속이는 것에 죄책감은 있었다. 하지만 그건 저의 소중한 아지트를 멋대로 침범한 데 대한 징벌로 치부하기로 했다.

그가 직접 설계하고 제 손으로 지은 그만의 공간이었다. 그가 나가 있는 동안 관리의 편리성을 위해 일정 기간 건축설계사무소의 소유로 해 놨을 뿐, 이 집과 그 공간은 온전히 선우의 꿈과 바람이 담긴 곳이었다. 그렇기에 아무나 함부로 드나드는 건 용서할 수 없었다.

단지 그것뿐이었다. 절대로 다른 이유는 없다고 재차 확인해 본다. 지난번 국수를 먹으며 느꼈던 이상야릇한 감정 따위는 착각이었다고 제게 못 박았다.

마음만 먹으면 나긋나긋하고 모델 같은 여자들을 옆에 끼고 다닐 수 있는데 그런 폭력적인 여자한테 제가 마음을 내줄 리가 없었다. 열희의 힘과 기술을 동반한 보복이 두려워 제 정체를 못 밝히는 건 더더욱, 절대, 네버, 결코 아니라고 주장해 본다. 뭐, 그렇다는 얘기다.

출근 준비를 마치고 마당으로 나온 열희는 옆집을 물끄러미 쳐다보고 있었다. 어제 국수라도 말아서 먹여 재웠으니 괜찮았지만 문제는 제가 출근해 버린 이후였다. 분위기로 봐서는 또다시 밥도 굶은 채 유리방에 처박혀 있을 게 뻔했다. 그도 그럴 게 어제 본 남자는, 상처받고 버려져 싸가지가 바가지가 된 한 마리의 떠돌이 개와 다를 바 없었으니까.

그래. 꼭, 개봉이처럼.

개봉이도 그랬다. 비 오는 날 버려져 있던 새끼 강아지 개봉이를 처음 주워 왔을 때, 개봉이는 날을 세우고 열희를 향해 짖었다. 죽을 것처럼 삐쩍 마른 몸을 하고도 제가 주는 밥을 먹지 않았었다.

그러나 목욕을 시켜 주고 쓰다듬어 주고 밥을 주며 정성스레 몇날 며칠을 쳐다봐 주니 개봉이는 어느새 저의 가장 좋은 친구가 되어 있었다. 제가 주는 밥만 먹었고, 저의 품만 파고들었으며, 저를 위해서는 덩치가 산만 한 개를 향해서도 발톱을 세우며 이빨을 드러내기를 주저하지 않았었다.

눈가가 시큰해졌다. 개봉이가 무척이나 보고 싶어졌다. 마당에 멈춰 선 열희가 하늘을 올려다보았다. 이젠 세상에 없는 개봉이를 떠올리자 가슴 한편이 욱신욱신 쑤셔 왔다.

어쩜 옆집 남자는 개봉이가 저를 잊지 말라며 보낸 존재일 수도 있겠다는 생각이 불현듯 들었다. 비 오는 날 주워 온 개봉이를 떠올리며 저를 대한 것처럼 남자를 쓰담쓰담 해 주라는.

하늘에 떠 있는 구름이 꼭 개봉이의 얼굴 같았다. 아니 얼굴이라기엔 좀 무리가 있……. 정정한다. 하늘에 떠 있는 구름이 꼭 개봉이의 엉덩이 같았다. 그래서 그 엉덩이에 대고 다짐했다. 그래, 개봉아. 옆집 남자는 내가 잘 살필게. 나만 믿어!

열희가 주먹을 불끈 움켜쥐었다. 이삭에게 진 신세도 있으니 제가 대신 저 불쌍한 옆집 남자를 챙기겠다고. 개봉이를 다룬 것처럼 저 남자도 정성껏 소중히 다루겠다고.

막 집을 나서던 선우는 열희를 발견하고는 황급히 문을 닫고 다시 들어갔다. 마당에 혼자 서서 중얼거리는 게 아무리 봐도 정상은 아니었다.

두려움이 스멀스멀 피어올랐다. 지켜보기로 한 판단이 옳은 것인가 하는 회의도 들었다. 어제 같은 일이 또 일어나지 말란 법은 없었기에 언젠가 배웠던 태권도 동작을 머릿속으로 되짚어도 봤다. 요래요래 조래조래…….

그러면서도 한편으로는 조금 안심도 되었다. 저 여자 출근하는구나, 직장은 있구나, 적어도 사회 부적응자는 아니구나, 출근해 있는 동안은 저를 귀찮게는 안 하겠구나, 하고. 물론, 자신이 앞으로 열희에게 그녀의 故애완견 개봉이처럼 다뤄질 거라는 건 꿈에도 모르는 채로 말이다.

※

"안 돼. 절대 입지 마."

며칠 전 인터넷 사이트에서 구매한 타이트한 라인의 원피스를 내일 입고 오겠다는 열희에게 미령이 절대 입지 말라고 엄포를 놓았다. 불고기백반을 먹던 열희가 길게 딸려 온 당면을 마저 흡입하곤 실룩이는 눈으로 항변했다.

"왜애. 큰맘 먹고 샀는데. 너도 동의했잖아. 골반라인이 인어처럼 섹시하다며."

"우리의 디데이는 금요일 저녁. 남은 날이 많지 않다, 친구야. 이럴 때는 '무궁화 꽃이 피었습니다' 전법을 써야 하는 거지."

미령이 제 돈까스를 집는 대신 열희의 뚝배기에 든 당면을 건져 가며 꾸욱 눈을 감았다 떴다. 그에 열희가 늘어진 당면을 같이 건져 준다.

"무궁화? 그게 뭔데?"

쪼르르 당면을 흡인한 미령이 젓가락을 내려놓고는 주위를 살폈다. 몸을 열희 쪽으로 당긴 미령이 더없이 진지한 눈을 하고 목소리를 낮췄다.

"잘 들어 친구야. 너는 지난번 채훈 선배에게 땡땡이 팬티를 보여 줌으로써 이 놀이에 채훈 선배를 끌어들인 거야. 너는 땡땡이 팬티를 입은 술래. 채훈 선배는 팬티 속 비밀이 궁금한 늑대."

꼴깍. 열희가 목구멍으로 침을 밀어 넣고는 미령 쪽으로 바짝 몸을 당겨 앉았다.

"너는 이제 게임을 시작하는 거야. 무. 궁. 화. 꽃. 이. 피. 었. 습. 니. 다."

한 자 한 자 뜸 들여 말하는 미령의 목소리는 낮고 나른하게 줄어들었다. 마치 보신각 종소리가 멀리서 들리듯 미령은 일정하게, 은은하게 들리지 않을 때까지 소리를 낮춰 말했다.

"가랑비에 옷 젖듯이 무…궁…화…꽃…이…피…었…습…니…다…."

어느새 열희는 졸립기까지 했다. 집중력향상 기계를 머리에 쓴 듯 나른해졌다. 무…궁…화…꽃…이…….

"빵!!"

놀란 열희가 덜컹, 의자를 뒤로 물렸다. 식당 안의 사람들도 놀란 듯 두 사람을 보았다. 미령이 황급히 일어나 허리를 굽혀 사과

하곤 의자에 툭 앉았다. 그런데 입가에 물린 웃음이 예사롭지 않다. 입꼬리 한쪽이 올라간 게 거만이 가득했다.

"봤냐, 친구야? 충격이 상당하지?"

"뭐야 기지배야! 밥 먹은 거 다 내려갔잖아."

"바로 그거지!"

"뭐?"

당최 이해하지 못하는 열희에게 미령이 음산한 나레이션 톤으로 입을 열었다.

"땡땡이 팬티라는 충격의 현장을 본 후 채훈 선배는 기대해. 쟤가 또 뭔 짓을 하지 않을까 하고. 하지만 없어. 아-무 짓도 안 해. 하다못해 부끄러워 숨지도 않아. 오히려 더 당당해. 마치 땡땡이 팬티 따위 안 입었던 것처럼. 그렇게 땡땡이 팬티는 잊혀지는 거지."

"그게 뭐야. 기껏 입은 건데."

"들어 봐. 그렇게 시간이 흘러 어언 금요일 밤이 되지. 채훈 선배는 아무런 기대도 없이, 아무런 욕망도 없이, 평소처럼 너의 집들이에 응하지. 언제나처럼 너는 그냥 좋은 후배인 거고, 힘세고 잘 먹는 머슴 같은 놈인 거고, 그렇게 웃고 즐기며 부어라 마셔라 하며 껄껄거리며 방심한 그 찰나!"

"찰나?"

"너의 '빵!' 이 터지는 거지. 바로바로 인터넷에서 할인쿠폰 써서 구입한 초. 섹. 시. 원. 피. 스!"

"오올!"

"그걸 본 순간 채훈 선배의 무의식 속에 갇혀 있던 땡땡이 팬티가 튀어나오는 거지. 초셕시한 인어 원피스랑 그 안에 골반라인을 감싸고 있는 땡땡이 팬티가 합체되는 순간! 너는 불고기백반이 쑥 내려가듯, 채훈 선배 맘속으로 쑤욱— 소화가 되는 거지."

열희가 감탄한 눈으로 미령에게 박수를 보냈다. 미령이 허리에 손을 얹고 껄껄댔다.

"그러니 그전까진 아—무 짓도 하지 마라, 친구야. 금요일 밤의 '빵!'을 위해서."

미령이 당당하게 당면을 건져 갔다. 열희가 아예 뚝배기를 미령 쪽으로 상납한다.

— 최 요원님! 여기 응급실인데 빨리 좀 와 주세요!

다급한 호출에 열희가 단번에 정색했다. 응급실에서 열희를 호출 하는 건 제어 못 할 여성 환자나 막무가내 보호자가 있다는 얘기였 다. '네 금방 가요!' 미령과 잠깐 마주친 시선만으로 대화를 한 열 희가 그대로 몸을 일으켜 응급실을 향해 달려갔다. 호출한 곳이 응 급실이었기에 더더욱 지체 없이 가야 했다.

그 뒷모습을 지켜보던 미령이 한 손으론 숟가락을 쥐고 불고기 를 건져 먹으며 다른 손엔 젓가락을 쥔 채 남은 돈까스를 죄다 꼬 치 만들듯 찍었다. 양 볼이 불고기로 부풀어 오른 미령이 물을 한 모금 마시고는 돈까스 꼬치를 들고 열희를 뒤쫓았다.

응급실은 난장판이 되어 있었다. 난동을 부린 사람은 한두 명이 아니었다. 한눈에도 덩치들이 산만 한 게 힘깨나 쓰는 폭력배들 같 았다.

대낮인데도 술냄새가 진동했다. 난동 대상이 여성이 아닌데도 열희를 호출한 건 손이 모자라서였다. 이미 와 있는 다른 경비요원들은 덩치 큰 남자들을 제압하느라 애를 먹고 있는 중이었다. 경비요원이긴 하지만 허용된 무기는 변변치 않은 데다 법적 소송을 피하기 위해서는 일단 안전하게 몸으로 막고 보는 게 최선이었다.

"경찰에 신고는 했는데 그동안, 어머! 그건 안 돼요!"

열희를 보자마자 달려온 간호사가 다시 비싼 기계를 사수하려 몸을 날렸다.

열희의 눈썹이 꿈틀거렸다. 남은 놈은 하나. 제일 험악해 보였다. 섣불리 달려드는 대신 눈으로 그를 가늠했다. 과도하게 흥분해 있는 상태이긴 하나 행동이 빠르진 않았다. 하지만 유독 덩치가 크고 힘이 세서 혼자는 무리일 듯한데…….

"엎어뜨린 후 빠르게 포박하면 되겠지?"

열희의 눈이 커졌다. 성큼 제 옆에 와 있는 사람은 문채훈이었다. '선배!' 놀랄 새도 없이 채훈이 열희에게 눈짓을 했다.

"셋 하면 가자."

채훈도 호신동아리 출신이었다. 전직 농구선수라 체격도 좋았다. 채훈과 함께라면 덩치는 쉽게 제압할 수 있었다.

"네!"

열희의 눈이 빛났다. 눈앞의 덩치를 노려봤다. 작게 카운팅을 시작했다. 하나. 둘. 셋!

동시에 달려 나간 채훈과 열희가 덩치의 다리 한쪽씩을 걸어 엎어뜨렸다. 채훈이 덩치의 어깨에 올라타고 앉아 팔을 꺾었고 열희가 재빨리 덩치의 골반을 발로 밟고는 팔을 묶었다.

그러고도 몸을 들썩일 만큼 힘이 세서 위로 올려 차는 발이 열희를 향했다. 그러나 유연성은 별로여서 열희에게까지 닿진 못하고 헛발질만 계속했다.

그렇게 놓고 보니 꼭 엎드려 꼭두각시 춤 추는 아이처럼 발길질을 해 대고 있었다. 끌끌, 혀를 찬 열희가 막대를 꺼내 그의 아킬레스건을 겨냥해 턱턱, 내리치자 그가 비명을 지르며 몸을 뒤틀었다. 그사이 빠르게 그의 발을 묶어 버렸다.

그러고 나니 경찰이 도착했다. 미리 소식을 들었는지 도착한 인원이 꽤 되었다. 덩치 일행을 잘 아는 듯 걸걸한 형사가 눈을 부라리자 덩치가 순식간에 순한 양이 되어 그 뒤를 쫓았다. 지금껏 벌인 행태는 마치 다른 인격이었던 양 끌려가는 모습이 낯설었다.

고개를 돌려 채훈을 올려다봤다. 채훈도 열희를 돌아봤다. 손을 들어 하이파이브를 했다. 한 건 했다는 통쾌함이 둘의 얼굴에 웃음을 만들었다.

"야, 이거."

미령이 돈까스가 꽂힌 젓가락을 내밀었다. '점심시간 끝났잖아. 얼른 먹어.' 열희의 입으로 밀어 넣어진 돈까스는 식었는데도 맛있었다. 열희가 미령에게도 하나, 채훈에게도 하나 건넸다. 미령이야 넙죽 받아먹는 게 당연했지만, 채훈은 의외였다. 그가 웃으며 한 조각 빼어 입에 넣었다. 바라고 준 건 아닌데 채훈이 돈까스를 먹으니 열희의 가슴이 콩닥거렸다. 그가 돈까스 조각만큼 제 마음을 받아 준 것 같은 설레발이 쳐졌다.

한편, 응급실 근처를 지나던 선우는 안타깝게도 채훈을 보지 못했다. 응급실에서 난리가 났다기에 기웃거려 보니 무시무시한 남정

네들이 물건을 내던지고 사람들을 겁박하는 등 폭력이 난무하고 있었다. 폭력은 질색이라 돌아서려는데, 제일 덩치 크고 제일 강해 보이는 남자를 밟고 올라선 열희를 보았다.

그렇다. 열희 '만' 보였다. 열희 몸집의 세 배는 될 듯한 덩치를 가격하고 손쉽게 묶어 버리는 그 모습은 실로 충격이었다.

옆집 여자는 저의 생각보다 훨씬 더 무서운 사람이었다. 아무리 그래도 저는 남자고 상대는 여자인 만큼, 정신만 똑바로 차리면 별 일 없을 거라는 가느다란 희망이 무참히 짓이겨지는 순간이었다. 미래가 암울해졌다. 심히 두려워진다. 저는 정말 승욱을 위해서 이 여자를 지켜봐야 하는 것일까, 하는 고뇌가 일었다.

"부소장님. 안 가시고 뭐 하세요? 자꾸 이렇게 딴 길로 새실 거예요?"

박 실장이 얼어붙은 선우 앞을 막아섰다.

"저는 정말이지 힘으로 사람 어쩌고 싶지 않거든요. 그러니 부소장님이 저의 이 마음을 알아주셔야 해요."

박 실장이 연행이라도 하듯 선우의 팔짱을 꼭 끼고는 잡아끌었다.

병원에서 새로 짓는 요양원 부지를 둘러본 후, 원장과 이사를 만나기 위해 이곳에 들른 참이었다. 만날 사람들에 대해 열심히 설명하고 있었는데 어느새 혼자 떠들고 있었단 걸 깨달은 박 실장의 분노는 꽤 컸다. 갈 길이 바쁜데 싸움 구경이나 하고 서 있는 철부지 부소장을 끌고 가며 박 실장은 아까 한 말을 성질 섞어 다시 읊조렸다.

그렇게 정한병원 응급실에선 여러 사람이 연행되고 있었다. 난동을 피운 덩치들과 선우를 포함해서.

✲

"뭐야, 이건."

눈만 빼꼼 내민 채로 선우가 물었다. 간신히 대화가 가능할 만큼 문을 아주 조금만 열고 있었지만, 혹시 몰라 선우는 몸을 한껏 뒤로 물리고 선 채였다. 손에 든 휴대폰으로는 긴급통화 버튼을 누를 준비를 마치고 있었다.

"저녁 아직 안 먹었죠? 이거 좀 먹어 보라고요."

열희가 입꼬리를 한껏 올려 웃고 있었지만, 선우에게 그 웃음은 마치 독이 든 사과를 건네는 마귀할멈의 미소처럼 보였다.

집에 돌아온 후 다시 부동산에 전화를 했다. 아무래도 옆집 여자는 저 집에서 내보내는 게 맞다 싶었다. 제 변덕에 부동산에서는 좀 황당해하긴 했지만 알 바 아니었다. 사람이 살고 보는 게 우선이었으니까.

그런데 이 여자가 쉴 새 없이 벨을 눌렀다. 집에 없는 척 숨죽이고 있었는데도 가질 않았다. 집요하기까지 했다. 보통 저런 여자들의 특징이 그렇지. 혼자 주억거리고 있는데, 잠그지 않은 유리방 생각이 났다. 순간 등골이 오싹했다. 저 여자가 또다시 유리방을 통해 올 수도 있었다.

선우는 생길 수 있는 경우의 수를 짚어 보았다. 첫 번째, 지금 유리방으로 달려가 문을 잠근다. 여자는 통로가 막힌 것에 광분한다. 때려 부순다. 경찰에 신고한다. 여자가 잡혀간다. 선우에게 섬뜩한 복수를 다짐한다.

고개를 털고 다시 두 번째 생각을 짚어 보았다. 지금 문을 열어 준다. 대신 최대한 안전을 확보한다. 상냥히 대해 준다. 여자는 안심한다. 여자는 내일 부동산을 통해 목돈을 받고 집을 나간다. 저는 경비업체를 불러 이 집의 안전을 도모한다.

선우가 내린 결정은 두 번째였다. 그래서 그는 지금 열희의 손에 들린 이상하게 생긴 음식을 보고 있는 중이다.

"김밥이에요. 내가 오늘 덩치 하나 잡은 공으로 일이 일찍 끝났거든요. 그래서 한번 말아 봤어요. 김밥 좋아하잖아요."

김밥을 좋아하는 건 승욱이었다. 승욱과는 찬 음식을 싫어하는 것까지 쌍둥이처럼 입맛이 똑같았지만, 유일하게 김밥은 예외였다. 승욱은 김밥을 좋아하지만 저는 김밥을 싫어한다. 승욱의 그런 식성까지 꿰고 있는 여자가 전보다 더 두렵다.

그리고 무엇보다 지금 이것은 흔히 아는 김밥도 아니었다. 밥 따로 반찬 따로 제멋대로 생긴, 김과 밥과 반찬들을 억지로 함께 말아 놓은 그냥 김말이밥이지.

"계란이랑, 소시지랑, 단무지랑, 어묵이랑, 우엉만 넣었어요. 시금치 같은 건 제가 못하거든요."

그런데 어딘가 눈에 익었다. 뭐지, 이 김밥에 대한 기시감은?

"다음엔 시금치도 세트에 넣어 달라고 말해 봐야지."

역시 그랬다. 김밥세트였다. 요 앞 슈퍼에서 본 적 있다. 김에 말기만 하면 되게 김밥 재료를 한데 묶어 세트로 파는 것을.

이럴 거면 그냥 말아서 팔지 왜 안 말고 헤쳐서 파나 궁금했었다. 이런 걸 누가 사나 싶었는데 여기 이 여자가 샀다. 그런데 어떻게 된 게 이 여자는 그냥 맡기만 하면 되는 것도 이리 못 만단 말인가.

"받아요. 아예 말아서 파는 것보단 이게 정성이 들어가서 좋잖아요. 음식은 자고로 손맛인데."

참으로 애매모호한 정성이긴 했다. 그런데 이 여자는 왜 이리 기분이 좋은 거지? 덩치를 때려잡아서 그런가? 스트레스를 해소해서?

아무튼 지금 현재 김말이밥을 주는 것 외에 다른 목적은 없어 보였기에 안전하다 싶어 잠금장치를 마저 풀고 문을 조금 더 열었다. 아뿔싸 긴급통화 버튼을 누를 뻔했다. 얼른 휴대폰을 내려놓고는 다시 손을 내밀었다.

"꼭 먹어요. 여기 보온병엔 계란국 넣었으니까 국물이랑 같이 꼭꼭 씹어 먹어요. 알았죠?"

여자의 심기를 건드리면 안 될 것 같아 선우가 얼른 끄덕였다. 그에 놀란 열희가 눈을 동그랗게 뜬다.

"지금, 끄덕거린 거예요?"

그게 그렇게 놀랄 일인가, 끄덕거린 게? 설마 이 여자, 끄덕거리는 행동에 대해 페티시라도 있는 건가!

섬뜩한 생각이 드는 것도 잠시, 정말로 섬뜩한 일이 일어났다. 열희가 손을 들어 선우의 머리를 쓰다듬은 것이다.

"잘했어요! 기특해요!"

이건 뭐……? 얼빠져 열희를 보는데 그녀의 웃는 모습이 너무 맑았다. 저를 바라보고 웃는 게 정말로 좋아하는 모습이어서 신경질적으로 치켜 올라갔던 선우의 눈썹이 스르르 풀렸다.

어쩜 이 여자는 저를 잘 먹여 밤일에 힘쓰게 할 의도일 수도 있었다. 저를 살찌워 동화 속 마녀처럼 잡아먹을 생각일 수도 있었다. 그러나 지금 당장은 아무래도 좋았다. 이 여자가 웃는 걸 보니 저도 웃고 싶어졌으니까.

어쩜 이 여자는 정말로 저를 걱정하는 걸 수도 있겠다는 말도 안 되는 희망 같은 게 조금 꿈틀거렸다. 정말, 말도 안 되게.

남자는 정말로 개봉이처럼 귀여웠다. 제가 밥을 주니 고개를 끄덕이는 게 마치 개봉이가 제가 챙겨 준 밥을 처음 받아먹던 그때 같아서 저도 모르게 남자의 머리를 쓰다듬어 주었다.

이렇게 빨리 그가 저에 대한 경계를 풀고 마음을 내줄 줄은 몰랐다. 개가 아니라 사람이라 그런가?

어쨌거나 열희는 오늘 완전 행복하다.

채훈 선배랑 합심해서 덩치도 잡고, 인간 개봉이에게 밥도 먹였으니, 이보다 더 좋을 순 없지 않은가!

4. 비밀의 방

퇴근길, 열희는 맛있기로 소문난 분식집에서 순대와 떡볶이와 어묵탕과 튀김과 납작만두까지 골고루 포장을 해 들고 오고 있었다. 그 남자가 분식을 좋아하는지는 미지수였지만, 제 경험상 이런 조합은 한번 맛보면 싫어할 수가 없는 거였다.

그동안 심심한 것만 먹였으니 이제 이런 것도 먹을 때가 됐다. 미령의 말대로 모든 일에는 강약조절이 있어야 했으니까. 혹시나 부족할 영양소 보충을 위해 맥반석 달걀도 샀다. 예전에 배운 기억이 남아 있었다. 우유와 달걀은 완전식품이라고. 맛있게 먹을 남자를 생각하니 벌써부터 기분이 흐뭇해졌다.

"저기 아가씨? 색시? 처자?"

세 번이나 바꿔 불린 후에야 열희가 정신을 소환해 왔다. 저요? 하며 묻는 눈길에 열희를 부른 남자가 크게 끄덕였다.

"나 여기 사장인데요, 요 앞 전원주택에 살죠?"

부동산 사무소에 다리 하나를 걸쳐 놓은 남자가 손가락으로 열희 집 방향을 가리켰다.

"네."

"내가 먼저 살던 아가씨한테 연락을 해 보려고 했는데 통 되질 않네."

"왜요?"

"집주인이 나가래서."

"……예에에?"

그 말뜻을 이해하기까지 시간이 걸렸다. 그러고 나서 쩌렁하게 고함을 쳤다. 나가라니. 집주인이 이삭에게 나가라 했다는 건 곧 열희더러 나가라는 거였다. 제가 있을 곳이 없어지는 거였다. 그건 청천벽력이었다. 당장 돈도 없는데 어디로 간단 말인가.

"놀랄 거 없어요. 돈은 얼마든지 준대. 부르는 대로 얹어 주겠대. 미친 건지. 암튼, 그러니까 내 생각에도 한 몇 천 얹어 받고 나가는 게 이득이다 싶은데. 어때요?"

"몇 천을 얹어 받아요? 몇 천을요? 몇 천이면…… 몇 천만 원이요?"

이번에도 부동산 사장의 말이 쉬이 이해가 되지 않았다. 떡볶이 이천오백 원, 순대 삼천 원. 지금 말하는 '몇 천'이란 그런 '천'이 아니란 생각에 새삼 무시무시해졌다.

"그니까 처자가 그 먼저 처자한테 연락 좀 해 봐요. 집주인 맘 바뀌기 전에 얼른. 변덕이 죽 끓듯 해서 또 언제 됐다고 그럴지 몰라요. 챙길 수 있을 때 얼른 챙기라고."

"······근데요. 아직 계약기간 안 되지 않았어요?"

"안 됐지요."

"그럼 집주인이 나가랄 수 없는 거잖아요."

"뭐. 거야 그렇지요."

흐음. 생각해 보니 괘씸했다. 제 딴에는 챙긴답시고 매일 먹을 것도 갖다 주고 했는데, 그는 뒤로 저를 내보낼 궁리를 하고 있었던 거다. 대가를 바라고 한 행동은 아니지만 기분이 유쾌하진 않았다.

이삭 선배가 떠난 데 대한 복수인가? 생긴 것보다 훨씬 더 치졸한 남자였다. 남자답지 못하게 쪼잔하기는. 역시, 그 남자는 싸가지가 없다.

아직 전세 기간이 남았으니 제가 버티려면 버틸 수 있었다. 그래도 일단은 돈 수천만 원이 얹혀져 오갈 수 있는 일이었기에 이삭에게 소식은 전해야 했다. 부동산 사장에게 알겠다고 연락하겠다는 대답을 남기고 다시 걸음을 옮겼다.

돌아오는 길에 열희는 곰곰이 생각에 잠겼다. 궁금했다. 남자는 이삭에게 시위를 하는 것일까, 아님 저를 귀찮아하는 것일까. 들고 있는 음식 봉지가 새삼 무겁게 느껴졌다.

※

이건 또 뭐?

발밑을 보고 서 있는 선우의 눈길이 의아해졌다. 오늘은 신기하게도 벨이 한 번만 울리고 말기에 도어 비디오로 한참을 살폈다.

혹시나 제가 나오길 숨어서 지켜보다 덮칠 수도 있기에 꽤 오랜 시간을 지켜봤다.

그런데 열희는 더는 나타나지 않았다. 매일같이 집요하게 울리던 벨이 한 번만 울리고 마니 신경이 쓰였다. 좋아야 하는데 이상하게 서운했다.

그래서 결국 못 참고 문을 열어 봤다. 그런데 문에 뭔가가 밀리는 느낌이 들었다. 내려다보니 검은 비닐봉지 두 개가 있었다. 그래서 한참을 보고만 서 있는 중이다.

쉽게 접근이 안 되었다. 이 여자의 새로운 계략이 의심스러웠다. 저 봉지 안에 뭐가 있을지 가짓수를 생각해 보았다. TV나 인터넷에서 들었던 수많은 스토커들의 행태가 떠올랐다. 똥. 죽은 쥐. 죽은 고양이. 죽은 생선. 떠올리다 보니 절로 몸서리가 쳐졌다. 개중에 똥이 제일 낫다고 생각하고 있는 자신이 놀랍기도 했다.

톡. 발끝으로 쳐 보았다. 물컹한 것이 소름이 돋았다. 이번엔 조금 길게 쳐 보았다. 투욱. 수분감이 많았다. 발끝으로 미지근한 느낌도 전해져 왔다. 종합해 본다. 수분이 많고 물컹하고 미지근하다는 건…… 설마, 설사?

그렇다. 이것은 설사다! 그것도 인간의 장에서 배출된 지 얼마 안 된 따끈따끈한!

코가 절로 벌름거려졌다. 본능적으로 냄새를 맡아 보려는 저를 깨닫고는 서둘러 고개를 돌렸다. 차마 가까이 갈 수 없어 멀리 떨어져 상태만 살폈다. 주위에 날파리가 없는 걸로 봐선 포장을 잘한 모양이었다.

불안함에 손톱을 잘근거렸다. 극도의 긴장은 없던 버릇도 만들었다. 살다 살다 이젠 똥폭탄까지!

갑자기 왜 열희의 태도가 바뀐 걸까 궁금했다. 그동안 여자는 저에게 정말 잘해 주었다. 그런데 왜 이제 와 저에게 똥을 준단 말인가. 제가 대체 무엇을 잘못했기에.

선우는 정말 여자의 심기를 건드리지 않으려고 최선을 다했다. 주는 대로 잘 받아먹었고 설거지도 깨끗이 해서 그릇을 돌려주었다. 그런데 대체, 왜, 갑자기, 이제 와 한순간에 마음이 변해 저에게 이런 미지근한 설사똥을 주는가 말이다!

부동산! 심봉사가 눈을 뜨듯 선우의 눈도 번쩍 뜨였다. 그렇다. 이 여자는 돈을 얼마를 주든 순순히 나갈 생각이 없는 거였다. 그렇다는 건, 선우는 잠자는 사자의 코털을 건드린 셈이 되는 거였다.

아직도 계약기간은 많이 남았다. 충분히 버티고도 남을 여자였다. 남은 기간 내내 이 여자가 저에게 무슨 짓을 저지를지는 저의 상상으로는 가늠할 수 없으리라. 그 증거가 이 똥이 아닌가.

다리에 힘이 풀려 주저앉았다. 개중에 차라리 똥이 낫다고 했던 저의 미련한 생각을 후회했다. 눈앞에 놓인 똥봉지를 보았다. 서러웠다. 자그마치 똥봉지가 두 개나 된다. 이 여자는 대체 어디서 이 많은 똥을 구해 온 것일까.

사람을 불러 치워 달라고 하고 싶었지만, 똥을 치워 달란 부탁은 제 입으로 하기에도 수치스러웠다. 옆집 여자에게 똥을 받았다는 게 알려지면 두고두고 사람들 입에 오르내릴 게 뻔했다. 눈물이 날 것 같았다. 이 와중에도 물이 많은 저 똥은 재활용인가, 음식물 쓰레기인가를 놓고 고민하는 제가 정말 비참했다.

"튀김이네예."

어느새 집 앞에 나타난 박 실장이 똥봉지를 보며 정겨운 사투리로 말했다. 아닙니다, 박 실장님. 그것은 튀김이 아니에요.

"아이고야– 이 맛난 걸 우예 사 왔습니까? 부소장님이 사 오셨어요오?"

순간 선우의 가슴이 쿵쿵쿵 요동치기 시작했다. 박 실장의 허리가 굽혀지고 있었다. 두 손이 똥봉지로 향하고 있었다. 화장 잘 먹은 얼굴이 똥봉지에 가까워지고 있었다.

"안 돼요옷!"

박 실장은 입사 이래 이렇게 빠르게 움직이는 부소장을 본 적이 없었다. 항상 팔짱을 낀 채 나른한 시선으로 제 할 말만 하던 남자였다. 그런데 방금 전 부소장은 독수리가 먹이를 낚아채듯 제 손이 닿기도 전에 봉지 두 개를 그대로 집어 가 버렸다. 게다가 절규하듯 고함을 치면서. 두 눈은 크게 뜬 채로.

그의 숨소리마저 거칠게 느껴지는 건 저의 착각일까. 못 본 사이 식탐이 강해져 돌아왔구나. 박 실장은 처음 보는 눈앞의 광경에 적잖이 당황했다.

"제, 제가 먹으려는 건 아니고요, 그냥 구경만 하려고 그랬어요. 부소장님 아시다시피 저는 남의 것을 함부로 취하는 그런 성격이 전–혀 못 되거든요. 그건 정말 믿어 주셔야 해요. 그냥 부소장님도 이런 걸 드시는구나, 그게 신기해서. 제가 순대, 떡볶이, 튀김, 오뎅을 좋아해서 그런 건 저얼–대 아니랍니다."

"박 실장님, 이건 순대 떡볶이가 아니라 또오…… 응?"

멍해 있던 선우의 시선이 쪼르르 아래로 꽂혔다. 그러고 보니 제가 들고 서 있는 봉지에서 고소한 튀김 냄새가 풍겼다.

"네. 또 오뎅이 있네요."

"오, 오뎅이요?"

박 실장이 눈과 고개를 동시에 끔뻑였다.

"거 튀김도 있네요. 오징어. 김말이. 또 보자……."

이젠 아예 대놓고 봉지를 뒤지는 박 실장이었다.

"납작만두도 있네요! 어머 달걀도! 정말 센스 죽이신다! 떡볶이 국물에 납작만두랑 달걀 묻혀 먹으면 정말 죽이는데!"

입술을 혀로 축이는 박 실장의 목으로 침이 꿀꺽 넘어갔다.

그제야 선우는 긴장이 풀려 벽에 기댔다. 무슨 큰 열병이라도 앓고 난 사람처럼 온몸이 땀으로 축축해져 있었다.

똥이 아니었구나. 똥이 아니었어. 머리 위로 그 말만 뱅글거리며 떠다니고 있었다. 똥이 아니었어! 그럼 그렇지! 내가 잘못한 게 없는데 똥을 줄 리가 없지! 바람 같은 탄식이 그의 입에서 나왔다. 하아—

"근데 왜 이걸 바닥에 두고 계셨어요?"

선우는 대답도 없이 봉지를 품에 소중히 끌어안고는 돌아섰다. 비척비척 발을 끌며 안으로 걸어가는 선우의 입가에 설핏 미소가 걸렸다. 그걸 오해한 박 실장이 입을 삐죽였다.

"아니 제가 먹겠다는 게 아니라니까요. 혼자 다 드세요. 저야 부소장님이 깜빡하고 두고 가신 서류 가져오느라 제 잘못도 아닌데 퇴근도 못 하고 쫄쫄 굶어 주린 배를 안고 이 먼 곳까지 왔지만, 저는 정말 괜찮거든요. 순대, 떡볶이, 튀김, 오뎅이 아니라 똥을 줘도 퍼먹을 만치 배고프지만 괜찮아요. 혼자 다 드세요."

'똥'이라는 말에 잠깐 움찔하긴 했지만 입가에 물린 미소는 여전했다. 바람 빠지듯 허엉, 하는 웃음소리도 걸렸다.

아, 물론 이 웃음은 언뜻 본 것만으로 봉지 안의 내용물을 다 알아맞히는 박 실장이 신기해서 나온 거였다. 열희가 저를 미워하는 게 아니란 걸 알게 돼서 웃고 있는 건 절대 아니었다. 진짜로. 네버. 결코. 절대. 뭐…… 그렇다는 거다.

※

벨소리에 열희가 후다닥 달려 나왔다. 오늘 못 온다던 미령이 온 건가 싶어 반가움이 서렸다. 주말마다 가져 온 불타는 19금의 밤을 이번 주에는 주중에도 실시하고 있었다. 그야말로 디데이를 위한 맹특훈이었다. 혼자 볼 마음에 울적했는데, 미령이 왔다고 생각하니 절로 엉덩이춤이 춰졌다. 야 이 기지배…….

"어."

맥 빠진 소리가 열희의 입으로 나왔다. 문 앞에 있는 건 뜻밖에도 선우였다. 오늘은 닦아서 가져올 그릇도 없는데 왜 온 거지? 그 생각이 먼저 들었다. 그가 저를 내쫓으려 한다는 사실이 떠올라 반갑게 맞아지지가 않았다. 이제 안 볼 사이니까 음식 같은 거 가져오지 말라는 말을 하러 왔나 보다 싶어 새초롬해지기도 했다.

"왜요?"

문을 열었는데도 한참을 아무 말이 없기에 결국 열희가 먼저 입을 열었다. 가만히 저를 보고만 서 있는 게 불편했고, 아무래도 남자가 꺼내기 어려운 말을 하려는 것 같아 빨리 듣고 끝낼 생각이었다. 어차피 저에겐 결정권이 없으니까. 이삭이 남자의 제안을 수락하면 그녀는 나가야 하는 거였다.

"그냥 말씀하세요. 집 얘기 이미 다 들……."

"잘, 먹었어."

제 귀를 의심했다. 잘 먹었다니. 뜻밖이기도 했고, 처음이기도 해서 당황했다. 역시나 어려운 말을 하려고 당근을 주고 있는 거다 싶었다.

"순대와 떡볶이는 아주 맛있었다고 우리 직원분이 전해 달래."

"네?"

"나는 순대랑 떡볶이는 별로라. 순대는 냄새가 나고, 떡볶이는 자극적이어서. 하지만 나머진 맛있게 먹었어."

"아."

이 와중에도 음식 타박을 하는 남자가 조금 밉상이긴 했지만, 남자는 옆집으로 온 이래 가장 많은 말을 하고 있었다. 전에 한 말을 다 합쳐도 지금 내놓은 말보다 글자 수가 적을 거라고 열희는 생각했다.

선우는 조바심이 일어 자꾸 말을 꺼내 놓았다. 여자의 태도는 확실히 그 전과는 달랐다. 뾰로통한 것이 웃지도 않고 말도 없었다. 역시 안심할 단계는 아니었다. 와 보길 잘했다.

어떻게든 여자가 다시 예전처럼 샐샐거리도록 바꿔 놔야 했다. 안 그러면 두려움에 저는 밤새 뜬눈으로 있어야 할 것 같았기에.

"뭐, 하고 있었어?"

"네?"

당황한 열희의 얼굴이 벌게졌다. 19금 포르노 영화를 보려던 참이었어요, 라고는 차마 말 못 했다.

"그건 왜……."

"아니 뭐 딴 뜻이 있는 게 아니라, 그냥 이 시간엔 뭐 하나 궁금해서."

열희는 많은 것이 서운했다. 이 남자는 열희가 집 나갈 생각은 안 하고 뭐 하고 있나 감시하러 온 것 같았다. 네가 이렇게 한가할 때냐, 어서 이사 갈 집을 구해야지, 라고 말하고 있는 거였다, 이 남자는.

"왜 갑자기 그게 궁금한 건데요?"

불퉁거리는 열희의 질문에 더 얼어붙은 선우였다. 왜 궁금하긴. 그쪽이 나를 덮칠까 봐 그래요, 라고는 차마 말 못 했다. 어떻게든 이 성난 여자의 맘을 풀어야 했다. 생각하자, 한선우. 생각을. 어떤 방법이든지. 무엇이든. 아무거나. 무슨 수를 써서라도. 얼른!

"유리방 구경 갈래?

유리방이라는 말을 내뱉자마자 선우는 조금은 후회했다. 그곳은 그리 쉽게 보여 줄 곳이 아니었으니까. 그래도 어쩌겠는가. 상황이 상황인지라 앞뒤 가릴 처지가 아니었다. 유리방의 멋진 모습을 보여 주면 아마 이 여자도 금세 마음이 풀릴 게 확실했다.

열희는 제가 헛소리를 들었나 싶어 눈을 굴렸다. 유리방? 유리방이라. 아, 그 유리방. 응? 그 유리방? 그 음란마귀방?!

열희의 얼굴이 울그락불그락해졌다. 눈썹이 꿈틀, 입매가 실룩거린다. 남자를 노려봤다. 화가 치밀었다. 대놓고 저더러 변태 유리방에 가자는 남자의 파렴치함이 역겨웠다. 집을 나가기 싫으면 몸이라도 바치라는 뜻이 아니고 뭐겠는가.

뜨거운 숨이 코로 뿜어졌다. 이러다 공룡이 될 것 같았다. 정말이지 이런 더러운 갑질은 정의사회 구현을 역행하는 짓이다! 그래서 목청껏 야단을 쳤다.

"에라이 똥보다 더러운 자식아아아앗!"

선우의 눈이 휘둥그레졌다. 화들짝 문에서 떨어져 나왔다. 뜻밖이었다. 제 딴에는 큰맘 먹고 제안한 건데 여자가 화를 낼 줄은 몰랐다. 달래려고 온 건데 반대가 되어 버렸다. 뭘까. 뭘 잘못한 걸까. 유리방의 무엇이 여자를 화나게 한 걸까. 선우의 머리가 재빠르게 돌아갔다.

그제야 생각났다. 저는 유리방에서 이 여자를 죄인 취급하지 않았던가. 그곳에서의 기억이 여자에게 좋을 리가 없었다. 맙소사. 저의 실수였다. 이 여자, 생각보다 소심하고 예민했다.

"미, 미안. 그런 의도는 아니었어."

열희가 팔을 걷어붙이며 선우를 노려봤다. 증기기관차처럼 김을 내뿜으며 당장 한판 뜰 기세로 선우를 위아래로 훑었다.

무엇보다 개봉이한테 미안했다. 이런 개 같은 인간을, 아니 개에 비유하는 건 개봉이한테 또 죄를 짓는 거다. 정정한다. 이런 똥 같은 인간을 개봉이에 비유한 게 정말이지 속이 상했다.

"아니긴 뭐가 아냐, 이 자식아! 어디 할 짓이 없어서 세입자를 유혹해. 시대가 어느 땐데 나가라 마라야. 집주인이면 다야? 니가 이러니까 이삭 선배한테 버림을 받지. 차여도 싸다 싸, 이 변태 자식아!"

"변태 자식?"

선우도 더는 못 참았다. 이삭한테 버림을 받다니. 차이다니. 이

삭이 승욱을 떠난 건 맞지만 그건 승욱의 잘못이 아니다. 승욱의
죄라면 저를 도와 그 먼 타지에서 고생한 것밖에 없었다.

승욱은 정말 이삭에게 한결같았다. 친구의 연정을 이런 식으로
하대하다니. 제 친구를 모욕한 이 여자를 용서할 수 없었다. 순식
간에 눈이 화르륵 뒤집혔다.

"네가 뭔데 함부로 그런 말을 해? 네가 뭘 알아? 너야말로 변태
잖아! 이 변태색녀야!"

열희는 순간 뜨끔했다. 최근 들어 매일 19금 영상을 봐 온 것과
이 남자를 향해 제가 품었던 음흉한 생각들에 절로 양심이 찔려 왔
다. 이럴 때는 강하게 시치미 떼는 게 최고다.

"뭐, 뭐라고? 내, 내가 왜 벼, 벼, 변태인데!"

침착하자, 최열희. 말싸움에서는 더듬는 자가 지는 거다. 자, 호
흡하자 호흡. 진정하자 진정.

"대놓고 날 유혹했잖아, 거기가."

뜨헉, 입이 벌어졌다. 호흡도 진정도 다 안드로메다로 날아갔다.

"뭐어어? 내가? 그쪽을? 언제?"

"나한테 여자 짓 했잖아, 먼저!"

"헐."

살다 살다 별소리를 다 들어 본다. 최열희 사전에 여자 짓이라
니. 지나가던 개가 웃을 소리였다.

지난 4년간 문채훈에게 그렇게 해 보려고 해도 안 되던 여자 짓
이었다. 대학교 2학년 때 처음 사귄 남자친구에게 시도했다가 개망
신을 당한 여자 짓이었다. 그렇게 열심히 노력해도 실패했던 여자
짓을 그에게 했다니. 엄청나게 황당하면서도 어딘가 미묘하게 기쁘

79

기도 한, 그러나 결정적으로 믿을 수 없는 허무맹랑한 말이었다.

"내가 그쪽한테 여자 짓을 했다고요? 공부하고 연습해도 실패했던 여자 짓을 내가 그쪽한테요? 언제요? 그게 가능해요? 마음먹고도 못 한 여자 짓을 어떻게 마음에도 없는 사람한테 하냐고요!"

"했잖아. 국수 말아 주면서 눈 요렇게 위로 치켜뜨고 깜빡깜빡. 그게 여자 짓이지 뭐야. 유혹한 거잖아!"

어머어머어머어머. 어머 소리가 속에서 수십 번은 자동재생 되었다. 기가 막혔다. 이건 저를 모독하는 말이었다.

"보세요. 그건 정말 기분이 엿 같은 말씀이시네."

"뭐? 여엇?"

"그니까 그쪽은 선배의 남자였던 거잖아. 선배랑 사귀었던 남자를 의리상 내가 마음에 품으면 안 되는 거죠. 그건 정말 배은망덕한 일인 거지! 찝찝하고 더럽고 껄쩍찌근하고 밍글밍글한 그런 거지!"

이번에는 선우가 기가 찼다. 이 여자, 시치미 떼는 수준이 보통이 아니다.

"그걸 그렇게 잘 아는 사람이 끊임없이 날 노리나? 먹을 거 주고, 챙겨 주고, 웃어 주고, 쓰다듬어 주고! 세상 어느 여자가 마음에도 없는 남자한테 그렇게 하나!"

"그거야 그쪽이 개봉이 같으니까 그랬죠!"

"……!"

순식간에 정적이 들어찼다. 짠 것처럼 둘의 입이 꾹 다물렸다.

열희는 개봉이라는 말을 내놓은 저의 입술을 깨물었다. 저도 모르게 그 소중한 이름을 내놓고 말았다. 개봉아 미안하다. 널 이런 남자한테 비교해서. 남자가 개봉이가 뭐냐고 물어 오면 어떡하나 걱정도 되었다. 대답하기 싫었다. 알려 주기 싫었다. 이런 남자에게 개봉이 얘길 해 주고 싶진 않았다.

그런데 한편으론 남자가 조금은 이해가 되었다. 오해일망정 남자는 열희가 먼저 꼬셨다고 생각하고 있었다. 아무도 보아 주지 않는 저의 여자 짓을 보아 준 남자가 신기하기도 했고, 또 오죽 외롭고 서글펐으면 저를 놓고 그렇게까지 느꼈을까 싶어 동정도 갔다.

알고 있던 거지만 다시 한 번 상기했다. 남자는 지금 실연으로 인한 심신미약 상태라는 걸.

선우는 개봉이라는 촌스러운 이름의 남자가 누군지 궁금해졌다. 개봉이라는 이름을 말할 때 열희의 눈엔 진심이 담뿍 있었다. 거짓이 아니었다.

개봉이는 아마도 그녀의 절절한 첫사랑이었나 보다. 뜻밖이었다. 제가 개봉이를 떠올리게 하다니. 이렇게 잘생긴 외모는 정말 흔치 않은데 말이다. 그것만으로도 갑자기 '개봉이'가 개봉 씨로 승격되었다. 저를 닮았다는 개봉 씨는 무척이나 괜찮은 남자인 게 분명했다.

조금은 미안해졌다. 요즘 세상에 이런 친절을 베푸는 사람이 없다 보니 열희의 진심을 오해했었다. 열희는 그저 저를 닮은 옛 남자를 못 잊어 저에게 잘해 준 것뿐이었다. 그제야 저를 대하던 열희의 모든 태도가 이해가 됐다. 언제나 애처롭고 애달픈 눈길을 하고 있었다. 얼마나 그리웠으면 그랬을까. 얼마나 그 남자가 보고 싶었으면.

저도 누군가를 그리워해 봐서 그 마음이 얼마나 애절한지 안다.

어머니가 세상을 떠난 후, 저 역시 이 집에 돌아오기까지 2년이나 걸렸다. 빈자리를 느끼기 싫어 밖으로 돌았다. 혼자 남았다는 현실이 커다란 산인 양 넘지 못했었다.

그립다는 것은 그런 거다. 그 사람의 빈 공간만큼 가슴도 텅 비게 되는 허전함을 동반한다. 아무거라도 닮은 것이 있으면 주워 넣어 가슴을 채우고 싶은 그런 간절함이 된다.

선우가 그 붉은 목도리를 그리 애지중지하는 것도 그게 어머니가 마지막으로 떠 주었던 목도리를 떠올리게 해서였다. 그런데 개봉 씨를 닮은 사람을 눈앞에 둔 열희는 어떤 심정이겠는가. 그것은 제가 상상할 수 없는 반가움이자 소중함이자 또 다른 상실감을 가진 그리움이리라.

그런데 저는 오늘, 그것을 폄하해 버린 것이다. 상처인지 모르고 쿡 찔러 버렸다. 참으로 못났다. 안타깝게도, 어머니의 바람과는 달리 저는 아직도 마음에 모가 나 있나 보다.

"바다. 좋아하나?"

마음이 먹먹해진 채 그녀를 향해 물었다.

"……네?"

갑작스런 물음에 열희는 싸운 것도 잊고 말갛게 그를 올려다보았다.

"싫어……하나?"

"아, 아뇨. 좋아하는데요."

저도 모르게 서둘러 대답을 해 놓고 민망해지는 열희다.

"그럼 됐네. 가자."

그 말을 하는 선우의 표정이 설레 보였다.

"어딜요?"

호기심 어린 열희의 눈이 별처럼 반짝거린다.

"바다 보러."

열희는 가슴이 간질거렸다. 그게 바다라는 말 때문인지, 그의 입에 걸린 희미한 미소 때문인지는 모르겠다.

선우가 앞장섰다. 그런데 이상했다. 바다를 보러 가자는 그는 열희의 집 계단을 올라가고 있었다. 그게 이해가 안 가 멍하니 보고 서 있자 그가 열희를 돌아보았다. 순간 가슴이 철렁! 했다. 저를 보는 남자의 눈이 둥글게 웃고 있었기에.

그가 2층을 가리키며 고갯짓을 했다. 들어 올려진 그의 턱 선이 참 깔끔했다. 걱정 말고 따라오란 뜻이 읽혔다. 조금 전까지 싸가지 없게 느껴졌던 그의 오만한 입술 끝이 살짝 올라가 있었다. 그게, 열희를 설레게 했다.

들썩이던 열희의 발이 마침내 주술에 걸린 것처럼 그의 뒤를 따랐다. 쿵. 쿵. 쿵. 쿵. 계단을 오르는 발소리가 제 귀에서 울렸다. 아니 어쩌면, 조금 전 둥글게 휘었던 그의 눈을 보고 요동치기 시작한 제 심장 소리인지도 모르겠다.

유리복도를 따라 걷는 내내 그의 뒷모습만 보았다. 보폭이 큰 그가 두 걸음을 걷는 동안 열희는 세 걸음을 걸어 간격을 유지했다. 그와 멀어지지 않게, 그리고 가까워지지도 않게.

유리방 앞에 도착하자 그가 열희를 돌아보았다. 저를 기다리고 서 있는 그의 얼굴에 달빛이 드리웠다. 그의 눈도 달빛을 담아 반짝였다. 우뚝. 가까이 가지 못하고 열희는 걸음을 멈추었다. 제 눈에 가만히 그의 눈을 담았다. 전에도 그렇고 지금도 그랬다. 그의 눈엔 우주가 있었다. 열희의 눈에는 희한하게도 그렇게 보였다.

그가 어서 오라는 듯 고개를 끄덕이며 웃었다. 그런 그에게로 열희가 다가갔다. 그가 가까워졌다. 저를 보고 있는 그의 눈도 가까워졌다.

설레었다. 그에게 다가서는 그 몇 걸음이 사진을 찍는 것처럼, 영사기를 돌리는 것처럼 진기하게 느껴졌다. 온몸이 붕 뜨는 것 같았다. 발밑이 아득해졌다. 이대로 한 발짝만 더 옮기면 저는 어디론가 날아가 버릴 것 같았다. 어디론가……

딸깍. 그가 방문을 열었다. '들어와.' 그의 말과 동시에 열희의 팔이 들어 올려졌다. 내려다보니 그의 긴 손가락이 저의 손목을 잡아당기고 있었다. 헉, 하고 숨을 들이켰다. 그의 손가락이 닿은 곳에서 맥박이 뭍에 나온 물고기처럼 펄떡거렸다.

"여기 누워 봐."

상기된 음성으로 그가 열희를 침대에 앉혔다. 그러고는 성큼 걸어 벽 끝으로 가 선다. 열희가 눕진 못하고 보고만 있자 선우가 손을 들어 재촉을 했다. '얼른.' 그게 꼭 아이같이 조르는 말투라 열희는 더 버티지 못하고 침대 위에 누웠다.

왜인지 열희는 불안하지 않았다. 여차하면 팔을 꺾어 버리자는 계산도 했지만, 지금의 남자는 전혀 위험해 보이지 않았다. 게다가 전혀 변태 같지도 않았……!

열희는 말을 잃었다. 누워서 바라본 하늘은 달빛을 은은히 받아 장관이었다. 전에는 왜 이걸 보지 못했을까. 놀라움으로 열희의 입이 벌어졌다.

"눈 감아 봐."

"네?"

열희가 고개만 들어 선우를 보았다.

"눈 감고 있다가, 하나 둘 셋 하면 떠."

이 남자가 이렇게 천진한 사람이었나. 설렘으로 가득 찬 남자의 말에 열희는 작게 웃음이 났다. 그래 까짓 거 해 주지 뭐. 열희는 아바타처럼 그가 시키는 대로 머리를 눕히고 눈을 감았다. 그 위로 잔잔한 선우의 음성이 수를 세었다. 저도 마음속으로 그를 따라 수를 세었다.

"하나……. 두울……. 셋."

열희의 눈이 스르르 열렸다. 그리고 그 순간, 숨이 멎는 것 같았다. 눈앞엔, 아니 저를 둘러싼 모든 공간에 짙은 군청색의 물결이 일고 있었다. 멀리서 비추는 달빛에 흔들리는 수초가 있었다. 암초가 있었고, 고요한 포근함이 있었다. 마치 깊은 바닷속과 같았다. 저는 바닷속 어딘가를 부영하는 인어가 된 듯했다.

넋을 놓고 있고 있던 열희가 선우를 생각해 낸 건 한참 후였다. 이게 어찌 된 건가 동그래진 눈을 들어 그를 찾았다.

선우가 다가와 침대 옆 바닥에 앉았다. 열희가 몸을 일으켜 그런 선우를 봤다.

"어때?"

어떻게 한 거냐고 물을 참이었는데, 어떠냐고 물어 오는 그의 말에 말문이 막혔다. 어떻다고 말로 답을 할 능력이 제게는 없었다. 어떤 말로 이 느낌을 표현한단 말인가.

"조명 장치야."

"조명?"

열희의 궁금증을 이해한 듯 선우가 먼저 답을 내놓았다. 그러고 보니 어두운 사위를 바닷빛으로 보이게 하는 신비한 빛이 있었다. 평범하던 정원의 모습이, 땅 속에 뿌리를 둔 나무의 가지들이 지금 열희에게는 바닷속 수초처럼, 바닷속 암초처럼 보였다. 어느 것 하나 그냥 심어진 게 없었고 그냥 놓인 것이 없었다.

"바다, 같긴 한가?"

그의 눈이 설레고 있었다. 제 대답을 기다리는 그에게서 떨림을 보았기에 열희는 서둘러 고개를 끄덕였다. 그것도 아주 크게. 여러 번.

그러자 그의 입꼬리가 스르르 올라갔다. 그의 눈도 둥글게 접힌다. 처음 보는 그의 환한 미소였다

"다행이다."

쿵 하고 심장이 어디론가 떨어졌다 올라왔다. 그의 천진한 미소가, 그의 잔잔한 음성이 저를 둘러싼 바다만큼이나 깊게 저를 잠식해 왔다.

"이거, 거기한테 처음 공개하는 거야."

처음이란 말에 열희의 눈이 동그래졌다. 이 집이 완공된 게 언제인데, 제가 처음이라니. 무슨 사연이 있는 것일까. 다른 건 몰라도 이곳이 그에게 소중한 곳이라는 것만은 확실히 느껴졌다. 특별해진 느낌에 가슴이 설레었다. 그러면서도 궁금했다. 그렇게 소중한 곳이라면서 왜.

"왜 나한테 보여 주는 거예요?"

선우는 금방 답을 해 주지 않았다. 그 대신 물끄러미 열희를 보

았다. 그의 눈길이 저를 뚫고 들어와 저의 속 깊은 곳까지 들여다보는 것 같아서 열희는 저도 모르게 몸을 움츠렸다. 조금 전까지 저를 설레도록 두근거리게 했던 그의 눈빛은 어느덧 촉촉한 무언가를 내뿜고 있었다.

"그리워하는 게 어떤 건지 아니까."

그의 말이 심장을 치고 지나갔다. 저는 그리워할 것이 없는데도, 그리운 무언가를 가지고 있는 느낌이 들었다.

"위로가, 됐으면 해서."

그가 조용히 웃었다. 그 미소가 참 묘하게 가슴을 건드렸다. 위로를 해 주겠다는 건 그인데도, 정작 위로가 필요한 것도 그인 듯했다.

"제일 먼저 보여 주고 싶은 사람이 있었는데, 보여 주질 못했거든. 그래서 그동안 나도, 볼 용기가 없었고."

그의 말끝에 묻은 그리움이 열희의 가슴에 잔잔히 밀려왔다. 그가 보여 주고 싶었던 사람이란 누구일까. 아릿한 상실감이 그에게서 느껴졌다. 그 순간 이삭 선배가 떠올랐다. 당연한데도 열희는 이 순간 그게 씁쓸했다.

"덕분에, 이렇게 보네."

그가 저 끝 어딘가에 시선을 던진 채로 작게 웃었다. 아주 희미하고 작은 웃음이었지만 그 속에 짙게 배어 있는 무게감에 열희는 가슴이 욱신거렸다. 그 말을 꺼낸 후 그의 눈은 지금껏 보아 온 어떤 눈보다 슬펐으니까.

열희가 탁탁, 제 옆을 손으로 쳤다. 누우라는 표시였다. 선우가 잠시 망설이다가 씩 웃곤 침대 위로 올라와 사뿐히 누웠다. 둘 다

각자 제 손을 모아 머리 밑에 베고는 하늘을 올려다보았다. 아니, 바다를 올려다보았다. 둥둥 물속을 유영하는 기분으로 한참을 그렇게 말없이 있었다.

"포근하다."

열희가 작게 말했다.

"포근?"

그가 의외라는 듯 돌아보았다.

"응. 엄마의 품처럼. 아주 포근해요."

"……!"

얼마간 더 열희를 바라보던 선우가 다시 고개를 원위치 했다. 보진 않았지만 그의 입가에 미소가 걸려 있는 게 분명했다.

"다행이다. 정말."

그리 말하는 그의 말 속에 웃음이 들어 있었기에.

열희도 입가에 미소를 지었다. 그가 만든 게 음란마귀방이 아니었기에. 제가 그리도 좋아하는 바다였기에. 마치, 엄마의 품 같았기에.

※

그날은, 어머니의 49재가 끝난 날이었다.

차 안에 들어온 선우는 급히 히터를 틀고 언 몸을 녹였다. 승욱에게 이끌려 계획에 없이 즉흥적으로 정동진에 온 거긴 해도 이렇게 추울 줄은 정말 예상 못 했다. 귀가 떨어져 나갈 것 같다는 게 무엇인지 태어나 처음 절감했다. 아니 이런 추위에는 귀가 진짜로 잘려 나가도 못 느낄 것 같았다.

그래도 기분은 좋았다. 어머니와 함께가 아닌 저 혼자이긴 했지만 해돋이를 봤다. 추워서 몸이 조각날 것 같은데도 꼿꼿이 서서 끝까지 봤다. 일부러 더 오래 봤다. 그래야만 했다. 이곳에 오지 못한 어머니의 몫까지 저는 봐야 했으니까.

어려서부터 선우의 가족은 어머니 한 분뿐이었다. 아버지는 열 살 무렵 돌아가셨고, 어머니는 혼자 몸으로 선우를 키우셨다. 친가나 외가 쪽으로 얼굴 모르는 먼 친척 외에는 가족이 없었던 터라 외로운 모자는 서로를 끔찍하게 아꼈다. 그런 어머니가 곧 돌아가실 거라는 걸 알게 된 후, 선우는 처음으로 어머니에게 많은 부탁을 했었다.

올해만 넘기세요.

벚꽃이 필 때까지 버티세요.

제 생일까지만 견뎌요.

여름 바다 한번 보고 가세요.

어머니 생일은 넘겨야 해요.

추석 명절은 함께 보내야죠.

아버지 기일까진 살아 계셔야 해요.

겨울에, 지금 짓는 집이 완성되면 그곳에서 살아요. 나 그곳에 어머니를 위한 바다를 만들었어요.

그리고 내년엔 꼭, 해돋이 함께 보러 가요…….

눈가가 시큰해졌다. 어머니는 올곧게 가짓수 많은 아들의 바람을 들어주었지만, 마지막 두 가지는 들어주지 않았다. 새 집에서 함께 살자는 것과 함께 해돋이를 보러 오자는 것.

그 겨울, 선우는 오롯이 혼자가 되었다. 그에게는 더 이상 가족이라고 부를 사람이 남아 있지 않았다.

뜨겁게 덥혀지는 차 안 공기에 몸이 녹았다. 그래서 두르고 있던 목도리를 풀었다. 주머니가 뜨끈해 손을 넣어 보니 핫팩이 들어 있었다. 눈만 내놓고 있던 목도리의 주인이 떠올라 입가에 웃음이 지어졌다.

누구보다 가슴이 시린 사람한테 따뜻하냐고 물어 오는 그녀의 말은 참으로 아이러니했었다. 따뜻할 리가 없었다. 몸보다 마음이 얼어서 죽을 것 같았으니까.

그런데 이상하게도 가슴께가 따뜻해졌다. 그 말이 작은 불씨가 되어 심장에 열기를 피웠더랬다. 마법 같았다. 그 여자가 따뜻하냐고 물어 오는 그 말이. 목도리를 보니 어머니가 떠 준 목도리 생각이 났다.

솜씨야 여자의 것이 훨씬 형편없었지만, 그 안에 품은 정성이 고스란히 보였다. 저를 향한 정성이 아님을 알면서도, 그것만으로도 마음이 덥혀졌다. 마치 예전에 잃어버렸던 어머니의 목도리를 다시 찾은 기분이 들 정도로.

히터를 끄고 차 키를 빼내었다. 서둘러 차 문을 열고 내려섰다. 아까만큼은 아니었지만 여전히 바람은 찼다. 그래도 피하지 않고 눈을 들어 내려오는 사람들을 살폈다. 저도 왜 그러는지는 몰랐다. 그냥 그녀를 찾고 싶었다. 그녀에게 말을 걸고 싶었다. 그녀가 제게 해 주는 말에 힘이 날 것 같았다.

그 여자와 같은 패딩을 입은 사람들이 군데군데 보였다. 보이는 모두가 남자였기에 상대적으로 체구가 작은 그녀를 선별해 내는 건 어렵지 않을 것 같았다. 선우의 눈이 빠르게 그 사이를 헤집었다. 그리고 마침내, 귀덮개 모자를 쓴 그녀를 찾았다!

선우의 얼굴이 단박에 환해졌다. 귀덮개에 패딩 점퍼, 딱 그녀였다. 추운 것도 잊고 그녀를 향해 걸음을 옮겼다. 뭘 어찌해 보겠다는 계획 같은 건 없었다. 그냥 두 발이 자석처럼 그녀에게 끌려가고 있을 뿐이었다.

"어? 추운데 어딜 가?"

그녀 옆으로 승욱이 나타났다. 아니, 아까부터 있었지만 이제야 알아본 것이었다.

"어? 어."

딱 멈춘 두 발만큼이나 선우의 사고도 멈췄다. 승욱이 왜 그녀 옆에 있는가.

"인사해. 여긴 내 친구 한선우. 여긴 자그마치 내 고딩시절 우리 학교 여신, 김이삭! 우리 학교뿐만 아니라 근처 남학생들의 선망의 대상이었지. 요 앞에서 만났다. 인연이 되려니까 이렇게도 만나지네. 내가 그때 고3이라 말을 못 해 그렇지 얘 엄청 짝사랑했거든."

여자가 주섬주섬 모자와 장갑을 벗었다. 오는 길에 안경과 마스크는 벗어 버린 건지, 인사를 건네 오는 그녀의 맨얼굴이 새삼 낯설었다.

"어? 그 목도리?"

이삭이 선우의 손에 든 목도리를 가리켰다. 움찔. 저도 모르게 목도리를 뒤로 숨기던 선우가 멈칫했다. 숨기다니. 이걸 왜. 어차피 그녀의 것이잖아. 속으로 저를 비웃으며 그녀 앞으로 목도리를 내밀었다.

"아뇨. 하세요. 저 안 추워요."

손을 내저으며 이삭이 선우를 향해 웃었다. 그에 힘없는 웃음이 선우의 언 입가에 걸렸다. 그녀가 승욱과 인연이 있는 게 기뻤다. 그러나 한편으로는 승욱과 인연이 있는 게 서운했다. 미묘한 마음을 털어 버리듯 고개를 저은 선우가 목도리를 쥔 손에 힘을 주었다.

"반갑습니다. 한선우라고 합니다."

선우가 내민 손을 이삭이 잡았다.

"김이삭이에요."

"어유, 난 되게 춥다. 일단 어디 좀 들어가자."

승욱이 진저리를 쳤다.

"차 안에라도 들어가자. 차 안, 따뜻해요?"

이삭이 물었다.

그 물음에 선우가 고개를 돌려 차를 봤다. 그러고는 씨익 웃었다.

"네. 아주 따뜻해요."

5. D-day

콩. 콩. 콩. 콩. 어디선가 북소리가 들렸다.

부소장니임- 북소리에 맞춰 박 실장이 고함을 친다.

쿵. 쿵. 쿵. 쿵. 부-소-장-니임!

헉! 선우의 눈이 번쩍 떠졌다. 그러자 쿵쿵거리는 소리가 확연히 크게 들린다. 저를 부르는 소리가 귀에 꽂혔다.

"부소장니임!!"

대문을 두드리는 박 실장의 절규였다! 눈을 들어 보니 한눈에도 해가 꽤 올라가 있었다. 아뿔싸. 늦었다.

놀란 선우가 몸을 일으켰다. 아니, 일으키려고 했다. 그런데 팔 한쪽이 움직이지 않았다. 묵직한 무언가로 눌러 놓은 느낌이었다. 스르르 고개를 돌렸다. 그 잠깐 사이 불길한 예감이 들었다. 그리고 그 예감은 딱 들어맞았다.

제 옆에, 옆집 여자가 누워 있었다. 그것도 저의 팔을 베고서. 대자로 넓게 뻗은 채로. 누가 업어 가도 모르게 깊게 잠이 든 채로.

그제야 어젯밤의 일이 생각났다. 두 사람은 나란히 누워 바닷속 기분을 즐기고 있었다. 한참을 누워서 조용히 감상만 했다. 별다른 대화는 나누지 않았다. 그냥 그대로도 포근하고 좋았다. 그래서 그랬나 보다. 아마 저도 모르는 사이 잠이 든 모양이었다.

여자를 깨워야 하나 망설였다. 밤새 나란히 누워 잔 걸 알면 여자가 어찌 나올까 겁도 났다. 팔을 슬쩍 당겨 보았다. 그런데 도무지 빠질 기미가 안 보였다. 이 여자, 똑똑해 보이진 않는데 머리는 꽤 무겁다.

할 수 없이 한 손으로 가만히 열희의 머리를 받쳐 들어 올렸다. 그사이 깔렸던 팔을 빼려는데, 팔이 미동도 안 했다. 피가 통하지 않은 팔은 의지대로 움직여 주지 않았다.

이제 보니 여자의 머리 무게 때문이 아니라 팔에 감각이 없어진 거였다. 대체 얼마나 이러고 있었기에 이렇게 됐단 말인가. 팔의 근육과 세포들이 생존해 있는 건지 의심마저 들었다.

그때였다. 열희가 몸을 옆으로 돌렸다. 하필 얼굴 방향이 선우 쪽이다. 덕분에 본의 아니게 마주 보게 되었다. 화들짝 고개를 쳐들었다. 그랬더니 이젠 아예 저의 품으로 쏘옥 파고든다. 난감했다. 그 상태 그대로 굳어서 굴러지지도 않는 발을 동동 굴렀다.

그런데, 갑자기 열희의 팔 한쪽이 스르르 올라가더니 저의 등에 터억 휘감겼다. 다리 한쪽도 휘이 올라오더니 저의 다리를 처억 휘감는다. 말 그대로 열희에게 갇혀 버렸다. 아니 누운 채로 열희가 저에게 매달린 꼴이다. 더없이 불안한 자세였다. 어떻게든 벗어나야겠다 싶어 몸을 뒤척이는데, 열희의 다리에 힘이 들어갔다. 순간 긴장했다. 안 돼. 그것만은. 제발!

헉!

열희가 힘을 줘 튕기듯이 몸을 당겼다. 선우의 허리춤과 열희의 허리께가 퍽 맞닿았다. 아침이라 우뚝 선 저의 분신이 그걸 오롯이 느껴 버렸다. 젠. 장. 욕은커녕 욕 비슷한 것도 좋아하지 않는 선우였다. 하지만 지금은 이 말밖에는 저를 위로할 방법이 없었다. 젠장. 젠장. 젠장. 젠장. 젠장이란 말이 무한반복 재생이 되었다.

"쿵! 쿵! 쿵! 부! 소! 장! 니이이이이임!"

웅? 어디선가 들리는 소음에 열희가 부스스 눈을 떴다. 몸을 뒤틀며 기지개를 켰다. 정말 개운하게 푹 잔 듯 몸이 가뿐했다. 따뜻한 햇살이 간질거렸다. 하아암. 기분이 좋아 늘어지게 하품을 했다.

그런데 시선 한 귀퉁이에 남자 비스무리한 게 보였다. 그래서 다시 지나갔던 시선을 불러들였다. 다시 보니 멀뚱히 저를 바라보고 있는 게 남자사람이 맞았다.

어? 개봉이? 인간 개봉이? 이 남자가 왜 여기 있지? 왜 여기……이이힉!

그대로 발딱 일어섰다. 몇 번이나 눈을 감았다 뜨며 선우를 보았다. 보고 또 보았다. 양손으로 눈을 비비고 다시 보았다.

그의 한쪽 팔이 옆으로 뻗어 있었다. 위치나 각도로 보건대, 아무리 봐도 그 팔은 제가 베고 있었던 듯하다. 뜨어억 입이 벌어졌다. 맙소사. 그렇다는 건? 눈이 휘둥그레졌다. 순식간에 뒤엉킨 뇌가 아무 말이나 내뱉었다.

"그러니까, 그게, 저기, 어제, 바다가, 여기서, 밤에, 둘이."

"잠이 든 것 같네."

짧고 명확한 답을 내놓은 선우가 팔을 붙잡고는 끄응 몸을 일으켰다. 그러다 멈칫, 열희를 따라 일어서다가 우뚝 선 제 분신을 보곤 황급히 생각을 고쳐먹고 침대에 걸터앉았다. 크음. 괜히 헛기침이 나왔다.

"아. 그렇구나. 잠들었구나. 잠이 들……! 자암? 맞다 잠!"

잠이라는 단어에 열희의 정신이 혹- 하고 잡아당겨졌다. 남자와 이곳에서 자다니. 그것도 선배의 남자. 그것도 심신미약자와. 게다가 집주인과! 있을 수 없는, 있어서는 안 되는 일이었다. 오늘은 성스러운 날이었다. 집들이를 가장해 채훈 선배를 유혹하기로 한 날이 아니던가! 이런 날에 부정을 저지르다니, 뒷감당을 어찌하면 좋단 말인가아!!

열희가 양팔을 쩌억 벌리곤 하늘을 올려다보았다. 하늘이시여! 제게 답을 주시옵소서! 어찌하면 더러운 기운을 씻어 내고 다시 성스러운 음란마귀로 거듭날 수 있단 말입니까아!!

"출근, 안 하나?"

보다 못한 선우가 한마디 했다. 열희가 지금 기지개를 켜는 건지, 요가를 하는 건지, 스트레칭을 하는 건진 알 수 없었지만 지금은 이러고 있을 때가 아닌 듯했기에.

"아, 맞다!"

열희가 쪼르르 달려가 창문에 달라붙었다. 그렇게 본다고 솟아오른 해가 다시 가라앉을 리 없건마는 열희는 절박하게 창밖을 바라보았다. 껌껌할 때 일어나 출근 준비를 해야 하는 저였다. 이렇게 환하게 밝았다는 건 지각을 의미했다.

"아, 왜 이제야 깨워요!"

갑작스런 호통에 선우가 움찔 몸을 물렸다. 이럴 땐 안전거리 확보가 최우선이다. 그러나 그는 지금 일어설 수가 없었다. 여전히 아침은 건재했기에.

"나도 방금 깼거든? 나도 휴대폰 두고 왔거든? 아!"

뜻밖의 비명에 열희의 눈이 선우의 팔로 향했다. 선우가 주춤 한 쪽 어깨를 들어 올리다 말았다. 눌렸던 팔에 조금씩 감각이 되돌아오고 있었다. 어깨가 빠진 것처럼 흐느적거리는 팔에 고통이 밀려왔다. 인상을 쓴 채 꼼짝도 못하고 허공에 팔을 뻗고 있었다.

"많이 아파요?"

열희가 옆으로 와 앉았다. 그 팔은 제가 베고 잔 팔이니 저에게도 책임이 있었다.

"어디 봐요. 이런 건 짧고 굵게 풀어야 해요."

짧고 굵게? 그 말의 뜻을 되짚어 볼 새도 없이 선우의 입에서 비명이 뿜어졌다. 열희가 그의 팔을 마구마구 주무르기 시작한 것이다.

"으아악! 아악! 아아! 아아악!"

"아, 쫌 조용히 좀 해요. 무슨 남자가 이렇게 참을성이 없어요? 엄살덩어리야 아주."

한심한 행태에 혀를 끌끌 차면서도 열희는 손길을 멈추지 않았다. 한동안 죽을 것처럼 포효하던 선우의 고함이 어느 순간 서서히 잦아들기 시작했다.

"봐요. 이제 괜찮죠?"

정말 괜찮아졌다. 그것도 순식간에. 그게 신기해서 고개를 크게 끄덕거렸다. 그리고 그게 저의 실수라는 것을 깨닫는 데는 1초도 걸리지 않았다.

"많이 아파쪄요? 우구구~"

열희의 손이 선우의 머리를 또 쓰다듬고 있었다.

하지만 선우는 어쩌지 못했다. 이 여자가 제 머리를 쓰다듬는 걸로 마음의 위안을 삼는다면 그것도 나쁘진 않다 여겨졌다.

"그런데, 늦은 거 아니었나?"

아, 맞다! 열희가 씩씩거리며 유리방을 가로질렀다. 그러나 우뚝 멈춰 서서 귀를 기울인다.

"근데 지금 이 소리, 그쪽 집 같은데. 문 안 열어요?"

그러고 보니 박 실장의 목소리가 제법 카랑해진 게 목이 쉰 거 같았다.

선우는 후환이 두려워 발딱 일어섰다. 얼른 문을 열어 줘야……
하지만 다시 앉았다. 그는 지금 일어설 상황이 아니었다. 다시 말하지만, 여전히 아침은 건재했기에.

"뭐. 조금 더 있다 열어 줘도 돼."

열희는 기가 막혔다. 사람이 저렇게 애타게 부르는데 조금 이따 열어 주겠다니. 자연히 눈이 뾰족해졌다. 그게 저라도 가서 열어 주겠단 기세여서, 선우가 기함하며 둘러댔다.

"아. 빚쟁이거든. 빚쟁이. 모른 척해도 돼."

고작 생각해 낸 게 빚쟁이였다. 서둘러 위기를 모면한다는 게 이리되었다. 저의 순발력이 이거밖에 안 되나 싶어 조금 실망감도 드는 선우였다.

"에에? 빚쟁이한테 시달리는 사람이 돈이 어디 있어서 몇 천을 얹어 준다는 거예요?"

아뿔싸. 이 여자 생각보다 예리하다. 역시 저의 순발력이 떨어졌나 보다.

"엎어 주다니, 뭘 말이야?"

이럴 땐 일단 시치미 떼고 버텨 보는 거다.

"부동산 사장님한테 그랬다면서요. 돈 엎어 줄 테니 이 집 비우라고."

"아니! 그런 적 없어. 사람 잡지 마. 절대 아냐. 있을 수 없는 일이야."

과한 부정이긴 했지만 어쨌든 목소리를 크게 해 확신을 심어 줬다. 우길 땐 목소리 큰 게 장땡이라고 어디서 들었으니까.

"없기는. 부동산 사장님이 어제."

열희가 뚝 말을 멈췄다. 평소 말이 없는 이 남자가 이렇게까지 정색하고 아니라고 할 때는 무슨 이유가 있지 싶었다. 정말 아닌가?

생각해 보니 애매하긴 했다. 부동산 사장이 요 앞 전원주택이라고만 했지 어느 집이라고는 확실히 가리키지 않았다. 게다가 아가씨, 처자 등등의 표현만 했지, 막상 이삭 선배의 이름을 언급한 적도 없었다. 그렇다면 다른 집 얘기일 수도 있었다. 부동산 사장님이 착각한 거였다.

이런. 미안해졌다. 저는 이 남자를 오해하고 어제 그토록 쌀쌀맞게 굴었다. 이 남자는 저에게 소중한 바다까지 보여 주었는데, 저는 아침에도 고래고래 고함만 질렀다. 후회의 쓰나미가 몰려왔다. 성급했던 저를 반성하는 열희였다.

그제야 이해가 되었다. 빚쟁이 때문이었구나. 그동안 이 남자가 불도 안 켜고 이 유리방에 숨어 있었던 건 다 빚쟁이를 피하려고 그랬던 거였다! 도와주고 싶었다. 하지만 저는 돈이 없었다. 그렇다면 제가 해 줄 수 있는 일은…….

"그럼 꼼짝 말고 여기 숨어 있어요. 내가 얼른 일 마치고 돌아와서 먹을 거 갖다 줄게요!"

열희가 눈을 꾸욱 감았다 뜨고는 몸을 돌렸다. 서둘러 출근 준비를 하기 위해 문을 열었다. 그리고 방을 나서려던 찰나, 열희는 그대로 굳어 버렸다. 아니, 움직일 수가 없었다.

햇살이 가득 들어오는 유리방 밖의 정원은 정말이지 너무나 아름다웠다. 압도당했다. 처음 보는 아름다움에.

열희의 커진 눈이 정원을 담았다. 감탄한 입가가 절로 휘었다. 늦었다는 것도 잊은 채 넋을 놓고 바라보았다. 이런 정원을 만든 옆집 남자는 정말로 좋은 사람인 게 분명하다고 느끼면서.

선우도 움직일 수가 없었다. 햇살을 가득 받고 선 채로 하늘을 올려다보고 있는 열희에게 시선이 박혀 버렸다. 환한 햇살보다도 더 해사하게 웃고 있는 열희의 모습에서 눈이 떼어지지가 않았다.

선우가 정원을 만들며 바란 건 딱 하나였다. 이 정원을 바라보는 사람이 입가에 해사한 웃음을 지어 줬으면 하는 것. 바로 지금, 열희가 짓고 있는 미소처럼 말이다.

✼

"말씀드렸잖아요. 오늘은 할 일이 많다고. 새벽부터 출발해야 한다고. 몇 번을 신신당부를 드리고 전화로도 드리고 카톡으로도 드리고 했는데, 어떻게 전화도 안 받고 나 몰라라 늦잠을 주무실 수가 있는 거예요! 이렇게 무책임하셔도 되는 거예요? 저 목 쉰 거 어떻게 책임지실 건데요, 부소장님!"

차를 타고 가는 내내 잔뜩 쎄해진 목소리로 따지고 드는 박 실장에게 선우는 할 말이 없었다. 아침 6시에 출발해야 했는데, 지금 시간은 10시였다. 네 시간이나 늦었으니 오늘 꼬이는 일 처리는 모두 그의 몫이었다.

그럼에도 지금 당장 해야 할 일이 있었다. 부동산에 전화를 걸어 옆집을 내보내기로 한 말을 취소하는 것. 열희에게 그렇게 시치미를 뗐으니 어떻게든 그 말을 없던 것으로 해야 했다.

"지금 가는 일 외엔 남은 일정 취소하죠."

한참을 투덜대는 부동산과 통화를 끝낸 선우가 비장하게 말했다. 박 실장이 뜨악한 눈으로 바라봤다.

"부소장님 그걸 취소하시면 어떡해요?"

아마도 박 실장은 지금, '이 자식 하나도 변한 게 없어. 여전히 제멋대로야.'라고 생각할지도 몰랐다. 하지만 박 실장님, 실망은 아직 일러요. 예전과 달리 저는 대책도 세울 줄 알아요.

"대신, 내일 헬기 부르죠."

박 실장의 턱이 툭 풀렸다. 그걸 보니 선우는 그 대책이 뭔가 잘못됐구나 싶어 시선을 피했다. 잔소리 한 바가지가 또 쏟아질 게 분명해서 슬그머니 몸을 물렸다. 그런데.

"진짜로요?"

뜻밖에도 박 실장의 입꼬리가 휘어졌다. 두 눈이 생기로 반짝인다.

"네. 진짜로요."

박 실장의 입꼬리가 귀 끝까지 올라갔다. '아싸 신난다!' 흥이 난 박 실장이 사무소에 전화를 걸었다.

"여보세요? 김 팀장? 난데, 내일 헬기 좀 불러 줘. 응. 헬기. 붕붕거리는 헬기."

아이처럼 좋아하는 박 실장의 통화를 들으며 선우는 안도의 숨을 내쉬었다. 묘한 곳에서 마음이 통하는 박 실장을 향해 씨익 미소를 지었다.

이쯤 되니 오늘 밀린 일정을 내일 소화하기로 한 건 탁월한 선택인 것 같았다. 늦지 않게 일을 끝내려면 그 수밖에 없었다. 왜냐면 선우는 열희가 퇴근하기 전에, 그녀가 시킨 대로 서둘러 유리방에 숨어 있어야 했으니까.

✳

아까 집에 들어올 때부터 이상하긴 했다. 선우의 귀가가 늦은 탓도 있지만, 옆집도 보통 때와 다르게 소란스러웠다.

옆집 여자는 혼자 살았다. 기껏해야 그녀의 친구라는 미령이라는 여자가 와서 수다 끝에 박장대소를 하거나, 지나간 유행가를 목청껏 부르거나, 한심한 포르노를 보거나 하는 게 고작이었는데 오늘은 스케일이 달랐다.

더 다양한 목소리들과 더 레벨업 한 소음들이 쿵짝거리는 음악과 섞여 클럽을 방불케 했다. 파티라도 하는 건가? 집에 눌러앉게 된 것을 축하하는 그런? 떠들 거면 음악을 틀지 말든가, 음악 감상을 하려거든 떠들지를 말든가. 평소 열희의 패턴으로 짐작건대, 이대로 가다가는 밤에 단체로 포르노 관람을 하며 끙끙거려도 놀랍지 않을 듯했다.

하지만 지금 선우가 제일 괘씸한 건 밤 9시가 다 되었는데도 제겐 검은 비닐봉지 하나 배달되지 않았다는 거였다. 숨어 있으라고 해서 숨어 있는데. 먹을 거 갖다 준다 해서 저녁도 안 먹었는데. 지금 선우는 쫄쫄 굶은 채로 유리방에 2시간째 방치되어 있는 중이다.

먹을 거에 집착하는 사람은 아니었다. 열희가 가져다주는 게 특별한 것도 아니었다. 오히려 수준미달에 가까웠다. 선우가 단골로 삼은 근처 레스토랑에 가면 아주 훌륭한 그리스식 식사가 그의 배를 채우고 입을 즐겁게 했다.

그럼에도 불구하고, 그 좋은 걸 마다하고, 남은 약속 두 개도 내일로 미루는 초강수를 두고 집에 돌아왔는데, 이건 참으로 부당했다.

차근차근 되짚어 보니 제가 왜 이렇게까지 하나 이해가 되지 않는 것도 사실이었다. 미친놈. 승욱이가 이 꼴을 봤다면 그렇게 말했을 거다. 그리고 선우도 그 말에 크게 고개를 끄덕여 수긍했을…… 젠장.

이젠 고개를 끄덕일 때마다 열희의 쓰담쓰담이 떠오른다. 누가 뭐라 한 것도 아닌데 부끄러워진다. 와하하하— 옆집에서 또다시 웃음소리가 들려왔다. 그게 선우의 몸속 노기를 끌어 올렸다. 더는 못 참겠다. 제게 이런 수치심을 안겨 준 열희에게 화가 치밀었다.

저벅. 저벅. 저벅. 정원에 놓인 자그마한 돌조각들이 발밑에 깔렸다. 정원을 채우는 이 발소리가 제가 듣기에도 꽤 비장하다. 돌과 흙을 마찰시켜 저의 용기를 돋운다. 큰 폭의 발걸음이 제가 보기에도 남자답다.

자신감이 생겼다. 옆집으로 쳐들어가 뭔가 멋있는 짓을 할 수 있을 것만 같다. 그 멋있는 짓이 뭔지는 잘 모르겠지만 일단, 우선, 지금 당장은 옆집의 문을 확 하고 힘 있게 열어젖히는 거다!

아뿔싸. 잠겼다. 하는 수 없이 한발 물러서 벨을 눌렀다. 조금 굴욕스럽지만 얼른 재장전을 했다. 어깨를 편다. 턱을 바짝 든다. 나오기만 해 봐라. 찍어 내리듯 쏘아봐 줄 테……니.

"어머, 개봉 군!"

여자의 친구, 미령이다. 흔들리지 말자. 이 여자라고 다를 바 없다.

선우가 다시 어깨에 힘을 팍 주고 고개를 쳐들었다. 열린 문 사이로 못 보던 사람들이 저를 흘끔거리는 게 보였다. 그게 싫어 슬쩍 반걸음을 옮겨 문 뒤로 몸을 숨겼다.

그러다 문득 깨달았다. 이 여자, 저를 '개봉 군'이라고 불렀다. 이 여자는 저 여자의 절친. 고로 개봉 씨에 대해서도 이미 알고 있을 터. 아예 저를 대놓고 개봉 군이라고 부른다는 건 저 여자의 친구마저도 저를, 아니 개봉 씨를 그리워한다는 의미가 분명했다.

그리 생각이 이르니 가슴이 몽글해졌다. 어깨가 쫘악 펴졌다.

그래요, 나 개봉 군이에요. 당신 친구의 절절한 첫사랑을 꼬옥 빼닮은 바로 그 남자예요. 나로 인해 당신들의 그리움이 채워질 수 있다면 얼마든지 이용하세요. 그런데 당신 친구라는 사람은 그런 나를 지금껏 밥도 굶긴 채 방치해 뒀다고요.

"열희야–! 얼른 와 봐–!"

고맙게도 대신해서 그녀를 불러 줬다. 그걸 계기로 다시 분노게이지를 올렸다. 기다리게 해 놓고 약속을 어긴 여자를 생각하며 발끝에서부터 달구어진 화를 우르르 끌어 올렸다. 좋았어. 이제 나오기만 해 봐. 아주아주 매섭게 쏘아봐 줄 테…….

"왔어요?"

그녀가 저를 향해 해사하게 웃었다. 그러자 뜨겁게 차오른 열감이 정수리 부근에서 하얗게 폭발했다. 눈앞에서 조명탄이 터진 듯 머리가 아득했다. 시야가 뿌옇게 변한다. 아무것도 보이지 않게 되었다. 하얀 원피스를 입은 열희, 하나만을 남기고. 그럴 리가 없는데 그녀는, 예뻤다.

"왜 이렇게 늦었어요?"

다가오며 묻는 말에 뜨거운 숨이 헉 하고 들이마셔졌다. 놀란 마음에 주춤 한 발을 물렀다. 서둘러 정신을 소환했다. 왜 늦었냐는 그녀의 물음에 대답을 해야 했으니까. 그러니까 나는 일이 늦게 끝나서 퇴근이 조금 늦…….

"미안. 교수님이랑 환자 좀 보느라고."

어라? 입을 뻥긋거린 건 저인데, 나오는 음성은 저의 것이 아니었다. 그 음성의 발원지를 깨닫는 건 오래 걸리지 않았다. 바로 옆에서 들렸으니까.

"저녁 안 먹었죠? 선배 거 남겨 놨어요."

아무래도 열희는 선우가 문 뒤로 물러난 탓에 저를 발견하지 못한 듯했다. 그 대신 옆에 선 시꺼먼 남자만 호사를 누렸다. 저도 좀 봐 달라고 한 발 나서려는데, 열희와 미령이 그 남자를 안으로 잡아당겼다. 안 그래도 들어갈 사람 같은데 뭣하러 잡아당기나. 괜한 심통이 일었다.

서러움에 심통까지 얹으니 표정이 더 그럴싸해졌다. 할 수 있는 최대한 눈썹을 치켜 올렸다. 이젠 정말 제대로 쏘아볼 준비가 되었다. 자, 일발 장전하고…… 어라라? 문이 닫힌다.

"이, 이봐요!"

아. 비굴하다. 저도 모르게 닫히는 문을 손으로 잡고 말았다.

"맞다, 개봉 군!"

오래전 유행하던 약 광고처럼 음율이 딱 맞아떨어지는 소리로 미령이 소리쳤다. 자못 치욕스러웠지만, 그래도 덕분에 열희가 선우를 돌아봐 주었다. 저를 보자 놀란 눈으로 쪼르르 달려와 준다. 오오! 달. 려. 와. 준. 다! 그리고는.

"미쳤어요? 왜 여긴 와요?"

야단을 쳤다.

이건 서러운 걸까, 비참한 걸까. 화를 내야 하는 건 저인데, 왜 이 여자가 저에게 야단을 치는가.

"아유 정말, 내가 못 살아! 일단 들어와요!"

열희가 사방을 살피더니 선우의 팔을 덥석 잡고는 안으로 끌었다. 그 바람에 휘청, 집 안으로 끌려온 선우였다. 덕분에 안에 있던 사람들이 일제히 선우를 보았다. 여자 팔 힘 하나에 나뭇가지 휘듯 끌려 들어온 제 모양새가 조금은 부끄러운 순간이었다.

휘어진 반동에 허리가 굽혀진 그 순간, 열희가 숙여진 선우의 귀에 대고 나직이 나무랐다.

"빚쟁이 보면 어쩌려고 밖에 돌아다녀요? 아침에 보니까 그 아줌마 엄청 무섭게 생겼던데. 그런 사람들, 주위에 막 덩치들 숨겨

놓고 다닌다고요. 걸리면 폐공장 같은 데 끌려가서 끝장나게 얻어
터지고 막 그래요. 이렇게 함부로 돌아다니면 안 된다고요."

솔직히 말해 찔끔 눈물이 날 뻔했다. 조금 전 서럽고 비참하고
부끄러웠던 감정이 한순간에 다 날아갔다. 여전히 열희는 저를 걱
정해 주고 있었다. 그게 너무 좋아서 절로 입술 끝이 올라가는 걸
얼른 힘을 줘 꾹 눌렀다.

"열희 씨? 뭐 해요?"

간드러지는 목소리가 안쪽에서 열희를 불렀다. 돌아보니 그 목소
리의 주인이 선우와 열희를 번갈아 보고 있었다. 그녀뿐이 아니었
다. 모여든 모든 사람들이 새로운 인물의 등장과 그와 쑥덕거리는
열희의 행각에 관심을 집중하고 있었다.

"아. 이쪽은 옆집 사시는 분이자 집주인이고요, 저기는 제 친구
들이자 동료분들이에요."

열희의 미적거리는 소개에 여자들이 우르르 몰려왔다.

"어머, 그러시구나. 오세요. 같이 놀아요."

"그래요. 이것도 인연인데."

"어쩜 옆집에 이런 분이 계셨어요?"

"열희 씨 정말 좋겠다."

분명히 밝히지만 선우는 거부 의사를 밝혔다. 고개도 저었다. 서
둘러 나가려고 문손잡이까지 잡았다. 그러나 여자들이 더 빨랐다.
우르르 다가와 선우의 양팔을 붙들고는 체포하듯 끌고 갔다.

대체 이 여자의 지인들은 왜 이리 하나같이 과격하고 힘이 세단
말인가. 질질 끌려가던 선우는 그런 제 꼴이 우스워 결국 막판에는
제 발로 걸어 그들 사이에 안착을 했다. 그런데 하필 그곳이 아까

부터 맘에 안 들던 까만 남자 옆이었다.

"문채훈입니다."

인사하고픈 마음은 없었는데 채훈이 손을 내밀자 선우도 어쩔 수 없이 잡았다.

"한."

선우가 멈칫 눈치를 살폈다. 다행히 열희는 미령과 주방에 있었다. 곤란한 마음이 들었다. 선우가 제대로 소개를 하면 승욱이 아닌 게 들통 날 테고, 그런 식으로 제 정체를 알게 하는 건 예의가 아니었기에. 그렇다고 사람들 앞에서 대놓고 거짓말을 할 수도 없었다. 망설이다가 목소리를 낮추며 발음을 뭉그러뜨리는 방법을 택했다.

"응읍니다."

"네?"

"흐스웁돼."

"네? 음악 때문에 잘 안 들려요."

집요한 사람들 같으니. 선우가 고개를 돌렸다. 이 난국을 어쩐다.

"어이 뭐 해? 문 선생 얼른 삼배 들어가야지."

이렇게 고마울 수가. 동글하게 생긴 남자가 맥주 잔 세 개를 그러모아 채훈의 앞에 놓더니 맥주를 가득 채우며 채근했다. 덕분에 사람들의 관심도 그리로 옮겨 갔다.

"웬일로 순정맥주야? 안 섞어?"

채훈의 호기로운 말에 다른 남자가 손가락을 풀며 껴든다.

"너 아직 빈속이잖아. 배는 채우고 제조를 해야지. 내가 명색이 국민의 속건강을 책임지는 피부과 의산데, 빈속에 폭탄을 터뜨려

드릴 순 없지요~"

유치한 남자의 농담에 사람 좋게 웃어 준 채훈이 첫 번째 잔을 들어 단번에 비웠다. 두 번째 잔도 벌컥벌컥. 그리고 세 번째 잔까지 원샷 원킬. 쓰리샷 쓰리킬. 서커스도 아닌데 사람들이 박수를 치며 좋아했다. 언제부턴가 사람들 뒤로 다가와 구경하던 열희와 미령도 좋다고 엄지를 치켜들었다. 그걸 본 선우의 눈이 찌푸려졌다.

잠깐 있었지만 저와 맞지 않는 사람들이란 생각에 선우의 엉덩이가 들썩였다. 까만 남자 역시 저와는 다른 종자다. 술을 이렇게 무식하게 퍼마시는 사람들은 제 취향이 아니었다. 마시란다고 마시는 남자 역시 저는 이해가 안 갔다.

"우리 옆집 분은 무슨 일 하세요?"

"나이는 어찌 되세요?"

"여자친구는 있으세요?"

"옆집 분도 한잔하셔야죠?"

"맞다. 후래자 삼배는 만민평등이라."

사람들의 눈이 다닥다닥 달라붙었다. 눈길을 받는 것도 건너온 질문도 귀찮은데, 술까지 마시란다. 제 대답은 듣지도 않고 맥주잔 세 개가 쪼르르 선우 앞에 줄을 섰다. 그것도 방금 전 까만 남자가 마셨던 그 잔이.

졸졸졸 잔이 채워지는 동안 선우의 머릿속은 빠르게 칼을 갈았다. 당하지 마, 한선우. 넘어가지 마, 한선우. 네가 왜 여기서 남이 쓰던 잔으로, 이 말도 안 되는 술을, 것도 빈속에 세 잔이나 마셔야한단 말인가. 도대체 왜. 누굴 위해서. 누구 좋으라고. 당장 일어나, 한선우. 여긴 네가 있을 곳이 아냐. 여긴 악의 소굴이야.

"원샷!"

한 잔을 단숨에 비워 낸 건 목이 말라서였다.

"투샷!"

두 번째 잔을 비워 낸 건 저를 걱정하듯 보는 까만 남자의 표정에 자존심이 상해서였다.

"쓰리샷!"

세 번째 잔을 집어 든 건, 좀 전에 까만 남자를 향해 경탄을 하던 열희의 표정을 저도 받아 보고 싶어서였는데…….

"미쳤어요?"

그 잔을 뺏겨 버렸다. 눈앞엔 경탄한 얼굴이 아닌 한심한 표정의 열희가 있었다.

"그만 마셔요. 아무리 처지가 안 좋아도 그렇지 이렇게 술로 풀면 안 되는 거죠."

우이씨. 말릴 거면 진작 말리든가. 이미 두 잔하고도 반이나 마셨는데.

"왜 그래요, 열희 씨? 왜 말려요? 잘 드시는데?"

"그래. 문 선생도 마셨는데."

주위에서 황당한 얼굴로 물었다. 선우도 눈가에 힘을 줘 그 말에 동조를 했다.

"이쪽은 채훈 선배랑 다르다구요. 채훈 선배야 워낙 남자답고 튼튼하지만, 이쪽은 보세요. 허연 게 금방 까무러치게 생겼잖아요. 이렇게 빈속에 한꺼번에 술 들어가면 안 돼요. 심신이 미약해서 이 사람 큰일 나요."

선우는 자신이 허약체질이라고 생각해 본 적이 없었다. 마른 몸매이긴 해도, 어깨도 널찍하고 운동으로 다져진 잔근육도 실했다. 허리가 가늘어 그렇지 꿀리는 체격은 아니었다.

뭘 입어도 옷태가 나는 모델 격 몸매의 소유자인 저를 보고 까무러치게 생겼다니. 발끈한 오기가 선우를 자극했다. 비정상적으로 튼실하게 생긴 건 까만 남자였지, 제가 허약한 게 아니었다.

"어맛!"

말릴 새도 없이 열희의 손에 들린 잔을 뺏어 마셔 버렸다. 탁. 빈 잔을 탁자에 내려놓는 소리가 저의 회복된 자존심처럼 명쾌했다. 성취감에 보란 듯이 고개가 끄덕여졌다. 자신도 까만 남자 못지않은 상남자가 된 것 같아 사기가 쭉쭉 뻗어 나갔다.

"괜찮아요?"

아뿔싸. 열희가 손을 들어 저의 머리를 쓰다듬기 전까진.

이 행동이 지극히 비정상적이라는 건 지금 선우와 열희에게 꽂힌 이 시선들만으로도 충분히 설명이 됐다. 아무래도 이 여자는 끄덕거림에 페티시가 있는 게 분명해 보인다. 첫사랑 개봉 씨가 이런 걸 좋아했나. 그래, 그렇다면 참아야지 뭐 어쩌겠는가.

한선우, 너 정말 인간됐구나. 인간미가 폴폴 넘친다. 사람 냄새가 마구 풍긴다. 장하다, 한선우. 어머니, 나 정말 많이 변했어요!

"열희야, 다 끓었다."

미령이 부엌에서 부르는 소리에 열희가 발딱 일어섰다. 그러느라 열희도 일어나는 그녀를 쳐다보던 선우도 불쾌한 듯 굳어진 채훈의 얼굴은 보지 못했다.

"채훈 선배- 얼른 와요. 개봉 군도 와요, 얼른."

미령의 부름에 채훈이 척 일어나 걸어갔다. 일어서는 동작 하나에도 힘이 들어가 있는 게 온몸에 힘을 쌓아 놓고 사는 남자 같았다. 못마땅한 선우가 입을 삐죽였다.

"어머. 이름이 개봉이에요?"

옆에 앉아 있던 여자가 동그래진 눈으로 물었다.

"설마. 아까 그래서 그렇게 조그맣게 얘기한 거예요?"

다른 여자가 뜻밖이라는 듯 키득거린다.

"아유, 개봉이면 뭐 어때요. 이렇게 잘생겼는데."

"아닙니다, 개봉이."

아니라고는 했는데, 굳이 아니라고 해야 하나 갈등이 들었다. 여기서 진짜 제 이름을 물어 오면 곤란한 건 저였다. 은근슬쩍 넘어가는 것도 나쁘지 않겠다 싶어 서둘러 자리에서 일어섰다. 그러게 왜 절친이라는 저 여자는 아픈 이름을 대놓고 부르는가. 쉬쉬 숨겨도 모자랄 판에.

"아닌데 왜 개봉이라고 불러요?"

"아, 그게 저기 그냥 좀 닮아서. 뭐, 신경 쓸 거 없어요."

선우를 데리러 온 열희가 당황한 얼굴로 대답을 대신했다. 것 보라. 저리 당황하는 것만 봐도 저 여자에겐 아직도 개봉이라는 이름이 아릿한 게 분명했다. 그런데 절친이라는 자가 함부로 그 이름을 저렇게…….

"개봉 군. 빨리 와요."

턱. 말문이 막혔다. 열희마저도 그 이름을 함부로 부르는 것에.

열희는 제가 불러 놓고도 움찔했다. 미령이 하도 개봉 군 개봉 군하다 보니 저도 입에 붙었나 보다. 미령은 열희에게 절대로 개봉이가 '개'라는 것을 선우에게 밝히지 말라고 신신당부를 하고도 저는 개봉 군이라며 맘 놓고 불렀다. 그에 저도 옮아 버린 모양이었다.

슬금, 옆 눈으로 선우의 눈치를 살폈다. 다행히 그는 화를 내지 않았다. 어젯밤 개봉이를 닮아서 잘해 주었다는 저의 성토를 들은 뒤로 그는 이상하리만치 고분고분했다.

그게 무얼 의미하는 걸까. 그는 열희가 자신을 뭐라 부르든 상관이 없다는 건가? 아, 어쩌면 그는 그런 것에 신경 쓸 만큼의 여유가 없는 건지도 모른다. 실연당하고 빚쟁이에 쫓기는 지금, 그에게 호칭 따위는 아무것도 아닐 테니. 그런 그가 더없이 측은하게 느껴졌다. 불쌍한 사람.

열희가 선우의 손에 숟가락을 꼬옥 쥐여 주었다. 놀라 저를 보는 눈길이 아련하다. 그에 식탁에 놓인 음식들을 그의 앞으로 쑥쑥 밀었다. 미령의 휘둥그레진 눈도, 채훈의 황당한 눈길도 눈치채지 못한 상태였다.

"먹어 봐요. 아주 맛있어요."

열희가 방긋 웃었다. 오늘 저녁 메뉴는 묵은지를 넣은 돼지등갈비찜이었다. 모처럼 생긴 양질의 음식이니 개봉 군에게 많이 먹이고 싶었다.

당연히 열희의 솜씨는 아니었다. 그건 제 능력 밖이었으니까. 솜씨 좋은 미령의 어머님이 특별히 해 주신 거였다. 평소에도 먹을 걸 자주 챙겨 주시지만 오늘은 더 특별했다. 왜냐면 오늘은 열희의 집들이 날이자 내일이 바로 열희의…….

"생일 축하한다."

불쑥 내놓은 채훈의 말에 열희가 그를 돌아보았다. 커다란 눈을 꿈뻑. 미령과 마주 보고 또 꿈뻑. 그리고 다시 채훈을 향했다.

"어떻게 알았어요?"

"작년에 네가 그랬잖아. 나랑 생일이 꼭 한 달 차이 난다고."

"그걸 기억하고 있었어요?"

참으려 해도 절로 입꼬리가 위를 향해 올라갔다. 입으로 비집고 나오는 행복이 열희의 광대를 승천시켰다.

잊을 수가 없지. 풋 웃고는 채훈이 수저를 들었다. 그도 그럴 게 작년에 열희는, 당직을 끝내고 새벽에 퇴근하던 채훈을 붙들고 술이 떡이 된 채 화를 냈다.

'서당 개 삼 년이면 풍월을 읊는데, 어떻게 채훈 선배는 3년 내 내 내 생일 하나 기억 못 해요? 이런, 서당 개만도 못해! 우이씨!'

물론 그건 채훈과 열희 둘 사이의 일이라, 필름이 끊긴 열희를 제외하면 아는 사람은 채훈뿐이었다. 개만도 못하다는 말을 살면서 처음 들은 터라 딴에는 충격이었다. 열희는 아마도 새벽까지 달린 모양이었다. 분명 오바이트하느라 골목길 어디에 주저앉아 있던 게다. 뒤이어 미령이 물수건을 갖고 열희를 찾아 달려 나온 걸 보곤 그리 짐작을 했었다.

두 사람을 택시에 태워 보내고 돌아오는 길 내내 저도 모르게 바람 빠지듯 후후 웃었다. 서당 개보다 나은 사람이 되려면 내년 생일은 기억해야겠구나. 단순히 그리 마음을 먹었었다. 그랬던 게 지금 이렇게 유용하게 사용될 줄은 몰랐다.

채훈이 흘끔 선우를 보았다. 곱상하고 건방진 생김새가 마음에 안 들었다. 생긴 거 갖고 사람을 재단하진 않지만 이런 유의 남자는 가볍게 실실 여자들과 놀아나는 타입이 많다. 기생오라비 같으니라고. 선이 고운 얼굴을 보고 있자니 적대감마저 들었다.

왜 그리 오버하냐고 물으면 할 말은 없었다. 그냥 이런 남자가 열희 옆집에 사는 것도 싫었고, 열희가 계속 그를 신경 쓰는 것도 싫었다. 열희한테서 채훈이 누군가에게 밀려 보이는 처음이었다. 더욱이 그 상대가 이렇게 야리야리한 남자라는 건 더 자존심을 자극했다.

채훈은 열희가 자신을 짝사랑하고 있는 걸 알고 있었다. 열희에 대한 그의 마음이 같지 않았기에 일부러 모른 척하고 있던 것뿐이다. 그런데 기분이 이상했다. 열희가 그 아닌 다른 남자를 챙기는 것을 보는 게. 이거 혹시, 질투인가? 저도 모르게 열희를 좋아하고 있던 건가? 채훈의 머릿속이 복잡해졌다.

선우도 다른 의미로 복잡했다. 생일 하나 기억한 거 가지고 눈에 별을 박고 채훈을 바라보는 열희의 모습이 매우 낯설었다.

그러고 보니 이 여자, 아까부터 제대로 여자 짓을 하고 있었다. 식탁 위에서 모아 잡은 두 손, 열과 성을 다해 또렷하게 치켜뜬 눈, 매혹적인 미소, 나긋한 말소리, 당차게 하나로 묶은 머리에 인어같이 섹시한 원피스까지.

깨달았다. 이 여자는 지금, 맥주 세 잔을 원샷하고도 멀쩡할 만큼 무식한, 생일 하나 기억한 걸 가지고 나라라도 구한 듯 으스대는, 남자답게 까무잡잡한 주제에 피부과 의사나 하고 있는 이 남자를 유혹하고 있는 것이었다. 제가 아닌 이 남자를. 개봉 씨가 아닌 문채훈을!

참을 수 없는 건 이 남자가 열희의 여자 짓을 대놓고 무시하고 있다는 거다. 첫사랑의 상처를 딛고 용기를 낸 여자의 마음을 저렇게 외면하다니. 제가 무시당한 것도 아닌데 선우의 마음이 이글거렸다. 이봐, 최열희. 저런 놈 그만 봐. 당신 속도 몰라주는 그런 놈을 봐서 뭐 해. 차라리 이쪽을 봐. 내가 그 여자 짓 봐 줄게. 나를 보라고. 어서.

탁. 수저를 놓았다. 그 바람에 열희의 시선이 채훈을 떠나 선우에게로 옮겨 왔다. 그녀의 시선을 가져오는 것까지는 성공했는데, 그다음을 어찌할지 몰라 선우는 쪼르르 시선을 돌렸다.

"왜요? 별로예요? 안 먹혀요? 그러니까 술 먹지 말라니까. 빈속에 그걸 왜 마셔. 이기지도 못하면서."

그러고 보니 속이 니글거리고 머리도 아파 왔다. 선우는 술을 별로 좋아하지 않는다. 빈속에 연거푸 부은 세 잔은 제 주량을 넘어선 것이기도 했다. 하지만 굳이 그걸 지금 지적받고 싶진 않았다. 열희가 저를 약골 취급하는 게 싫었다. 특히나 이 기골이 장대한 까만 남자 옆에서는 더욱.

"나 아주 멀쩡하거든."

발끈하는 선우의 얼굴을 미령과 열희가 짠 듯이 들여다보았다. 코앞으로 들이밀어진 두 얼굴에 흠칫 뒤로 몸을 물렸다.

"벌써 눈이 풀렸네. 술 찼네 찼어."

미령이 끌끌거리며 탄식을 하는 건 참을 수 있었다. 열희도 따라서 끌끌 혀를 차는 것도 견딜 수 있었다. 하지만 옆에 앉은 까만 남자가 저를 보며 작게 내지른 한숨 소리엔 화르륵 끓어오르고 말았다. 아무래도 저는 이 남자에게 얕보인 듯했다. 구겨진 자존심이 선우를 발딱 일으켜 세웠다.

열희와 미령과 채훈의 시선이 선우를 따라 올라왔다. 그들을 차례로 훑어본 선우의 눈길이 열희에게 머물다 돌려졌다. 성큼성큼 주방을 벗어나 사람들이 모여 있는 거실을 가로질러 현관으로 향했다.

제가 지은 집인데도 걸어오는 내내 낯설게 느껴졌다. '개봉 군!' 뒤에서 부르는 소리가 들렸지만 그대로 문을 열고 나와 버렸다.

쿵. 문을 닫고 마당을 가로질러 저의 집으로 가면서 생각했다. 참 예의 없는 짓을 저질러 버렸다고. 정말 취한 것 같다. 한선우 너, 멋있는 짓은 물 건너갔다.

채훈은 둥그레진 눈으로 닫힌 문을 바라보고 있는 열희를 가만히 보다가 시선을 내렸다.

역시나 허연 남자는 거슬렸다. 사람 좋은 열희가 이 사람 저 사람 잘 챙기고 잘 어울리는 거라고 스스로 위안도 해 봤지만, 저 남자는 뭔가 께름칙했다. 열희가 계속 그를 챙기는 게 심기가 뒤틀려 저도 모르게 한숨을 내쉬고 말았다.

주머니에 든 작은 선물 상자를 만지작거렸다. 사실 이따가 집에 돌아가기 전에 그냥 탁자에 올려놓고 가려던 참이었다. 그런데 아무래도 계획을 바꿔야 할 것 같았다. 저 남자에게 눈이 가 있는 열희를 어떻게든 다시 돌려놓고 싶었다.

그런 제 마음의 실체가 뭔지는 아직 모르겠다. 조잡한 질투라는 생각도 들어 제 자신이 한심하게도 느껴졌다. 분명한 건, 지기 싫다는 거였다. 특히나 열희와 격없이 대화를 나누는 저 건방진 남자에게는 더욱.

✻

채훈이 서재를 구경한다기에 열희는 그를 2층으로 안내했다. 미령이 한쪽 눈을 찡긋거리며 일부러 사람들이 못 보게 계단을 막아 섰다. 덕분에 채훈과 열희는 오붓하게 계단을 올라 서재에 다다랐다.

"이삭 선배 있을 때 안 와 봤어요?"

정말로 책만 구경하고 있는 채훈을 보고 있자니 뻘쭘해진 열희가 말을 붙였다.

"응. 안 와 봤어."

"친구니까 와 봤을 줄 알았는데."

"여자 혼자 사는 집이라."

그 말에 씨익 웃음이 물리는 열희였다. 채훈의 성격상 여자 집에 드나드는 인물은 아니라는 건 알았지만 직접 말로 들으니 더 기뻤다.

"오늘 선배 못 올 줄 알았는데……."

괜히 몸이 배배 꼬아졌다. 둘만 있는 이 공간이 참 간질거렸다.

"왜?"

"아, 뭐, 집들이가 그렇게 중요한 것도 아니고요. 1년에 한 번씩 연례행사처럼 하는 이사인 데다, 그동안 집들이해도 선배 한 번도 안 오기도 했고요."

괜히 발을 들어 바닥을 콩콩 찧었다. 사춘기 영화에 나오는 15세 소녀가 된 기분이었다.

"미안."

"네?"

"이젠 꼭 참석할게."

심장이 콩닥거렸다. 그 짧은 말에 이리 가슴이 부풀 줄은 몰랐다. 이젠 꼭 참석할게. 그게 사랑의 약속이라도 되는 것처럼 얼굴이 달아올랐다.

"여긴 왜 이렇게 비어 있어?"

채훈이 책장이 밀려 있는 벽으로 다가섰다. '아 거긴.' 열희가 황급히 걸음을 뗐다. 그곳은 유리복도로 통하는 곳이었다. 상대가 채훈이라도 허락 없이 보여 줄 수는 없었다. 옆집 남자에겐 더 없이 소중한 곳인 데다, 지금도 그가 그곳에 와 있을 수 있으니.

그러나 채훈이 조금 앞섰다. 딸깍. 손잡이가 채훈의 손에 잡혀 돌아갔다. 그 바람에 그 앞을 막아서던 열희도 문과 함께 뒤로 밀려 주저앉듯 넘어졌다.

"아앗."

"괜찮아?"

놀란 채훈이 열희에게 손을 내밀었다. 그는 벽이 열린 것보다 열희가 넘어진 것에 더 당황한 듯했다.

"아. 네. 괜찮아요……."

채훈이 내민 손을 물끄러미 보았다. 넘어져 엉덩방아를 찧었는데도 하나도 아프지 않았다. 커다란 채훈이 저를 잡아 주려고 내민 손, 그 손을 보고 있는 것만으로도 숨이 가빠 왔다. 그 손이 저의 심장에 닿은 것도 아닌데 심장이 가슴을 뚫고 나올 듯 쿵쿵거렸다.

처억. 채훈이 열희의 손을 잡아 일으켰다. 단번에 잡아당기는 힘에 열희가 기우뚱 채훈의 가슴에 닿았다 떨어졌다. 열희의 손도 그의 가슴팍을 짚고 말았다. 고개를 드니 항상 멀리서만 보던 채훈의 눈이 제 머리 바로 위에서 내려다보고 있었다.

쿵쾅. 요동치던 심장이 어느새 머릿속으로 튕겨져 올라왔나 보다. 머릿속을 가득 울려 대는 쿵쾅 소리에 정신이 아득해졌다. 단단히 짚었다고 생각한 다리가 비척 흔들렸다. 그러자 채훈의 손이 열희의 허리를 감싸 올렸다. 이제 채훈의 얼굴이 코앞으로 다가왔다.

숨이 멎는다는 것은 이런 거였다. 이대로 숨을 못 쉬어 죽어도 좋다 싶었다. 쿵쾅, 쿵쾅, 쿵쾅, 속에서는 난리가 났다. 피가 몇 배는 빨리 도는 것 같은데도 몸의 감각은 무뎌졌다. 미령의 말이 맞았다. 땡땡이 팬티와 원피스의 조합은 대박이었다. 지금 저를 지그시 보고 있는 채훈의 눈이 그걸 증명해 주고 있지 않은가!

그래 최열희, 바로 지금이야. 지금이 기회야. 밀어붙여. 때를 놓치면 안 돼. 용기를 내. 어서. 음란마귀여, 나를 도와주소서!

열희가 고개를 쑥 쳐들었다. 채훈의 입술에 열희의 입술이 푹 닿았다.

"……!"

미묘한 정적이 흘렀다. 스르르 입술을 떼고 채훈에게서 물러났다.

열희가 물러나자고 마음먹은 건 채훈과 눈이 마주쳤을 때였다. 입술이 닿아 있는 그 시간 내내 열희도 채훈도 눈을 뜬 채였다. 그대로 눈을 마주 본 채 얼마인지 모를 시간을 흘려보냈다.

떨어져 선 열희의 얼굴이 벌겋게 달아올랐다. 까맣게 그을린 피부라 잘 티는 안 났지만 채훈의 얼굴도 붉은 기가 짙어진 게 분명했다. 그대로 한동안 말이 없었다. 두근거려야 할 가슴이 정적으로 들어찼다. 핑크빛이어야 할 입맞춤이 어색함으로 채워졌다.

그러느라 저 뒤로 딸각. 유리방 문이 닫히는 소리는 듣지 못했다.

6. 누구냐 너

"열희 씨!"

점심시간이 되자마자 두 간호사가 기다렸다는 듯이 데스크에서 달려 나와 열희를 에워쌌다.

"어머 최 요원님—"

막 진료를 끝낸 피부과 홍 선생까지 쪼르르 달려 나온다. 오전 내내 밀려드는 환자에 시달린 사람들치고는 눈이 심하게 반짝였기에 열희는 그녀들이 무슨 말을 할지 짐작이 갔다.

"옆집 개봉 씨 말야. 뭐 하는 사람이야?"

"그 나이에 그런 집 갖고 있기가 쉽지 않잖아."

"몇 살이에요? 애인은 있어요? 열희 씨랑 친해요?"

열희의 얼굴이 심드렁해졌다. 저들 입에서 개봉이라는 호칭이 나오자 기분이 묘하기도 했다. 저만 알고 있는 무언가를 빼앗긴 느낌이었다.

집들이 날 그가 그렇게 나간 후, 여기 세 여자는 계속해서 개봉 군을 찾아왔다. 옆집으로 찾아간다는 걸 겨우 뜯어말리기도 했다. 그중 한 명은 주말에 안부 전화를 핑계로 개봉 군의 동태를 떠보기도 했다.

그 모든 게 이상하게 열희의 심기를 건드렸다. 개봉 군이 뭐 그리 잘생겼다고. 막대 같은 기럭지에 허연 피부에 건방진 눈에 오똑한 코에 체리빛 입술에…… 뭐, 예쁘장하긴 하지. 여자처럼.

"그건 개인 정보라……."

열희가 대답을 피하자 세 여자들의 음성이 높아졌다.

"어우. 그게 무슨 개인정보야? 우리가 무슨 주민번호 알려 달래?"

"맞아. 그러지 말고 얘기 좀 해 주라."

"열희 씨도 잘 모르나 보다. 어떻게, 우리가 직접 알아볼까요?"

살짝 빈정이 상했다. 답을 안 내놓으면 보내 주지 않을 기세로 열희를 둘러싼 게 못마땅하기도 했고, 직접 알아본다는 그 말이 거슬리기도 했다.

"저기요."

저기요 한 마디에 세 여자의 눈이 단박에 집중되었다. 응? 왜? 왜요?

"그럼 문채훈 선생님은 이제 포기하신 거예요?"

그 말에 세 여자가 서로 눈길을 주고받았다. 이 세 사람은 병원 내 대부분의 여자들이 그렇듯 문채훈의 추종자들이었다. 농구 경기가 있을 때면 빠지지 않고 참석하는 개근 갤러리들이었다.

"어머, 무슨 말이에요?"

"미쳤어?"

"아니. 왜 포기해?"

동시에 외쳐 대는 말에 기가 막혔다. 그럼 이리저리 다 찔러보겠다는 심산인가?

"사랑의 짝대기에 도착지 입력된 것도 아니고, 여기저기 다 찔러보는 거지."

"맞아. 자고로 짝대기는 이 감 저 감 다 쑤셔 보라고 있는 거야."

"뭐야. 열희 씨 설마 거래하려고? 문 선생님 포기하면 개봉 씨 정보 넘기게?"

또 개봉 씨란다. 아까보다 더 빈정이 상했다. 사람을 놓고 거래를 하자는 것도 못마땅했다. 그것도 개봉 군과 채훈 선배를. 하지만 다시 생각해 보니 그녀는 지금 좋아해야 하는 거였다. 잘만 하면 가장 열성적인 갤러리 세 명을 한꺼번에 채훈에게서 떨어뜨릴 수 있는 기회였으니까.

마음먹고 세 여자들을 차례로 바라보았다. 마주치는 눈길 하나하나가 반짝거리며 열희를 응시해 왔다. 좋아. 그렇다면, 원하는 정보를 넘겨주지.

"직업은 건축설계사인데요, 빚쟁이한테 쫓겨서 집도 언제 넘어갈지 몰라요. 숨어 사느라 끼니도 잘 못 챙겨 먹어요. 허우대는 멀쩡해도 아주 허약해요. 나이는 스물아홉인데, 나잇값을 못하는 거 같아요. 입맛도 더럽게 까다로워요. 툭하면 반말하는 게 싸가지도 없고, 가끔 보면 철도 좀 없어요. 여자친구한텐 얼마 전 차였어요. 그렇게 히키코모리처럼 사는데 안 차이는 게 이상하죠."

제가 이렇게 삐딱한 말을 할 줄은 몰랐다. 정말로 그를 놓고 그렇게 생각하는 건 아닌데 이상하게 말이 비뚤게 나왔다. 개봉 군에게 조금 미안해졌다. 그래도 온전히 거짓은 아니지 않은가. 스스로를 위안해 본다.

세 관심녀들의 눈길이 조용히 오고 갔다. 주춤주춤 열희를 둘러쌌던 간격이 벌어졌다.

"아이 참. 생긴 게 아깝다."

"그러게 허우대는 참 좋았는데."

"아우, 배고프다."

알아서 흩어지는 그녀들을 보고 있자니 뿌듯해졌다. 경쟁자들을 채훈에게서 떼어 낼 수 있는 기회를 날려 놓고도 기분은 묘하게 좋았다.

"근데 나 그 사람 낯이 익어. 직업이 건축설계사라니까 뭔가 팍 떠올라."

"어머, 나도 그런데. 예전에 세계적으로 엄청난 수주 하나 땄다고 막 뉴스에서 난리 치면서 인터뷰했던 그 사람 같지 않아?"

"어머 진짜? 그게 그 사람이야?"

"응. 최연소 무슨 건축상도 받았다고 했는데."

"맞아. 그때 얼굴, 스펙 다 완벽해서 난리 났었잖아."

"나도 기억나. 이제 보니 그 사람 맞네!"

"근데 왜 망해서 빚쟁이한테 쫓기지?"

"검색해 볼까요? 진짜 이름이 뭐였더라?"

"나 알아. 내 동생이랑 이름이 같아서 기억해. 한선우!"

돌아선 걸음을 멈출 생각은 없었다. 그냥 끝까지 미련 남은 그녀들의 대화에 열희는 혀를 끌끌 찼을 뿐이었다. 그러나 마지막 대사가 나왔을 땐 결국 휙 하고 몸이 돌려졌다. 이미 몇 걸음 떨어진 그녀들 뒤로 전광석화처럼 다가가기까지 했다.

"한선우가 누군데요?"

세 사람 사이로 열희의 얼굴이 불쑥 들어왔다. 검색을 위해 휴대폰을 꺼내 들던 그녀들이 놀란 건 당연지사였다.

"누구긴. 개봉 씨지. 열희 씨, 이름 몰랐어?"

열희의 눈이 또르르 한 바퀴 굴렀다.

"아닌데. 현승욱인데."

"아냐. 한선우야. 내 동생이랑 같다니까."

"아니에요. 현승욱이에요."

"여기 있네. 건축사무소 인(因). 대표 윤기형. 소장 현승욱. 부소장 한선우!"

열희의 눈이 휴대폰에 꽂혔다.

"열희 씨, 소장이랑 부소장 헷갈린 거 아냐?"

"근데 사진이 없네."

"뭐야, 다 내린 거야? 인터뷰 기사 찾아봐."

검색하는 손가락의 움직임을 눈들이 쪼르르 좇았다. 무슨 거대한 비밀이라도 찾는 듯 절로 숨이 죽여졌다.

"예전 기사는 있는데, 망했다는 얘긴 없어."

"정말 사진이 하나도 없네. 일부러 내렸나 봐."

"그때 기사 나고 엄청 떴는데, 본인이 그거 싫어했다는 소릴 들은 거 같아."

"그러게, 그때 막 파파라치 따라붙고 그랬잖아."

"에잇. 모르겠다. 우리 밥이나 먹죠?"

더 이상 점심시간을 검색에 쏟기 싫은 듯 세 여자들이 걸음을 옮겼다. 그에 열희도 풀썩 긴장이 풀렸다. 그러게 제가 왜 이런 일로 마음을 졸이는지 저도 희한했다. 피식 웃음도 나왔다.

그가 현승욱이 아닐 이유가 뭐란 말인가. 제가 왜 그리 흥분을 하고 따지고 들었는지는 저도 모를 일이었다.

옆집 남자가 제가 생각해 온 이미지와 실제의 모습이 많이 달랐기에 아주 짧은 순간이지만 세 관심녀들의 말에 현혹됐던 건 사실이었다. 이상한 건, 따지고 드는 동안 제 마음이 묘하게 갈라졌다는 거다.

그가 현승욱이 아닐 수도 있다는 전제는, 저를 배신감에 부들거리게 하면서도 한편으로는 안도하게 만들었다. 그는 반드시 현승욱이어야 한다는 저의 주장 한 끄트머리 어딘가에 아니면 좋겠다는 애매모호한 바람이 매달려 있었다.

그게 참으로 이해가 안 가는 열희였다. 마음속 어딘가에서 그가 다른 사람이길 원하고 있었다. 아니, 더 정확히는 그가 이삭 선배의 예전 남자친구가 아니었으면 하고 바랐다.

화들짝 몸서리를 쳤다. 그런 생각을 하고 있는 저가 낯설고 이상했다. 미쳤다, 최열희. 그렇다면 뭘 어쩔 건데. 대체 그런 생각은 왜 하는 건데.

"아직 연락 없지?"

열희가 순두부백반을 가져와 자리에 앉자 기다렸다는 듯 미령이 물었다. 푸드코트에 오자마자 미리 주문해 둔 순두부가 나오는 바람에 대화는 못 나눴지만 시무룩한 열희의 발걸음만 보고도 미령은 상황을 짐작했다. 그에 열희가 작게 고개를 주억였다.

그러게, 개봉 군은 그날 그렇게 집을 나간 이후 주말 내내 돌아오지 않고 있었다. 아무래도 상처받고 삐진 모양이었다. 그를 저희 집에 들여 밥을 먹이는 것부터가 잘못이었다. 이삭의 집에 들어와 밥이 넘어갈 그가 아니지 않은가. 그가 밥을 먹다 그리 가 버린 심정을 열희는 십분 이해하고도 남았다. 그게 많이 신경이 쓰였다.

"걱정 마. 박 선생이 그러는데 오후 진료엔 온다 그랬대."

미령이 순두부찌개에서 달걀노른자를 건져 냈다. 밥그릇 뚜껑을 들어 노른자를 받아 낸 열희가 무슨 소린가 되물었다. '응? 뭐가?'

"뭐긴. 채훈 선배 말야."

아. 뜨끔했다. 저는 지금까지 옆집 개봉 군을 생각하고 있었다.

집들이 이후 연락이 안 된 건 채훈도 마찬가지였다. 그날 늦게 채훈은 아버님이 입원하셨다는 연락을 받고 급히 마산 집으로 내려갔었다. 오늘 오전까지 스케줄을 비운 터라 지금껏 채훈과는 별다른 얘기를 주고받지 못한 상태였다. 어떻게 그걸 잊고 있었단 말인가.

"걱정 마. 충수염이셨대. 수술 잘 끝나서 문제없대. 그러니 이제 다시 시작되는 거야."

열희의 선뽀뽀 이후 답보 상태인 채훈과의 관계를 미령은 아직도 긍정적으로 보고 있었다.

"올라오자마자 너한테 전화 갈 거야. 기다려 봐."

풀 죽은 열희에게 미령이 확신하는 눈빛으로 재차 강조를 해 왔다.

"야. 4년 만에 처음 생일을 기억한 사람이다. 그게 무얼 의미하느냐. 채훈 선배한테 너는, 더 이상 예전의 최열희가 아니다 이거지."

"아니면?"

"아-무 느낌 없는 동아리 후배에서, 생일을 기억하는 땡땡이 팬티 입은 인어 원피스의 여자 후배가 된 거지. 여. 자. 후. 배. 그러니 걱정 마. 연락 온다. 와."

그럴듯한 위로에 조금 나아진 열희가 수저를 들었다.

"근데, 괜찮을까?"

뜬금없는 말에 수저로 국물을 푸던 미령이 눈을 들었다.

"괜찮다니까. 수술 잘 됐다니까."

"아니. 옆집 개봉 군 말야. 무슨 일 생긴 거 아니겠지?"

"무슨 일 있으면 벌써 경찰이 드나들었지. 괜찮아. 아무 일 없을 거야."

그런데도 열희의 표정은 나아지지가 않았다. 숟가락으로 깨지락깨지락 순두부를 잘랐다.

집들이가 있던 날도 집에 오자마자 그에게 음식을 챙겨 들고 갔었다. 벨을 눌러도 대답이 없기에 유리방으로도 가 봤지만 그곳에도 없었다.

아직 안 왔다 싶어 음식을 두고 가려다 식으면 맛이 없을 것 같아 나중에 덥혀 주자는 심산으로 돌아왔다. 그러고선 사람들이 몰려와 잠시 그를 잊었었다. 아마도 거기서부터 그의 삐짐이 시작된 듯했다.

나중에 다시 그의 집 벨을 눌렀지만 그는 나오지 않았다. 유리방으로 다시 가 볼까도 했지만 그땐 용기가 나지 않아 그만두었다.

조금 겁이 났다. 혹시라도 저와 채훈 사이의 일을 그가 봤을까봐. 그게 왜 겁이 날 일인지는 모르겠지만 그냥 그랬다. 아마도 그의 소중한 공간에 멋대로 들어간 데 대한 변명이 아직 생각나지 않아서인가 보다고 저 스스로 둘러댈 뿐이었다.

상처받고 나간 그는 왜인지 주말 동안 터럭 하나 보이지 않고 있었다. 그의 차까지 사라진 이후 오늘 아침까지도 돌아오지 않고 있었다. 무소식이 희소식이라지만 이 남자는 해당사항이 없었다. 밥도 굶고 어디 처박혀 있는 건가 싶어 불안했다. 그날 연거푸 술을 석 잔이나 마셔 댄 그가 자꾸 아른거렸다.

"밥은 먹고 다니는 건지."

열희의 푸념 같은 말에 미령이 동작을 멈췄다. 그러고는 열희를 빤히 쳐다본다.

"왜?"

무구한 얼굴로 이유를 묻자 미령의 눈이 가늘어졌다.

"방금 한 말의 주어도 혹시 개봉 군이냐?"

당연히 개봉 군이지 그럼 누구……! 화끈 얼굴이 달아올랐다. 그제야 미령의 말뜻을 알아챘다. 왜 채훈 선배가 아닌 자꾸 개봉 군을 생각하는가. '아, 아냐 그런 거.' 서둘러 시선을 내렸다. '뭐가 아니란 거냐?' 미령이 되물었다. 그러게 뭐가 아니란 걸까.

저도 해답을 모른 채, 집요한 미령의 눈길을 피해 찌개를 푹 떠서 밥그릇에 넣고는 마구 비볐다. 그러고는 크게 한 숟갈을 집어넣었다. 입안이 뜨거워 급히 물을 마시다가 미령과 눈이 마주쳤다. 쓸데없는 웃음이 어색하게 지어졌다.

마지못한 미령의 시선이 떨어져 나갔다. 열희가 꾹꾹 밥을 씹어 삼켰다. 모를 일이었다. 죄지은 사람처럼 왜 이리 행동이 어수선하고 어설픈 것인지. 제 몸도 제가 이상한 걸 아는지 목 뒤로 넘어가는 음식물이 걸린 것처럼 속을 쎄하게 긁고 내려갔다.

✠

박 실장에게 경비 처리할 영수증을 가져온 김 팀장이 흘끔 고갯짓을 했다. 그러자 짠 듯이 네 개의 눈동자가 쪼르르 창가 책상으로 향한다. 그곳엔 스멀스멀 검은 기운을 내뿜고 있는 부소장 선우가 있었다.

주말 내내 철야근무를 함께할 때도 그답지 않게 간혹 넋을 놓고 있기에 피곤해서 그런 거려니 했다. 그런데 이제 보니 그게 아닌가 보다. 무슨 일이래요? 눈으로 묻는 김 팀장의 질문에 박 실장이 어깨를 으쓱했다. 나도 모르지.

김 팀장이 숨죽여 자리로 돌아간 후에 박 실장의 눈길은 다시 선우에게 닿았다. 그녀는 이 사무소의 실소유주인 윤 대표가 처음 이 건축사무소를 열었을 때부터 같이 일한 사람이었다.

5년 전 대학 졸업도 안 한 애송이 선우와 승욱을 윤 대표가 데려왔을 때도, 나중에 소장 부소장으로 앉힐 때에도, 모든 과정을 옆에서 고스란히 지켜봤다. 서글서글하고 잘 어울리는 승욱과 달리 선우는 까칠하고 철없는 막냇동생을 떠올리게 해서 유독 더 마음이 갔었다.

사람들은 그의 성격이 오만하다느니, 어린 나이에 타고난 능력만 믿고 안하무인이라느니 하는 말들을 하곤 했지만, 그건 그를 몰라서 하는 말이었다. 그가 사람들에게 까칠해진 건 이유가 있었다. 홀어머니 밑에서 홀로 자란 그는 세상의 편견과 맞서야 했을 거다.

그러니 가시를 세우고 있는 건 당연지사였다.

그래서인지 그는 유명세를 달가워하지 않았다. 자신의 개인사가 파헤쳐지는 걸 극도로 싫어했다. 알고 보면 속정이 깊고 마음도 여리고 어린아이처럼 천진한 구석이 있었다. 엄마처럼 나무라는 저의 말을 군말 없이 따라 주는 것만 봐도 그렇다. 그는 사실 사람을 그리워하고 있는 거다.

그런 그가 남미로 떠나기 전에 단 하나의 가족인 어머니를 잃었다. 모두가 그를 걱정했지만 그는 꿋꿋하게 지난 2년의 시간을 잘 이겨 내었다. 대규모 리조트를 짓는 내내 틈틈이 빈민가 주택 개보수 봉사도 다닌다는 말을 듣고는 잘 키운 아들을 보는 것처럼 뿌듯했다. 그가 돌아왔을 땐 잘 버텨 준 게 너무 대견해 마음이 벅찼다.

그런데 요즘 그가 부쩍 이상해졌다. 식탐이라고는 없었는데 혼자 다 먹겠다고 분식 봉지를 끌어안고 가질 않나, 약속 시간에 칼 같던 사람이 나 몰라라 늦잠을 자질 않나.

그중에서도 오늘은 제일 심하다. 이글거리는 어두운 기운이라니. 평소 감정 표출을 잘 하지 않아 문제였었는데, 저리 대놓고 감정과잉을 드러내다니. 그를 잘 아는 만큼 점점 근심이 쌓여 갔다.

도대체 무엇이 그를 변하게 한 걸까. 혹시나 2년 동안 꾹꾹 눌러 두었던 어머니를 잃은 상실감을 지금 뒤늦게 이상한 행동으로 꺼내는 건 아닌가 하는 지레짐작이 폴폴 피어올랐다.

제발 더는 다른 모습이 나오지 않길 바라며, 박 실장은 책상 밑으로 휴대폰을 켜 소장과 윤 대표의 번호를 검색했다. 아무래도 SOS를 쳐야지 싶다. 사람이 이상해질 땐 절대 혼자 두어서는 안 되는 법이니까……

"박 실장님. 지금 뭐 하십니까?"

"네, 네? 네. 부소장님. 암것도 안 해요."

화들짝 놀란 박 실장이 일어섰다. 찔리는 게 있어서 휴대폰을 밑으로 숨긴 채 과도하게 차렷을 했다. 아직 전송 못 한 문자가 화면에 남아 있었다. 희한하네. 내가 고자질하는 거 어떻게 알았지? 선우의 눈을 피해 고개를 비스듬히 돌렸다.

"그럼 오후에 시간 되시죠?"

"네? 저, 저요? 시간이요? 왜, 왜요?"

다행히 문자 쓰던 걸 들킨 건 아니어서 완전범죄를 위해 한껏 억지 미소를 지어 보였다.

"직원들 모두 함께 피부과에 갔으면 해서요."

김 팀장과 마주 봤다. 피부과라니. 생뚱해도 너무 생뚱했기에.

"제가 좋은 피부과 의사를 알아 놨는데요, 정한병원에 문채훈 선생이라고 있거든요."

"갑자기 피부과는 왜⋯⋯. 그리고 종합병원엔 당일 가면 진찰 안 될 텐데요."

"제가 이미 다 예약해 놨습니다. 어디 보자. 박 실장님은 3시 30분. 김 팀장님은 3시 40분이요. 직원분들 모두 차례로 예약했으니 진료 끝나면 다 같이 회식도 하세요."

박 실장의 턱이 툭 풀렸다. 우리 부소장, 아무래도 오랜 타지 생활로 정말 이상해졌나 보다. 건강검진도 아니고 피부과 검진이라니. 그것도 손수 예약까지 해 줘 가며.

이렇게 된 이상, 이젠 정말 망설일 이유가 없어졌다. 박 실장이 전송 버튼을 꾸욱 눌렀다. 문자들이 소장과 윤 대표를 향해 날아가는 동안, 타들어 가는 박 실장의 속도 모르고 김 팀장은 회식이란 말에 그저 헤실거릴 뿐이었다.

✻

"어땠습니까."

선우가 회식 자리에 나타날 줄은 몰랐다. 게다가 직원들 한 명 한 명을 붙들고 진료가 어땠는지를 캐묻고 있는 모습이라니.

병원 서비스 상태를 조사하는 상담원처럼 그의 눈빛이 진지했기에, 뭉게뭉게 피어오르는 의심 속에서도 직원들은 차분하게 선우의 질문에 답을 해 주었다. 친절과는 거리가 멀었던 부소장이 새삼 자신들에게 보여 주는 관심에 그들은 감동을 받기도 했다.

"아, 저는, 나이에 비해서 주름이 좀 많고요, 건조하다네요. 레이저시술을 받든지, 아니면 평소에 물 많이 먹고 스트레스를 조심하라는데요."

김 팀장이 비장하리만치 진지하게 대답을 했다.

"이상하진 않습니까?"

주어가 빠졌지만 그게 누굴 가리키는지는 이미 앞에서 다른 직원들에게 한 질문으로 짐작할 수 있었다. 진료 보는 의사, 문채훈. 의사가 직원들을 어찌 대했는지까지 체크하다니. 세심하고 배려 넘치는 사람이 되어 돌아온 부소장에게 김 팀장은 감탄의 눈빛을 보냈다.

"넘치는 힘 조절을 못 해서 폭력적이라든지, 아님 술을 많이 마셔서 술 냄새가 몸에 배어 있다든지, 별것도 아닌 거 갖고 생색을 낸다든지, 그것도 아니면 아무 여자나 꼬시면 쉽게 스킨십을 해 준다든지."

　오, 이 세세한 걱정을 보라. 혹시나 직원들이 상처받을까 봐 의사의 인품까지 챙기는구나. 김 팀장의 눈에 힘이 들어갔다. 자나 깨나 직원들 걱정인 우리 부소장님의 근심을 덜어 주어야겠다는 사명감이 불끈 솟았다.

　"걱정 마십시오. 의사 선생님은 아주 멀쩡했습니다."

　"멀쩡해요?"

　여전히 의심을 놓지 않는 부소장을 향해 김 팀장이 힘 있게 고개를 끄덕였다.

　"네. 정말입니다. 잘생기고, 남자답고, 친절하고, 믿음직하고, 정직하고, 인격도 훌륭해요. 완전 짱이에요. 그러니 부소장님은 아무 걱정 말고 안심하셔도 됩니다."

　"그래요, 부소장님. 걱정 마세요. 저희 진찰 잘 받고 나왔어요."

　"그러지 말고 같이 식사하세요."

　직원들이 너도나도 한마디씩 거들었다. 하나같이 감동과 존경 어린 눈길을 선우에게 보냈다. 오늘 오전 내내 그가 어두운 기운을 흩뿌린 건 직원들의 피부를 걱정해서였다고 미화됐다. 애써 잔류를 거절하고 자리를 떠나는 그의 뒷모습을 보며, 직원들 회식 편히 하라고 자리까지 피해 주는 최고의 상사라는 찬사가 달라붙었다. 급기야 선우를 위해 잔까지 부딪히며 '위하여!'를 외쳤다.

　속 모르는 것들. 박 실장의 근심 어린 한숨은 찬양 속에서 조용히 묻혔다.

　차에 올라타고도 선우는 한참을 그냥 앉아 있었다. 주말 내내 머릿속엔 열희와 채훈의 뽀뽀 장면만 가득했다. 옆집 여자와 까만 남자의 애정행각에 왜 이리 신경을 쓰는지 저도 모를 일이었다.

제게 와야 할 열희의 관심이 그 남자에게 향하는 게 싫긴 했다. 하지만 애초에 선우는 열희의 첫사랑을 닮았다는 이유로 보살핌을 받았던 거고, 제 존재가 그녀의 마음을 위로해 줄 수 있다면 그걸로 만족해야 옳은 거였다.

그런데 정신을 차려 보니 직원 모두를 피부과에 예약해 놓았고, 또 정신을 차려 보니 진료가 어땠냐며 그들을 다그치고 있었다. 그런 제게 기가 막혀 헛웃음도 나왔다.

굳이 변명을 해 보자면, 지금 이러는 건 그날 열희의 집에서 느낀 굴욕감을 참을 수 없어서다. 살면서 누군가에게 질투를 해 본 적도 없고, 누굴 억지로 이겨 보려고 한 적도 없었다. 그럴 필요성을 못 느꼈다. 더군다나 그게 힘이나 술 같은 무식한 거에 기인한 거라면 더욱.

그런데 이상하게 이 까만 남자에게는 승부욕이 일었다. 경기를 하지도 않았는데 진 느낌이 싫었다. 어떻게든 제가 이 남자보다 낫다는 걸 스스로 느끼고 싶었다. 자칫 찌질해 보일 수 있는 일이었기에 아무에게도 속내는 말하지 않았다. 그도 뭐가 멋있고 안 멋있는지 정도는 구분할 줄 안다.

지금껏 종합한 정보를 되뇌었다. 문채훈은 피부재건술이 전공이구나. 그는 멀쩡하구나. 남자답구나. 친절하구나. 믿음직하구나. 정직하구나. 잘생겼구나. 짱이구나. 읊다 보니 단점이 없었다.

하지만 잘난 걸로 치면 나도 뒤지지 않는다. 나도 멀쩡하다. 나도 잘생겼다. 나도 나름 남자답다. 나도 가끔은 친절하다. 나도 믿음직하다. 나도 짱이다. 나도 정직하……다?

어깨에 스르르 힘이 빠졌다. 자신이 문채훈에게 뒤지는 게 무언지 알아 버렸다. 정직. 선우는 열희에게 정직하지 않았다. 현승욱이라고 속이고 있었으니까.

※

열희가 비닐봉지를 흔들며 걸어오고 있었다. 봉지에는 마트에서 산 원 플러스 원 냉동만두가 있었다. 만두를 보자마자 든 생각은 옆집 남자도 만두를 좋아할까, 였다. 그다음으로 든 생각은 원 플러스 원이니까 둘이 먹어도 충분하겠다, 였다.

다음엔 생각할 것도 없이 만두를 사 버렸다. 걸어오는 동안 하늘을 보니 날이 좋아도 너무 좋았다. 해가 길어져 저녁 시간인데도 환했다.

이렇게 날도 좋고 만두도 충분한 날, 옆집 남자는 어디서 뭘 하고 있을까. 오늘은 집에 들어오는 걸까. 오늘도 안 들어오면 경찰에 신고라도 해야 하나. 이래저래 복잡했다. 옆집 남자가 집을 나간 게 꼭 저의 탓인 것처럼 마음이 쓰였다.

유리방에서 그가 보여 준 것은 한없이 여린 품성이었다. 사람을 그리도 사무치게 그리워하는 사람이라면, 이 열악한 상황에서 무슨 짓을 저지를 수도 있으리라.

빚에 쫓기고 여자친구한테도 버림받은 마음 여린 사람이 할 수 있는 일이 뭐가 있을까. 순간 나쁜 생각을 떠올리는 제가 섬뜩해 부르르 몸을 떨었다. 안 돼, 최열희. 그런 생각은 하지도, 하려고도 말자.

뒤에서 차가 달려오는 게 느껴졌다. 방향을 조금 더 오른쪽으로 틀어 몸을 길 끝에 바짝 붙였다. 길은 넓었지만 인도가 따로 없는 길인 데다 흙길이라 먼지가 꽤 일었다. 그걸 피하고 싶었다.

차가 열희 옆을 지나쳤다. 아니나 다를까 먼지가 뿌옇게 일어난다. 이 동네에 살면서 걸어 다니는 건 열희가 유일했다.

버스 정거장에서 내려 걷는 거리가 꽤 되었다. 운동 삼아 걸었기에 별문제는 없었지만 다른 차들이 저를 쌩쌩 지나쳐 갈 때마다 먼지를 마시면 심통이 드는 건 어쩔 수 없었다. 미령이처럼 다 죽어가게 생긴 중고차라도 한 대 살까, 하는 사치스런 생각을 떠올렸다가 흩어지는 먼지에 실어 보냈다.

차 소리가 다시 가까워졌다. 이번에는 앞쪽에서 달려오는 차다. 어? 아니다. 앞쪽에서 오는 건 맞는데 뭔가 이상했다. 이제 보니 이 차, 거꾸로 후진해 다가오고 있었다. 그것만으로도 이상한데 제 앞에서 멈춰 섰다.

내비만 찍으면 되는 세상에 저한테 길을 물어보려는 것도 아닐 테고, 수상한 차의 행각에 절로 걸음이 물려졌다. 여차하면 도망칠 생각에 달릴 준비를 마쳤다. 여의치 않으면 냉동만두로 내려치자 싶어 장바구니를 든 손에 힘을 준 채 창문 안쪽을 노려보……

"어? 개봉 군!"

휘둥그레진 열희가 차창에 바짝 달라붙었다. 가까이서 본 그는 옆집 남자가 맞았다. 무사했구나! 살아 있었구나! 차가 가로막고 있지 않았다면 열희는 그를 와락 껴안았을 거다.

"어디 갔다 이제 와요! 걱정했잖아요!"

창을 내리자 열희의 상체가 창문 안으로 쑥 들어왔다. 반가움이 가득한 목소리였다.

그에 선우는 잡힌 것처럼 꼼짝 못하고 열희를 보았다. 그녀의 눈이 둥글게 휘었다. 입도 커다랗게 벌어지며 웃는다. 그걸 보니 숨이 턱 막혔다. 그녀는 겨우 상체만 빼꼼히 내밀었을 뿐인데, 선우는 순식간에 그녀에게 모든 걸 다 내어 준 듯 혼이 쏙 빠져나갔다.

"타."

차에 타란 말 한 마디가 이렇게 어렵게 나올 줄은 몰랐다. 훅. 하고 더운 숨이 몰아쉬어져 선우는 서둘러 시선을 정면으로 가져갔다.

"어디 다녀와요? 밥은 먹었어요? 그동안 어딨었어요? 잠잘 데는 있었어요?"

신이 나서 차 안에 올라탄 열희가 빤히 쳐다보며 물었다. 저를 바라봐 주니 좋긴 한데, 얼굴이 화끈거렸다. 이런 일은 저도 참 낯설었다. 여자들이 우르르 쳐다봐도 아무 감흥 없던 저였는데, 열희의 눈길 하나에 이리 반응하는 게 당황스러웠다. 대답을 해야 하는데 입술만 달싹거릴 뿐 소리가 나오질 않았다.

"어쨌든 만나니까 너무 반갑다! 나 만두 먹을 건데, 같이 먹을래요? 만두 좋아해요?"

열희가 손에 든 봉지를 들어 보였다. 선우가 대답 대신 고개를 끄덕였다. 만두를 좋아하고 안 좋아하고는 상관이 없었다. 지금 기분으로는 무조건 예스였다. 그러다 흠칫 끄덕거림을 멈췄다. 또 그녀의 손이 저의 머리를 쓰다듬겠구나 싶어 아예 그녀를 위해 고개를 조금 숙였다. 그런데, 이상했다. 손이 올라오질 않는다.

크음. 뻘쭘한 마음에 목을 한번 가다듬고는 차를 출발시켰다. 다행인데 왜 저는 섭섭할까. 제가 무슨 강아지도 아니고 쓰다듬는 게 뭐가 좋다고. 어느새 그녀의 손길에 길들여진 자신이 신기할 뿐이다.

사실 멀리서부터 열희를 알아봤다. 퇴근길에 마주친 건 처음이라 어찌할까 고민하는 사이 그녀를 지나쳐 버렸다. 백미러로 바라본 열희는 먼지를 피해 손을 휘휘 저으며 걸어오고 있었다. 그걸 보자마자 고민할 것도 없이 이미 후진을 하고 있었다.

그러나 미처 생각하지 못한 게 있었다. 그녀를 태우면 단둘이 차 안에 있게 된다는 것. 예전 같으면 그게 뭐 별거냐 했겠지만, 이젠 별거가 되어 버렸다. 어색했다. 아니, 더 정확히는 겁이 났다. 예를 들면, 바로 이런 것들 때문에.

가까이서 이렇게 보니 열희의 생김새가 평소와 다르게 보였다. 이마도 동글하니 예뻤고, 눈도 커다란 게 예뻤고, 코도 자그마한 게 예뻤고, 입술도 도톰한 게 예뻤고, 묶은 머리도 헝클어져 몇 가닥 빠져나온 게 예뻤고, 깡말랐지만 그런 것치고 생각보다 볼륨 있는 가슴도 예뻤고, 비닐봉지를 꼬옥 쥐고 있는 손도 예뻤고, 아무것도 칠하지 않은 짧게 깎은 손톱도 예뻤고, 걸치고 있는 오래된 체크무늬 남방도 예뻤고, 머리를 동여매고 있는 머리끈까지도 예뻤다. 그러니까 한마디로 그녀의 모든 게 다 예뻤다.

그렇다. 선우가 겁냈던 건 이런 거였다. 저는 이렇게 예쁜 사람에게 거짓말을 했다. 그가 현승욱이 아니란 걸 털어놓으면 그녀가 얼마나 실망할까. 제가 누군지를 밝혀야겠다는 마음이 흔들거렸다. 사실을 알게 된 그녀가 저를 다시는 안 볼까 봐 두렵다.

"라디오 틀어요, 우리."

퍼뜩 정신이 들었다. '어.' 서둘러 라디오를 틀었더니 하필 나오는 노래가 Billy Joel의 'Honesty'다.

……Honesty is such a lonely word

Everyone is so untrue

Honesty is hardly ever heard

but mostly what I need from you…….

에효. 고개를 돌려 열희 모르게 숨을 내쉬었다. 노래마저도 저를 나무라는 것 같아 굳게 마음을 다잡았다. 저만치 집이 보였다. 더는 미룰 수가 없었다. 용기를 내어 고백하자, 한선우. 진짜 내가 누구인지를. '정직'. 그래야 적어도 문채훈과 동급이 될 테니까.

"저기, 내려서 할 얘기가…….”

잘 살아 보세- 잘 살아 보세-

열희의 휴대폰 벨소리가 선우의 말을 먹어 버렸다. 서둘러 발신인을 확인하는 열희의 얼굴이 선우를 봤을 때만큼이나 환해졌다. 그게, 불길했다.

"선배!"

젠장. 그럴 줄 알았다.

"어머. 집이요? 저희 집이요?”

열희의 눈이 똥그래졌다. 그게 무슨 의민지 선우도 알아 버렸다. 저만치 집 앞에 어른거리는 덩치 큰 까만 남자를 그도 보아 버렸으니까.

"저 다 왔어요! 집 앞이에요!"

할 수 있는 최대한 느리게 브레이크를 밟았다. 그런데도 차는 남자 앞에 열희를 데려다주었다. 열희가 스프링처럼 차에서 튀어 나갔다. 열린 문 사이로 아주 잠깐 까만 남자와 눈이 마주쳤다. 그 눈길이 꽤나 마음에 안 들었다.

마당을 가로질러 차를 주차하는 사이, 백미러 속으로 열희와 채훈이 집으로 들어가는 게 보였다. 마당에 남은 사람이 아무도 없는데도, 한동안 선우의 시선은 거울 속 빈 마당에 머물러 있었다. 단단한 무언가가 뚝 걸려 있는 것처럼 가슴이 답답했다.

열희가 건넨 물 잔을 비워 내는 동안에도 채훈의 시선은 창문 너머로 보이는 옆집 남자의 차에 머물러 있었다. 담겨 있던 물을 다마셔 잔이 비워졌는데도 한동안 그 자세를 유지한 채였다.

집 안에 들어올 생각은 없었다. 그날 전해 주지 못한 생일선물만 주고 돌아가려고 했다. 그런데 차 안에서 저를 바라보는 옆집 남자와 눈이 마주치자, 차 한잔 하고 가라는 열희의 말을 보란 듯 수락해 버렸다. 그게 묘한 승리감을 주었다.

"더 줄까요?"

빈 잔을 계속 털고 있는 채훈에게 열희가 자신의 물 잔을 건넸다. 물이 모자라 그런 거라고 생각했나 보다.

"아니. 괜찮아."

그제야 채훈이 빈 잔을 식탁에 내려놓았다.

열희는 그 빈 잔 옆으로 손가락을 뻗어 식탁을 의미 없이 문질렀다. 채훈의 아버지가 어떠신지, 선배는 피곤하지 않은지, 저녁은 먹었는지 등을 쉴 새 없이 물어봤지만, 정작 그가 이곳에 왜 왔는지는 묻지 못하고 있었다.

혹시나 제가 원하는 대답이 나오지 않으면 어쩌나 겁이 났다. 그러면서도 이제 와 새삼 두려울 게 뭐 있나 싶은 대담함도 생겨났다. 그래, 좋았어. 찻물이 끓으면 물어보겠어. 속으로 다짐을 하곤 이제 막 김을 뿜기 시작한 주전자를 쳐다보았다.

"저 남자랑, 무슨 사이야?"

"……네?"

질문은 제가 하겠다고 결심했는데 뜻밖에도 채훈에게 받고 말았다.

"두 사람, 사귀는 거야?"

들어 본 중 가장 황당한 질문이었다. 제가 채훈에게 하려고 마음먹은 질문은 감히 들이대지도 못할 만큼.

"말도 안 돼! 개봉 군이랑 무슨. 왜 그런 생각을 해요? 저 사람은요, 이삭 선배 전 남친이에요. 실연당한 지 얼마나 됐다고. 그런 사람이랑 어떻게 사귀어요. 말도 안 돼요."

발끈해서 두 눈을 크게 뜨고 콧구멍까지 넓혀 가며 두 손을 강력하게 저어 대는 게, 몸으로 표현하는 저항이 이보다 강력할 순 없었다. 그런데, 그게 더 수상하다.

"그럼, 이삭이 전 남친이 아니었다면 사귀었을 거야?"

어떻게 말이 그렇게 되나 싶어 열희가 황당한 얼굴로 채훈을 쳐다보았다. 두 눈에 억울함이 가득 들어찼다. 자신이 좋아하는 건 채훈인데 당사자에게서 그런 말을 들으니 누명 쓰고 취조받는 기분이었다.

그런데도 이상한 건 그 말이 계속 뇌리에 남아서 울려 대고 있는 거였다. 이삭 선배의 전 남친이 아니었다면? 아니었다면……?

폭폭폭. 주전자가 뜨겁다고 아우성을 쳤다. 열희가 발딱 일어나 불을 끄곤 찻잔을 꺼냈다. 그 손길이 꽤나 어수선했다.

믹스커피 봉지가 부욱 부욱 뜯겨 나갔다. 두 개를 뜯어 잔에 차례로 쏟고 나니 조금 진정이 되었다. 뜨거운 물을 붓고 커피를 저으며 생각했다. 그런 말도 안 되는 가정에 왜 흔들리는가, 하고 마음을 다잡았다.

제가 좋아하는 건 채훈이다. 그걸 이참에 확실히 해 둘 필요가 있었다. 채훈 선배에게도. 저 자신에게도.

"선배, 저……."

"그런데 저 사람도 이삭이랑 사귀었나?"

"……네?"

말할 기회를 뺏긴 열희가 뻘쭘하게 커피 잔을 내밀었다. 맞은편에 앉아 채훈이 보고 있는 곳으로 시선을 따라 보냈다. 그 시선은 옆집 남자의 차로 가닿았다. 채훈이 왜 옆집 남자에게 이리도 관심을 갖는 건지 의아했다.

"최근까지 남자친구였잖아요. 이삭 선배가 버리고 간."

버리고 갔다는 말에 비난을 섞고 말았다. 뜨끔했다. 이삭 선배는 제게 고마운 사람인데.

"건축설계 한다는? 정동진에서 만난?"

"네."

열희를 돌아봤던 채훈의 눈이 다시 옆집 자동차로 향했다. 그런 그의 눈이 가늘어졌다.

이삭의 남자친구라면 한 번 만난 적이 있다. 당시, 남자친구가 남미로 떠나기 전 시간을 함께 보내기 위해 당직을 바꿔 가며 밤을 새웠던 이삭을 기억한다. 그런 이삭을 데리러 왔던 그와 마주쳤었다.

서글서글한 성격에 둥근 인상이었던 걸로 기억한다. 밤을 새운 이후라 정신이 몽롱하긴 했지만, 그가 지금 옆집에 사는 남자가 아니란 것만은 확실했다.

"그런데 선배, 왜 온 거예요?"

자못 비장한 열희의 말투가 채훈의 시선을 불러들였다.

그가 직접 저희 집까지 왔다기에 열희는 날 것처럼 기뻤다. 그런데 채훈은 계속해서 옆집 남자와 저에 대한 의심만 하고 있었다. 잘못돼도 단단히 잘못됐다 싶어 열희는 직접 본론으로 직진하기로 했다.

"아. 그게."

덕분에 채훈도 저가 온 목적을 기억해 냈다. 주머니에 손을 넣고는 다시 만지작거렸다.

귀여운 후배한테 선물 하나 주는 게 무슨 대수냐 싶으면서도 그 귀여운 후배와 본의 아니게 뽀뽀를 해 버린 탓에 그게 대수가 되어 버렸다. 정신 차려 보니 어느새 열희의 집까지 오고 말았지만, 선물을 줘야 하는지 말아야 하는지는 여전히 헷갈렸던 채훈이다.

그런데 옆집 남자의 차에서 열희가 내리는 걸 보니 그런 헷갈림이 한쪽으로 기울었다. 언젠가 제 동료 한 명이 그랬다. 여자에게 마음이 있냐 없냐는, 다른 남자의 차에서 그녀가 내릴 때 어떤 기분이 드는가로 판단할 수 있다고. 채훈은 기분이 나빴다. 그렇다면 저는 이 선물을 주는 게 맞았다. 그게 대수일지라도.

"어어?"

열희가 불쑥 몸을 일으켰다. 놀란 얼굴로 상체를 쭉 빼고 창밖을 보기에 채훈도 서둘러 열희의 시선을 좇았다. 그 바람에 주머니에서 나오려던 손은 다시 들어가 버렸다.

옆집에 손님이 찾아오고 있었다. 퉁퉁한 중년 여성을 선두로 덩치 좋은 중년 남자, 다부진 젊은 남자가 뒤를 따르고 있었다. 그게 뭐 놀랄 일인가 싶었는데, 지켜보던 열희가 단박에 창문에 달라붙었다. 당장이라도 달려갈 듯한 기세가 열희에게서 느껴졌다.

박 실장은 기세등등하게 벨을 눌렀다. 대꾸가 없자 휴대폰을 꺼내 전화를 걸었다. 얼마 안 가 상대가 전화를 받았다.

"부소장님. 문 좀 열어 주세요. 저 왔어요."

— 박 실장님? 벨 누른 게 박 실장님이세요? 이 시간에 웬일이세요?

"오죽하면 제가. 아닙니다. 일단 문 좀 열어 주세요. 그리고 미리 말씀드리지만, 참으로 죄송합니다—"

— 죄송하다니 뭐가…….

문을 연 선우는 답을 듣지 않고도 알아 버렸다. 박 실장이 죄송하다고 한 이유가 무엇인지. 난감해졌다. 그녀가 불러들인 사람 때문에.

"정신 상태는 몰라도, 선우 때깔은 좋아졌는데요, 박 실장님?"

허허거리는 윤 대표는 전혀 문제가 되지 않는다.

"야, 내가 너 땜에 공항에서 화장실도 못 가고 곧장 연행됐다!"

그렇다. 문제는 바로 이 녀석이다. 이제 막 남미에서 귀국한, 선우의 친구이자 이삭의 전 남친인, 진짜 현승욱.

"야, 일단 오줌 좀 싸자."

동동거리던 승욱이 선우를 밀치고는 안으로 달려 들어갔다. '나는 목이 말라.' 윤 대표도 안으로 들어선다. '저는 미리 사과드렸어요, 부소장님—' 박 실장도 쪼르르 안으로 들어갔다. 어이없이 지켜보던 선우가 끝으로 문을 닫았다. 아니 닫으려 했다. 그런데.

"저기요-!"

우렁찬 함성과 함께 흙먼지가 일었다. 뿌연 먼지를 뚫고 한쪽 손을 치켜든 열희가 나타났다. 그리고 선우에게로 돌진해 왔다.

"뭐, 뭐야?"

묻는 말에 대답도 없이 열희가 다짜고짜 집 안으로 들어섰다. 선우는 조급해졌다. 왜 하필 지금 열희가 이곳에 나타났단 말인가. 서둘러 그녀를 내보내야 했다.

"저기……."

"당신들 뭐야! 왜 남의 집에 함부로 들어오는 거예요!"

선우의 말은 열희의 우렁찬 고함에 묻혀 버렸다.

소파에 널브러질 참이었던 박 실장이 발딱 일어섰다. 물을 꺼내 마시던 윤 대표의 눈이 휘둥그레졌다. 그리고 이제 막 시원하다며 화장실에서 나오던 승욱이 멀뚱히 열희를 봤다.

"아가씨 누구세요?"

박 실장이 놀란 티를 최대한 감추며 물었다. 그러게, 선우도 궁금했다. 열희가 왜 이토록 흥분해 있는지.

"빚쟁이 아줌마! 아무리 돈이 중요하다지만 이런 식으로 집을 점거하면 안 되는 거죠! 돈 나고 사람 났나요? 사람 나고 돈 났지? 이렇게 덩치들을 데리고 와서 사람 협박하는 거, 이거 불법이에요. 아세요? 무슨 사채업이 자랑인 줄 알아요?"

맙소사. 그거였구나. 선우가 꼴깍 침을 삼켰다. 저의 거짓말이 불러온 참사였다.

덩치라는 말에 승욱이 움찔 물러섰다. 덩치와는 전혀 상관없는 윤 대표도 슬그머니 눈치를 봤다. 하지만 그 누구도 사채업자 아줌마가 된 박 실장만큼은 아니었다. 그녀의 눈이 울렁이며 사람들을 훑었다.

"어머. 어머. 어머. 그게 무슨 말이에요, 아가씨?"

사실 덩치만 컸지 알고 보면 박 실장은 여린 감성의 소유자였다.

"이 아가씨 누구예요?"

박 실장의 시선이 선우에게 꽂혔다. 곤란해진 선우가 얼른 사태를 수습해야겠다 싶어 한 발 나섰다.

"가까이 오지 말아요! 개봉 군은 내 뒤로 숨어 있어요!"

뜻밖에도 열희가 박 실장과 선우의 사이를 가로막았다.

"개, 개봉 군? 어머 부소장님. 이 아가씨 무섭게 왜 이래요? 부소장님 아시는 분이세요?"

겁먹은 게 역력한 박 실장이 선우에게 물었다. 흥미진진한 윤 대표와 승욱의 시선도 선우에게 몰렸다. 하지만 그것보다 문제는.

"부소장니임?"

박 실장의 말을 곱씹는 열희의 둥그런 눈이었다.

"네. 우리 부소장님이신데요. 저는 사채업자 아니고요, 애 낳고 육아휴직 쓴 거 빼곤 지각 한 번 안 한 성실직원이구요. 여긴 대표님이시고요, 여긴 소장님이시고요."

억울함을 벗으려 박 실장이 주르르 소개를 내놓았다. 그러자 꿈뻑이던 열희의 눈이 다시 선우를 향했다. 아직까지는 열희도 상황을 이해 못 하고 있었다. 쉽게 이해가 될 리가 없었다. 지금껏 선우가 내놓은 모든 말이 하나도 맞지 않고 있었으니까.

"역시 맞군요, 제 기억이."

열린 문으로 채훈이 들어섰다. 이럴 줄 알았으면 문을 잠가 버리는 건데. 안타까움에 발을 구르는 선우에게 채훈이 확인사살을 해 왔다.

"한선우 씨죠, 그쪽은?"

"하, 한선우?"

또 그 이름이 나오자 열희의 눈썹이 꿈틀거렸다.

"제 기억에 이삭이 남자친구는 저 안쪽 분이시고요. 현승욱 씨."

열희의 시선이 승욱을 향했다. 얼떨결에 주목을 받은 승욱이 뻘쭘하니 열희를 향해 손을 흔들었다.

멍한 눈으로 선우를 한 번 승욱을 한 번 본 열희의 눈매가 바르르 떨렸다. 다른 부연 설명이 없어도 이 침묵이 모든 걸 알려 주었다. 허탈했다. 지금까지 개봉 군이 한 말은 모두 거짓이었다! 저는, 속아 왔던 거다! 천천히 선우를 향해 돌아섰다. 제 시야에 들어온 그가 전혀 모르는 사람인 것처럼 낯설다.

"진짜……예요?"

물음 끝이 떨렸다. 물으나 마나 한 질문이지만 그래도 확인하고 싶었다. 제가 그토록 애처롭게 보살피던 빚쟁이 개봉 군이 덕지덕지 거짓으로 빚어 놓은 낯선 사람이란 것이 믿어지지가 않았다.

"……미안해."

결국 선우가 먼저 눈을 피했다. 하고 싶은 말이 입안 가득 들어 있었지만 선우는 이 말 한 마디만 겨우 꺼내 놓았다. 이 말 외에는 무엇을 내놓아도 변명이었기에. 오직 이 말만이 저의 진심이었기에.

조금 전까지 잡아먹을 것처럼 쏘아보던 열희의 눈이 불그스름해졌다. 그걸 본 선우의 가슴이 출렁 흔들거렸다.

"……저기."

제 말은 듣기 싫다는 듯 열희가 눈을 돌렸다. 선우의 시선을 무시하곤 그를 지나쳐 갔다. 그녀를 부르고 싶었지만 말이 나오지 않았다. 아무 변명이라도 나오면 좋으련만, 미련한 혀는 움직여 주질 않았다.

막 현관을 나가려던 열희가 멈춰 섰다. 눈을 들어 선우를 가만히 바라본다.

"나빴어요."

"……!"

퉁. 하고 그 말이 심장을 베고 갔다. 떨어질 듯 덜렁거리는 심장을 무언가가 틀어쥐고 잡아당긴다. 욱신거리는 통증이 가슴을 뻐근하게 채웠다.

열희가 시선을 거두고 가 버렸다. 그 뒤를 따르는 채훈이 선우에게서 열희의 모습을 가려 버렸다. 그걸 보니 그녀를 붙잡지도, 따라가지도 못하겠어서 망연히 서 있었다. 둘 사이를 가로막은 채훈의 등이 오늘따라 유난히 더 크게 보였다.

고개를 떨어뜨렸다. 가슴께가 바늘로 찌르는 듯이 아팠다. 나빴다는 말 한 마디로도 저는 이렇게 아픈데, 수많은 거짓말을 들었던 열희는 얼마나 아플까. 선우는 질끈 눈을 감았다.

"야, 정신 차려!"

퍽! 승욱이 선우의 등을 내리치며 소리쳤다.

"이게 대체 무슨 일이야? 너 무슨 사기 쳤어? 혹시 내 행세하며 여자라도 꼬신 거냐? 내 스펙이 그렇게 탐났어?"

어이없는 추측에 조금은 정신이 소환되었다. 그러라고 승욱이 일부러 과장되게 제 등을 내려친 걸 선우도 안다. 터덜터덜 걸어와 소파에 쓰러지듯 앉았다. 진이 빠진 듯 몸이 무너진다.

"허. 진짜네. 박 실장님 말씀이 맞네요. 얘 완전 이상해졌어요."

승욱이 선우를 따라와 옆에 앉았다. 그에 윤 대표와 박 실장도 우르르 앉아 선우를 본다.

"거봐요. 저는 없는 소리는 안 한다니까요. 제가 이래 봬도 촉이 아주 좋은 사람이잖아요."

"뭘 한 거야 대체? 아까 저 여자는 뭐야? 뭔 짓을 벌인 거야, 너?"

"정말 이상하네. 한선우의 탈을 쓴 다른 놈 아냐 이거?"

저를 둘러싸고 정신없이 떠들어 대는 사람들의 소리가 어지러웠다. 그게 너무 버거워 푸욱 꺼져 있던 선우가 윤 대표를 보았다. 왜 왔냐고 묻는 의미를 알아들은 윤 대표가 멋쩍게 뒷목을 쓸었다.

"아니. 박 실장님이 미친 사람은 힘도 세다고 해서. 사람이 많을 수록 좋다고……."

선우의 시선이 박 실장을 향했다. 뜨끔해하던 박 실장이 다시 당당해졌다.

"생각해 보세요, 부소장님. 부소장님 같으면 안 그러겠나. 연약한 여자 힘으로 저 혼자 어쩌지는 못하고요. 그렇다고 직원들 동원하기엔 회사체면도 있고요. 함부로 뽀뽀뽀 싣고 병원 갈 수도 없고. 그래서 연락드렸어요."

윤 대표는 선우와 승욱의 학교 선배로 지금 사무소의 원래 창업자다. 지금은 사무소를 선우와 승욱에게 맡긴 채 반은퇴해서 가족들과 경치 좋은 곳을 돌아다니며 유랑하듯 살고 있었다. 그런 그를 불러들였다는 건 긴급상황에나 해당하는 거였다.

"아이씨. 실연당한 건 난데, 이상한 짓은 왜 네가 하는데?"

잊고 있었다. 그러고 보니 승욱은 실연 중이다.

"내일 오는 거 아니었어?"

이성을 담당하는 뇌의 끄트머리를 겨우 잡아당겨 질문을 꺼냈다.

"중간에 힐리안 리조트 대표를 만나서 전세기 좀 얻어 탔지. 덕분에 빨리는 왔는데, 오자마자 박 실장님한테 호출받고 곧장 여기로 징집당했다."

"제가 오죽했으면 그랬겠어요. 윤 대표님이랑 소장님도 보셔서 아시겠지만 상황이 많이 이상하긴 하죠? 그죠? 큰일 앞두고 마가 낀 건지, 부소장님 걱정에 제가 잠을 못 자고 얼굴이 조막만 해졌어요."

조막만 해졌다는 말에 누구도 동의할 수는 없었지만 나서서 반박하진 못했다.

하아. 숨을 내쉰 선우가 일어섰다. '어디 가냐'는 말에 '쉬다 가라'라는 말로 답을 하곤 계단을 올라갔다. 지금으로서는 아무 대화도 하고 싶지 않았다. 미친 사람 취급당하는 것도 별로 신경 쓰이지 않았다. 그러기엔 마음속에 뒤엉킨 실타래의 어느 한쪽이 너무 아프도록 당겨지고 있었으니까.

"야! 짐 푸는 건 도와줘야지."

그 말에 막 마지막 계단을 짚으려던 선우의 발이 허공에 멈췄다. 반쯤 나가 있던 정신이 승욱의 짐 가방으로 소환되었다. 짐을 푼다니. 여기서? 왜?

"나 호텔 싫어. 여기 같이 있자."

계단을 한 칸 내려왔다.

"너희 집은?"

"우리 누나 살잖아."

"다른 집 구해 그럼."

"구할 때까지 있자, 좀."

"싫어."

"싫어도 참아. 나 실연당한 남자야. 나 건드리지 마. 나 이삭이 살던 옆집에 살면서 추억을 기릴 거야. 그게 내가 상처를 치유하는 방법이니까 토 달지 마."

어떻게든 눌러 있겠다는 의지가 승욱의 눈에서 읽혔다. 박 실장을 보았다. 승욱이 이렇게 막무가내로 나오는 데는 다른 이유가 있는 거다. 아니나 다를까 박 실장이 시선을 피한다. 이제야 저를 놓고 무슨 얘기들을 나눈 건지 궁금해졌다.

"너 위층. 난 아래층 쓸게."

승욱이 넉살 좋게 웃으며 짐 가방을 풀자 꾹꾹 눌려 있던 빨랫감들이 스프링처럼 튀어나왔다.

"그럼 나는 어딜 쓰나?"

윤 대표의 질문에 선우의 눈이 커졌다. 계단을 단숨에 달려 내려왔다. 설마 윤 대표까지 함께 있자고 나올 줄은 몰랐다. 다시 박 실장을 보았다. 역시나 저의 시선을 쪼르르 피한다.

"형님!"

얼마나 다급했는지 형님이라 불렀다. 저는 누군가와 한집에 있는 게 불편한 사람이다. 그걸 너무나 잘 아는 사람들이 이리 나오는 건 뒤에서 단단히 뭔가를 꾸몄다는 거다. 정말 제가 미쳤다고 생각하는 걸까. 말도 안 되는 억측이 점점 현실이 되는 것 같아 불길했다.

"나는 뭐 타국에 마누라 두고 니들이랑 사는 거 좋은지 아냐? 한 놈은 정줄 놔, 한 놈은 실연당해. 이런 놈들한테 사무소 맡겨 놓고 발이 떨어져? 니들 제정신 차리는 거 볼 때까지 난 있어야 해. 그게 창업자로서의 의무야."

"저 멀쩡해요."

안타깝게도, 정색한 선우의 성토는 피식거리는 웃음들 속에 묻혀 버렸다.

"근데 배들 안 고프세요? 우리 짜장면 시켜 먹을까요?"

박 실장이 끼어들었다. 짜장이요, 짬뽕이요, 하는 주문을 듣던 선우의 눈이 창밖으로 향했다.

만두, 해 준댔는데……. 포옥 하고 한숨이 나왔다.

"네? 부소장님? 뭐 드신다고요?"

"만두요."

눈치를 보던 박 실장이 주춤주춤 말했다.

"그건 서비스로도 주는데요. 그걸 따로 시키라고요? 군만두요? 물만두요?"

"그냥…… 만두요."

세상 다 산 듯한 대답을 내놓은 선우가 승욱의 산더미 같은 빨래 감을 주워 모아서는 세탁실로 향했다. 그 모습을 본 세 사람의 시선이 충격 속에서 빠르게 오고 갔다.

"쟤 지금 내 더러운 빨래 주워 들고 간 거예요? 저 깔끔이가?"

"그러게. 그런갑다. 평상시라면 당장 우리 문밖으로 끌어낸 뒤 가방 던져 버리고 문 잠글 녀석이잖아."

"제가 뭐라 했어요. 점점 증세가 심해지신다니까요."

근심이 깊어진 세 사람의 눈길이 다시 선우의 등으로 달라붙었다. 정말로 충격이었다. 이렇게 대놓고 흉을 보는데도, 미동도 대꾸도 타박도 안 하는 넋 나간 한선우라니.

　세탁기에 빨랫감을 집어넣다 말고 선우는 창문 너머의 옆집을
봤다. 조금 더 서두를걸. 후회가 밀려왔다. 사실을 알게 되더라도
저의 입으로 털어놓고 싶었는데. 그래야 당당할 수 있는 건데. 그
래야 문채훈과 경쟁할 자격이 생기는 건데. 그래야……

　번뜩 물음이 파고들었다. 경쟁이라니. 왜. 애초에 저는 왜 문채
훈을 이기고 싶었던 걸까. 스스로에게 변명했던 것처럼 정말로 집
들이 날의 기억이 굴욕스러워서? 대체 뭐가 굴욕스러운 건데. 왜
저 남자를 이기고 싶은 건데. 저 여자의 애정 한 자락을 더 가져와
서 저는 무얼 하고 싶은 건데.

　'따뜻하죠?'

　국수를 건네며 그녀가 했던 말이 생각났다. 해사하게 웃던 얼굴
도 떠오른다. 선우는 그녀가 저를 보아 주는 게 좋았다. 저를 챙겨
주는 게 좋았다. 저를 신경 써 주는 게 좋았다. 제가 광적인 수준의
애정결핍 환자가 아니고서야 이것은……

　투둑. 빨래 더미 속에서 무언가가 떨어졌다. 옷가지들 사이에 파
묻혀 있던 작은 액자가 바닥으로 낙하해 있었다.

　액자를 주워 세탁기 위에 놓고는 생각을 털듯 빨래들을 마저 밀
어 넣었다. 세제를 부으면서 무심히 액자 속 사진을 바라보았다.
그때였다. 무심했던 시선이 순식간에 한군데로 모여들었다. 선우의
동공이 개화하듯 열렸다.

　어? 뒤따라 빨래를 들고 온 승욱이 선우가 들고 있는 사진을 재
빨리 뺏었다. 아직도 이삭의 사진을 가지고 있는 걸 들켰으니 잔소

리를 듣겠구나 싶었다. 그런데, 아무 반응이 없었다. 그게 이상해 선우를 보니 반쯤 정신 나간 듯한 선우의 눈이 승욱의 손에 들린 사진을 쪼르르 따라오고 있었다.

"이거, 언제 찍은 거야?"

"응?"

"이 사진. 이삭 씨 사진, 언제 찍은 거냐고."

"내가 찍은 게 아니고, 이삭이가 그때 정동진 놀러 갔을 때 찍은 거. 우리 만났던 날. 그거 단체사진 내가 갖고 있는 거야."

"……!"

"걱정 마. 이것도 버릴 거야. 이삭이 사진 이거 하나 남았어. 이건 뭐 얼굴 쪼끄매서 보이지도 않잖아. 다른 건 다 버렸어. 없어, 이제. 떠난 여자 사진을 내가 왜 갖고 있어. 이게 어쩌다 남은 거야, 우연히. 빨래 속에 묻혀서."

반은 사실이고 반은 거짓이었다. 빨래 속에 묻혀 몰랐던 건 사실이고, 사진을 버렸다는 건 거짓이었다. 그러나 선우의 관심이 그게 아니란 걸 알아채는 데는 오래 걸리지 않았다. 사진을 뺏다시피 가져간 선우가 한 여자를 콕 찝어 물어 왔기에.

"이 여자, 너 알아?"

승욱은 선우가 가리키는 여자를 보았다. 호신술 동아리 단체사진 속에서 이삭과 나란히 앉아 있는, 똑같은 점퍼와 모자를 쓴 뿔테안경의 여자. 선우의 손가락은 정확히 그 여자를 가리키고 있었다.

7. 남자 짓

출근길. 열희는 오늘도 마음이 어지러웠다. 언제나 제 직업에 투철한 자부심을 갖고 있었는데 이렇게 출근길이 괴로울 줄은 제 인생의 어디에서도 예상하지 못했다.

그날 이후 병원에서 채훈을 마주하는 게 불편했다. 아니 더 솔직히 말하자면, 채훈을 따로 신경 쓸 만큼의 여유가 없었다. 그러기엔 제 속이 너무나 뒤엉켜 있었다.

저는 정말 이상한 사람이 되어 버렸다. 출근하기 싫은 것도 모자라 채훈에게 눈을 두지 않는 최열희라니. 이게 가능이나 한 일인가.

그날, 그의 집을 그렇게 나오고 배신감에 한참을 부르르 떨었었다. 찬물을 연거푸 두 잔을 마시고도 진정이 안 돼서 집 안을 종종거리며 마구 돌아다녔다. 기가 막혀 헛웃음을 짓기도 하고, 발을 쿵 구르기도 하고, 열이 올라 냉장고 문을 열고 머리를 식혔다가, 냉동만두를 발견하고는 밉게 쏘아보기도 했다.

그러느라 채훈이 돌아간 것도 몰랐다. 그게 또 속상해 채훈을 찾아 마당으로 달려 나왔다가 선우의 차를 보자 달려 나온 이유도 잊어버리고 팽하니 안으로 들어가 버렸다.

당장은 선우와 마주치기 싫어서 미령의 집으로 향했다. 가는 내내 태연한 얼굴로 제게 거짓말을 늘어놓았던 선우의 모습들이 떠올라 분노가 치밀었다. 그는 현승욱도 아니었고, 빚쟁이도 아니었다. 그는 이삭 선배의 전 남친도 아니었고, 실연당한 가련한 남자도 아니었다. 애초에 제가 가엾게 여겨 돌봐 줘야 할 사람이 아니었던 거다.

버스에서 내려 어둑해진 거리를 걸었다. 걷다가 하늘을 보니 그게 꼭 밤바다처럼 깊었다. 그가 보여 줬던 유리방의 풍경이 떠올랐다. 그때의 그 모습도 거짓이었을까. 그의 눈빛, 그의 말, 그의 표정 모든 것이 다?

문득, 그가 한선우란 것이 되새겨졌다. 그러자 그가 했던 거짓말들이 우르르 떠밀려 가곤 그 이름 하나만 남았다. 그렇다. 그는 현승욱이 아닌 낯선 남자, 한선우였다. 그걸 깨달은 열희의 가슴이 쿵쿵거리기 시작했다.

언젠가 그녀가 조용히 품었었던 터무니없는 욕심이 현실이 되었다. 그가 이삭 선배의 전 남친이 아니었으면 좋겠다는 그런. 그게 꼭 죄를 지은 듯한 느낌이라 미령에게조차도 속내를 꺼내 놓지 못했었다.

제가 좋아하는 건 문채훈이었다. 저는 거짓말쟁이 한선우에게 화

를 내야 맞았다. 그런 결론을 내놓고 저를 꾹꾹 밀어붙였다. 그게,
맞는 거니까.

※

윤 대표의 쩌렁쩌렁한 웃음소리와 넘치는 식욕도 이젠 익숙해지
려 하고 있었다. 저한테 일을 맡겨 놓고 실연을 핑계로 늘어져 있
는 승욱의 게으른 행태도 일상이 되어 가고 있었다. 아침마다 옆집
을 살펴보고, 퇴근해선 시간마다 옆집의 벨을 눌러 혹시나 열희의
반응이 있을까 기다리는 것도 선우의 생활의 일부분이 되었다.

열희는 여전히 저를 피하고 있었다. 마주칠 기회라도 줘야 사과
를 하든 변명을 하든 해명을 하든 할 텐데, 벨을 눌러도 대답이 없
고 문을 두드려도 반응을 하지 않았다. 아예 집에 들어오지도 않는
듯했다. 미령이라는 친구 집에 가서 잔 건가.

마무리로 넥타이핀을 꽂고 옷매무새를 다듬은 선우가 창밖으로
시선을 던졌다. 밤새 깜깜하기만 했던 옆집을 쳐다보는 선우의 눈
에 힘이 들어갔다. 오늘은 어떻게 해서든 결판을 내리라 결심이 섰
다.

출근 준비를 마치고 계단을 내려오다 보니, 윤 대표와 승욱이 거
실에 모여 아침 토크 방송을 보고 있었다. 오늘은 외국에서 시집온
며느리들이 우리나라 시어머니들과 겪는 에피소드를 내놓으며 윤
대표를 즐겁게 하고 있었다.

윤 대표는 그렇다 쳐도, 승욱이 놈은 저게 왜 재밌는 거지? 소파
에 나무늘보처럼 늘어져 대형마트에서 사 온 대용량 팝콘을 입에

털어 넣고 있는 승욱을 한번 쳐다봐 주곤 그 앞을 가로질렀다.

"어이, 왜 TV를 가리고 그래!"

승욱의 타박 정도는 한 귀로 흘려들은 선우가 현관으로 직행했다.

"와우, 오늘 멋진데~ 누구 꼬시러 가냐? 잘 하고 와~"

윤 대표의 성의 없는 인사도 그저 그러려니 하며 문을 열었다.

"올 때 요 앞 사거리에서 닭 좀 사 가지고 와라. 후라이드 말고 꼬챙이에 꽂아 돌돌 돌린 거."

하지만 이 말은 참을 수 없었다. 꼬챙이에 꽂아 돌돌 돌린 닭을 사려면 차가 아닌 걸음으로 15분을 오르막 내리막 왕복해야 했으니까.

"어제 먹었잖아."

인내심을 다 끌어모아 어제 먹은 것을 상기시켰다. 그러나 굴하지 않는 승욱이었다.

"또 먹고 싶어서 그래. 나 실연당해 속이 허하잖아. 거긴 배달도 안 해 주니 아예 세 마리 사 와."

"그래 그 닭 맛있더라. 기름도 쫙 빠져서. 걍 네 마리 사 와. 나두 마리 찜."

윤 대표까지 거들고 나서자 어쩔 수가 없었다. 긴 한숨 속에 불만 따위 다 떠내려 보낸 선우가 집을 나와 문을 닫았다.

으하하하하하―

차 문을 여는데 윤 대표와 승욱의 웃음소리가 또 들려온다. 언제나 시끄러운 것은 옆집이었는데, 어느덧 반대가 되어 있었다. 제가 옆집에서 웃음소리를 뺏어 온 듯해 선우는 더 비장해졌다.

살면서 작정하고 거짓말을 한 적은 없었다. 그럴 이유도 없었고,

159

그게 좋은 것도 아니었으니. 그런데 본의 아니게 열희에겐 그렇게 되어 버렸다. 처음부터 계획한 건 아니었지만, 상황에 밀렸든 혹은 여자가 의심스러웠든 어쨌든, 거짓말은 거짓말인 거니까.

열희가 저에게서 개봉 씨를 떠올리며 잘해 줬듯이 선우도 열희에게서 잊었던 따뜻함을 떠올렸었다. 그녀가 끓여 줬던 따뜻한 국수가, 그녀가 제게 건넸던 따뜻한 관심에, 선우는 용기 내어 유리방에 조명을 켤 수 있었고, 어머니를 떠올리면서도 마냥 허전하지만은 않았다.

제가 왜 그토록 채훈에게 이기려 했는지 알아 버렸다. 선우는 열희의 관심을 오롯이 혼자서 받고 싶었다. 저 혼자만 열희에게 닿고 싶었다. 그만큼 열희가 좋아져 버렸다.

자그만 체구인데도 저보다 힘도 세고, 대놓고 19금을 뻔뻔하게 관람하는 열희가 좋다. 재료가 다 삐져나온 김밥을 당당하게 먹으라고 주는 그녀가 좋다.

이곳에 돌아와 매 순간 그녀가 제게 건넨 손길은 세상 그 어떤 것보다 따뜻했다. 그래서 저도 모르게 흐물흐물 녹아 버렸다. 왜인지 그녀가 저를 보아 주면, 더는 세상에 혼자가 아닌 것 같은 든든한 기분이 든다.

그래서 이제 거짓말의 대가를 치르려고 한다. 그런 후 당당히 그녀에게 나서려고 한다. 더는 겁이 나지 않는다. 제 마음을 다시 한번 믿어 보기로 했다. 저를 대해 준 열희의 마음에 희망을 걸어 볼 용기가 생겼다.

왜냐면 이제는, 그 빨간 목도리를 준 게 이삭이 아니란 걸 알았으니까.

그게 무슨 관계냐고 물으면 조금은 우스운 대답을 해 줄 수밖에 없다. 온몸을 진동시킬 만큼 저를 감동시켰던 사람이 믿음을 깨 버리면, 더는 제 마음에 자신이 없어진다. 지금 느끼는 게 맞는 걸까, 제 마음을 믿어도 되는 걸까, 또 착각은 아닐까 하고 흔들거린다.

이삭이 승욱을 떠났을 때가 그랬다. 이삭에 대한 제 믿음이 깨지면서 열희에 대한 마음도 장담할 수 없었다. 제 마음이 제게 해 주는 말들에 확신이 없어져 버렸다.

그런데 이삭이 더는 그 여자가 아닌 걸 알았으니 희망이 생긴 거다. 목도리의 주인을 찾으면 선우는 다시 한 번 힘이 날 것 같았다.

그녀가 아직도 저의 믿음처럼 좋은 사람이라면, 열희에게서 받았던 그 따뜻한 느낌도 고스란히 진짜가 되는 거였으니까. 우스워 보일지 몰라도 선우에겐 그걸 확인하는 게 중요했다.

어머니가 세상을 떠나고, 바짝 얼어 버린 마음으로 가 서 있던 그곳에서 이름 모를 그녀가 제 목에 감아 준 것은 단순한 목도리가 아니었다. 다 내려놓고 싶었던 선우를 잡아당겨 준 끈이었고, 갈기갈기 찢어져 버린 마음을 흐트러지지 않게 동여매어 준 붕대였다. 무엇보다, 꽁꽁 얼어 버린 저를 녹여 주기에 충분한 따뜻한 온기였다.

힘을 내요. 할 수 있어요. 낯선 여자가 해 주는 소리 없는 응원에 저는 다시 무언가를 할 용기가 생겼더랬다.

선우에겐 그것이 붙들고 늘어지고 싶은 징크스요, 미신이요, 종교 같은 동기였다. 당신은 혼자가 아니라는. 용기 내어 살아가라는 그런. 선우에겐 그때 그 순간이 인두로 누른 것처럼 가슴에 뜨겁게 새겨져 있었다.

그래서 지금 선우는 차를 몰고 달려가는 중이다. 더는 지체하고

싶지 않았기에. 오늘은 반드시 그녀를 만나야 했다. 열희도. 사진
속의 그 여자도.

"쟤 정말 이상하긴 하네요."

선우의 차가 떠나는 소리가 들리자 승욱이 팝콘을 삼키며 중얼
거렸다. 그에 TV 리모콘으로 이리저리 채널을 돌리던 윤 대표가
동조했다.

"맞아. 아까도 통닭 사다 달라는데 군소리 없이 나가는 거 봤지?
쟤가 그럴 애냐? 예전 같았으면 '싫어.' 이러고 단칼에 자르고 나
가 버리지."

"아니면, '그걸 왜 내가 사다 줘? 미쳤어?' 길길이 날뛰거나요."

"그런데, 이상하긴 해도 그게 나쁘진 않다."

"그러게요. 이상한데 그게 또 이상하게 나쁘진 않네요."

"2년간 주구장창 일만 하길래 걱정했는데, 다행이다. 이상한 것
도 나쁘지 않은데 그냥 저대로 냅둘까?"

"그럴까요? 하긴. 쟤는 차라리 이상한 게 나아요. 정상일 때가
더 이상했잖아요. 그럼 저대로 냅두는 걸로 결정하죠."

"아무리 그래도 이상한 건 이상한 건데 그래도 되나?"

"그럼 말든가요."

"야, 좀 성의 있게 대답 좀 해 봐라."

윤 대표가 팝콘 통을 뺏으며 타박을 하자 승욱이 얼른 그 통을
회수해 왔다.

"진심으로 성의 있는 건데요. 실연당한 남자가 어떻게 더 성의가
있어요."

"아 진짜, 그놈의 실연은. 그게 무슨 벼슬이야?"

"패션쇼 할 시간이에요. 선우 저대로 냅둘 건지 말 건지 빨리 결정하세요."

TV 속에서 속옷 패션쇼가 시작되고 있었다. 그걸 본 윤 대표의 시선이 그대로 고정됐다.

"그래. 저대로 냅두자. 고분고분 심부름도 잘 해 주고 얼마나 좋아."

"그래요. 때론 이상한 게 좋은 거예요. 원래 사람은 조금씩은 다 이상한 거니까."

은밀한 모략을 마친 두 사람의 상체가 TV를 향해 숙여졌다. 모델들이 걸어 나오자 두 사람의 동공도 함께 커졌다.

두 사람의 결정은 순전히 선우를 위한 거였다. 모나고 삐죽했던 선우가 둥글게 되는 건 좋은 일이었으니까. 빼어난 몸매의 패션쇼 모델 때문에 급히 아무렇게나 결정을 내린 건 절대 아니라고, 두 사람은 마음 구석 어딘가에서 항변해 보았다. 물론 그 항변마저도 모델이 획- 턴을 하자 금세 사라져 버렸지만.

�֎

눈앞의 남자를 본 채훈은 심기가 불편했다. 이쯤 되면 없던 전의도 불타오르기 마련이었다. 그날 이후로 더 마음에 들지 않았던 상대가 아예 작정한 듯 윤기 나게 빼입고 저를 찾아온 건 명백한 도전이었기에.

"어디가 불편해서 오셨나요?"

겉보기엔 불편하기는커녕 너무 멀쩡한 생김새의 선우를 향해 채훈은 의사로서 할 수 있는 최대한 예의 바른 질문을 내놓았다. 그럴 리 없겠지만 그가 정말로 저의 도움이 필요해서 찾아온 환자일 가능성이 아직은 티끌만큼 남아 있으니까.

처음 만남부터 거슬리던 남자였다. 이 남자 때문에 집들이 날도, 다시 찾아간 날도, 모두 방해를 받았다. 방해라는 표현이 맞을지는 모르겠지만, 아무튼 그때마다 이 남자가 거슬렸던 건 사실이었으니까. 덕분에 아직도 열희의 생일선물이 저의 외투 속에 들어 있었으니까.

이 남자가 제 진료실까지 찾아온 이유는 뻔해 보였다. 열희에게 늘어놓은 거짓말에 대한 변명이거나, 열희와 저의 사이를 추궁하거나, 혹은 그와 비슷한 어떤 것이겠거니. 어떤 것이든 사내답지 못했기에 눈앞의 남자가 참으로 못마땅한 채훈이었다.

어디가 불편하냐는 질문에 금방 대답이 나오지 않는 걸 보니 제가 품었던 티끌의 가능성은 아닌 게 분명해졌다. 그렇다면 채훈도 더는 친절할 이유가 없었기에 남자를 보는 눈에 적의를 실었다. 그런데⋯⋯.

"이삭 씨 아시죠?"

선우는 대답 대신 뜻밖의 질문을 내놓았다. 그래서 채훈은 저도 모르게 순순히 대답을 하고 말았다. '네. 그런데요?' 그러자 선우가 품에서 사진 하나를 꺼내 채훈의 앞으로 밀었다. 자연히 채훈의 시선도 그리로 꽂혔다.

"알아볼 곳이 마땅치 않아서요. 학교에 문의했더니 동아리가 없어졌길래. 그래서 염치불고하고 이렇게 왔습니다. 여기 사진 속에,

그쪽이 함께 찍혀 있어서."

그가 내놓은 건 언젠가 겨울에 정동진에 가서 찍은 동아리 단체 사진이었다. 그가 이 사진을 어찌 갖고 있는지 물어보려던 채훈은 사진 속 맨 앞줄에서 열희를 발견하고는 그만두었다. 의도가 뻔한데, 왜 이삭의 얘기로 시작한 건가 싶어 삐딱하게 선우를 보았다.

선우가 자세를 바로잡았다. 대단한 결의라도 다지듯 꼿꼿하게 허리를 세우곤 두 주먹을 제 무릎께에 가져다놓고 채훈을 응시했다. 부딪혀 오는 눈빛이 강해서 채훈은 밀리지 않으려 눈에 힘을 줬다. 의중을 알 수 없는 선우의 눈이 빛났다.

"알려 주시면 감사하겠습니다."

그 목소리가 너무 진중했기에 채훈은 살짝 몸을 물렸다.

"뭘, 말입니까?"

물러난 그 거리만큼 경계심이 들어찼다.

"이 여자분이, 누구인지."

선우의 기다란 검지가 사진 속에 낙하할 지점을 찾아 정확히 톡 내려앉았다.

"……!"

낙하지점을 확인한 채훈의 눈이 못마땅하게 휘었다. 이 남자, 지금 뭐 하자는 건가.

※

미령은 아무래도 변태가 왔나 보다고 생각했다. 방금 전 여자 손님에게서 주문받은 자몽에이드를 기분 좋게 만들고 있는데, 뒤에서 남자의 바람 빠지는 듯한 웃음소리가 들리기 시작한 거다.

푸식푸식. 푸흐흐흐. 이상했다. 계속 제 등을 향해 내뿜어지는 그 소리에 경계심을 바짝 세웠다. 저를 보고 이렇게 웃을 일이 뭐란 말인가. 플라스틱 컵에 얼음을 넣는 제 행동이 그렇게 웃긴가. 여차하면 싸울 기세로 미령은 눈에 힘을 주고 돌아섰다.

"주문하시겠, 으어어억!"

몸을 돌리던 미령이 소스라치며 물러섰다. 변태라고 추측되는 그 남자는 카운터에 성큼 팔을 올리고 턱을 괸 채 미령을 바라보고 있었다. 그의 얼굴이 너무 가까이 와 있어 하마터면 그와 경미한 접촉사고가 날 뻔했다.

미령이 팔을 걷어붙이며 욕을 장전했다. 내 이 변태를 당장 패대기를…… 어? 미령이 눈을 끔뻑였다. 그제야 그 남자가 누구인지 알아본 것이다.

"개봉 군?!"

그렇다. 지금껏 미령의 뒤에서 실성한 사람처럼 푸식푸식거리던 그 변태추정남은, 누가 봐도 멀끔하고 말짱하고 수려한 외모를 가진 선우였다.

미령이 재빨리 주위를 훑었다. 열희의 근무지는 5층이었지만, 그래도 혹시나 열희가 이 근처에 있다면 지금 이 바람 빠진 풍선처럼 웃고 있는 남자에게 당장 니킥을 날릴 테니까. 그럼 이 허약한 남자는 금방 고꾸라질 테니까. 쌍코피가 터질 테니까. 사람 하나 살리는 셈치고 미령은 마음을 먹었다.

"저기요. 지금 여기서 뭐 하는 거예요?"

미령이 선우를 향해 목소리를 낮춰 물었다. 그런데도 선우는 딴

나라에 가 있는 사람처럼 웃고만 있었다. 이젠 하다하다 미친놈 코스프레까지 하나 싶어 미령이 카운터를 벗어나 선우에게 다가갔다.

"지금 뭐 하는 거냐니까요!"

주위에서 들을세라 목소리를 크게 내지는 못했지만 꽤 앙칼지게 쏘아붙였다. 그러자 끅끅대던 선우의 시선이 드디어 미령에게로 찾아들었다.

"미령 씨."

"그래요. 나 미령이에요."

대답을 듣자 또 웃기 시작하는 선우다. 발전기에 시동 걸다 실패하는 듯한 웃음소리가 계속 반복됐다. 허허허허허. 허허허허허.

이쯤 되니 진짜 실성한 건가 싶어 미령이 간격을 벌려 섰다. 제가 이 남자에게 웃음을 줄 만큼 웃기게 생긴 게 아니고서야, 이 남자가 이렇게 웃어 댈 이유는 없었다.

"뭐 하는 거예요, 정말! 여긴 왜 왔어요? 직장까지 따라오고 그러면 어떡해요? 열희 지금 엄청 열받았거든요. 어제 나랑도 술 마시면서 그쪽 욕 바가지로 했다구요. 직장까지 따라온 거 알면 맞아 터져요. 그러니 알짱거리지 말고 얼른 가요."

선우는 그제야 웃음을 그쳤다. 그러나 입꼬리는 금방이라도 승천할 듯 솟아 있었다.

"열희 씨. 지금 어디 있어요?"

진득하게 물어 오는 말에도 웃음이 묻어 있었다. 제 말을 듣기는 한 건지, 미령의 눈이 샐쭉해졌다.

"일할 때 건드리지 마요. 직장에 온 거 알면 두 대 맞을 거 세 대 맞고, 엉덩이 차일 거 정강이 차여요."

그러자 선우가 시계를 흘끔 보더니 아예 자리를 잡고 앉았다.

"그럼 기다리죠."

"기다리다니, 뭘요?"

"점심시간이요. 미령 씨랑 함께할 거잖아요. 두 사람 절친이니까."

"절친인 건 맞는데, 일 안 하세요? 빚쟁이 아니라면서요? 백수 아니라면서요? 바쁘시다면서요."

"네. 하지만 기다릴래요."

"어머, 진짜 왜 이래요? 그쪽 안위를 생각해서 해 주는 말이에요. 열희 화나면 엄청 무서워요. 이렇게 배 째라 나올 게 아니라구요."

"네. 어쨌든 기다릴 거예요."

하— 긴 숨을 내쉰 미령이 선우를 바라봤다. 톡 건드리기만 해도 웃음을 쏟아 낼 준비가 된 얼굴로 선우는 모르쇠 팔짱을 끼곤 굳건히 앉아 있었다.

날 때부터 웃고 태어난 사람처럼 올라간 입꼬리와는 달리 바짝 힘이 들어간 어깨와 굳게 잠긴 팔짱이 절대 움직이지 않겠다는 의지를 대변하고 있었기에, 미령은 포기하고 주춤주춤 돌아섰다.

백 원짜리 동전 넣은 로봇처럼 기다리겠다는 말만 되풀이하고 있는 선우랑은 더 이상 말이 안 통할 듯싶었다. 게다가 당장은 내 버려 둬도 상관없을 것 같긴 했다. 아직 점심시간이 되려면 한참 멀기도 했고, 카페테리아에 저런 곱상한 남자가 하나 앉아 있으면 매출에 도움이 될 것도 같았으니까.

이렇게 보니 개봉 군, 좀 멋진데? 왜 전에는 그 생각을 못 했을 까. 주문을 받는 미령의 눈이 흘끔흘끔 선우에게 향했다. 이삭 선 배의 빚쟁이 전 남친이라는 허울에서 벗어난 개봉 군은 번데기에서

부화한 나비처럼 새롭고 화려한 게 때깔부터가 달라 보였다.

그냥 패서 내쫓기엔 좀 아깝단 말이지. 거짓말쟁이만 아니면 괜찮은데……. 설레발치듯 열희의 상대로 채훈과 개봉 군을 비교하던 미령이 끌끌 혀를 차며 고개를 저었다.

하나 간과한 게 있었다. 열희는 무조건 굳세고 강건한 남자다움을 좋아하는데, 개봉 군은 너무 허여멀건 꽃미남과였다. 관상용으로나 쓰자. 그리 마음을 정리하고 미령이 커피 오더를 받았다. 그러면서도 한 손으로는 열심히 문자를 치는 미령이었다.

[1층 전방에 개봉 군 출현. 진정해라, 최열희. 사람 목숨은 소중하다. 개봉 군도 사람이다.]

❋

다음 환자가 불러도 오지 않는 사이, 채훈은 조금 전 선우와의 대화를 떠올렸다.

'어떤 분인지, 말해 주십시오.'

열희를 가리키며 누구냐고 묻는 말을 채훈은 조금은 오해했다. 열희가 어떤 사람인지를, 그리고 채훈과 무슨 사이인지를 캐묻는 걸로 알아들은 터였다.

'그건 그쪽이 관여하실 일이 아닌 듯한데요.'

'그러지 말고 알려 주세요. 저한텐 굉장히 중요한 일이거든요.'

머리까지 숙이며 정중히 부탁을 해 오는 말에 채훈은 더는 버틸 수 없었다. 그래도 한 가지는 확인해야 했다. 열희에 대한 마음이 어느 정도인지를.

'진심입니까?'

'네. 진심입니다.'

눈빛 하나 흔들림 없이 진심이라는 선우의 말에 채훈도 바짝 힘이 들어갔다.

'그렇다면, 경쟁자가 될 거 같군요.'

'네?'

'안타깝게도, 그쪽더러 열희한테서 물러서라는 말을 할 권한이 아직 내겐 없네요. 대신 부탁 하나 하죠. 이번엔 거짓이나 속이는 것 없이, 남자 대 남자로, 페어플레이했으면 하는데요.'

'무슨……. 뭘 말입니까?'

'열희가 누굴 선택하든 정정당당하게 경기하고 결과를 받아들이는 걸로.'

채훈에게 머물렀던 선우의 시선이 잠시 진료실의 공간을 부유했다. 무슨 생각을 하는지 이리저리 흔들리는 선우의 시선을 보고 있자니, 저의 제안 중 무엇이 마음에 안 드는 걸까 못마땅해지는 채훈이었다. 인내심이 바닥날 즈음, 또렷해진 선우의 눈이 채훈에게 꽂혔다.

'그러니까, 지금 이분에 대해서 말씀하고 계신 게 맞습니까?'

선우의 손이 다시 사진 속 열희를 가리켰다.

'그럼 누구겠습니까?'

이 사람이 장난하나? 채훈의 대답이 곱지 않았다. 그런데도 선우는 굴하지 않고 또 물어 온다.

'이삭 씨 옆에 계신 이분. 뿔테 안경 쓴 이 여자분. 최열희……라구요?'

그리 묻는 선우의 말끝이 조금은 떨렸다. 눈만 내려 사진을 가리킨 선우의 시선이 다시 채훈에게 향했다. 확인받듯. 확인하듯. 그게 중요한 일이라도 되는 듯.

'그러니까, 최열희요? 옆집 사는 최열희란 말이죠? 그 최열희였단 거죠?!'

'대체 뭡니까 지금?'

선우가 갑자기 웃기 시작한 건 그 어떤 대답보다도 확실한 채훈의 표정을 들여다보고 나서였다. 선우는 정말 실성한 사람처럼 꺼이꺼이 웃어 댔다. 그 와중에도 사진을 콕콕 가리키며 '최열희! 최열희!' 하고 되뇌기를 몇 번을 했다.

그 웃음은 멈춰지지 않아서, 그가 진료실을 나간 후에도 채훈은 그의 웃음소리로 그가 멀어지는 걸 고스란히 느끼고 앉아 있어야 했다.

정정당당하자는 저의 말 어디가 그리 웃긴 건지, 기분이 나쁘기보다는 살짝 겁이 났다. 저는 앞으로 정상이 아닌 것 같은 사람을 상대해야 할 듯했다.

무엇보다 열희를 향한 제 마음이 그리 컸던가 싶어 저도 놀란 참이었다. 자고로 남자라면, 제 마음이 확실해질 때까지 여자를 흔드는 일 따위는 하지 말아야 한다는 게 신조였다. 그런데 저 허연 남자 덕분에 그 신조가 무너졌다.

제 이성을 쥐고 흔드는 게 저 남자인지 열희인지, 채훈 자신도 판단이 안 선 채로 다음 환자를 맞았다.

확실한 건 지금 늦게 들어온 이 환자가 원망스럽다는 거였다. 이대로 환자가 뒤로 밀리면 점심시간에 저 허연 남자보다 열희에게 늦게 당도할 것 같았으니까.

그리고 그 예감은, 정확히 맞았다.

※

삐一

오전 마지막 순찰카드를 찍고 돌아선 열희의 시야에 반들거리는 구두가 보였다. 옆으로 비키지 않고 저를 막아서고 있는 것이 저에게 볼일 있는 사람이다 싶었다. 입원실이나 진료실 위치를 묻는 사람이 대부분이었기에 얼굴에 미소를 장착하고 고개를 들었다. 그런데.

"미안했어."

철렁. 하고 심장이 내려앉았다. 이 남자를 다시 보면 화를 내야 하는데, 순간 미친 것처럼 심장이 팔딱거렸다. 안 돼, 최열희. 너 지금 뭐 하는 거니. 열희가 사정없이 두드려 대는 제 가슴을 꾸욱 눌렀다.

"뭐 하는 거예요, 여기서?"

최대한 쏘아붙이듯 말을 내놓았다. 그러자 선우가 허리를 반으로 접는다.

"잘못했어. 진심으로 사과할게."

주춤 한 발을 물렸다. 서둘러 주위를 살폈다. 다행히 주변에 사람은 없었다.

"뭐 하는 거예요. 일어나요."

아, 어서요. 한 번 더 열희가 재촉을 하고 나서야 선우는 허리를 폈다. 그러고도 저를 보는 눈빛이 꽤 깊어서 열희는 그에게서 시선

172

을 뗄 수가 없었다.

"미안하다, 최열희."

나지막하게 내놓은 그의 마지막 말에 가슴이 오르르 떨렸다. 그의 이 사과 하나로 여태껏 힘들게 끌고 왔던 저의 결론이 단번에 뒤로 쑤욱 후퇴해 버렸다. 저는 채훈을 좋아해야 하는 건데, 거짓말쟁이 한선우에게는 화를 내야 맞는 건데, 어찌 된 건지 그에게 화가 나지 않는다. 가슴이 자꾸 쿵쿵거린다.

"때릴래?"

갑자기 돌변한 그가 장난기 섞인 목소리로 물었다.

"네?"

"시간상 근무 중 아니니까, 엉덩이 두 대면 되나?"

"그게 무슨……?"

"아까 미령 씨가 그랬거든. 근무 중에 마주치면, 두 대 맞을 거 세 대 맞고, 엉덩이 차일 거 정강이 차인다고. 지금은 오전 근무가 끝난 점심시간이니까, 엉덩이 두 대면 되겠네."

"지금 나한테 맞겠다는 거예요?"

"응. 때려. 죄를 지었으면 벌을 받아야지."

산뜻한 얼굴로 돌아서더니 때리기 좋게 엉덩이까지 툭툭 두들기는 선우다. 열희는 얼결에 멀뚱히 엉덩이를 보았다. 남자의 엉덩이를 이렇게 뚫어져라 보는 건 또 처음이었다.

"엉덩이가 맘에 안 들면 다른 데를 쳐도 좋아. 두 대로 분이 안 풀리면 더 때려. 분이 풀릴 때까지 그냥 때려. 멍들고 뼈 부러져 보지 뭐. 설마 죽기야 하겠어. 살려만 놔 줘."

저한테 맞겠다는 사람치고는 너무나 밝고 신나는 말투였기에 열희는 슬그머니 화가 치밀었다. 이 사람은 지금 즐거워하고 있었다. 그제야 정신이 바짝 들었다. 이 남자는 그때도 지금도 저를 갖고 놀고 있는 거다.

"지금 일부러 그러는 거죠? 나 약 올리는 거예요?"

"아니. 나 폭력은 아주 질색인 사람이야. 벌레 하나도 못 잡는 평화주의자인데, 내 몸뚱이에 주먹 닿는 것 갖고 장난 안 해."

선우의 눈은 웃고 있었지만 말투는 꽤 진중했다. 그를 보고 있자니 묘한 느낌이 들었다. 이 남자는 제가 알던 남자가 아닌 듯했다.

아까부터 방언 터진 사람처럼 술술 말을 내놓는 게 낯설기도 했고, 그전까지 알고 지낸 개봉 군과는 무언가가 많이 달랐다. 닫히고 뾰족하고 차갑고 싸가지 없던 남자의 눈빛이 아니었다. 측은지심을 가지고 대했던 미약한 기운도 느껴지지 않았다.

그는 따뜻하게 웃고 있었다. 날이 서 있지도 않았다. 불을 붙이면 꺼지는 게 아니라 활활 타오를 것 같았다. 한마디로 그녀가 알고 있던 개봉 군이 아니었다.

하지만 이상한 건, 이 낯선 모습이 또 낯이 익다는 거였다. 이 눈빛, 본 적이 있다. 어디서 봤더라…….

"왜 이렇게까지 하는 건데요?"

"말했잖아. 벌받겠다고. 그래야 최열희한테 제대로 시작하지."

선우의 눈이 부드럽게 휘었다. 선이 짙은 그의 입술도 곱게 끌어올려진다. 눈 옆의 웃음 주름도 보기 좋게 잡혔다. 분명히 봤는데, 이 눈빛.

"뭘 시작하겠단 거예요?"

열희의 질문에 선우가 성큼 다가섰다. 놀란 그녀가 그만큼을 물러서려고 발을 뒤로 물렸지만 이미 등은 벽에 닿아 있었다. 고개를 드니 그와 눈이 마주쳤다. 손만 들어도 닿을 듯한 거리에서 그가 열희를 내려다보고 있었다.

꼴깍. 마른침이 목구멍으로 넘어갔다. 그를 처음 봤던 날처럼 그의 눈이 지척에서 내리꽂혀 왔다. 그에게서 나는 향기가 좋았다. 가볍게 내려앉은 앞머리도, 저 길쭉한 눈매도, 저 오똑한 콧날도, 하다못해 제게 거짓말을 내놓은 저 입술까지도 모든 게 달콤하게 느껴진다. 미쳤구나, 최열희. 정신 차리자. 정신을.

"남자, 짓."

"네? 뭐, 뭐요?"

열희 눈코 입이 동시에 커졌다. 몽롱해졌던 정신이 단번에 모아졌다. 방금 들은 말이 맞나 눈을 깜빡여 보았다. 남자 짓이라니. 남자 짓이라면, 제가 채훈에게 해 보려 했던 그 여자 짓과 비슷한 그것? 그걸 왜 저한테?

"뭐예요, 그게."

"기대되지?"

선우가 눈을 찡긋한다. 그걸 보니 얼굴이 불타오르는 것 같다.

"허. 진짜 기가 막혀서. 그리고, 무슨 사과하는 사람이 반말을 계속 찍찍해요?"

당황한 걸 감추려 더 쏘아붙였다. 그랬더니 그가 눈을 이리저리 굴린다.

사실 선우 자신도 이유를 몰랐다. 왜 열희에게만 제가 반말을 하는지. 그 시작이 어쨌건 지금 선우는 열희가 궁중 언어라도 쓰라면 쓸 각오가 되어 있었다.

"존댓말 해 줘? 해 드려요, 최열희 씨? 원하시면 그렇게 하겠습니다."

열희가 움찔 고개를 뒤로 뺐다. 순순히 존댓말 해 주는 게 이상했다. 표정을 보니 놀리는 건 아니었다. 그런데 그게 또 싫다. 잘 모르는 사람을 대하는 듯한 존댓말이 싫었다. 훌쩍 거리감이 생겨 버린 것 같았다.

"아뇨. 그냥 반말해요 계속."

제 변덕이 민망해 시선을 틀자 선우가 쿡. 웃었다. 그런 그의 눈이 벅차오른다. 꼭 다문 그의 입술이 붙은 채로 둥글게 휘어졌다. 할 말을 그득 채운 그의 눈동자가 진해졌다.

"반가워, 최열희!"

그의 말이 심장에 쿡 박혔다. 델 만큼 뜨거워 몸이 움찔거렸다. 마치 오랫동안 저를 찾아다녔던 사람 같은 그의 이 생뚱맞은 인사가 온몸으로 뜨겁게 퍼져 나갔다. 그게 주문처럼 열희의 몸을 부웅 띄웠다.

환하게 웃고 있는 그를 바라보며 열희도 홀린 듯 속으로 중얼거렸다.

'나도…… 반가워요. 한선우 씨.'

※

"그럼 이제 용서한 거야?"

미령이 아이스커피를 빨대로 쪼르륵 빨아 마시다 차가운 듯 코를 찡긋거렸다.

"용서? 무슨 용서?"

"개봉 씨 말야. 사과 받아 준 거냐고."

열희가 눈을 이리저리 굴렸다. 그렇게 되는 건가? 저도 모르겠다. 확실한 건 억지로 화를 내려 해도 더는 조금도 화가 안 난다는 거였다. 그게 그의 사과를 받아서인지, 아님 사람을 직접 대면하면 생기는 인정 때문에 수그러든 건지는 모르겠지만, 어쨌건 저도 모르는 사이 그의 거짓말은 완전히 용서가 되어 버렸다.

"사정 들어 보니 개봉 씨가 이해가 안 가는 것도 아니야. 거기다 첨부터 작정하고 우릴 속인 건 아니잖아. 우리가 멋대로 개봉 씨를 현승욱 씨로 오해한 거지."

"근데 왜 개봉 군이 개봉 씨가 됐어?"

"야. 우리보다 세 살이나 많은 오빤데 개봉 군이라고 부르는 건 예의가 아닌 거지."

짚고 넘어가자면 처음에 선우를 개봉 군이라고 부른 건 미령이었다.

"생각해 보면 우리가 한 행동이 완전히 정상적이진 않았어. 맨날 19금이나 보고. 오해할 만도 해. 게다가 개봉 씨가 워낙 경계심이나 의심이 좀 많대. 겁도 많고. 예전에 파파라치인가 뭔가에 엄청 당했다나 봐."

열희가 삐뚜름하게 미령을 보았다. 그에 미령이 얼음을 씹어 먹다가 움찔 몸을 물린다.

"너 한선우 씨에 대해 어떻게 그리 잘 알아?"

"아니, 잘 아는 게 아니라, 여기서 기다리는 동안 틈틈이 얘기 좀 했지. 그냥 쫓아 버리기엔 그동안 옆집 남자라고 들은 정도 있고."

"그 정이 다 속아서 든 거잖아."

"나쁜 사람은 아니야. 결과적으로 현승욱 씨 친구니까 신원도 확실하고."

"뭐. 천성이 나빠 보이진 않아."

미령의 말에 동조하며 고개를 끄덕거렸다. 선우를 떠올리다 보니 저도 모르게 입가에 미소가 걸렸다. 그가 했던 행동들이 줄줄이 사탕처럼 엮여서 떠올랐다.

사다 준 음식을 맛있게 먹은 거나, 그릇을 깨끗하게 설거지해서 돌려준 거나, 유리방에서의 천진한 모습이나, 밤새 제 머리에 눌려서 피가 통하지 않게 된 그의 팔이라든가…….

화끈 얼굴이 달아올랐다. 지척에서 마주했던 그의 얼굴이 떠올라 버렸다. 하얀 피부, 까만 눈, 오똑한 코, 빨간 입술. 어느 것 하나 제 취향이 아닌 남자 백설공주 같은 그의 얼굴이 눈앞에서 빙글거리며 떠다녔다.

"키는 커."

열희의 중얼거림에 미령이 미간을 좁혔다.

"어깨도 넓어."

"뭔 뜬금포야 갑자기?"

"한선우 씨 말야. 많이 허약한 건 아닌 거 같아. 그지?"

"개봉 씨? 흐음. 원래 그런 사람이 더 튼실할 수 있는 거지."

"그런가?"

"응. 남자들이 의외로 반전이란 게 있는 거거든. 덩치가 산만 해도 비실한 사람이 있고, 조그맣고 마른 사람이 오히려 무술 고단자인 경우가 있고. 왜, 험악하게 생겨서 악역만 하는 남자배우가 실제론 성격이 순둥이인 경우가 많잖아."

"그러고 보니 팔근육이 단단하긴 했어."

"팔근육이 단단한 건 어떻게 아는데?"

"내가 주물러 봤거든."

"그걸 니가 왜 주물렀는데?"

"그야 그날 내가 밤새……."

합. 입을 다물었다. 선우와 유리방에서 있었던 일은 아직 미령도 모른다. 일부러 숨긴 건 아니었지만 굳이 말하기도 뭐해 그냥저냥 넘겼었다. 그런 중대한 일을 미령에게 계속 비밀로 할 순 없어서 열희가 미령을 향해 몸을 숙이곤 속닥거렸다.

"사실, 나, 유리방에서, 한선우 씨랑 같이 잤다."

"뭐어어어? 같이 자?"

속닥거린 게 무색하게도 미령이 빽 고함을 쳤다. 눈이 튀어나올 듯 커진 미령을 보니 어서 오해를 풀어야겠다 싶어 미령의 얼굴을 손으로 감싸 당겨 제 이마와 콩 닿게 했다.

"그렇게 잔 게 아니고, 그냥 잠만 잤다고. 잠만."

눈을 꿈뻑인 미령이 그제야 알겠다는 듯 끄덕였다. 그러고도 미심쩍게 열희를 쳐다본다.

"대체 어쩌다 잠을 자게 된 건데?"

"그게, 그러니까 한선우 씨가 바다를 보여 준다고 그래서."

"바다?"

"응. 근데 그게 진짜 멋있는 거 있지. 어떻게 그런 걸 만들 생각을 했는지, 정말 대단한 사람이야."

그날의 기억이 떠올라 열희가 스르르 웃었다. 몸은 이곳에 있어도 생각은 이미 유리방에 가 있는 듯 눈이 아련해졌다.

"누가 그렇게 대단한데?"

"그야 당연히 한선, 어?"

열희와 미령의 고개가 동시에 쪼르르 올라갔다. 채훈이 흥미롭게 두 사람을 내려다보고 있었다.

"선배!"

"어머 웬일이세요?"

열희도 미령도 발딱 일어섰다. 채훈이 미령의 카페테리아에 오는 건 아주 드문 일이었다. 동료들과 함께 잠시 얘기를 나누러 들르거나 오다가다 눈이 마주치면 인사하고 가거나 하는 게 다였다. 그런데 점심시간을 조금 남겨 두고 그가 혼자 이곳에 와서 열희와 미령의 대화에 끼어들기까지 한다는 건 아주 이례적이었다.

"여기 있을 거 같아서."

주어가 무엇인지는 채훈의 시선이 알려 주었다. 열희. 자연히 열희의 볼이 발그레 달아올랐다.

"일요일에 뭐 해?"

미령을 슬쩍 살핀 채훈이 열희에게 물었다. 미령과 열희가 단짝인 건 워낙에 유명했기에 채훈은 그 앞에서 말해도 상관없다고 판단한 것이다.

"일요일엔 봉사 나가는데요."

막힘없이 나오는 대답에 미령이 팔꿈치로 열희를 쿡 찔렀다. 으이구, 이 눈치 없는 지지배. 그런 뜻을 담아서.

"봉사? 무슨?"

"이번 주는 호신술 가르치러……."

"그래? 잘됐다. 같이 가자."

"네?"

소리는 '네' 하나였지만 열희와 미령이 함께 외친 거였다. 둘 다 눈이 휘둥그레져 마주 보았다.

"같이 가자고. 호신술은 나도 가르칠 수 있으니까."

"네, 네! 좋아요! 같이 가요!"

열희의 광대가 볼록 튀어나왔다. 좋아서 발이 달싹거리는 걸 겨우 참아 내었다.

"그럼 그날 내가 데리러 갈게."

결국 채훈이 돌아간 후 열희는 참지 못하고 팔짝팔짝 뛰어올랐다. 미령도 덩달아 열희와 양 손바닥을 마주쳐 가며 호들갑을 떨었다. 비명을 지르지는 못하고 입만 벌려 '끼야' 소리 없는 고함을 뿜어냈다.

"드디어 왔구나 왔어! 이쁘게 하고 가라 친구야. 알았지?"

"뭐 입을까?"

"내가 우리 언니 치마 하나 훔쳐다 줄게. 지난번에 입은 거 보니까 나풀거리는 게 아주 섹시하더라."

"근데 그거 입고 호신술 어떻게 가르쳐?"

"그냥 채훈 선배더러 가르치라고 하고 넌 그냥 몸만 배배 꼬아."

"그럴까?"

"오늘 끝나고 당장 속옷 사러 가자."

"속옷? 그거 너무 앞서 나가는 거 아닐까?"

"쇠뿔도 단김에 빼라고 걍 기회 왔을 때 덮쳐 버려! 생각난 김에 오늘 내일 특훈이다. 시간이 없다, 친구야. 이틀간 합숙하자."

"콜!"

❋

하늘거리는 치맛자락을 휘날리며 달려오는 열희를 채훈은 넋 놓고 바라봤다. 열희가 저렇게 상큼했던가. 봄바람에 한들거리는 풀꽃처럼 열희는 맑고 예뻤다. 그걸 보고 있자니 절로 미소가 물렸다.

전에는 왜 그걸 몰랐을까. 채훈이 입에 물린 웃음을 애써 감추며 조수석의 차 문을 열자 열희가 배시시 웃으며 차에 올랐다.

차 안에 나란히 앉으니 사뭇 긴장이 되었다. 아끼던 후배를 여자로 대한다는 건 묵직한 성격의 채훈에게도 설레는 일이었다. 둘만 있는 공간이 어색해졌다. 얼른 추스르고 시동을 걸었다. 서둘러 차를 출발시키려는데, 갑자기 뒷좌석 문이 열리더니 옆집 남자가 덜컥 올라탔다.

"한선우 씨! 웬일이에요?"

다짜고짜 나타난 선우를 열희가 놀란 눈으로 보았다. 오는 것도 못 봤는데, 어디 있다 나타난 건지 바람같이 달려온 선우는 넉살 좋게 웃고 있었다.

"봉사 간다고 들었는데."

"누구한테요?"

"미령 씨한테."

대체 미령이랑 무슨 얘기를 어디까지 주고받은 건지 새삼 궁금한 열희였다.

"형씨도 가는 건 줄은 몰랐네. 뭐, 잘됐네. 운전 안 해도 되고.

편하게 누워 가면 되겠네."

형씨라는 말에 채훈의 눈썹이 꿈틀했다. 백미러 속의 선우가 채훈을 향해 반갑게 손까지 흔든다. 황당한 채훈이 고개를 돌려 선우를 보았다.

"한선우 씨도 같이 가게요?"

열희는 아까부터 아예 몸을 돌려 뒷좌석을 양손으로 짚고는 선우를 보고 있었다. 눈에 반가움이 가득한 게 채훈은 심히 못마땅했다.

"응. 나도 가려고, 봉사."

"괜찮겠어요? 한선우 씨한텐 힘들 거 같은데."

"아냐 안 힘들어. 최열희도 하는 건데. 나 이래 봬도 몸이 다 근육이거든."

선우가 제 팔을 구부려 알통을 만들어 보인다. 하는 양이 꼭 초등학생 같은데도 그걸 좋다고 맞장구치는 열희다.

"맞아요. 전에 만져 보니까 생각보다 단단했어요."

채훈이 찌릿 열희를 보았다. 만져 보다니. 대체 언제. 왜.

"근데 우리 출발 안 하나? 계속 이러고 있을 건가?"

선우의 재촉에 채훈의 얼굴이 일그러졌다. 다 넘어가도 이건 짚고 넘어가야겠다.

"왜 갑자기 반말인 겁니까? 말 놓기로 한 기억은 없는데."

"거참. 모르는 사이도 아니고. 그쪽도 말 놓든가, 그럼."

캐릭터가 변해도 너무 변했다. 이렇게 빼질거리고 깐죽거리는 사람이었던가?

"그래요, 선배. 앞으로도 또 볼 텐데 말 편하게 해요."

열희까지 거들자 채훈이 훅 하고 숨을 내쉬었다.

"근데 그쪽, 나보다 한 살 어리지 않나요?"

그 말에 선우가 앞좌석으로 쑥 다가왔다.

"열희가 그러더만. 형씨 9월생이라고. 내가 3월이고 형씨가 9월이니까, 만 나이로 따지면 일 년 중 육 개월은 동갑으로 지낸다는 건데, 뭐, 크게 문제 될 거 없지 않나? 그래도 남은 육 개월에 대한 존중의 의미로, 채훈아~ 하지 않고 형씨-라고 해 줬는데."

말을 끝내며 히죽 웃는 게 한 대 치고 싶을 만큼 얄미웠다. 당장 차에서 끌어내고 싶었지만 열희가 눈을 빛내며 보고 있어서 꾸욱 눌러 참았다.

"최열희. 나 그만 보고 똑바로 앉아서 안전벨트 해야지. 자자 형씨, 안전운전 합시다."

채훈과 달리 여유가 넘치는 선우였다. 채훈의 어깨까지 탁탁 두드리는 게 정말 신이 나 보였다. 당연한 건데도, 선우의 말을 듣고 안전벨트를 하는 열희가 못마땅한 채훈이었다.

상대를 말자 싶어 차를 출발시켰다. 채훈의 차가 주인을 대신해 부릉 고함을 치고는 바퀴를 굴렸다. 뒷좌석에 기대앉아 웃고 있는 선우가 얄미워 백미러의 각도를 틀어 버렸다.

※

"아아악! 아악! 아!"

선우의 비명이 쩌렁하게 강의실을 울렸다. 호신술 시범을 보이는 채훈의 상대로 선우가 반강제로 맹활약을 하고 있는 중이었다.

팔을 잡아당기고, 몸이 내동댕이쳐지고, 다리가 꺾이고, 차이고,

깔리고, 뒤집어지고, 널브러지기를 수십 분째. 이날을 위해 남자다움을 갈고닦아 온 채훈의 손에 선우는 무자비하게 휘둘리는 중이었다.

저도 나름 운동으로 다져진 사람이건만, 채훈은 영화 '판타스틱 4'에 나오는 돌덩이 인간처럼 무지막지 강했다. 선우는 이것이 결투가 아닌 호신술 시범인 게 정말이지 다행이라고 생각했다.

"으어억!"

마지막으로 크게 한번 뒤집어 내쳐진 후, 선우는 일어나지 말아야지 하고 속으로 꾀를 부렸다. 이렇게 뻗어 있는 걸로 조금이라도 쉬자 싶었다. 왜 하필 오늘이 호신술 강좌였던가. 빨래를 하거나 개 목욕을 시키거나 어르신 수발을 드는 일일 거라 여겼는데, 예상을 빗나가도 한참 빗나갔다.

요양원 설계 때문에 최근 잠도 잘 못 잤다. 시간이 없어 최근에 운동은 하지도 못했다. 그야말로 최악의 컨디션으로 최강의 상대를 만난 터였다. 그것도 저를 향해 이를 북북 가는 문채훈을. 이럴 줄 알았으면 아까 차 타고 오면서 심기를 건드리지 않는 건데. 늦은 후회가 밀려왔다.

'열희는 남자다운 걸 좋아해요.'

이 와중에도 미령의 말이 떠올라 더는 쉬고 있을 수가 없었다. 끄응, 엉덩이부터 올려 세워 몸을 일으키는데 누군가 저의 팔을 붙잡아 일으켜 주었다. 역시 열희 씨밖에 없……. 젠장. 채훈이었다.

"괜찮나?"

너 같으면 괜찮겠냐. 빈정 상하는데도 채훈의 손을 뿌리치진 않았다. 상대가 도와주겠다는데 굳이 거절할 필요까지야.

"너무 허약한 거 아닌가?"

어쭈구리. 열희 씨 앞에서 자신의 장점을 어필하겠다? 선우가 히죽 웃었다. 상대가 강하게 나오면 저는 또 나름대로 전략이 있었다.

"아고고고고."

선우가 푹 주저앉아 배를 움켜쥐었다. 그러자 열희가 쪼르르 달려온다.

"왜 그래요? 많이 아파요?"

선우가 보란 듯이 고개를 위아래로 끄덕였다.

"어떡해. 넘어지면서 다리 접질렸나 보다."

아차. 서둘러 배가 아닌 다리를 짚었다. 그래. 배보다 다리가 훨씬 설득력이 있다.

"어우 차암. 조심 좀 하지. 선배는 힘이 너무 세요."

열희가 채훈을 나무란다. 선우도 동조하듯 크게 고개를 끄덕였다. 저 좀 봐 달라는 듯 아주 크게. 이럴 때 제게 해 줘야 할 것이 있지 않느냐는 눈으로. 그러자 정말 열희가 선우를 보았다. 그리고…….그리고……! 드디어 열희의 손이 선우의 머리 위로 올라왔다!

브라보! 할렐루야! 머리를 쓰다듬는 열희의 손길에 선우의 얼굴이 만개했다. 아프단 엄살도 잊고 그저 좋다고 입이 찢어져라 키득거린다.

"한번 일어나 보지."

눈치 없는 놈. 아니 눈치가 빠른 건가. 채훈이 열희와 선우 사이를 파고들어 선우를 일으켰다. 굳이 뭐 부축까지 하고 그러나. 그럼에도 채훈에게 체중을 실어 일어서는 선우였다. 기대면 좀 어때. 편하면 장땡이지.

아픈 척 엄살을 부리자 채훈이 선우의 팔을 어깨에 둘러 온전히 일으켜 세웠다.

"넘어질 때 요령이 없다 보니까 잘못 넘어졌나 보네. 미안해."

사람을 쌀가마니처럼 내팽개치고 나서 미안하다니. 너 임마, 힘이 세도 너무 세, 라고 속으로 중얼거리는 선우였다.

열희가 나서서 사람들에게 지금까지의 내용을 정리해 주었다. 그 소리를 뒤로 들으며 선우는 채훈과 강의실을 나섰다. 걸을 수 있는데도 일부러 채훈에게 잔뜩 기대어 거의 끌려가다시피 강의실을 나섰다. 제 키가 조금 작았다면 매달려서 더 편하게 갔을 텐데. 새삼별게 다 안타까운 선우였다.

채훈은 선우를 휴게실까지 끌고 오느라 땀이 났다. 아무리 호리호리해도 저만 한 키의 남자였다. 제게 바짝 안기다시피 한 사람을 이곳까지 데려오고 나니 채훈도 힘이 빠져 의자에 털썩 주저앉았다.

"그러게 뭐하러 따라오나."

끙끙거리며 다리를 두드리는 선우를 보며 채훈이 결국 한마디를 했다.

"그만 포기하지. 이렇게 해선 남자다움 하나도 어필 못 하니까."

"됐고, 물이나 좀 주시지."

채훈이 못마땅한 듯 선우를 보다가 정수기에서 물을 따라 건넸다. 보고 있자니 저도 목이 말라 종이컵에 물을 받아 마셨다. 한 컵으로도 모자라 또 한 컵을 받아 마시는데, 선우가 태평하게 입을 열었다.

"형씨는 형씨가 생각하는 남자 짓 하고, 나는 내가 생각하는 남자 짓 하면 되는 거고."

선우가 종이컵을 구겨 농구하듯 휴지통에 던졌다. 단번에 안으로 쏙 들어가는 종이컵을 본 채훈의 눈가가 일그러졌다.

"그쪽이 생각하는 남자 짓이란 게 모성애 자극하는 건가? 약한 척 아픈 척해서 열희 동정받는 거? 그거 너무 조잡하고 찌질한 거 아닌가?"

하! 한 음절의 코웃음을 내놓은 선우가 꿍차 몸을 일으켰다. 채훈과 마주 서니 시선이 잰 것처럼 맞아떨어졌다. 채훈도 컵을 버리고 몸을 바로 했다.

둘 사이의 공기가 순식간에 팽팽해졌다. 당장이라도 주먹이 오갈 듯 서로를 보는 눈에 불꽃이 일었다. 조금 전까지 꿍꿍 앓던 선우의 눈에도 언제 그랬냐 싶게 매섭게 심이 박혔다. 중요한 말을 하려는 듯 그의 입술이 열리는가 싶더니.

"아구구구구구구구."

갑자기 앓는 소리를 낸 선우가 의자에 주저앉았다. 아예 몸을 누이더니 다리를 붙잡고 꿍꿍거린다. 갑자기 왜 저러나 했더니 열희가 오고 있었다. 그녀가 다가올수록 앓는 소리도 점점 더 커져 간다.

황당한 듯 채훈은 망연히 선우의 하는 양을 보고 있었다. 만만치 않겠다. 그 생각을 머릿속에 품는 스스로가 못마땅했다.

8. 상남자 vs 개봉이

"열희 씨, 여기."

고깃집 안으로 들어서자 보안팀장이 손을 들었다. 열희가 미소를 지으며 모여 있는 사람들 틈으로 가 앉았다.

오늘 회식 자리는 지난번 응급실 난동사건을 진압한 데 대한 포상이었다. 동원됐던 보안팀과 자리를 지킨 응급실 의료진들은 물론 힘을 보탠 채훈도 함께였다. 단짝 미령을 데려와도 된다는 말에 카페 알바가 오는 대로 미령도 합석하기로 했다. 우와, 맛있겠다! 불판 위에서 지글거리는 삼겹살을 보며 열희는 입맛을 다셨다.

"많이 먹어요. 열희 씨가 제일 큰 덩치를 잡았으니까."

보안팀장의 칭찬에 열희가 맞은편에 앉은 채훈을 흘끔 보았다.

"채훈 선배랑 같이 잡은 건데요, 뭐."

그 말만 내놓고는 얼른 고개를 숙였다. 그와 단둘이 이렇게 마주

한 건 정말 오랜만이어서 어딘지 어색하고 쑥스러웠다. 여기서 단 둘이란, 선우를 제외한 채훈와 열희를 말함이다.

뽀뽀사건 이후 채훈은 열희와 몇 차례 얘기할 기회를 갖고자 했다. 퇴근 후 만나기로 한 것만도 족히 네다섯 번은 됐다. 그런데 아직까지 둘 사이에 대한 어떤 언급도 못 했다. 그 이유는 순전히 선우 때문이었다.

호신술 봉사를 다녀온 이후 선우는 매일같이 열희의 출퇴근길 전용 운전기사를 자청하고 나섰다. 칼같이 시간을 맞춰 그녀를 데려다주고 데리러 온 게 벌써 2주가 넘어가고 있었다.

일요일 봉사가 있는 날엔 빠지지 않고 채훈의 차에 냉큼 올라타 열희를 따라왔고, 채훈과 열희가 퇴근 후 따로 만나기라도 하는 날엔 어떻게 알았는지 득달같이 나타나 합석을 했다.

열희는 선우의 이런 행동들에 별 불만은 없었다. 그가 그렇게 나오는 건 제게 했던 거짓말들을 사과하기 위한 거라 여겼다. 더 이상 사과받지 않아도 됐지만 선우의 마음이 편해진다면 굳이 말리고 싶지는 않았다. 사실 셋이 있는 편이 더 즐겁기도 했다. 채훈과 둘이 있으면 할 말이 없어지는 데 반해 선우가 함께 있으면 잘도 대화가 이어졌기에.

오늘도 그랬다. 다른 사람들이 주위에 있긴 하지만, 눈만 들면 앞에 채훈이 있는 게 뻘쭘해져 눈앞의 고기만 열심히 상추에 쌈을 싸 입에 넣었다. 배가 고프기도 했지만, 아무것도 안 하고 있으면 그날 어색했던 뽀뽀의 순간으로 돌아가는 듯해 견딜 수가 없었다. 미령이라도 빨리 오면 좋으련만. 소주잔을 기울이는 열희의 시선이 계속 출입문을 향했다.

읍. 마시던 소주잔을 내려놓으며 열희가 발딱 손을 들었다. 유리문 밖으로 미령의 모습이 보인 것이다. 열희를 향해 팔을 휘휘 저은 미령이 들어오지는 않고 옆으로 사라졌다. 미령에게 반응해 열렸던 자동문이 허무하게 닫혔다.

잠시 후 상기된 얼굴로 미령이 다시 나타났을 땐 혼자가 아니었다. 미령의 손에 잡혀 끌려 들어오는 상대는 선우였다.

"어! 한선우 씨!"

열희가 발딱 일어섰다. 미령이 온 것만으로도 살 것 같은데 선우까지 왔다. 열희의 눈에 생기가 돌았다. 선우의 등장에 일행들로 왁자지껄하던 고깃집이 일순간 조용해졌다.

짙은 색의 정장을 쫙 빼입고 걸어오는 선우의 모습은 삼겹살집에 런웨이가 생긴 것 같은 착시를 일으켰다. 그가 회색 후드티에 청바지를 입은 열희를 향해 반갑게 손을 드는 모습은, 장르가 다른 영화의 두 장면을 합성한 것처럼 비현실적이기도 했다.

둘이 어떻게 아는 사이인가? 호기심 어린 시선들이 술렁이는 기운을 담고 다트판에 화살 꽂히듯 다다다닥 모여들었다.

"우리 병원에서 새로 짓는 요양원 있죠. 아시아 최대 규모라는. 거기 설계 맡은 사무소 부소장님이세요. 원장님 만나고 돌아가는 길이라길래 제가 함께 가자고 했어요. 괜찮죠?"

미령이 자랑스럽게 소개를 하자 선우가 까딱 목례를 했다. 그에 가뜩이나 부푼 호감도가 더 쑥쑥 커지는 게 느껴졌다. 눈앞의 꽃미남이 능력까지 겸비했다는 걸 알아채자 여자들이 몸을 바짝 들이밀었다.

"잘했어 친구야! 앉아요, 한선우 씨. 미령아, 너도."

열희가 의자 위에 올려 둔 가방을 치우며 제 옆자리를 손으로 탁 탁 쳤다. 그런데 선우가 미령의 앞을 탁 막아서더니 옆의 다른 빈 의자를 점잖게 빼 주고는 그녀를 바라봤다. 다른 사람들이 보기엔 꿀매너였지만, 미령은 그의 속내를 알아챘다. 열희 옆자리는 내 자리니 미령 씨는 여기 앉아라. 그의 눈이 조용히 강요하고 있었 다.

손으로 조그맣게 오케이를 해 보인 미령이 흔쾌히 그가 빼 준 의 자에 앉자 선우가 만족한 얼굴로 열희 옆에 풀썩 앉았다. 기분이 좋은지 입가가 올라가 있다.

"회식 자리까지 올 줄은 몰랐는걸."

선우가 등장하는 순간부터 굳어 있던 채훈이 조용히 한마디를 했다.

"문 형도 참석하는 줄 알았으면 좀 더 일찍 올 걸 그랬어."

선우가 히죽 웃으며 맞받아쳤다.

"그런데, 열희 씨는 이분을 어떻게 알아?"

홍 간호사가 기어이 물꼬를 텄다. 눈치를 살피느라 자제하고 있 던 궁금증 어린 얼굴들이 한꺼번에 쏟아지듯 열희 쪽 테이블로 밀 려왔다.

그도 그럴 게, 4년 동안 일방통행이기만 했던 열희의 애정전선 에 요즘 채훈이 반응하고 있다는 소문이 돌아서 가뜩이나 화제의 중심에 서 있던 열희였다. 그런데 오늘 갑자기 채훈과는 정반대일 것 같은 새로운 인물이 떡하니 나타나 묘한 기류를 형성하고 있는 것이다. 상남자와 꽃미남을 한 테이블에 거느리고 앉아 있는 열희 가 대단해 보이기까지 하는 그들이었다.

물론 그 궁금증 저변엔 열희가 선우와 아무 관계도 아니기를 바라는 희망도 섞여 있었다. 그래야 이 꽃미남에게 맘 편히 작업을 걸 수 있을 테니.

"옆집 사는 이웃이에요."

뜻밖에도 대답은 채훈이 했다. 선우의 눈썹이 삐죽 올라갔다 내려오더니 무언가 반박하려는 듯 입술이 달싹거렸다. '어머 웬일이야. 열희 씨 복도 많아.', '어떻게 하면 저런 이웃을 두는 거예요?', '나 그 동네로 이사 갈래.' 부러움 섞인 말들이 우르르 몰려와 선우는 말할 기회를 뺏겼다.

만족한 채훈이 소주잔을 입에 털고는 한 잔 받으란 듯 그 잔을 내밀었다. 그게 너는 술 잘 못 마시지? 하고 도발하는 것 같아 선우의 눈썹이 꿈틀거렸다.

"난 남이 먹던 잔 싫거든."

선우가 그 잔 대신 제 잔을 불끈 쥐고는 소주병을 들었다. 그러자 여자들이 소주병을 들고 너도나도 밀고 들어온다. '어머 제가 따라 드릴게요.', '제 잔도 받으세요.', '그런데 부소장님은 여자친구 있으세요?', '이상형이 어떻게 되세요?', '지금 혼자 사세요?' 개인적인 질문들을 쏟아 내며 선우 뒤로 병풍같이 몰려드는 바람에 열희와 미령의 몸이 부채처럼 옆으로 벌어졌다.

열희가 탁, 소리 나게 고기 굽던 집게를 내려놓았다. 난데없는 열희의 행동에 일순 정지 버튼을 누른 듯 주위가 조용해졌다.

"불판 앞에서 그러면 위험하잖아요."

타박이 섞인 말에 그들이 서로 눈빛을 교환했다.

"그리고, 그렇게 개인정보를 마구 물어보면 어떡해요. 가뜩이나 범죄가 난무하는 시대에."

"어머. 그게 무슨 개인정보야. 소통의 기본 요건이지."

반박하던 홍 간호사를 향해 열희의 매서운 눈이 찌릿 꽂혔다. 말 없이 집게만 식탁에 탁탁 치는 게, 좋은 말 할 때 알아서 떨어지라는 뜻이 충분했기에, 홍 간호사가 슬금슬금 물러섰다. 그에 다른 여자들도 아쉬운 듯 입맛을 다시곤 제자리로 돌아갔다.

선우가 큭큭 웃었다. 알아서 여자들을 무찔러 준 열희가 기특해서 소주잔을 들었다. '한잔하자, 최열희.' 그러자 열희의 가늘어진 눈길이 선우를 향했다. '왜?' 저는 잘못한 게 없는데 왜 노려봄을 당하나 싶어 선우가 억울한 듯 물었다.

"한선우 씨는 술 잘 못 먹잖아요."

어쩌다 저는 술 못 마시는 사람으로 각인이 된 걸까. 술을 좋아하지 않는 거뿐이지 못 먹는 건 아니었다. 물론 그게 잘 먹는다는 의미는 아니었지만, 어디 한번 마셔 보란 듯 거만하게 그를 쳐다보는 채훈 앞에서 주량을 얕보이고 싶진 않았다. 술을 잘 안 마셔서 주량이 얼마인지는 모르지만 오늘 시험해 보는 것도 나쁘진 않겠다 싶은 오기가 생겼다.

"아냐, 나 잘 먹어."

호기롭게 잔을 치켜든 선우가 보란 듯 원샷을 하고 빈 잔을 내려놓았다. 맘에 안 드는 쓴물이 목구멍을 긁고 내려갔지만, 팔짱을 끼고 있는 채훈의 저 굵고 까만 팔뚝을 보고 있자니 그 정도는 거뜬히 참을 수 있었다. 대체 저 인간은 무슨 운동을 하길래 팔뚝이 저런 거야? 옷 속에 감춰진 제 팔뚝에 가만히 힘을 줘 보는 선우였다.

그런데 입속으로 뭔가가 쑥 들어왔다. 정신 차리고 보니 벌어진 제 입안엔 함지박만 한 고기쌈이 꽂혀 있었다.

"빈속에 술을 먹고 그래요. 그러다 큰일 나려고."

"아크이나. 무녕도 그앙 머그자나(안 큰일 나. 문 형도 그냥 먹었잖아)."

입안을 가득 채운 쌈 때문에 발음이 뭉개진 선우의 말에 열희가 채훈을 보았다. 그에 채훈이 동조하듯 고개를 끄덕였다. 그래, 나도 빈속이야. 나도 쌈 싸 줘. 그 뜻을 담아서.

"채훈 선배는 워낙 튼튼해서 괜찮아요. 한선우 씨는 아니잖아요."

채훈의 눈에 실망이 스쳤다. 그것도 모르고 선우는 계속 못마땅하게 중얼거린다.

"나도 튼튼하거든. 나도 빈속에 술 마실 수 있거든."

그러더니 사레들린 듯 켁켁거린다. 열희가 서둘러 물 잔을 들어마시게 했다. 그걸 보는 채훈의 얼굴이 점점 일그러졌다. 지금 열희의 모습은 허세 부리는 남자친구를 어르고 달래는 여자친구의 모습과 다를 바 없었기에.

"나는 생각보다 안 튼튼해."

뜻밖의 채훈의 말에 열희와 미령과 선우의 눈이 일제히 그를 향했다.

"나는 빈속에 술 잘 못 마셔. 큰일 나, 마시면."

열희와 미령의 눈길이 허공에서 마주쳤다. 채훈 선배 왜 저래? 하는 열희의 텔레파시에 미령의 입 끝이 꿈틀꿈틀 움직였다. 삐져나오는 웃음을 참는 중이었다. 그걸 잘못 이해한 열희가 정색하고 채훈을 돌아봤다.

"에이, 난 또 뭐라고. 농담이었어요?"

헐. 그걸 어떻게 그렇게 이해하냐, 친구야. 저보다 더 어이없어 하는 채훈을 본 미령이 웃음을 참느라 고개를 푹 꺾었다.

"그럼 그렇지. 채훈 선배 같은 상남자가 한선우 씨 같은 약골이랑 같을 리가 없잖아요."

이쯤 되니 자신의 캐릭터를 어찌 잡아야 할지 고민하는 채훈이었다. 강하지 않다고 하기엔 열희를 실망시킬 것이고, 강하다고 하자니 열희의 보살핌은 오롯이 선우의 몫이 될 판이었다.

난감한 채훈과 달리 선우는 노선이 확실해 보였다. 빈 잔을 보란 듯 치켜들며 자신은 강하다고 계속 어필하고 있었다. 조중환자처럼 방방 뜨는 게 소주 한 잔에 이미 취기가 오른 게 분명한데도 말이다.

이를 지켜보던 보안팀장과 일행은 함께 머리를 맞대고 수군거렸다. 병원 안 내로라하는 인기남 문재훈과 꽃미남 모델 같은 한선우가 열희를 두고 신경전을 펼치는 모습이 고스란히 보였기 때문이다.

그저 힘세고 씩씩한 보안팀 막내 최열희가 새롭게 보이는 순간이었다. 순정파 최열희는 이제 보니 팜므파탈이었다. 잘난 두 남자를 쥐락펴락하며 요리하는 모습이 여간 고수가 아니었다.

잔머리대왕인 홍 간호사는 그 순간에 미령을 주목했다. 그녀는 열희에게 양질의 남자를 데려오는 공급책이 분명했다. 한선우를 데려와 열희 옆에 앉힌 것도 미령이 아닌가. 그녀와 친하게 지내야겠다고 마음먹었다. 내일부터 무조건 하루에 커피 세 잔이다! 주먹을 불끈 쥐어 본다.

삼겹살집을 나온 일행들은 2차로 노래방을 갈 것인지 한잔 더 할 것인지를 놓고 토론 중이었다. 열희와 미령은 그냥 집에 가겠다 며 취한 듯 흥이 오른 선우를 데리고 뒤에 물러나 있었다.

물론 그런 선우를 부축하고 있는 건 떨떠름한 얼굴의 채훈이었 다. 술이 오르면 헤실거리는 주사가 있는 듯 선우는 아까부터 계속 방긋방긋 웃고 있었다. 그 상대가 채훈이라 할지라도.

"열희야."

선우의 차를 운전해 줄 대리기사를 기다리면서 미령을 먼저 보 내려고 빈 택시를 찾아 빠르게 눈을 굴리던 열희를 채훈이 불렀다. 그에 열희가 쪼르르 다가갔다.

"왜요, 선배?"

해맑게 고개를 들고 저를 보는 열희를 채훈이 말없이 바라봤다. 옆에서 비틀거리고 있는 선우를 의식해서인지 채훈이 고개를 숙여 낮게 말했다.

"내일 점심때 잠깐 보자. 할 말이 있어."

그 말에 열희의 눈이 커졌다. 채훈은 내일 오후에 교수와 함께 2 박 3일 학회 일정을 떠날 예정이었다. 그전에 굳이 만나서 할 얘기 가 있다는 건 듣지 않아도 그 내용이 대충 짐작이 갔다. 열희의 마 음에 대한 그의 대답을 내놓으려는 것이리라. 점심때 보자는 것은 아마 선우를 피하기 위한 고육지책이었을 게다. 오롯이 둘이 있을 시간을 만들기 위한.

열희의 심장이 파닥거리기 시작했다. 뽀뽀사건 이후 진전이 되지 않던 관계가 그 말 한마디에 당겨지는 것 같아 벌써부터 긴장이 되었다.

하지만 마냥 설레는 것과는 달랐다. 조금은 두려웠다. 제가 좋아하는 건 채훈이라는 그 결론을 드디어 확인할 시간이 다가온 것이다. 방학이 끝날 시점까지 미뤄 둔 숙제를 해야 하는 아이가 된 기분이었다.

"대리 부르신 분이요!"

그 말에 열희가 손을 들었다. 그러자 채훈이 성큼 선우를 잡아채 차 안에 밀어 넣었다. '타.' 쭈뼛거리며 서 있던 열희가 선우 옆에 올라타자 채훈이 대리기사에게 주소를 불러 주었다.

대리기사가 운전석에 올라타는 사이, 채훈의 눈이 뒷좌석에 나란히 앉은 선우와 열희에게 차례로 머물렀다. '내일 봬요.' 수줍게 인사하는 열희를 향해 묵묵히 끄덕인 채훈이 옆으로 비켜서자 차가 그의 앞을 지나갔다.

차창을 열고 미령과 요란스럽게 인사를 나눈 열희가 멀어지자 사위가 조용해졌다. 그 사이 사람들은 2차 장소로 옮겨 갔다. 택시를 기다리는 미령과 채훈 사이에 묘한 침묵이 놓였다.

"왜 데리고 온 거야."

나직한 채훈의 질문에 미령이 그를 올려다봤다. 무슨 뜻인지 알아챈 미령이 작게 웃었다.

"나는 열희 편이에요."

"……?"

"채훈 선배나 한선우 씨 편이 아니라는 거예요."

가만히 보던 채훈이 이내 시선을 가져갔다. 알아들었다. 미령의 말뜻이 무엇인지.

"선배 알죠? 선배가 열희의 완벽한 이상형인 거."

"어느 정도는."

"선배 완전 거저먹는 경기였어요."

미령이 손을 휘휘 들자 택시가 와 섰다. '저 먼저 가요.' 미령을 태운 택시가 멀어지는 걸 채훈은 물끄러미 보았다. 그 앞으로 빈 택시가 왔지만 채훈은 그걸 인지하지 못했다. 미령이 남긴 말이 그를 그 자리에 붙들어 두고 있었다. '거저먹는 경기였어요.' 과거형의 그 말이 저의 패배를 뜻하는 것처럼 들렸다.

돌아오는 차 안에서 계속 히죽거리며 웃던 선우는 집에 도착하자 말짱한 사람처럼 대리기사에게 돈을 지불하고 차 키를 돌려받았다. 하는 행동이나 말하는 내용으로 보아 어느 정도 술이 깬 듯해서 열희가 그 앞으로 가 섰다.

"괜찮아요?"

그러자 헤헤거리며 눈을 접어 웃는다. 아직 다 깬 건 아니구나. 열희가 그의 옷소매를 잡아끌고 집으로 향했다. 집 안에 불빛이 없는 걸 보니 그와 같이 사는 사람들은 아직 들어오지 않은 듯했다.

"눌러요."

현관을 가리키자 선우가 멀뚱히 열희를 봤다.

"비밀번호요. 안 볼 테니 얼른 눌러요."

흐음. 아예 작정을 하고 열희를 향해 마주 선다.

"꿀물 타다 줄게요. 들어가 있어요."

제 말은 귓등으로 듣는 건지 빤히 바라보기만 하던 선우가 양손을 들어 열희의 얼굴을 폭 감쌌다. 갑작스런 그의 행동에 움찔 몸을 물렸지만 얼굴은 이미 그에게 잡혀 버렸다. 덕분에 엉덩이만 뒤로 뺀 채 얼굴을 앞으로 쑥 내민 자세가 되었다.

"뭐, 뭐예요. 왜 그러는데요."

자세만으로도 우스운데 그가 양손을 꾸욱 누르자 열희의 볼이 일그러지며 입술이 쭈욱 앞으로 나왔다. 펭귄 입을 한 열희가 성난 듯 고함쳤다.

"아, 뭐 하는 거예요 진짜!"

그러자 그가 또 히죽 웃는다. 아예 손바닥을 굴려 얼굴을 찰흙 주무르듯 망가뜨린다. 하는 양이 꼭 저를 가지고 노는 거 같아 열희의 눈이 험악해졌다. 그의 손에서 빠져나오겠다고 버둥거려 보지만 잡혀 버린 얼굴은 여전히 제자리다.

"우이씨, 좋은 말 할 때 이거 놔요. 울고 깨부수고 옷 벗어 던지는 주사보다는 나은데, 이것도 당하는 사람은 괴롭거든요. 얼른 놔요, 내 얼굴. 내가 무슨 한선우 씨 장난감이에요? 내가 만만해요? 나한테 왜 이래요!"

"좋아하니까."

"좋아하는데 왜 괴롭히…… 히익!"

열희의 눈이 커진 건 몇 초 뒤였다. 툭 치면 튀어나올 듯이 커진 열희의 눈이 좀처럼 줄어들 기미가 없었다. 제가 들은 게 맞는지, 다른 숨겨진 뜻은 없는지 혼란스러웠다. 아니, 더 정확히는 그런 걸 가늠할 수 있을 만큼의 사고력도 다 엉켜 버린 열희였다.

"좋아. 좋아 죽겠어, 최열희가."

그 도도하던 선우의 눈이 손톱달처럼 접혔다. 건방지게 툭툭거리던 입은 귀 끝까지 올라가 있다. 싸가지 없던 그의 목소리는 솜사탕처럼 달달 녹는다. 맙소사. 그러게, 제가 들은 게 맞다. 한선우는 방금 최열희를 좋아한다고 말했다!

쿵. 하는 소리가 열희의 몸 어디에선가 들렸다. 열희의 시선이 이곳저곳을 헤매다가 반짝이는 그의 구두코에 가 꽂혔다. 작정하고 허리를 푹 숙여 선우가 열희를 마주 봐 왔다. 그에 놀란 열희가 확 몸을 빼자 드디어 그의 손아귀에서 벗어났다.

그대로 도망치듯 몸을 틀었다. 태엽 감아 놓은 인형처럼 무턱대고 아무 데로 걸음을 옮기다가 방향이 틀린 걸 알고 다시 돌아서는 열희였다. 집을 향해 걸어가기를 몇 걸음. 아! 몸을 홱 돌리더니 선우에게 꾸벅 인사를 했다. 그리고는 로봇처럼 어색한 걸음으로 문으로 다가가 비밀번호를 꾹꾹 눌렀다.

그런데 누르고 있는 건 비밀번호도 뭣도 아닌 막무가내 숫자였다. 삑삑거리는 오류음을 두 번 더 듣고 나서야 집 안에 입성한 열희였다.

"자, 잘자요!"

생뚱맞게 잘 자라는 인사를 남긴 열희가 황급히 문을 닫았다. 그런데 가방 끝이 문에 끼어 다시 열렸다. 선우와 눈이 마주치자 실없이 헤헤거리고는 손을 흔들고 문을 닫는 열희다. 툭. 삐리리— 문이 잠기고. 어수선했던 열희가 들어가자 마당은 순식간에 조용해졌다.

"⋯⋯픕."

지켜보던 선우의 입에 웃음이 물렸다. 귀여워. 열희의 집에서 눈을 못 뗀 채 작게 중얼거렸다.

사실 그동안 몇 번이나 열희한테 제 맘을 꺼내 놓으려다 그만두었다. 열희가 채훈을 짝사랑하는 걸 알고 있었기에, 섣불리 표현했다간 거절당할 게 뻔했으니까. 서두르다 어색해지면 본전도 못 찾을 것 같아 속으론 전전긍긍하면서도 아무렇지 않은 척 기회를 보던 참이었다.

그런데 주사인지 술기운인지 모를 것이 용기를 내게 해 주었다. 여차하면 기억 안 난다고 시치미 떼고 또 기회를 보면 그만이다.

좋았어. 일보 전진. 집 안으로 들어서자마자 선우는 지금껏 저에게 채훈과 열희의 동태를 보고해 준 일등공신에게 이 사실을 톡으로 알렸다.

열희는 투벅투벅 거실을 가로질렀다. 가방을 내려놓고 휴대폰도 식탁에 올려놓고 물 한 잔도 꿀꺽이며 비워 냈다. 단추 몇 개만 풀어 셔츠를 벗어 던지고는 수건 하나를 꺼내 들고 샤워실로 향했다. 손을 씻고, 양치를 하고, 먼지 묻은 얼굴을 씻어 내고, 발도 뽀득뽀득 닦았다.

냉장고에서 먹다 남은 피자를 꺼내 전자렌지에 돌렸다. 김빠진 콜라에 얼음을 두어 개 꺼내 넣어 젓고는 TV를 틀어 놓은 후 소파에 몸을 푹 집어넣었다. 흐늘해진 피자를 씹어 삼키는 내내 아무 생각이 없었다. 눈은 TV에 둔 채, 입엔 피자를 문 채, 손엔 콜라를 들고 무의식적으로 하던 행동만 계속해 나갔다.

그러니까 그 상황에 눈웃음은 왜 짓는 건데! 입안 가득 피자 끄트머리까지 구겨 넣고 씹던 열희가 탕! 하고 콜라 잔을 내려놓은 건 얼마 후였다. 갑자기 앉아 있을 수 없을 정도로 가슴이 울렁거렸다. 자리에서 발딱 일어나 거실을 서성였다. 경보하듯이 빠르게 이리저리 오고 가는 열희의 눈동자는 왔다 갔다 하는 제 걸음만큼이나 정신없이 돌아다녔다.

양손을 들어 머리칼을 쥐어 잡고 흔들었다. 눈앞에 계속 선우의 눈웃음이 아른거리며 정신을 혼미하게 했다. 그 모습을 털어 버리려 발을 더 세게 굴러 쿵쿵쿵 바닥을 걸었다. 그런데 그럴수록 나아지기는커녕 심장도 함께 쿵쿵거린다. 합주를 하란 의미가 아니었는데, 발과 심장이 경쟁하듯 쿵쿵 열희를 두드려 댔다.

으어어억! 결국 괴성을 질러 버린 열희가 소파 위로 풀썩 엎어졌다. 눈앞이 깜깜해지니 조금 진정도 되었다. 눈을 감은 채 고개를 푹 파묻고 숨을 내쉬었다. 쌕- 쌕- 들고 나는 제 숨소리를 듣고 있으니 어느덧 저를 괴롭히던 북소리도 잔잔해졌다. 그리고 평화롭게, 은은하게, 잔잔하게, 무언가가 떠오른다. 저를 보고 웃던 선우의 얼……구울!

처음 저희 집에 밀고 들어왔을 때 그와 마주쳤던 눈빛이 떠올랐다. 그에게서 났던 좋은 향기가 느껴져 코를 쿵쿵거렸다. 그에게 국수를 말아 줬을 때 반짝이던 입술이 그려졌다. 유리의 방, 반짝이는 우주 같은 그의 눈동자가 겹쳐졌다. 그 눈이 둥글게 휘어진다. 가느다란 웃음주름을 달고 저를 향해 웃는다. 그의 체리빛 입술이 서서히 열린다. 벌어진 입술이 저를 향해 속삭인다.

'좋아하니까.'

흐읍! 화들짝 눈을 뜨고 일어나 앉았다. 몇 번이나 꾸욱 감았다 떴는데도 겹겹이 쌓인 선우의 모습이 지워지지 않는다.

'좋아하니까.' 천장에서 그 말이 내려온다. '좋아하니까.' 벽에서도 타고 흐른다. '좋아하니까.' 바닥에서도 솟구친다. '좋아하니까.' TV 속 아나운서가 선우처럼 생겼다. '좋아하니까.' 귀를 막아도 들린다. '좋아하니까.' 이제 보니 머릿속에서도 들려온다!

미쳤다, 미쳤어. 음란마귀가 방향을 잘못 잡았다. 제 머리를 부여잡고 흔들어 대던 열희가 다시 소파로 고꾸라졌다. 머리를 처박은 채 엉덩이를 삐죽이 올리고는 도리질을 치는 열희였다.

'좋아하니까.'

그날 밤 열희는 강력한 음란마귀를 등에 업은 선우로 인해 밤새 뒤척여야 했다. 좋아한단 말 한번 못 하고 죽은 귀신들이 열희 곁에 집합이라도 한 듯 밤새 그 소리를 들으며 시달려야 했다.

❈

"좋은 아침."

화들짝! 집을 나서던 열희가 다시 문 뒤로 숨었다. 제대로 잠을 못 자 퀭해진 두 눈으로 빼꼼히 문을 열어 선우를 살폈다. 왜 아침부터 저기 있는 거지? 그리 속으로 질문을 했지만 이미 답은 알고 있었다. 지난 2주간 매일 아침 의식처럼 행해졌던 출근길 배달 서비스가 아닌가.

하지만 오늘은 달랐다. 길고 긴 밤 그를 떠올리며 눈이 벌게지도록 몸을 배배 꼰 후에 맞닥뜨린 아침이라면 더욱 그랬다. 발을 동동 구르던 열희가 뻑뻑한 두 눈을 감았다 떴다.

어찌 됐건 저는 출근을 해야 했고, 어찌 됐건 이 난국을 타파해야 했으니. 제가 밤새 음란한 생각으로 뒹굴거렸다는 건 저와 음란마귀밖에는 모르는 일이었으니까. 두 주먹 불끈 쥐고 입을 앙다물었다.

"잘 잤어요?"

태연한 척 인사를 건네곤 선우를 비켜 걸어갔다.

"안 타?"

"아, 예."

그 말에 군대 제식훈련 하듯 방향을 틀어 돌아와 차에 올라탔다.

침착하자, 최열희. 아무 일 없었던 듯 행동해야 해. 밤새 아주 잘 잔 것처럼 굴어야 해. 차가 한적한 길을 달리는 동안에도, 사거리에 들어섰을 때도, 우회전을 했을 때도, 신호에 걸려 섰을 때도 열희는 줄곧 저 말만 속으로 되풀이했다.

저와 달리 태평하기 그지없는 선우의 상태로 보건대 어제 그의 말은 주사인 게 분명했다. 만에 하나 주사가 아니더라도, 그게 꼭 남녀 사이의 고백이라는 보장은 없었다. 옆집 사는 이웃으로서 단순하게 좋아한다는 의미일 수도 있었다. 그렇다면 저 혼자 오해하고 밤새 김칫국을 들이켠 게 된다. 그러니 모른 척 넘어가는 게 최선이다. 아예 그 말을 들은 적도 없는 것처럼.

"내가 왜 좋아요?"

물론 항상 마음먹은 대로 일이 흘러가는 건 아니었다. 갑자기 툭 하고 궁금함이 튀어나왔다. 병원에 도착해서 안전벨트를 풀고 문을 연 후 한쪽 발까지 땅에 디딘 그 순간에 말이다.

고개만 돌려 눈을 둥그렇게 뜬 열희를 보며 선우는 적잖이 당황했다. 던진 공을 제대로 받은 열희가 그대로 저를 향해 공격을 해 왔다. 이럴 때 말 잘 해야 하는데. 기억 안 난다고 하기엔 열희가 너무 진지했고, 잘못 대답했다가는 까이기 십상이었다. 이럴 때는 한 방법밖에는 없다. 솔직한 거.

"몰라."

"네에?"

"좋으면 좋은 거지 이유가 어딨어. 몰라, 난 그런 거."

"이유가 왜 없어요. 처음에 좋아하게 된 계기라는 게 있을 거 아니에요. 예쁘다든가, 매력적이라든가, 하다못해 첫눈에 반했다든가, 뭐 그런 거라도요."

제가 말해 놓고도 양심에 찔리는 듯 열희가 흘끔 시선을 피했다. 제법 따지고 드는 열희를 피해 선우도 손가락 하나를 들어 얼굴을 긁적거렸다. 계기라. 계기라 이거지. 계기라면 있긴 있지. 선우가 입 끝을 스르르 올렸다.

"따뜻해서."

"……!"

열희의 눈썹이 쪼르르 치켜 올라갔다. 그와 함께 눈도 커졌다. 예상치 못한 답이었다. 따뜻해서 좋다니. 제가 인간난로도 아니고. 제 손이 뜨끈했던가 싶어 손바닥을 한번 쓸어 보는 열희였다.

예쁘다, 귀엽다, 그냥 반했다 이런저런 이유는 많았다. 하다못해 제 발차기가 멋있다고 했어도 지금처럼 혼란스럽진 않았을 거다. 사람의 체온이야 36.5도, 거기서 거기인 것을. 아무리 상대가 뺀질한 얼음인간이라지만, 뜨끈할 때 먹어야 할 요리도 아니고, 따뜻해서 저를 좋아한다는 말은 도무지 이해가 안 갔다.

너는 참 따뜻한 아이야. 순간 그리 말해 줬던 양로원의 어떤 어르신 말씀이 생각났다. 인간 대 인간으로 참으로 기분 좋은 칭찬이었다. 하지만 그 말을 이성 간의 고백으로 들을 줄은 몰랐다. 그러고 보니 고백이 아니었나? 양로원의 어르신처럼 그냥 사람으로서 좋다는 뜻이었던가? 저는 것도 모르고 밤새 설레발을 쳤던 건가? 아, 정말 그랬던 거구나!

생각이 그쪽에 이르니 부끄러워 얼굴이 달아올랐다. 오해를 해도 단단히 했구나 싶어 인상이 구겨졌다. 쥐도 드문 세상에 쥐구멍이 근처에 있을 리는 없고, 트렁크에 삽 없냐고 물어봐서 땅 파고 숨을까 하는 생각도 드는 열희였다.

우이씨. 불똥은 선우에게 튀었다. 괜히 사람한테 이상한 소리 해서 착각이나 하게 하고. 나쁜 사람, 얄미운 사람, 사람이 그러는 거 아니에요! 원망과 투정을 가득 담아 선우를 째려보았다.

"왜, 왜 그래?"

선우가 저를 여자로서 좋아하는 게 아니니 고민할 거리가 없어져 개운해야 했는데, 열희는 이상하게 화가 났다. 꾸역꾸역 발끝에서부터 심통이 채워졌다.

"진짜 비호감이야."

달칵. 쾅! 차 문을 열고 내린 열희가 코끼리처럼 쿵쿵거리며 병원으로 들어갔다. 얼마나 세게 차 문을 닫았는지 차체가 흔들렸다.

아침부터 난데없이 한 방 먹은 선우는 쉽게 차를 출발시키지 못하고 있었다. 거절당하는 상황 수십 가지를 머릿속에 시뮬레이션해 보며 대처방안을 구상해 본 선우였지만, 거기에 제 외모가 해당되리라고는 예상치 못했다. 비호감이라니. 저의 어디가 비호감이란 말인가.

처음 만났을 때 열희가 했던 말이 생각났다. 국수를 끓여 줬던 날, 그녀는 제게 생긴 게 썩었다는 평가로 충격을 안겨 줬었다. 역시 저는 채훈에게 안 되는 건가. 백미러 속에 비친 얼굴이 오늘따라 유난히 더 하얘 보였다. 상남자가 되려면 선탠이라도 해야 하나. 선우의 눈에 갈등이 일었다.

※

"채훈 선배랑?"

점심시간이 채 되기도 전에 달려온 열희가 점심을 함께 할 수 없다는 말을 내놓자 미령의 얼굴에 서운함이 스쳤다. 그러나 그 이유가 채훈 때문임을 듣고는 금세 풀어졌다.

"드디어 오늘 4년 짝사랑의 종지부를 찍겠구나."

"아마도 그렇지 싶다."

"그걸 왜 이제 말해. 진작 알았으면 언니 원피스라도 하나 뽀려 오는 건데."

"나도 어제 저녁에 들었어."

"저녁에 들었으면, 어제 나한테 전화했으면 됐지."

"……아."

미처 그 생각을 못 한 열희였다. 어제저녁은 선우 생각에 제정신이 아니었으니까.

"아니, 뭐. 그리고 지난번에 너네 언니 치마에 국물 튀어서 화 많이 나셨었다며. 이제 빌리지 마. 나 죄송하단 말야."

"그러니까 몰래 뽀려 온다는 거지."

"괜찮아. 정식 데이트도 아니고. 그냥 잠깐 보는 건데, 뭐."

"맞다. 얼른 이거 입에 넣어라, 친구야."

미령이 샌드위치를 하나 꺼내 열희의 입에 밀어 넣었다.

"왜?"

"너 채훈 선배랑 있으면 밥이 제대로 넘어가겠냐? 고백 기다리느라 두근 반 세근 반 속이 울렁울렁할 텐데."

듣고 보니 맞는 말이라 열희가 서둘러 샌드위치를 우물거렸다. 그러면서도 시간을 확인하며, 내려오는 중앙 에스컬레이터에서 눈을 떼지 않았다.

"얼른 먹어. 속이 든든해야 정신도 바짝 차리지. 자 물도."

미령이 주는 대로 넙죽넙죽 받아먹던 열희의 눈이 커졌다. 입안에 든 것을 한꺼번에 목구멍으로 꿀꺽 밀어 넣었다.

"선배다! 나 간다."

이미 열희의 몸은 카페테리아를 빠져나가고 있었다.

"야, 파이팅 해! 아자아자아자!"

열렬히 응원을 보낸 미령이 휴대폰을 꺼내 들었다. 열희가 남긴 샌드위치를 입에 넣으며 한 손으로는 당연한 일처럼 문자를 찍었다.

[열희 지금 채훈 선배 접선. 점심 함께할 예정. 아무래도 이번은 구제 불가.]

"뭐 해?"

송신버튼을 누르던 미령이 소스라치게 놀라며 물러섰다. 그 바람에 놓친 휴대폰이 열희의 손에 건져졌다.

"왜, 왜, 왜 안 가고 왔어?"

말까지 더듬는 미령은 수상했다.

"나 휴대폰 두고 가서."

충전하느라 맡겨 두었던 열희의 휴대폰을 미령이 서둘러 빼내어 건넸다. 눈길은 여전히 열희의 손에 들린 자신의 휴대폰에 꽂은 채. 불안함이 고스란히 드러난 미령의 행동에 이상함을 느낀 열희가 제 손에 들린 미령의 휴대폰을 보았다.

[감사. 그래도 일단 달려가겠음.]

때맞춰 오는 답문의 발신인을 보던 열희의 눈이 커졌다. 개. 봉. 씨.

화면을 올려 지난 대화를 보니 미령은 그동안 저와 채훈의 일거수일투족을 낱낱이 선우에게 알려 주고 있었다. 선우가 참으로 기가 막히게 잘도 때를 맞춰 나타난다 싶었던 게 다 미령이 때문이었다. 열희의 눈에 배신감이 차올랐다.

"너 이게 다 뭐야?"

"그, 그게 말야. 저기 열희야, 사실은 그게……."

뭐라 말은 해야 했지만 당황하니 본론은 나오질 않았다. 어떻게든 저의 마음을 설명해야 했기에 미령이 다급히 열희의 팔을 잡았다. '저기 그게 그러니까.'

"열희야."

채훈의 부름에 열희가 미령에게서 시선을 떼었다. 미령의 휴대폰을 카운터 위에 툭 내려놓았다. 서운함을 그득 담은 눈길이 미령에게 머물다 돌려졌다. 열희의 팔을 잡았던 미령의 손에서 힘이 빠졌다.

하아─ 어깨가 축 처져 버린 미령이 안타까운 한숨을 길게 뿜었다.

＊

또 미령이었다. 열희가 레스토랑에 앉아 있는 내내 톡이며 전화며 쉬지 않고 집중포화가 쏟아졌다. 휴대폰을 지켜보던 열희가 아예 전원을 꺼 버렸다. 꺼 버리긴 했으나 개운하지 못한 손끝이 조금 더 오래 휴대폰을 쥐었다가 놓았다.

"무슨 일 있는 거 아냐?"

보다 못한 채훈이 눈으로 열희의 휴대폰을 가리켰다. 열희가 절레절레 고개를 젓고는 앞에 놓인 물 잔을 들어 한 모금 마셨다. 입안이 뻑뻑한 게 물도 잘 넘어가지지가 않았다. 채훈도 자신 앞에 놓인 물 잔을 들어 마셨다. 목이 타는 듯 꿀꺽꿀꺽 단숨에 반 이상을 비워 버렸다.

"열희야."

그의 부름에 열희가 발딱 고개를 들었다.

"나는."

채훈이 잠시 말을 끊었다. 저를 향해 똑바로 날아오는 열희의 눈빛을 보니 제가 내놓는 말에 조금의 거짓도 있어선 안 되겠다 싶었다. 자세를 고쳐 잡고 숨을 들이마셨다 내쉬었다. 그러고도 결심이 안 서 다시 숨을 한 번 더 훅 하고 불어내었다.

"나는. 최근 들어 열희 네가……."

말을 멈춘 채훈이 열희의 시선이 가 있는 곳을 따라가 보았다. 제게 집중하는가 싶던 열희는 어느새 레스토랑 입구를 보고 있었다. 크흠. 채훈이 목을 가다듬자 열희가 다시 채훈을 봐 왔다.

"누구, 올 사람 있어?"

"네? 아, 아뇨."

당황한 열희가 손을 저었다. 그러고도 한 번 더 흘끔 입구를 바라봤다.

열희의 머릿속엔 아까 본 선우의 문자가 계속 남아 있었다. [그래도 일단 달려가겠음.]이란 그 말이, 그가 지금 당장 저 문 안으로 들어오는 건 아닐까 하는 기대를 갖게 했다.

"……좋아."

채훈의 말끝이 열희의 정신을 불러들였다. 네? 되묻는 열희를 지그시 보던 채훈이 차분히 방금 한 말을 다시 내놓았다. 그는 열희가 못 들은 게 아니라 놀란 거라고 여겼다.

"나도 네가 좋다고."

"……!"

들이마신 숨이 터억 걸렸다. 눈을 깜빡여 방금 들은 말을 찬찬히 되짚었다. 그러고는 단박에 고개를 숙였다. 그토록 듣고 싶었던 말이 드디어 채훈의 입에서 흘러나왔다. 놀라 고동치는 가슴을 주체할 수 없어 그를 마주 보고 있을 수가 없었다. 계속 보고 있다간 그대로 터져 버릴 듯했다. 아싸! 하고 함성이 질러질 줄 알았는데, 왜인지 아무 말도 내어지지가 않았다.

"그런데 아직 너만큼은 아니야. 네가 나 좋아해 주는 거에 비하면 턱도 없을 거야."

채훈이 물 잔을 잡았다. 마시진 않고 쥐고만 있었다. 그렇게라도 의지할 뭔가가 필요할 만큼 지금 하는 말은 그에게도 쉽지 않은 거였다.

"나는 내 마음이 더 확실해지면 얘기하고 싶었는데, 그때를 기다리다간 결국 추월당할 거 같아서. 쫓기는 입장이라 그럴 여유가 없을 거 같아."

추월이라니. 쫓기다니. 이해할 수 없는 말에 채훈을 올려다본 시선이 그에게 잡히고 말았다.

"그래서 그냥 너 데리고 도망쳐 보려고. 따라잡히기 전에 멀리 떨어뜨려 놔야 할 것 같아서. 이게 비겁한 건 아는데, 내가 지금 남자다운 거 찾을 때가 아닌 것 같다. 그래도, 괜찮아?"

뭐가 비겁하단 건지, 뭐가 남자답지 못하단 건지 선뜻 알아들을 수는 없었지만, 이것 하나만은 확실했다. 지금 열희는 레스토랑 입구를 보고 싶었다. 딸랑거리며 문에 달린 종이 울렸기에. 그 종소리를 울린 게 누구인지 알고 싶었다.

미령아. 나 이상해. 채훈 선배한테 고백받았는데, 자꾸 이상하게 다른 사람이 보고 싶어. 가슴에 물이 찬 듯 출렁거렸다. 제 이상한 마음을 얼른 미령에게 말하고 싶었지만 꺼 버린 휴대폰으로는 그럴 수가 없었다. 아무라도 붙잡고 물어보고 싶었다. 기뻐서 까무러쳐야 할 순간에 왜 저는 작은 한숨을 내쉬고 있는지를.

✖

선우는 차에서 내리자마자 병원 앞에 나와 서 있는 미령을 발견하고 다가갔다. 미령의 문자를 받고 달려오긴 했지만, 발을 동동 구르고 있는 게 저를 기다리는 게 아니란 것쯤은 알 수 있었다.

"왜 나와 있어요?"

"어머, 개봉 씨!"

반가운 듯 아닌 듯 미묘한 미령의 목소리가 다급했다.

"열희가 연락이 안 돼서요. 지금 일 났거든요."

"일이라니 무슨."

"열희 아버지가요, 교통사고를 당하셨어요."

"네에?"

"어? 언니 여기요!"

미령이 쪼르르 따라가 멈춰 선 곳엔 이제 막 택시에서 내리는 여자 셋이 있었다.

"열희는 아직도 연락 안 되지?"

"예. 전화 안 받아요."

"아버진?"

"안에요."

응급실 안으로 급히 사라지는 미령과 여자들을 지켜보던 선우가 다급히 그 뒤를 따랐다. 다친 사람이 열희 아버지인 이상 저도 가만있을 순 없었다.

열희의 가족을 찾는 건 어렵지 않았다. 미령과 여자들이 향하는 응급실 한편에는 그야말로 대가족이 우르르 몰려 있었다. 열 명 가까이 돼 보이는 사람들은 모두 여자들이었다. 연령대는 조금씩 차이가 있었지만 병풍처럼 겹겹이 침대 하나를 둘러싸고 있었다. 친척들이 모두 모인 것처럼 거대했다.

상태가 심각한 건가? 제 일이 아닌데도 철렁 가슴이 내려앉는 선우였다. 부모를 잃는다는 것, 누군가를 먼저 떠나보낸다는 게 어떤 건지 너무나 잘 알고 있었기에.

제발 큰일이 아니기를. 겁먹은 선우의 눈이 사람들에게 둘러싸인 침대 위 당사자를 찾아 집요하게 파고들었다.

"어머, 부소장님! 와 주셨네요!"

선우의 시선을 가져간 건 뜻밖에도 박 실장이었다.

"박 실장님?"

이제 보니 그녀는 열희의 가족 속에서 뛰쳐나오고 있었다.

"부소장님 뵈니까 제가 이제 좀 살 거 같아요!"

"어떻게 된 거예요? 왜 여기 계세요?"

일 보러 나간 박 실장이 응급실에, 그것도 열희 가족 사이에 있는 게 이해되지 않았다.

"제가요 부소장님 댁에 들러 윤 대표님 잠깐 뵙고 나오는데요, 제 차 오른쪽 바퀴가 저분 발가락을 밟고 지나갔지 뭐예요. 얼마나 놀랐는지 가슴이 벌렁벌렁거려서 저 죽는 줄 알았어요. 신랑은 애 보느라 못 오지요, 소장님도 부소장님도 저를 피하는 것처럼 전화 안 받지요, 보험회사에서 사람 하나 나와 갖고는 저한테 떽떽거리지요. 피해자 가족은 점점 수가 불어나지요. 제가 연약한 몸으로 혼자 어찌나 서럽고 무섭던지. 정말 와 주셔서 너무 고마워요, 부소장님!"

신파영화처럼 선우의 품에 퍼억 안기며 울음을 터뜨리는 박 실장의 어깨를 일단은 토닥여 주었다. 급한 대로 눈을 들어 환자 상태를 물어볼 사람을 찾는데, 마침 의사 한 명이 가족들 틈에서 탈출하듯 빠져나왔다.

놓치지 않고 그를 막아 세워 상태를 물었다. 선우 역시 가족이라고 오해한 듯 의사는 지친 얼굴로 외운 듯 줄줄이 열희 아버지의 상태를 설명했다.

듣고 보니 다행히 가벼운 상처였다. 새끼발가락에 아주 살짝 금이 갔는데 일주일 정도 발가락을 움직이지 않으면 큰 문제는 없다고 했다. 발가락을 고정하기 위해 깁스를 했을 뿐이니 깁스 크기에 놀라지 말라는 말도 덧붙였다. 그에 선우가 가슴을 쓸어내리며 숨을 내쉬었다.

"부소장님이 이리 달려와 주실 줄은 정말 몰랐네요. 저는 정말 이런 분이신 줄도 모르고. 그동안 진심으로 죄송했어요!"

흐느끼며 갑자기 사과를 해 오는 박 실장이었다. 뭐가 죄송하단 건진 모르겠지만, 박 실장 때문에 달려온 것 또한 아니었지만, 어쨌건 선우는 최선을 다해 박 실장을 토닥거렸다.

그러고 있자니 목 뒤가 뻐근해졌다. 알게 모르게 저도 긴장을 하고 있었나 보다. 어디 몸이라도 기대고 싶어 주위를 둘러보던 선우의 시선이 와자지껄한 열희네 가족에게로 향했다. 미령과 택시에서 내린 여자 셋을 포함해 간간이 웃는 얼굴이 있는 걸로 보아 정말로 부상의 정도는 가벼운 듯했다.

긴장이 풀리고 나니 대가족의 모습이 제대로 눈에 들어왔다. 조심하지 그랬냐며 타박하는 소리, 오랜만에 보니 살이 쪘네 빠졌네 오고 가는 인사들, 머리 어디서 잘랐냐, 오이지 가져가 먹어라 등등 잡다한 그네들의 대화가 아련하게 선우의 귀를 파고들었다.

한 간호사가 조용히 해 달라며 주의를 주고 갔지만, 선우는 그 소리가 듣기 좋았다. 그래서 넋을 놓고 지켜보았다. 저는 가져 보지 못한, 그런 따뜻한 소란스러움을…….

"개봉 씨 아는 분이에요?"

미령이 박 실장과 선우를 번갈아 봤다. 시끌거리던 가족들도 미령의 말에 일제히 선우와 박 실장을 돌아보았다. 순식간에 주목을 받자 흐느끼던 박 실장이 울음을 멈췄다. 그녀를 토닥이던 선우의 손길도 멈췄다.

"설마 아드님?"

물어 오는 말에 박 실장이 기함하며 선우에게서 떨어졌다.

"아들이라니 무슨 그런 말씀을. 저 그렇게 나이 안 많거든요. 이분은 우리 부소장님이세요. 저희 아들은 아직 학교도 안 들어갔거든요. 저 아직 사십 대예요. 조선시대에도 이 나이에 이런 아들은 갖기 어렵거든요."

열렬한 박 실장의 항변이 끝나기를 기다렸다가 선우가 조용히 다가섰다.

"어르신 다치신 곳은 괜찮으십니까?"

"어머, 그러시구나! 개봉 씨네 회사 분이셨구나. 열희 부모님이세요. 여긴 열희 언니들이구요."

미령의 소개에 선우는 마음의 준비를 했다. 이 많은 식구들을 다 소개받으려면 정신 똑바로 차려야겠다 싶었다. 그런데, 더는 다음 말이 이어지지 않았다. 언니들. 소개는 그걸로 끝이었다. 기다리던 선우의 입이 터억 벌어졌다. 족히 열 명은 되는 이 많은 사람들이 정말로 언니인 모양이었다.

"이쪽은 열희 친구예요. 개봉, 아, 아니 한선우 씨요."

그러자 침대를 둘러싸고 있던 언니들의 눈이 일제히 별처럼 반짝거렸다. 멀쩡하게 생긴, 그것도 반질반질 윤이 나는 젊은 남정네가 열희의 친구라니. 그동안 열희가 친구라며 데리고 왔던 추리닝

차림의 순박한 진짜 친구들과는 너무도 다른 세상 사람이었기에 그들의 눈이 미심쩍게 선우를 훑었다. 눈빛만으로도 선우를 몇 번이고 해체했다 조립했다.

무려 스무 개가 넘는 눈동자가 투시라도 하듯 저를 꾹꾹 눌러보자 선우는 괜히 손으로 몸 이곳저곳을 쓸었다. 분명 옷을 입고 있는데도 발가벗겨진 기분이었다. 참으로 멋쩍고 곤란한 순간이라 뒷목을 쓸었다.

선우는 놀란 박 실장을 대신해 일 처리를 했다. 건축 일을 하다 보면 크고 작은 사고로 병원에 드나드는 일이 많아 이런 식의 일 처리는 익숙했기에 보험회사 직원과 얘기도 끝내고 병원과 의사소통도 가뿐히 해결했다.

그러다 보니 어느새 열희네 가족 일도 그가 맡아 하고 있었다. 병원관계자도 선우에게 와서 이 일 저 일을 의논해 왔다. 저는 가족이 아니라고 말할 참이면 어김없이 호출을 받아 떠나는 의사들이었다.

덕분에 선우는 의사의 말을 열희의 가족들에게 전해 주느라 바빴다. 주사 맞으시라는데요. 피 검사 한 번 더 하셔야 한다는데요. 혹시 모르니 엑스레이 한 번 더 찍어 보시랍니다. 기타 등등 기타 등등. 하지만 그 모든 과정이 선우는 즐거웠다. 정말로 저들의 가족이 된 것 같은 기분이 들었기에.

"나 휠체어 못 타. 엉덩이에 뾰루지 났어."

화장실을 가고 싶다는 말에 간호사가 휠체어를 가져오자 열희의 아버지 최봉석 씨가 엄살을 부렸다.

"그럼 한 발로 뛰어가요, 아버지."

"깽깽발로 못 가. 허리디스크 때문에 아프단 말야."

"그럼 돌아누워요. 침대 통째로 밀고 가게."

"창피하게 화장실 가는데 무슨 침대까지 밀고 가."

"아유, 그럼 어쩌라고요."

"저어…… 제가 업어 드릴게요."

선우의 제안에 열희 가족들의 눈이 커졌다. 위아래로 선우를 훑
더니 짠 것처럼 손사래를 친다. 물랑루즈의 캉캉 춤 손동작 같은
일사분란한 거절의 움직임에 선우는 살짝 당황했다. 아무래도 제게
신세 지는 걸 싫어하는 것 같아 선우가 아예 등을 들이대고 숙였
다.

"괜찮습니다. 화장실 가까우니까 업어 드릴게요."

"아뇨아뇨아뇨. 차라리 제가 업을게요."

"네?"

이해가 안 가 허리를 펴고 열희의 언니를 봤다. 자그마한 키에
깡마른 중년 여성인 그녀의 말은 선우를 서운하게 했다. 저는 상관
없는 사람이니 빠지라는 건가.

"툭 치면 부러질 것 같은데 어떻게 업으시려고요. 우리 아버지
이래 봬도 통뼈라 은근 무겁거든요. 아서요. 관둬요. 괜히 거기 허
리만 나가요."

아. 선우가 짧게 외마디 말을 내놓았다. 이제 보니 그녀는 저를
걱정해 준 거였다. 세상에나. 선우의 눈이 감동으로 벅차올랐다. 그
와 동시에 마음속에서 오기도 함께 솟았다. 약골이 아니란 걸 증명
하고 싶었다. 그게 열희가 아닌 열희 가족에게라도.

"아닙니다. 저 이래 봬도 튼튼합니다. 만져 보세요. 진짜예요."

적극적인 선우의 권유에 그녀가 머뭇머뭇 팔뚝에 손을 얹었다. 미심쩍게 손가락으로 툭툭 두드려 보더니 어느새 꾹꾹 움켜잡고는 연신 감탄을 쏟아 냈다.

"어머 세상에, 아주 차지시네. 근육이 아주 땅땅하네."

"그쵸? 여기도 보세요. 제가 겉보기엔 모델같이 늘씬해도 속은 아주 상남자거든요. 허벅지도 아주 튼실해요. 저 약골 아니에요."

얼결에 허벅지까지 짚어 본 열희의 언니가 주위의 자매들을 둘러보며 고개를 끄덕였다. 어느새 선우 주위로 다닥다닥 언니들이 달라붙었다. 장터에 서커스 구경이라도 나온 듯 열희 가족들이 연신 탄성을 쏟아 냈다. 신이 난 선우가 아예 겉옷을 벗고는 팔을 구부려 알통을 보여 주기에 이르렀다.

"아, 오줌 마려!"

최봉석 씨의 성토가 아니었다면 어쩜 선우는 그 자리에서 옷도 벗어 보였을 기세였다. 서둘러 최봉석 씨를 업고 화장실로 향했다. 열희 언니들의 별 박은 눈들이 그 뒤에 따라붙었다.

"자네 키가 크네. 내 다리를 쭉 펴도 땅에 안 닿네. 내 다리가 짧은 건가?"

60대 중반의 최봉석 씨는 아이처럼 천진했다. 업힌 채로 다리를 쭉쭉 펴 흔들며 땅에 안 닿는 자신의 다리를 재밌어하고 있었다.

"우리 아들놈들은 죄다 땅콩이라 날 업어 줘도 다리가 꼭 땅에 닿거든."

"아드님이 또 계세요?"

놀라웠다. 열 명 남짓한 딸에 아들들이라니.

"내가 낳은 아들놈은 하나. 나머지는 밖에서 잡아 온 사위놈들."

말끝에 '놈' 자가 붙긴 했지만 사위들을 아들놈들이라 부르는 최봉석 씨의 말투가 듣기 좋았다.

"근데 자네 직업은 뭔가?"

"집 짓습니다."

"이 몸으로 벽돌 날라? 힘들 텐데."

"아뇨, 설계합니다."

"그래? 공부 열심히 했네."

"예, 뭐."

"가족은 어떻게 되나? 양친 다 무고하시고?"

"그게 저."

"형제는 있나?"

"아뇨."

"그보다 몇 살인가?"

"저는."

"집은 어딘가?"

질문해 놓고 답을 듣지 않는 게 최봉석 씨의 특징인 듯했다. 줄줄이 이어지는 질문세례를 들으며 가족들 품에 도착하자 열희의 언니들이 우르르 달려들어 선우의 노고를 치하했다. 한 일이라고는 노인 한 분 업고 화장실에 다녀온 것뿐인데, 올림픽 나가 금메달이라도 따 온 듯한 소란한 환영에 선우는 머쓱하면서도 기분이 나쁘지 않았다.

"우리 다 같이 차 한잔 해요!"

퇴원수속이 끝나자 누군가 미령의 카페테리아로 가자며 선창을 했고 일행이 좋다며 우르르 뒤를 따랐다. 열희 가족들은 아버지의 교통사고보다는 이를 핑계로 다 같이 모인 것을 더 즐거워하는 듯했다.

혼자 몸으로 서럽고 무서웠다는 박 실장도 어느새 그들의 일원인 듯 동화되어 있었다. 순식간에 카페테리아를 점령해 버린 여자들로 이루어진 집단 속에 선우가 청일점처럼 끼어 있었다. 엉덩이에 뾰루지가 난 최봉석 씨는 한쪽 엉덩이를 든 채로 비스듬히 의자에 앉았다.

"그런데 열희랑은 어떻게 친구예요?"

지긋한 연세인 것으로 보아 열희의 어머니가 분명했기에 선우가 자세를 가다듬었다.

"무슨 열희 친구야. 열희한테 이런 친구가 어딨어. 솔직히 말해 봐요. 친구 아니죠?"

언니 한 명이 툭 끼어들었다. 예리한 분 같으니라고. 맞아요. 저는 친구 아닙니다.

"넓은 의미의 친구라는 거죠, 언니. 옆집 사시는 분이세요. 집주인이기도 하고요."

미령이 대신 설명을 했다. 하지만 선우의 맘에는 들지 않았다. 옆집 사는 집주인이라니. 저의 존재가 겨우 그것이었던가.

"아. 열희가 공짜로 얻어 들어갔다는 그 집?"

몇몇 언니들이 수군거리며 선우를 위아래로 훑었다. 여기 와 있는 동안 대체 몇 번을 위아래로 훑어지는 건지, 빤히 저를 분석하는 시선에 얼굴이 달아올랐다.

"젊은 분이 엄청 능력자시네."

열희 또래의 언니 두 명이 눈길을 주고받았다. 보통 때라면 이런 식의 시선을 질색했겠지만 지금은 대환영이었다. 열희 언니들의 저 눈길 어딘가엔 선우를 동생의 짝으로 가늠하는 잣대가 있을 테니까.

"맞아요. 우리 부소장님 엄-청 유능하시고 유명하시고 상도 여러 번 받으셨어요. 무엇보다 부하 직원을 가족처럼 사랑하시는 아주아주 좋은 보살 같은 분이세요."

왜인지 아까부터 선우를 보는 눈에 하트를 박고 있던 박 실장이 칭찬을 늘어놓았다. 저만 보면 야단을 쳐 대던 사람이 갑자기 돌변한 이유가 뭘까 슬그머니 겁도 나는 선우였다. 그것보다 어떡하면 자신이 사고를 낸 가족들과 어울려 저리 편하게 수다를 떨 수 있는지, 새삼 박 실장의 사교력에 감탄하는 선우였다.

"저 아주머니가 엄청 마음이 심약하시더만. 나는 괜찮다는데 어찌나 옆에서 울고불고하는지, 누가 보면 나 죽어 나간 줄 알 거야."

최봉석 씨의 말에 까르르 웃음이 퍼졌다.

"근데 열희 얘는 어떻게 된 거야?"

아, 맞다. 저도 묻고 싶었다. 열희는 어찌 된 건지.

"열희 짝사랑하는 선배가 이 병원에 있다고 하지 않았나?"

그것도 묻고 싶었다. 문채훈과 열희의 만남은 어떻게 됐는지.

"온 김에 얼굴이나 보고 가자. 열희 말로는 엄청 남자답게 잘생겼다는데."

"언감생심 의사 사위 탐내지 마, 엄마. 열희 혼자 짝사랑이야.

저울질도 비슷해야 하지. 우리가 너무 기울어."

내용은 맘에 안 들었지만 결론은 맘에 들었다. 그래, 문채훈은 잊읍시다.

"얼굴 하나 보자는데 그게 뭐 대수야. 사람 낯짝 보는 데도 관람비 받니?"

"그건 늬 엄마 말이 맞다. 언 놈이 우리 막내딸 속을 태우는지 내 꼬락서니 한번 봐야겠다."

그런 부정적인 의미로 문채훈을 만나는 건 막을 생각이 없는 선우였다.

"안 봐도 뻔하지. 열희 이상형은 눈 감고도 그린다. 덩치 크고 까맣고 남자답게 생기면 그만인 거잖아. 네모난 상자 같은 몸매에 네모난 얼굴. 네모난 눈사람 생각하면 돼."

"그러게. 걔는 얼굴은 안 봐. 몸만 봐."

"기지배. 뭘 아는 거지. 남자는 얼굴 필요 없어."

어쩐지 대화의 흐름이 맘에 안 들어 선우가 고개를 들어 차가운 커피를 벌컥벌컥 마셨다.

"얼굴까지 완벽한 남자가 어디 흔한가."

"그렇지. 흔하진 않지."

정적이 스멀스멀 퍼졌다. 기묘한 느낌에 커피 잔을 조금 떼고 눈을 굴려 보니 열희의 가족들이 일제히 저를 보고 있었다. 그것도 그득그득 호감을 담고서.

"오늘, 바빠요?"

설마, 저를 꼬시는 건 아닐 테고. 선우가 잔을 내려놓고 크흠 목을 가다듬었다. 본능이 말해 주었다. 있는 약속도 취소하라고.

✻

소식을 듣고 열희가 달려온 건, 선우가 제 차 뒷좌석에 최봉석 씨를 엎드려 눕히고 차 문을 닫으려던 순간이었다. 다른 가족들은 박 실장의 차와 택시에 뭉쳐 타고, 열희의 부모님은 선우의 차에 모셔서 약속된 식당에서 만나자는 계획을 짠 후였다.

놀란 게 분명한 열희는 제 아버지의 상태를 직접 보고 설명을 듣고도 한참 후에야 얼굴이 풀어졌다. 아마도 제때 달려오지 못한 죄스러움에 그녀는 쉽게 안도하지 못하는 듯했다.

못마땅한 건 채훈이 열희의 가족들과 얼결에 인사를 나눴다는 것이고, 다행인 건 그가 학회를 가야 했기에 이 귀가행렬에 참여하지 못한다는 것이었다. 열희는 오후 근무가 없었기에 옷을 갈아입은 후 미령과 함께 합류하기로 했다.

열희의 어머니가 옆 좌석에 올라타자 선우는 느리게 차를 출발시켰다. 막상 열희를 보고 나니 제가 열희의 가족과 함께 밥을 먹으러 가는 게 잘하는 짓인가 갈등이 되었다.

아침에 저더러 비호감이라고 화를 낸 이후에 처음 보는 거였다. 게다가 미령이 그동안 선우에게 스파이 행동한 걸 열희에게 들켰다며 주의를 주었기에, 선우는 지금 최대한 열희의 심기를 건드리면 안 될 상황이었다.

좀 전에 열희가 저에게 눈길을 주긴 했던가. 저에게 말을 걸긴 했던가. 문채훈과는 무슨 얘길 하고 온 걸까. 둘이 결론을 내린 건가. 머리 위로 삐죽삐죽 튀어나온 질문들이 선우를 흔들었지만, 고개를 털고 운전에 집중했다. 일단 열희의 부모님을 안전하게 모시는 것에 집중하자고 마음을 먹었다.

차가 떠난 자리에 둘이 남게 된 미령과 열희는 뻘쭘히 서로를 보았다. 누구도 먼저 자리를 뜰 생각 없이 서 있는 건 어떻게든 풀어야겠다는 마음이 같았기 때문이다.

"……고마워."

열희가 먼저 입을 열었다. 저의 가족 일을 챙겨 줘서 고맙다는 뜻이었다.

"지랄."

미령이 퉁명스레 받아쳤다. 너 같으면 안 그랬겠냐는 뜻이었다.

"나보다 개봉 씨가 더 고생했어."

"……?"

"앞에 나서서 혼자서 다 처리했어. 보험회사도 그렇고 병원도 그렇고. 너네 오빠랑 형부 다들 멀리 있어서 개봉 씨가 아들 노릇 다 했어."

열희의 얼굴이 풀이 죽었다. 미안해하는 게 뚝뚝 느껴졌다. 그러라고 꺼낸 말은 아니었기에 미령이 어색하게 얼굴을 긁적였다.

침묵이 흘렀다. 지나가는 사람들이 흘끔거렸지만 여전히 둘 다 못 박힌 듯 움직이지 않았다.

"우이씨. 야! 우리 사이가 이것밖에 안 되냐?"

결국 미령이 먼저 소리를 쳤다.

"내가 뭐 나라 기밀을 팔아먹었냐, 지구를 배신했냐. 너랑 채훈 선배 스케줄 좀 알려 준 게 그렇게 삐질 일이냐? 엉?"

온전히 틀린 말은 아니었기에 미령을 보는 열희의 눈이 촉촉해졌다. 원망과 미안함이 뒤섞여 그렁그렁했다.

"그게 아니라, 나는 네가 나 모르게 그런 게 서운했단 말야."

"그럼 스파이 짓을 모르게 하지 알게 하냐……."

한풀 꺾인 미령이 중얼거렸다.

"그러게 왜 그랬어, 기지배야."

툭 치면 울 것 같은 얼굴로 열희가 중얼거렸다. 열희를 빤히 보던 미령이 시선을 돌렸다.

"네가, 사랑받는 게 좋아서."

열희가 커진 눈으로 미령을 보았다. 닭살 돋는 멘트를 내놓은 미령이 저도 부끄러운 듯 팔을 문질렀다.

"너는 채훈 선배 쳐다보느라 모르겠지만, 내 눈엔 보이거든. 개봉 씨가 너 좋아하는 거."

"……!"

"나는 그게 보기 좋았어. 지난 4년간 넌 짝사랑만 했지, 누가 널 챙겨 주고 아껴 주고 신경 써 주고, 그런 거 한 번도 안 받아 봤잖아."

"……미령아!"

감동으로 일렁이는 열희가 헤어진 연인과 재회하듯 미령을 불렀다. 그에 탄력받은 미령이 결심한 듯 제 마음을 쏟아 내었다.

"나는 네가 채훈 선배 좋아하는 거 응원해. 채훈 선배도 좋은 사람이니까. 하지만 한편으로는 괘씸해. 오랫동안 네 맘 안 알아주고 속만 썩였잖아. 그게 솔직한 내 심정이야."

"……응."

"비록 개봉 씨가 채훈 선배에 비해 허옇고 비실거리고 싸움도 못하고 뺀질하고 싸가지 없고 까칠하고 제멋대로고 입맛도 까다롭고 인간미도 없고……. 이렇게 얘기하니까 되게 이상한 사람 같네. 아무튼 뭐 굳이 따지자면 그렇지만, 알고 보면 나름 쓸 만한 사람이잖아. 그리고 사람이 꼭 힘세고 남자다워야 너를 보호해 줄 수 있는 것도 아니고."

미령은 알고 있었다. 열희가 왜 채훈을 짝사랑하게 되었는지. 1남 10녀. 아들 하나 낳겠다고 계속된 무가족계획 덕에 열희는 열 번째 딸이자 금덩이 같은 아들의 바로 아래 동생으로 태어났다.

열 번째 딸이라서 열희라는 이름을 갖게 된 열희는 한 살 위 오빠한테 가려져 관심 같은 거 못 받고 자랐다. 엄마는 항상 비실거리고 허약한 오빠의 차지였고, 열희는 엄마 대신 언니들의 손에 자랐다. 어느 정도 제 앞가림을 할 나이가 되었을 땐 열희는 모든 것을 제 스스로 해결해야 했다. 그녀의 언니들이 그랬듯이.

그래서였다. 저를 든든히 지켜 주고 보호해 줄 누군가를 꿈꿔 왔던 열희는 남자다운 듬직한 이상형을 그 누군가에 대입시켰다. 그리고 미약한 첫 남자친구와 헤어진 후, 열희 앞에 그 누구보다 튼실하고 듬직한 채훈이 나타났고, 열희는 꿈에 그리던 사람이 제 앞에 형상화되어 나타났다며 채훈을 맹목적으로 좋아하기 시작했다.

"기지배!"

열희의 눈에 울컥하고 눈물이 차올랐다. 차오르기가 무섭게 뚝뚝 아래로 떨어진다. 뭐 땜에 우는지 콕 집어 얘기할 순 없는 열희였다. 미령의 마음이 와 닿았고, 그녀의 우정이 든든했다.

하지만 그것 외에도 또 다른 이유가 있었다. 저는 지금 미령이

해 준 말에 동의하고 있었다. 아니, 어쩌면 이 모든 걸 이미 알고 있었는지도 모를 일이었다. 부끄럽게도, 제 마음을 제 자신에게 들켜 버렸다.

그동안 그런 제 마음이 무서워 도망쳤었다. 채훈을 짝사랑하던 마음에게로. 그곳이 안전했기에. 익숙했기에. 편안했기에. 저의 마음이 변하는 게 낯설었다. 제가 두근대는 사람이 채훈이 아닐까 봐 겁이 났다.

그런데 미령의 말을 들은 후, 발아래로 뚝 떨어진 이 눈물처럼 저의 속내가 꺼내어지고 말았다. 채훈과 함께 있는 동안 왜 그토록 입구를 쳐다봤는지 제대로 알게 되었다. 저는 채훈이 아닌 선우를 좋아하고 있었다. 너무나 확실하게도.

"근데 한선우 씨는 나 안 좋아하는데."

그러나 이번에도 저의 사랑은 또 짝사랑인 듯했다. 그게 슬프다.

"날 그냥 좋은 이웃으로밖에는 생각 안 해. 그러니까 내 마음이 채훈 선배에게서 옮겨 갔다고 해서 별로 달라지는 건 없어. 난 짝사랑이 팔자인가 봐."

미령이 혀를 끌끌 찼다. 고개까지 절레절레 젓는다.

"네가 너무 사랑을 안 받아 봐서 아예 무감해졌구나. 불쌍한 내 친구. 어쩌다 이렇게 됐니. 개봉 씨 너 좋아해. 개봉 씨도 말했다며, 너 좋아한다고."

"그래 그랬지 날 좋……."

열희가 고개를 뒤로 물려 미령을 보았다. 어떻게 알고 있냐는 눈빛이라 미령이 뒷목을 쓸었다.

"개봉 씨한테 보고받았거든. 너한테 고백했다고."

"아. 그랬구…… 뭐? 고, 고백? 나한테 고백했다고?"

"응. 그런데 네가 화내고 찼다며. 비호감이라고."

"내, 내가?"

"고장난 기계처럼 왜 자꾸 남의 말을 반복해?"

꿈뻑꿈뻑. 느리게 두어 번 감겼던 열희의 눈이 번쩍 떠졌다.

"그러게 왜 함부로 차서 개봉 씨한테 상처를 줘. 개봉 씨 어디가 비호감이야? 미끈하니 잘만 생겼구만. 너무 미끈해서 탈이지. 선땐 하겠다고 나서는 걸 내가 겨우 뜯어말렸어."

미령의 툴툴거림은 귀에 들어오지 않았다. 고백이라는 그 말 한 마디만 열희의 귀에 웅웅거렸다.

고백이라니. 고백이라니! 늘 누군가에게 하기만 했던 그 고백을 제가 받았다는 게 놀라웠다. 26년 최열희 인생사에 길이 남을 그 순간을 저는 흘려 버린 거다. 바보 같다, 최열희. 어떻게 그걸 놓치 니. 한선우가 최열희 좋다고 한 그 중요한 순간을 어떻게.

열희가 제 머리를 쥐어뜯었다. 조금 전 채훈에게서 받은 고백은 까맣게 잊어버린 채, 선우에게 받은 고백 하나만으로 머릿속을 채 워 버린 열희였다.

9. 고백

"누구랑 살아요? 여자친구는 있어요?"

"몇 살이에요?"

"키가 몇이에요?"

"형제는 어떻게 돼요?"

"부모님은 건강하시고요?"

"우리 열희랑은 정말 친구예요?"

"돈 잘 벌어요?"

"힘 세요? 혈액형은요?"

고깃집에 앉자마자 선우를 둘러싼 질문 공세가 쏟아졌다. 말할
틈도 없이 선우에게 몰려드는 호기심들은 비단 열희의 언니들뿐만
은 아니었다. 최봉석 씨가 가자고 한 고깃집에는 이미 그들의 남편
들과 아이들이 모여 있었다. 대략 셈을 해도 족히 사십 명은 되어

보이는 실로 대가족이었다.

놀라운 건 온통 열희네 가족들로 채워진 이 북적거리는 고깃집 안의 관심사가 최봉석 씨의 교통사고가 아니라 선우라는 거였다. 열희의 친구라는 타이틀 하나로 이렇게 시선이 집중될 줄은 선우도 예상치 못한 터였다. 대체 열희의 친구들은 어떤 모습이었길래 제가 이리 신기하게 취급받는 건가 새삼 궁금해졌다.

"없었지, 이런 비주얼은."

"맞아. 열희 친구라 봐야 엉덩이로 눌러놓은 밀가루 반죽 같은 얼굴에 후줄근한 놈들뿐이었지."

"어디 친구들뿐인가. 예전에 사귀었던 남자친구라는 애는 또 어떻고. 아우, 걔 면도도 잘 안 했었지?"

"그게 상남자 같고 좋다잖아. 지저분한 줄도 모르고."

선우의 궁금증은 열희의 언니들이 알아서 풀어 주었다. 이 짧은 대화만으로도 열희의 친구들이라는 호신술 동아리 집단의 평균 외모가 어떠한지 눈에 본 듯 그려졌다.

열희는 지금 저의 친구들이 이렇게 집단으로 매도되는 걸 알까. 떨어져 앉은 그녀에게로 눈을 들었다. 조카들 틈에 둘러싸여 앉아 있는 그녀의 뒤통수가 멀게만 보인다.

"근데 금덩이는 왜 안 와? 아들놈 웨딩 촬영 구경 가려다가 황천 가겠네."

최봉석 씨가 입구를 쳐다보며 외쳤다. 금덩이라. 이름이 참 희한 하구나 싶었다.

"여기 주소 찍어 줬어요. 그러게 덩이한테 곧장 가지 뭣하러 낯선 길에 들러요."

"늬 아버지가 열희 새집 구경하고 싶다고 땡깡을 부려서 이리
됐지."

"죄송합니다. 제가 운전을 조금만 더 잘했더라면."

박 실장이 금방 엄숙한 얼굴을 하고 허리를 숙였다.

"아이고, 아니에요. 이 양반이 행동이 굼떠서 그래. 동작이 느려
서 발가락을 요래 쏙 빼면 되는데 그걸 안 해. 게을러. 밟혀도 싸.
살 좀 빼면 좀 좋아?"

"뭔 소리야? 살집이 많으니까 이 정도인 거야. 살집 없었으면 발
가락이 부러져 버렸지. 살덩이가 폭신폭신하게 보호해 줘서 실금만
가고 무사한 거잖아."

"어이구 말이나 못하면. 내가 아들내미 결혼식 핑계 삼아 서울
구경하자고 올라왔지, 다 늙은 영감 병 수발 하자고 산 넘고 물 건
너 올라왔나."

"어디 멀리서 오셨습니까?"

먼 길 올라와 크진 않지만 교통사고까지 당했으니 무척이나 놀
랐겠다 싶어 선우가 조심스레 물었다. 연세도 있고 하니 그 피곤함
은 저희보다 더할 터였다.

"응. 기차 타고 멀리서 왔지. 부천."

"……부천이요? 겨, 경기도 부천?"

"아버진, 그게 무슨 기차예요? 지하철이지?"

"길면 다 기차야. 노래도 있잖아. 길으면 기차 빠르면 비행기."

쩝. 입맛을 다셨다. 그러게 아예 틀린 말은 아니어서 선우가 뻣
뻣하게 웃었다.

"얼마입니까?"

워낙 복잡하기도 했고, 열희까지 신경 쓰다 보니 고기가 입으로 들어갔는지 코로 들어갔는지도 모른 채 선우가 식사를 끝냈다. 저와 박 실장이 합류한 것도 있으니 고깃값이 많이 나왔으면 함께 계산할 요량으로 주인에게 다가갔다.

얼추 자리가 파하고 나니 그제야 열희가 잘 보였다. 식사 내내 열희의 정수리 몇 번, 4분의 1쪽 얼굴 몇 번 본 게 다였다. 그래서 일어선 김에 계산을 기다리는 동안 대놓고 열희를 바라보았다. 어떻게 해야 화를 풀어 주나, 심경이 복잡해졌다.

기다려도 주인에게서 답이 없기에 고개를 돌려 40대 둥둥한 고깃집 사장을 향했다. 그런데 계산을 하고 있어야 할 사장이 선우만 빤히 바라보고 있는 게 아닌가.

"왜, 왜 그러십니까?"

"우리끼리 얘긴데, 열희가 왜 좋아요?"

"아 그거는…… 네?"

저도 모르게 대답하려던 선우의 목소리가 커졌다.

"최열희를 아세요?"

그러자 그가 얼른 손가락을 입에 가져다 대며 조용히 하라고 나무랐다. 최봉석 씨와 그 가족들 눈치를 보던 사장이 나지막이 입을 열었다.

"당연히 알지. 우리 막내 처제인데."

"네에?"

선우가 당황할 새도 없이 이번엔 사장이 손가락을 선우의 입술에 꾹 갖다 눌렀다.

"거 조용히 하라니깐. 아직 거기한텐 모르는 척해야 한단 말이에요. 열희 알면 우리 혼나요."

"뭐, 뭘요?"

"거기가 우리 열희 좋아하는 걸 우리가 안다는 걸 거기도 안다는 거."

"네?"

"미령이가 그랬다던데. 거기가 우리 막내 처제한테 꽂혔다고. 아니쇼?"

"마, 맞긴 맞습니다만."

"그니까 왜? 나한테만 살짝 알려 줘 봐요. 말이야 바른 말이지 이쁘길 해, 몸매가 빼어나길 해, 아님 직업이 좋아, 집안이 엄청나. 암것도 없거든. 근데 왜? 나 진짜 궁금해서 그래요. 왜 좋아요, 우리 열희가?"

멀뚱히 사장만 보았다. 앞서 열거한 사항들은 선우가 열희를 좋아하는 것과는 전혀 상관이 없는 것들이었기에. 그가 원하는 대답이 무엇일까 잠시 망설여졌다.

"이렇게 말하니까 내가 무슨 막내 처제 디스하는 거 같은데 그건 아니고. 보쇼. 열희가 말이죠, 나한테 직함은 막내 처제인데, 나랑 집사람이 딸처럼 키웠거든. 딸이나 마찬가지지. 우리 큰애랑 아홉 살밖에 차이가 안 나, 실제로. 그러니 내가 정말 궁금해서 미칠 것 같아서 그래요."

"아, 예에."

"미령이가 거기를 천거했다는 건, 거기가 쓸 만하다는 거거든. 난 열희 눈은 못 믿어도 미령이 눈은 믿어요. 지금까지 남자친구

데리고 온 거 보면 미령이가 훨씬 똘똘했거든. 그래서 관심 갖고 물어봐 주는 중이니까 성의 있게 대답해 봐요."

"아, 예에."

"무슨 합합 해요? 왜 자꾸 '아, 예' 야. 왜 좋아하는지 말을 해 보라니깐."

"그게 저……."

막상 말을 하려니 막막했다. 뜬금없이 고깃값을 계산하러 온 사장 앞에서 자신이 열희를 왜 좋아하는지 말하려니 난감했다. 게다가 오전에도 좋아하는 이유를 말했다가 열희의 화를 돋웠으니 지금은 더 조심스러워지는 선우였다.

"됐수다. 가쇼."

"네?"

가란 말에 선우의 눈이 휘둥그레졌다. 왠지 불합격당한 것 같은 기분이 들었다.

"얼른 가 보쇼. 밖에 일행들 기다리는데."

"아니, 제 대답은 들으셔야……."

"뭘 들어. 눈빛만 봐도 딱 아는 거지. 싸나이들끼리."

눈빛만 봐도 안다면서 질문은 왜 한 것일까.

"그쪽이 날을 아주 잘 잡았어요. 원래가 오늘 우리 가족들 총출동하기로 돼 있었거든. 처남이 다음 주에 결혼하는데, 오늘 웨딩 촬영이 있었어요. 끝나고 다 모여서 회식할 참에 그쪽이 눈도장 꽉 찍은 거지. 아주 운발 좋아요. 안 그러고 나중에 결혼할 때 인사하려면 아주 골치 아파. 석 달 열흘 걸려, 이 집은. 가족이 워낙 많아야지. 사윗감 데려오면 너도나도 그게 문제야."

갑자기 구름이 걷히고 빛이 났다. 열희 눈치를 보느라 무거웠던 마음이 비 개인 하늘처럼 쨍쨍해졌다. 나중에 결혼할 때라니. 사윗감이라니. 그러니까 지금 이 큰형님은 저를 열희의 짝으로 봐 주고 있는 거였다. 선우의 입 끝이 비실비실 올라갔다. 설레발과는 참 거리가 먼 성격이라 생각했는데, 오늘 자신의 또 다른 면을 발견한 선우였다.

"이렇게 된 거, 다음 주 처남 결혼식 때 봅시다."

그가 손을 내밀었다. 뜻밖의 초대에 두 손을 한 번에 와락 부여잡고 흔들었다. 가족 결혼식에 초대됐다는 게 꼭 합격증을 받은 것 같았다.

"너무 좋아하진 말고. 나한테 잘 보이면 뭘 해. 열희한테 잘 보여야지. 나는 오늘 거기가 병원에서 해 준 일이 너무 고마워서 그런 것뿐이니까."

"고맙습니다!"

"응. 그래요. 건투를 빌어요. 참고로 거기가 내 타입은 아니지만 뭐 나랑 살 맞대고 살 건 아니니까."

굳이 그 얘기는 안 해 줬어도 됐는데.

"예. 고맙습니다."

"그러고 보니 아버님 타입도 아니고. 어머님 타입도 아니고. 결정적으로 열희 타입도 아니네. 쯧쯧. 분발하쇼."

실망 가득한 말인데도 선우는 기분이 좋았다. 저를 향해 혀까지 끌끌 차 주며 분발하라는 응원이 무척이나 든든했다.

"부소장님. 저는 그만 가 보겠습니다. 오늘 저 땜에 정말 고생하셨어요. 너무너무 고마워요 부소장님. 애정합니다~"

주차장에 나오자 손으로 하트까지 만드는 박 실장을 보니 황당함도 잠시 웃음이 나왔다. 그런 선우에게 박 실장이 고개를 내리라며 손짓을 했다. 몸을 숙이자 손나팔을 만들어 선우의 귀에 대고 속닥거린다.

"나중에 잘되면 저한테 한턱내셔야 해요."

"네?"

"부소장님이 옆집 아가씨 좋아하신다면서요. 소문 다 났어요."

"……!"

"제가 일부러 옆집 아가씨 아버님의 발꼬락을 골라서 차로 밟고 지나간 건 아니지만요, 결과적으로 점수를 따게 되셨으니 나중에 잘되면 저를 완전히 무시하시면 안 되는 겁니당~"

또다시 하트를 만드는 박 실장을 보고 있자니 슬그머니 몸서리가 쳐졌다. 오늘 하루 못 볼 걸 너무 많이 봤다 싶었다.

주위는 주차장을 가득 메운 차들을 찾아 흩어지는 사람들로 붐볐다. 그 가운데서 머뭇거리는 선우에게 식사를 끝낸 사람들이 하나둘 다가왔다. 소란스러운 북적거림 속에서 일일이 한 명 한 명 선우에게 알은체를 하며 돌아가는 사람들이었다.

마치 결혼식에서 하객과 인사를 나누듯 줄지어 선 사람들이 선우와 악수를 하거나 어깨를 두드리거나 심지어 열희의 언니 중 몇 명은 가벼운 포옹까지 하며 고맙다는 인사를 남기고 돌아갔다. 어린아이들은 아이들대로 제 부모가 시키자 수줍게 배꼽인사를 하곤 뛰어갔다.

수고했다, 고맙다, 미안하다, 실례가 많았다 기타 등등, 기타 등등. 그 인사를 다 받고 있자니 단 몇 시간 만에 이들의 가족이 된 듯한 오묘한 착각까지 드는 선우였다. 물론 이들이 누구인지 모두 기억할 자신은 없었지만.

이 많은 사람들이 제가 열희를 짝사랑하고 있다는 걸 알고 있다고 생각하니 당황스러우면서도 묘하게 든든했다. 아침만 해도 선탠을 해야 하나 고민하던 저였는데 갑자기 불끈불끈 힘이 솟았다.

"아이고, 아버님 다리를 그렇게 끄시면 어떡해요."

"내 다리가 길어서 끌리는 걸 어떡해."

사위 한 명에게 최봉석 씨가 업혀 나오고 있었다.

"어? 자네!"

최봉석 씨가 선우를 향해 손을 들었다. 선우가 냉큼 그 앞으로 다가섰다.

"이거 봐. 내 말이 맞지? 우리 아들 땅콩이지? 내 다리 막 끌려."

굳이 선우에게 일러 줄 만큼 중요한 정보는 아니었지만 일부러 저를 불러 말을 시켜 주는 게 좋아 선우가 씨익 웃었다.

"개중에 이 아들이 제일 큰데도 이래. 안 그러냐, 다섯째야? 네가 제일 크지?"

최봉석 씨가 자신을 업고 있는 사위에게 물었다.

"여섯째입니다, 아버님."

"엥? 어디 봐."

기어이 그 얼굴을 돌려 확인하는 최봉석 씨였다.

"그네. 여섯째네. 미안하다."

"몸조리 잘하세요, 어르신."

"응. 오늘 아주 수고했어. 오늘 내 아들 노릇 톡톡히 했어. 고마워. 이놈들 다 소용없어. 차에 치여 삐뽀삐뽀 응급실에 실려 갔는데 어째 한 놈도 코빼기를 안 보여. 아주 괘씸해. 고약한 놈들이야."

"아버님 저 억울해요. 저 연락받고 곧장 온 거예요. 멈추지 않고 달려도 두 시간 거리에 있었어요. 근데 아버님은 병원에 한 시간밖에 안 계셨잖아요."

"한 시간 반이야."

"그거나 이거나요."

"나머지 놈들은?"

"다들 멀리 나가 있었죠. 그나마 제일 가까우신 큰형님도 고기 가지러 멀리 가셨었잖아요. 그리고 나중에 괜찮다고 아버님 엄살이니까 천천히 오라고 연락이 와서."

"그럼 딸들은 어떻게 다 모였어? 그 빠른 시간에."

"그거야 웨딩 촬영 구경 간다고 근처에 모여 있었으니까 그렇죠."

"연습하고 왔어? 완전 말 잘하네."

사위랑 장난처럼 투닥거리던 최봉석 씨의 얼굴이 선우를 향하면서는 활짝 펴졌다.

"오늘 고생했는데 열희한테 마사지해 달라고 해. 걔 아주 잘 주물러. 가만 내가 직접 얘기해야겠다. 열희야-"

"아니, 괜찮습니다. 안 부르셔도 됩니다."

"안 괜찮을 거 같은데. 비실거리던데."

"아닙니다. 정말 괜찮습니다."

"오케바뤼. 그럼 출발. 고맙네. 가서 푹 쉬게. 앞으론 직원들이랑 여기 와서 회식해. 가족 DC 받고 가."

가족 DC란 말에 마음이 뭉클해졌다. 가족. 가족이라. 세상천지에 혼자 남아 있는 선우로서는 참으로 낯선 말이었고, 그렇기에 그만큼 듣고 싶은 말이었다. 가족, 이라 이거지. 가족.

"아, 좀 바짝 추켜 봐. 발이 땅에 닿잖아. 너 너무 허약해. 딴 아들 불러와."

여전히 사위를 구박하는 최봉석 씨였지만 그게 선우의 눈에는 따뜻하게 보였다.

※

"음악, 들을래?"

얼마나 침묵 속에 달렸을까. 결국 선우가 먼저 입을 열었다. 선우를 흘끔 본 열희가 작게 고개를 끄덕였다. 라디오를 트니 조용한 팝송이 흘러나왔다. 늘 대화가 넘쳐 났는데 오늘따라 그도 저도 조용하다.

가는 길이 같으니 당연하게 둘이 한 차에 올랐다. 선우는 아무 일도 없는 듯 그녀를 대했지만 열희는 앉은 자리가 바늘방석인 것처럼 따끔거렸다.

아까 고깃집에서 내내 선우를 훔쳐봤다. 늘 보던 얼굴인데도 오늘따라 봐도 봐도 계속 보고 싶었다. 아침에 그에게 화를 냈던 제가 참 부끄러웠다. 그의 고백을 아무것도 아니게 만들어 버린 자신이 용서가 되지 않는다. 얼마나 상심했을까. 어떻게 사과를 해야 하나.

슬쩍 눈을 들어 선우를 보았다. 묵묵히 운전하고 있는 그의 옆얼굴을 보니 자꾸만 제 자신이 쪼그라드는 것 같았다.

"어? 이 길이 아닌가?"

선우가 몸을 당겨 차창 밖 표지판을 살폈다. 그러느라 등 부분이 잔뜩 구겨진 그의 드레스셔츠가 고스란히 열희에게 드러났다. 제 아버지를 업느라 저리 잘게 구겨졌겠지 싶어 열희는 한동안 선우의 등에서 시선을 떼지 못했다.

길을 맞게 찾은 듯 선우가 다시 허리를 세우고 운전을 했다. 못 볼 걸 훔쳐보기라도 한 듯 열희가 재빨리 시선을 불러들였다.

'좋아하니까.' 아침에 그가 했던 말이 떠올랐다. 심장이 갑작스레 팔딱거리기 시작했다. 왜 하필 지금 그 생각을 해서는. 열희가 손으로 제 가슴께를 꾸욱 눌렀다. 자칫하면 쿵쿵거리는 소리가 그의 귀에 들릴 것 같았다.

차창을 열고 숨을 내쉬었다. 뜨겁게 달아오른 얼굴을 그렇게나마 식혔다. 그대로라면 앉은 자리에서 발사되어 먼 우주로 날아가 버릴 것 같았다.

저만치 집이 보였다. 그러자 마음이 다급해졌다. 어서 말을 해, 최열희. 네 마음을 털어놔. 아침에 화낸 건 그런 뜻이 아니었다고 어서 고백해. 고백은 네 특기잖아. 하던 대로 하면 되는 거야.

차가 멈추고 바퀴 굴러가는 소리마저 멈추고 나니 심장이 경주마처럼 달음질쳤다. 결국 열희가 제 앞의 공기를 크게 빨아들인 후 후루룩 말을 꺼냈다.

"그런 거 아니에요!"

다짜고짜 아니라니. 제가 꺼내 놓고도 어이없다 싶어 열희가 입을 다물었다.

"뭐가?"

"아. 그러니까. 그게. 비, 비호감 아니라고요."

그의 눈썹이 꿈틀거린다. 좋았어. 반응이 왔어.

"응. 비호감 아니고, 자, 잘생겼어요."

"내가? 진짜?"

"응. 아주 많이."

인형가게에서 파는 끄덕이 인형처럼 열희가 연신 고개를 주억거렸다.

호오. 선우가 운전대에 팔을 얹고 열희를 보았다. 마주친 눈 속으로 열희의 속을 가늠하듯 그의 눈이 파고들어 왔다.

"정말이에요. 멋져요. 아주 많이. 엄청나게요."

칭찬이 모자라나 싶어 열희가 서둘러 덧붙였다. 그러고는 선우를 흘끔거렸다.

"나 같은 타입 싫어한다면서."

"네에? 아니에요. 안 싫어해요."

"아니라던데. 가족들도 그러던데. 난 최열희 타입 아니라고."

선우가 의자 등받이에 기대었다. 팔짱을 끼고는 열희를 바라본다. 그게 꼭 해명해 봐, 라고 하는 것 같아 열희가 빠르게 눈을 굴렸다.

"비록 한선우 씨가 허옇고 비실거리고 싸움도 못하고 빼질하고 싸가지 없고 까칠하고 제멋대로고 입맛도 까다롭고 인간미도 없지만,

이렇게 얘기하면 되게 이상한 사람 같지만 또 그건 아니니까……."

미령이 했던 말을 기억해 내며 열희가 열변을 토했다. 미령이가 선우를 칭찬하며 제게 감동을 줬던 얘기니까 저도 이걸 써먹으면 되겠다 싶어 꺼내 든 카드였다. 그러나 그때의 감동을 고스란히 전달하기 위해 열심히 기억을 더듬느라 듣고 있는 선우의 얼굴이 못마땅해지는 건 눈치채지 못했다.

"알고 보면 한선우 씨 좋은 사람이니까. 사람이 꼭 힘이 세고 남자다워야만 누군가를 지켜 주는 건 아닌 거니까."

얘기를 끝낸 열희가 기대 가득한 눈으로 선우를 보았다. 자, 이제 당신도 나처럼 감동할 차례예요. 그렇게 눈을 빛내면서.

선우는 열희에게서 조용히 시선을 뗐다. 제 단점들을 주르르 열거당한 후 선우가 할 수 있는 생각은 단 하나였다. 내가 그렇게 못마땅한가? 열희 가족들을 만나고 잠시나마 붕 떴던 마음속에서 따뜻한 바람이 푸시시 빠져나갔다.

오늘 열희가 채훈을 만나고 온 걸 잠시 잊었었다. 결과는 뻔한 거였다. 채훈이 고백했을 거고, 열희는 당연하게 받아들였겠지. 역시 최열희한텐 내가 아닌 거구나. 그걸 저리 빙 둘러 얘기하는 거구나.

그녀가 정 그렇다면 자신은 이쯤에서 물러나는 게 맞았다. 계속 열희 옆에 붙어 있으면 점점 저를 부담스러워할 테니. 생각은 그리하는데 마음은 쉬이 따라 주지가 않아 묵묵히 시간을 끌었다. 저와 열희를 태운 이 차 그대로 꽁꽁 묶어서 어디 다른 공간으로 가 버리고 싶었다.

"근데 왜 날 개봉 씨라고 안 불러?"

뜬금없다 싶었지만 궁금했던 거였다. 그전까지만 해도 개봉 군! 개봉 군! 하던 열희가 어느 순간부터 꼬박꼬박 이름을 불렀다. 미령은 여전히 개봉 씨라 부르는데도 말이다. 저는 더 이상 열희에게 아련한 사람이 아니게 된 것 같아 묘하게 서운했었다.

"그건……."

열희가 얼굴을 붉혔다. 손가락을 맞대고는 꼼지락거린다. 그리 망설이는 걸 보니 대답을 듣지 않아도 알 것 같아 선우가 시동을 껐다. 이제 열희를 그만 괴롭혀야 할 듯했다.

"현승욱 씨가 아닌 게 좋아서요."

안전벨트를 풀던 선우가 뚝 멈추고 열희를 보았다. 제 손가락만 들여다보는 열희가 귀밑까지 빨개진 채로 덧붙여 온다.

"한선우 씨인 게, 그 이름인 게 좋아서요."

잘 자요. 생뚱맞게 인사를 내놓고 열희가 달아나듯 차 문을 열고 내렸다. 안전벨트를 풀지 않아 내리다 걸린 열희의 몸이 다시 당겨 졌다. 서둘러 버클을 눌러 풀고는 또다시 꾸벅 인사를 했다.

누가 쫓는 것도 아닌데 초인적인 빠르기로 문을 열고 들어갔다. 쿵. 문을 닫고 안에 들어서자마자 그대로 주저앉았다. 닫을 때 들린 문소리보다도 더 큰 심장 소리가 몸을 뚫고 나올 듯 열희의 가슴을 때렸다. 잘했어 최열희. 이 정도면 멋지게 잘 고백한 거야!

좀처럼 불이 켜지지 않는 열희의 집을 바라보며 선우는 잠시 차 에 앉아 있었다. 방금 제가 들은 말은 무슨 뜻일까. 그러니까 저의 이름이 좋다는 얘긴가. 사람은 싫고 이름만 좋다는 병 주고 약 주 고 다시 병 주는 묘한 설명에 선우는 눈을 끔뻑거렸다.

그러니까 열희는 문채훈의 몸집에 한선우라는 이름에 개봉 씨의 얼굴을 좋아하는 건가. 이상한 조합을 꾸려 보던 선우가 고개를 털고 차에서 내렸다.

✖

어젯밤도 뒤척였는데, 오늘 밤도 또 그럴 순 없었다. 그러나 결연한 의지와는 달리 열희는 쉽게 잠을 이룰 수가 없었다.

'좋아하니까.'

'내 눈엔 보이거든. 개봉 씨가 너 좋아하는 거'

'제가 왜 좋아요?'

'따뜻해서.'

말과 말이 겹쳐지며 눈앞에 선우의 형상을 만들어 냈다. 반짝이는 까만 눈, 눈썹 위에서 흔들리던 머리카락, 반듯하게 내려온 콧등, 그리고 체리 빛의 입술까지! 움찔 몸서리를 쳤다.

앞으로 펼쳐질 그와의 핑크빛 미래가 소름 돋도록 설레었다. 쌍방향 연애가 이렇게나 가슴 뛰는 일이었던가. 내일은 저도 좋아한다고 직접 말해 줘야지. 두 번, 아니 세 번, 네 번 말해 줘야지.

몸을 일으켜 앉았다. 그는 지금 뭐할까. 저의 고백을 받았으니 그도 저처럼 이렇게 설레겠지. 키득키득 웃음이 나왔다. 창가로 걸어가 고개를 빠끔히 내밀어 옆집을 보았다. 같이 사는 남자 둘은 아직도 돌아오지 않은 듯했다. 집 안은 컴컴했다.

자는 걸까? 그는 어디서 잘까? 1층? 2층? 아니면, 유리방? 여기서 본다고 보일 리도 없건만 열희의 시선은 좀처럼 옆집을 떠나지 않았다.

물끄러미 보고 있기를 한참, 창문을 닫으려는 열희의 귀에 바스락, 소리가 들렸다. 순간, 열희의 오감이 곤두섰다. 잠시 후 소리는 또 이어졌다.

직감상 사람의 발이 흙과 닿아 빚어내는 소리란 걸 알 수 있었다. 단번에 몸을 낮춘 열희가 눈만 내밀어 주위를 살폈다. 조용한 사위, 숨죽인 정적 틈으로 긴장한 열희의 눈이 이리저리 굴렀다. 다시 들리기만 해. 어떤 소리라도 잡아내겠어.

바스락. 열희의 눈이 소리 나는 쪽으로 꽂혔다. 바스락거리는 간격이 빠르지 않은 것은 누군가 몰래 숨죽여 집에 접근하고 있는 거였다. 도둑? 강도? 그리 생각이 들자 심장이 빠르게 피를 뿜어내기 시작했다.

열희의 집과는 먼 곳이었다. 고개를 살짝 내밀어 옆집을 살폈다. 그 순간, 검은 그림자가 옆집 주변에 어른거렸다. 열희의 동공도 함께 커졌다. 검은 인영이 커다란 창문 하나를 조심스레 열었다. 같이 사는 남자들이었다면 번호를 누르고 문으로 들어갔을 터, 저 검은 그림자는 침입자가 맞았다! 그리고 지금 집 안에는 선우 혼자 있었다!

주위를 둘러보다 무기가 될 만한 창문 닦는 밀대 봉을 손에 거머쥐었다. 방을 나가 재빠르게 서재로 향했다. 침입자가 선우와 맞닥뜨리기 전에 저가 먼저 저놈을 때려잡으리라! 나는 새처럼 유리복도를 가로지르는 열희의 눈이 결연함으로 번뜩였다.

좀처럼 잠이 오지 않아 마당을 거닐던 선우는 정원에 자동으로 물을 주는 장치가 제대로 작동하지 않는 걸 알아챘다. 밤이라 장치가 잘 보이지 않아 일단 급한 대로 창문을 열고 불을 켜기로 했다. 어디 있는지 모를 손전등을 찾는 것보다는 그게 빠를 듯했다.

조용히 창문을 열어젖히고 그 안으로 허리를 굽혀 넣었다. 손이 닿을 듯 말 듯 스위치가 아슬아슬하게 선우를 약 올렸다. 팔을 조금 더 밀어 넣어 스위치에 닿는 순간, 차라리 문을 열고 들어갈걸 하는 후회와 함께, 발이 공중에 뜨며 그대로 집 안으로 곤두박질쳐 버렸다.

쿠궁. 하는 둔탁한 소음과 함께 선우의 등이 바닥에 찧였다. 떨어지는 저의 무게를 오롯이 받아 낸 등에 묵직한 통증이 느껴졌다.

끄응 하는 신음도 못 내고 일어서기 위해 바닥을 짚었다. 허리가 뻐근하다. 오늘 일진이 왜 이런가 한탄하며 몸을 일으키는 순간, 탁탁탁탁. 빠르고 가벼운 발소리와 함께 검은 그림자가 선우를 향해 박쥐처럼 날아 덮쳐 왔다.

"이야압!"

"으업!"

결단코 이런 식으로 매를 맞아 본 적은 없었다. 길쭉한 막대기가 등을 가격해 오는 아픔은 따갑고 찌릿한 것을 넘어 쓰리고 깊게 뼈까지 전해져 왔다. 피할 틈도 없이 골반을 밟혀 엎어진 채 다리가 뒤로 꺾였다.

기함하는 비명과 함께 선우가 항복이라도 하듯 손으로 바닥을 두드렸다. 그러자 상대는 선우의 두 팔마저 뒤로 교차해 꺾어 움직임을 봉쇄하더니 머리채를 움켜쥐어 잡아당겼다.

"야 이 나쁜 놈아! 너 누구야!"

혼미한 가운데서도 뭔가 이상했다. 이 목소리는 아는 목소리였다.

"최열희?"

"어쭈. 이게 내 이름은 어떻게 알고! 이 나쁜 놈아앗!"

"최열희 나야. 나라고!"

고함을 치던 열희가 문득 동작을 멈췄다. 몸을 일으켜 바짝 젖혀진 '나쁜 놈'의 얼굴을 확인해 보았다. 으억! 방금 저에게 얻어맞고 머리털을 붙잡힌 나쁜 놈이 선우라는 것을 알자 이번엔 열희의 입에서 고함이 터져 나왔다.

"한선우 씨잇?"

놀라는 건 좋은데, 여전히 움켜쥔 머리칼과 제압당한 팔다리는 그대로인 터라 선우도 함께 비명을 질러야 했다.

"알았으면 좀 놔주…… 으아아!"

그제야 번쩍 정신이 든 열희가 손을 차례로 놓고 몸을 일으켰다. 아릿한 뒷머리를 쓰다듬으며 팔을 부여잡은 선우가 느릿하게 열희를 돌아보았다. 선우와 눈이 마주치자 열희가 주춤주춤 물러섰다. 꺾였던 팔다리를 주무르며 일어서던 선우는 멀찌감치 떨어져 보기만 하는 열희를 향해 울분을 토했다.

"무슨 사람을 다짜고짜 개 패듯이. 뭐야, 이 시간에 갑자기. 몽유병이야? 잠꼬대야? 사람을 두드려 팼으면 부축이라도 해 주든가. 그렇게 보고만 있을 거야?"

따지고 들던 선우의 성난 눈이 풀어진 건, 구름이 비켜 간 달빛이 열희의 얼굴을 환하게 비춘 후였다. 두 눈 가득 그렁이던 반짝거림이 뚝. 뺨을 타고 흘렀기 때문이다. 열희는, 울고 있었다.

"……미안해요, 난 도둑인 줄 알고."

"지금, 울어?"

선우가 다가와 어깨에 손을 얹자 열희가 고개를 숙였다. 참으려고 몇 번을 끄억거리던 열희가 기어코 울음을 터뜨린 것은 그때였다.

으어어엉— 아이처럼 목을 놓아 길게 울더니 털썩 바닥에 주저앉아 버렸다. 버려진 아이처럼 서럽게 눈물 콧물 쏟아 내며 꺼이꺼이 울어 댄다. 제가 너무 화를 냈나 싶어 선우가 황급히 열희를 따라 주저앉았다.

"저기 최열희. 놀랐다면 미안. 그니까 난 최열희한테 화를 낸 게 아니라, 그냥 맞은 데가 좀 아파서. 최열희가 잘못했다는 게 아니라, 내 말은 그러니까. 아니, 아무튼 미안해. 내가 소리치려고 그런 건 아닌데. 정말 미안해. 그니까 울지 마."

넋 놓고 울던 열희의 시선이 선우를 향해 모여들었다. 진정이 되나 싶었는데, 선우를 보자 다시 울음이 올라오는 열희였다. 대체 왜? 선우의 흔들리는 눈이 어쩔 줄 몰라 하며 열희를 살폈다. 아무리 제가 화를 냈어도 이건 열희답지 않았다. 어떻게 달래야 할지, 사과조차 먹히지 않아 난감했다.

이 와중에도 자신을 자조했다. 한선우, 한심하다. 아무리 차였다고 해도 여자를 울리냐. 제가 부린 성질에 차인 데 대한 분풀이가 없다고는 못 하겠다. 정말 가지가지 한다. 차여도 싸다, 한선우.

"우이씨, 나쁜 놈인 줄 알았잖아요!"

"……응?"

"무서웠단 말이에요!"

"……!"

뜻밖의 말에 아무 대꾸도 할 수 없었다. 커다란 당목으로 머리를 맞은 듯 둥, 하는 울림이 몸 전체로 퍼졌다. 그제야 상황을 인지했다. 열희는 도둑이 든 줄 착각했던 거다. 우는 게 당연했다. 남자가 맞닥뜨려도 두려웠을 상황인데, 도둑을 잡으려고 밀대 봉 하나 들고 달려왔을 열희의 두려움이 그제야 전해졌다.

"도둑이 들면 경찰에 신고를 해야지 겁도 없이 여길 왜 달려와?"

괜히 말이 엇나갔다.

"경찰 오려면 시간 걸리잖아요."

"그렇다고 여길 달려와? 그러다가 다치면 어쩌려고? 세상이 얼마나 험하고 무서운데. 진짜 도둑이면 어쩔 뻔했어. 칼 든 강도라도 만나면 어쩔 건데? 여자 몸으로 나설 일이 있고 안 나설 일이 있지. 그렇게 뭐든 때려잡아야 직성이 풀리나? 그냥 신고하고 기다리면 되잖아."

걱정해서 하는 말이 자꾸 다그치는 게 되었다.

"한선우 씨 다칠까 봐 그랬죠!"

"......!"

"자다가, 다치면 어떡해요. 세상이 얼마나 험하고 무서운데. 칼든 강도일 수도 있는데."

선우가 한 말을 고스란히 되돌려 주며 훌쩍거리는 열희였다. 따지듯 꽁당꽁당 말대꾸를 하며 저를 노려보는 열희였다. 한 손으로는 쓱쓱 눈물을 닦으면서도 여전히 다른 손에는 밀대 봉을 꼬옥 쥐고 있는 열희였다.

맙소사. 헛, 하고 웃음이 나와 버렸다. 이 작고 깡마른 여자가 저를 지켜 주겠다고 이 밤중에 이 밀대 봉을 들고 달려왔구나 생각

하니 어딘가 뒤바뀐 듯했지만 기뻤다. 남자로서 자존심이 상하기는
커녕 입이 자꾸 광대를 밀어 올렸다. 바닥에 퍼져 앉아 씩씩거리며
저를 쏘아보고 있는 열희가 참으로 예뻤다. 몹시도…… 사랑스러웠
다.

선우의 두 팔이 열희의 등과 목뒤를 감아 제 품으로 잡아당겼다.
갑작스런 힘에 당겨진 열희의 얼굴이 단단한 선우의 가슴에 맞닿았
다. 놀라 커진 눈으로 그를 밀어 봤지만 그럴수록 뒤로 단단히 둘
러진 선우의 팔에 힘이 들어갈 뿐이었다.

"미안해. 놀라게 해서."

제 잘못이 아닌데도 사과를 하는 선우의 말에 열희는 바둥거리
는 걸 멈췄다.

"고마워. 와 줘서."

저한테 맞고도 고맙다는 선우의 심장 소리가 고스란히 열희의
귀에 들렸다. 쿵. 쾅. 쿵. 쾅. 그 소리는 참으로 강해서 그에게 꼼짝
없이 갇힌 저의 심장까지도 고스란히 전달이 되었다. 그래서 그의
심장을 따라 제 심장도 함께 뛰었다. 쿵. 쾅. 쿵. 쾅. 아니 어쩌면,
제 심장이 더 강하게 울려서 그의 심장을 뛰게 하고 있는지도 모를
일이었다.

따뜻했다, 그의 품은. 더는 밀어내고 싶지 않을 만큼.

단단했다, 저를 껴안은 그의 팔은. 손에 쥔 밀대 봉을 이제 놓아
도 될 만큼.

그럴 리가 없는데도 안심이 되었다. 칼 든 강도가 눈앞에 나타난
대도, 더는 두렵지 않을 만큼.

슬그머니 고개를 들어 선우를 보았다. 달빛보다 하얀 그의 얼굴

이 반짝거린…… 어? 열희는 제 눈을 의심했다. 하얗게 빛나는 그의 얼굴에 있지 말아야 할 것이 있었다.

"한선우 씨, 코피 나요!"

그 말에 선우가 제 코밑을 손으로 쓱 쓸었다. 붉은 피가 손가락에 추룩 묻어 나온다. 뜨악한 선우가 피 묻은 손가락을 쳐들었다. 아까 맞을 때 아프긴 했지만 코피가 날 줄은 몰랐다. 살면서 코피를 흘려 본 적이 언제인지 기억도 나지 않았다. 선우가 질색하며 열희를 마주 보았다.

"으어억. 나 코피. 코피 나. 이거 어떡해."

호들갑 떠는 선우의 코를 열희가 급한 대로 제 옷소매로 닦으며 진정시켰다. 다행히 많이 흐르진 않고 그 정도로 멈춘 듯했다. 그런데도 선우의 엄살은 계속되었다.

"아아아. 그렇게 꽉 문지르면 코 아프단 말야. 살살해."

"가만히 있어요. 고개 젖히지 말고요."

열희가 선우의 턱을 잡고 이리저리 돌리며 코를 살폈다. 그러느라 두 사람의 거리가 코앞까지 가까워졌다.

"어디 봐요. 더는 안 나요. 멈췄어요. 괜찮아요, 이젠. 그러니……!"

열희가 위험을 감지한 건 저를 바라보는 선우의 눈빛이 꽤 가깝다고 깨달은 직후였다. 제 손길을 따라 요리조리 얼굴이 돌려지면서도 선우의 눈은 올곧게도 열희를 바라보고 있었다.

"……!"

놀란 열희가 화들짝 물러나 앉았다. 뒤늦게 선우의 턱을 잡고 있던 손도 거둬들였다. 얼굴이 화끈거렸다. 지척에서 그의 눈과 마주친 게 처음이 아니건만 뜨겁게 달아오른 얼굴은 터질 것처럼 욱신 거렸다. 아니, 어쩌면 처음이 아니라 더 그런지도 모를 일이었다.

당황한 건 선우도 마찬가지였다. 전에도 열희와 이런 식으로 눈을 마주친 적은 있지만 제 마음을 깨닫고 나서는 처음이었다. 그건 폭탄을 맞은 것만큼이나 커다란 떨림이었다.

고개만 숙여도 닿을 듯한 거리에서 저를 살펴 오던 열희의 눈은, 코는, 입술은 각막에 찍힌 듯이 각인되어 그대로 선우의 몸에 흡수되었다. 몸 구석구석이 그에 반응하며 제 주인을 선동하기 시작했다.

지금이야. 지금이야. 지금이야. 지금이……. 선우의 손이 열희의 턱을 제게로 돌렸다. 커다래진 열희의 눈과 마주친 것도 잠시, 그대로 열희의 입술에 제 입술을 포개 버렸다. 놀라서 벌어졌을 그 달큰한 입술 사이로 가볍게 혀를 넣어 입술과 함께 부드럽게 물어 올렸다.

열희가 움찔 몸을 물리자 선우의 남은 한 손이 열희의 뺨과 뒷목을 바짝 잡아당겼다. 그만큼 더 강해진 힘으로 열희의 입술을 다시 빨아들였다.

꼼짝없이 붙잡힌 열희는 숨도 못 쉬고 선우를 받아 내었다. 온몸의 기능이 멈춘 것처럼 머릿속은 하얘졌고 눈꺼풀조차 제대로 떠지지 않았다. 오직 제 입술을 탐하는 그의 부드러운 촉감과 그처럼 깔끔한 그의 향기와 미친 것처럼 팔딱거리는 저의 심장만이 열희가 아직 살아 있음을 알려 주고 있었다.

하악. 선우가 열희를 놔주자 밀렸던 숨이 한꺼번에 쉬어졌다. 가슴이 통째로 들썩이며 들고 나는 숨소리가 커졌다.

그때였다. 비밀번호를 누르는 소리가 들렸다. 승욱과 윤 대표가 돌아온 것이다. 그 바람에 선우와 열희가 화들짝 떨어지며 일어섰다.

"아우, 속 탄다. 난 우선 물 좀 마시, 어? 너 여기서 뭐 하나?"

승욱이 선우를 보곤 눈을 똥그랗게 떴다. 뒤이어 들어오던 윤 대표가 승욱의 등에 퍽 부딪혔다.

"아, 뭐야. 깜짝 놀랐잖아. 불도 안 켜고 뭐 하는 거야?"

윤 대표의 눈도 둥그레졌다.

그게……. 선우가 주춤주춤 열희를 돌아보……다가 눈이 휘둥그레졌다. 어느새 열희는 이미 사라지고 없었다. 그새 계단을 올라가 버린 모양이다.

헛, 하는 바람 같은 소리가 입에서 나왔다. 뭐가 그리 곤란하다고 순식간에 도망을 친단 말인가. 계단 넘어 유리복도를 전력으로 달려가고 있을 열희를 상상하니 선우의 입에 절로 웃음이 걸렸다.

✵

얼굴에 따가운 햇살을 느끼며 열희는 눈을 떴다. 새벽까지 잠이 오질 않더니 어느 순간 든 잠은 꿀처럼 달게 몸에 퍼졌다. 팔을 쭉 뻗어 늘어지게 기지개를 켜고 나니 선우 생각이 났다. 입가에 스멀스멀 웃음이 물린다.

어제 그와 저는 너무 파란만장했지만 그중 단연 압권은 그와의 입맞춤이었다. 자고 일어나니 밤새 뭉근했던 수줍음과 두근거림이 생생하게 한 번에 몰려드는 것 같았다.

그 감각이 되살아나서 손을 들어 제 입술에 가져다 대었다. 그의 입술이 닿았던 세포 하나하나가 살아 움직이는 것처럼 간질거렸다. 아, 또 하고 싶다! 제 생각에 저도 놀란 순간 심장이 미친 듯이 가슴을 쳐 댔다. 미쳤다, 미쳤어. 정말로 미쳤어. 최열희 진짜로 음란마귀가 되었구나.

방 안을 서성거렸다. 쉴 새 없이 왔다 갔다 하며 손톱까지 물어뜯었다. 없던 버릇이 하나둘 새로 생겼다. 머리를 쥐어뜯고 가슴을 두드리고 손바닥을 비벼 대고 팔을 위로 쭉 뻗어 장풍 쏘는 노인처럼 눈에 힘도 주었다.

진정하자, 최열희. 하고 싶다고 해서 아무 때나 할 수 있는 게 아니잖아. 무엇보다 그 사람은 어제 코피까지…….

퍼뜩 정신이 들었다. 제가 어제 그렇게 두드려 팼는데 괜찮으려나 하는 걱정이 들었다. 혹시나 어제 일로 안 사귄다고 하면 어떡하지? 뜬금없는 걱정까지 고개를 쳐들었다.

옆집으로 가서 벨을 눌러 선우의 상태가 어떤가 물어볼까 하다가 침대에 걸터앉아 고민을 했다. 씻지도 않은 몰골로 그와 마주하는 건 부끄러웠다. 물론 다른 이유로도 부끄럽기도 했고.

그냥 슬쩍 들여다보고만 오자고 마음을 굳히곤 유리복도를 걸었다. 끙끙 앓는 건 아닌지 제 눈으로 확인해야 마음이 편할 것 같았다.

걸어가고 있자니 높이 솟은 해가 만들어 낸 뽀얀 빛줄기가 나무 사이사이를 타고 열희의 곁으로 지나갔다. 전에도 유리방에서 이렇게 늦잠을 잔 적이 있었다. 그때도 이 광경을 보고 감탄을 했던 게 떠올랐다. 참으로 아름다운 곳. 이곳을 만든 선우에게 감탄할 즈음

복도 끝에 다다랐다.

들어가도 될까 망설여졌다. 아무리 그래도 남의 집인데. 소용없는 노크를 똑똑 해 보았다. 이럴 거면 문에 있는 벨을 누르지, 하는 자책이 들었다.

취지가 어쨌든 남의 집에 이런 식으로 들어가는 건 아니다 싶어 마음을 접고 돌아서는데, 닫혀 있어야 할 문이 조금 열려 있는 걸 보았다. 호기심에 문틈에 눈을 대어 안을 살피는데, 긴 의자에 누워 곤히 잠들어 있는 선우가 보였다!

놀라 몸을 세웠다. 조용했던 사위가 열희의 심장 소리로 채워지기 시작했다. 왜 여기서 자고 있는 거지? 구조가 같으니 선우가 있는 곳은 서재였다. 빤히 그 모습을 바라보는 목구멍으로 마른 침이 넘어갔다.

이불도 없었고 베개도 없었다. 주위를 둘러보니 발끝에 떨어져 있는 이불이 보였다. 저걸 덮어 줘야지 하는 생각에 호흡을 가다듬고 슬그머니 문을 열었다.

이것도 죄라면 죄인지라 긴장이 되어 내딛는 발걸음이 덜덜거렸다. 가만히 이불을 펴 그의 몸에 덮어 주는 손도 덜덜 떨렸다. 급한 마음에 대충 덮어 놓고 보니 발끝이 나왔다. 발끝으로 이불을 쑥 내리고 나니 또 상체가 훤히 드러났다.

이불이 짧은 건지 그가 긴 건지, 균형을 잡느라 소리 없이 끙끙대는 사이 열희의 몸은 그에게로 한껏 기울었다. 가슴께까지 이불을 올려 주고 나자 그의 얼굴이 코앞에 있었다.

물러날 생각도 않고 잠든 그를 바라보았다. 새근새근 아기처럼 고른 숨을 내쉬는 걸 보니 절로 미소가 물렸다. 감긴 속눈썹이 둥

그렇고 예뻤다. 가지런하고 짙은 눈썹을 손으로 쓸어 보고 싶어졌다.

어떻게 된 건지 갑자기 대담해졌다. 손가락 하나를 들어 그 눈썹 위로 가져갔다. 직접 만지지는 못하고 아주 살짝 간격을 둔 채 유려한 선을 따라 훑었다.

그림을 그리는 것처럼 눈썹 두 쪽을 다 훑고 난 후 눈썹 사이 가운데로 손가락을 가져갔다. 저와 달리 크고 높은 콧등 위를 쓰윽 타고 내려갔다. 인중을 지나 선이 뚜렷한 그 입술을 그리듯이 따라 한 바퀴를 돌았다. 그러고는 그의 얼굴선을 따라 매만지듯 휘이 둥글리는 열희였다. 이게 내 남자친구 얼굴이다. 입가에 만족한 웃음이 물렸다.

그의 이마에 흐트러진 머리칼이 얹혀 있었다. 보고 있자니 쓸어 넘기고 싶어졌다. 살짝, 아주 살짝만 그 감촉을 느끼고 싶어 톡 건드렸다. 손끝에 닿은 머리칼이 간질거리면서도 부드러웠다. 그것만큼이나 제 가슴도 간질거리며 오로로 떨렸다.

지금까지처럼 손대지 않고 넘기는 척만 하려고 했다. 그러나 손가락은 제 의지와는 달리 그의 이마 위 머리칼을 옆으로 쓰윽 밀어 넘기고 말았다.

쿵. 하는 울림과 함께 심장이 팔딱거렸다. 그의 미간이 움찔거렸다. 그의 눈꺼풀이 아주 천천히 스르르 올라갔다. 까만 눈동자가 꽃이 피어나듯 제 앞에 드러났다.

그대로 몸을 돌려 내달렸다. 달리기라면 남부럽지 않은 열희였지만 그 어떤 체육대회에서도 이렇게 빨리 뛰어 본 적은 없는 듯했다. 36계 줄행랑을 몸소 실천한 열희의 몸은 순식간에 복도 저편으로 사라졌다.

　도망치는 열희의 뒷모습을 **빤히** 보고 있던 선우가 몸을 일으킨 건 유리방 저편, 열희의 달려가는 소리마저 완전히 사라진 후였다. **뻐근했다.** 온몸이 멍석말이 당한 것처럼 묵직한 고통으로 가라앉았다. 침대가 아닌 의자 위에서 자고 나니 더 제 몸이 아닌 듯 욱신거렸다. 아무리 안락한 긴 의자라지만 의자는 의자였다.

　천근만근 무거운 몸을 온전히 일으켜 스트레칭을 하면서도 눈은 여전히 열희가 사라진 복도에 두고 있었다. 보아하니 이불을 덮어 주러 온 것 같은데 저렇게 부리나케 도망칠 이유가 뭔가 궁금한 선우였다.

　어제, 입맞춤 때문인가. 난감한 한숨이 나왔다. 저를 싫다고 한 열희에게 그런 짓을 저질러 버렸으니, 도망치는 게 당연했다. 이제 열희 얼굴을 어떻게 보나. 무거워진 마음으로 서재를 나섰다.

　어제 무서웠다며 울던 열희가 마음에 걸려 이곳에서 잠을 청했다. 그런 열희를 혼자 두고 싶지 않았지만 그렇다고 제가 함께 있을 수도 없어서 택한 궁여지책이었다. 서재는 유리방으로 통하는 곳이었으니까. 유리방은 열희의 집으로 연결되어 있었으니까.

　그게 뭐라고 그것만으로도 가까이 있는 느낌이 들었다. 순전히 자기만족이었지만, 열희가 알면 허리에 손을 얹고 비웃겠지만, 어쨌건 이번에는 제가 열희를 지키고 싶었으니까.

10. 밀당의 고수

"너 그거는 완전 잘못하는 거다, 친구야."

내일이 열희 오빠의 결혼식이었기에 오늘 열희는 일찍 근무를 끝내고 반찬를 받아 집에 와 밀린 빨래며 언니에게 부여받은 제 몫의 일들을 해 놓았다. 도와주겠다고 달려온 미령 덕분에 손님용 선물 포장이 생각보다 일찍 끝나 두 사람은 과자를 입에 털어 넣으며 휴식 시간을 가졌다.

그러다 보니 자연스레 얘기는 채훈과 선우에 관한 것으로 옮겨 갔다. 얘기 끝에 채훈에게 아직 답을 하지 않았다는 말이 나오자 미령의 표정이 심각해졌다.

"채훈 선배한테 분명히 입장을 전달해야지."

"알아. 이제 할 거야."

"그럼 선배 학회에서 돌아왔을 때 말했어야지. 선밴 아직도 대답을 기다릴 거 아냐."

열희는 울상이 되었다. 자신의 애정 전선이 이렇게 복잡하게 되리란 건 꿈에도 생각지 못했다. 열희의 노선은 일방통행처럼 확실하고 깔끔했다. 채훈에 대한 짝사랑, 그거 하나면 됐다.

그런데 지금은 신호가 고장 난 교차로 한가운데 서 있는 것처럼 엉망이 되어 버렸다. 채훈에겐 거절을 해야 하고, 고백한 선우에게선 그날 이후 아무 반응도 없었다. 사귄 지 하루 만에 저는 차인 걸까? 그를 두드려 팼다는 죄목으로? 그 생각을 하느라 채훈에게 대답해 주는 걸 까맣게 잊고 있었다.

저는 이제 보니 참 나쁜 사람인 듯하다. 짝사랑으로 그렇게 맘고생을 해 놓고 입장이 바뀌니 나 몰라라 하는 그런. 올챙이 시절 기억 못 하는 못된 개구리 같으니라고. 그래서 선우는 저를 찬 걸까? 제게 화난 걸까? 제가 못돼 먹어서? 무슨 생각을 해도 결국 선우에게로 돌아온다.

"설마 개봉 씨가 그런 걸로 널 찼겠어. 바빠서 그런 거겠지. 지난주에 그랬어. 다음 주부턴 정신없을 거라고."

자신도 모르는 선우의 일정을 알고 있는 미령이 신기했다.

"그래도 전화는 해 줄 수 있잖아. 미안하다는 문자 하나 주곤 아무것도 없어. 아무래도 화난 거 같아."

선우에게는 다음 날 아침, 문자 한 통 받은 게 다였다. '미안. 코피로 퉁쳐.' 그게 다였다. 미안하다니 뭘? 퉁치다니 뭘? 그 생각으로 처음 며칠을 보냈다. 먼저 전화를 걸 수도, 문자로 물어볼 수도 있었지만, 왜인지 겁이 나서 그러질 못한 채 시간이 흘렀다.

"코피, 많이 났어?"

물끄러미 보던 미령이 조심스레 물었다. 많이 났던가. 열희가 집중해서 그날을 떠올렸다. 그러니까 코피 양이……. 얼굴이 붉어졌다. 입맞춤이 또 생각나 버렸다.

"코피 많이 났으면 삐질 수 있어. 개봉 씨가 은근 뒤끝이 있더라고."

"너는 어떻게 그런 걸 다 알아?"

"암튼, 그런 걸로 헤어지는 연인들은 못 봤으니까 걱정 말고 기다려 봐. 교통정리나 확실히 좀 하고."

아. 열희가 얼른 휴대폰을 꺼내 들었다. 어렵지만 채훈에게 문자를 넣어야 했다. 저에게 이런 날이 올 거라고 예상이나 했던가. 채훈을 거절하는 문자라니. 그래서일까, 사람이 안 하던 짓을 하면 실수를 하게 된다. 예를 들면 이런.

[선배. 내일 오빠 결혼식 끝나고 볼 수 있을까요? 나 중요한 할 얘기가 있어요.]

하지 말았어야 할 결혼식 얘기를 그대로 해 버린 것 같은.

※

결혼식은 열희네 오빠가 다니는 회사 소유의 회관에서 치러지고 있었다. 북적거리는 하객들로 결혼식장은 정신 차리기가 어려웠다. 열희네 가족과 친척과 그 지인들만 해도 엄청난 수였다.

팔희, 구희, 열희 이렇게 단 세 사람을 제외하고는 모두 짝을 만나 결혼을 한 상태라 배우자의 수만 해도 어마어마했다. 알고 보면 친한 사람만 불러서 하는 결혼식이라는 걸 그 누구도 믿지 못할 광경이었다.

이 어마어마한 집안으로 시집오는 열희의 하나뿐인 새언니는 열희 언니들의 비호 아래 꽃단장을 마친 후였다. 상대적으로 가족이 단출한 새신부의 집이었기에 일부러라도 더 나서서 외롭지 않게 소란을 떨었다.

신부는 최씨 집안의 하나뿐인 며느리인지라, 모두들 불면 날아갈까 싶어 애지중지였다. 그도 그럴 게 평소 '덩이'라는 애칭으로 불리는 열희의 한 살 위 오빠의 애칭 풀네임은 '금덩이'였기에. 금덩이가 신부를 맞았으니 그 신부도 금덩이인지라 최봉석 씨 포함 가족들의 새신부 사랑은 유별나기 짝이 없었다.

질투가 날 만도 했지만 열희를 포함한 그녀의 언니들은 그저 식구가 느는 게 즐거울 뿐이었다. 며느리가 아니라 사위가 늘어도 새 가족이 생기는 걸 축제처럼 기뻐하는 게 집안 내력이었다.

그런 의미로 오늘의 관심은 아직 짝이 없는 팔, 구, 십이었다. 그중에서도 열희는 단연코 화제의 중심이었다. 열희네 형부들에게서는 찾아볼 수 없는 비주얼, 선우에 대한 얘기로.

열희의 또 다른 자매라 해도 의심의 여지가 없는 미령이 선우를 발견한 건 언니들 사이에 섞여 열희의 그간 행적을 풀어 놓던 즈음이었다. 선우는 형부들에게 둘러싸여 왁자지껄하게 인사를 주고받고 있었다.

뒤이어 열희의 언니들까지 우르르 선우에게 몰려들자 미령은 신부대기실로 몸을 틀었다. 선우를 놓고 전전긍긍하던 열희에게 이 희소식을 알릴 생각에 발걸음이 빨라졌다. 그러다 우뚝 그 자리에 얼어붙고 말았다. 채훈이 온 것이다.

목구멍으로 넘어가지 않는 침을 밀어 삼켰다. 누가 봐도 가족처럼 환영받고 있는 선우의 모습을 아무런 설명도 듣지 않은 상태에서 맞닥뜨린 채훈의 기분이 좋을 리가 없었다. 미령은 열희에게 가려던 방향을 틀어 일단 채훈에게 다가갔다.

"선배, 여긴 어떻게 알고 왔어요?"

찌릿. 날카로운 채훈의 눈을 마주하자 제 질문이 잘못됐음을 깨달았다. 비뚤게 들은 게 분명했다. 큰일이다. 어떻게든 해 봐야 했지만, 평소에도 그저 그랬던 머리가 이제 와 새삼 좋은 아이디어를 내놓을 리는 만무했다. 일단 열희에게 알리자 싶어 방향을 튼 미령은 돌아서자마자 제 결정을 후회했다. 채훈이 성큼성큼 걸어가 선우의 멱살을 잡아챈 것이다.

"선배!"

미령의 부름이 무색하게도, 채훈이 선우를 잡아끌고 나갔다. 열희네 가족들은 찬물을 끼얹은 것처럼 조용해졌다. 지켜보던 미령이 결국 그 뒤를 따라나섰다.

분노로 바르르 떨리는 주먹을 쥔 채훈이 선우를 노려보았다. 부딪히는 눈길에 불꽃이라도 일어야 했는데, 이상하리만치 선우는 차분했고 그에 채훈도 더는 타오르지 못했다. 애초에 이러려고 온 것은 아니었다.

오늘 결혼식이 끝난 후 보자는 열희의 문자는 채훈에게 많은 걸 생각하게 했다. 저는 모르는 열희 오빠의 결혼식, 지난번 응급실에서 열희의 가족들과 마주쳤을 때 저보다 선우에게 더 다정했던 눈길들, 그리고 그런 그를 바라보는 열희의 표정까지. 오늘 열희가 제게 할 말이 무엇인지는 굳이 듣지 않아도 예상이 되었다.

그런데도 이곳에 왔다. 혹시나, 만약에, 설마 하는 가정들이 저의 등을 떠밀어 열희 오빠의 결혼식 장소를 수소문하게 했다. 만에 하나라도 제게 아직 여지가 있다면 오늘 이 자리는 좋은 인상을 남길 수 있는 기회였으니까.

그런데 열희네 가족들에게 둘러싸인 선우를 보자 그만 이성을 놓아 버렸다. 저는 초대조차 받지 않은 곳에서 그는 환영을 받고 있었다. 다짜고짜 그를 끌고 밖으로 나오긴 했는데, 주먹을 치켜든 순간 마지막 남은 이성이 저를 붙잡았다. 둘러보니 따라 나온 열희의 형부들이 보였다. 걱정 가득한 눈으로 둘을 보고 있었다. 그게 몹시도 수치스러웠다.

자신은 선우를 끌고 나올 자격이 없었다. 이곳에서 이런 일을 벌일 명분도 없었다. 자신이 정말로 화내야 할 대상이 선우인지도 확실치 않았다.

솔직히 말하면 지금 누구에게, 무엇에게 성을 내고 있는지조차 확실치 않았다. 그저 가만있다가는 어떻게 될 것 같기에 그의 멱살을 잡아챈 것이다.

선우가 채훈의 손을 가만히 밀어내곤 옷을 추슬렀다. 잡혔던 목 주위가 아픈 듯 고개를 조금 돌렸다. 그러면서도 눈은 채훈에게 꽂혀 있었다. 채훈이 고개를 들어 시선을 맞추자 그러기를 기다렸던 것처럼 선우가 턱을 들어 고갯짓을 했다. 사람들 없는 곳으로 가자는 의미임을 채훈은 단번에 알아들었다.

선우가 앞서고 채훈이 뒤따랐다. 기묘한 정적이 둘 사이에 감돌았기에 남은 가족들은 지켜보기만 할 뿐 다른 엄두를 못 내고 있었다. 두 사람이 시야에서 사라지고 난 후에야 웅성거림이 커졌다. 두 사람 괜찮겠냐는 걱정이 섞인 말이 오고 갈 즈음 결혼식을 알리는 사회자의 안내가 들려왔다.

— 곧 식이 거행될 예정이오니 내빈 여러분들은 자리에 착석해 주시기 바랍니다.

걱정 섞인 시선을 거두고 하나둘씩 식장 안으로 들어가는 사람들을 거슬러 미령은 열희에게로 향했다. 내 이럴 줄 알았어, 라는 잔소리는 일단 꾸욱 눌러둔 채로.

"문 형 그렇게 안 봤는데 엄청 폭력적인 사람이네."

밖으로 나오자마자 선우가 삐죽거렸다. 사과하려고 했으나 그 말을 들으니 사과가 하기 싫어진 채훈이었다. 그래서 대신 삐딱한 질문을 해 버렸다.

"뭘 믿고 이렇게 태연하지?"

자신이 해 놓고도 우스워 시선을 내려 버렸다. 그러는 너는 뭘 믿고 이러냐, 문채훈. 제 자신에게 반문했다.

"문 형보다는 나은 걸 믿지 싶은데."

빤히 채훈을 보던 선우가 고개를 돌려 정면을 향하며 답을 내놓았다. 양손을 주머니에 넣고 먼 산에 시선을 던진 선우의 모습이 여유로워 채훈은 그것마저도 얄밉게 느껴졌다.

"난 날 믿거든."

"……뭐?"

"최열희를 좋아하는 내 마음을 믿는다고."

"……!"

머뭇거리는 채훈을 돌아본 선우의 눈이 도전적으로 변했다.

"그러는 문 형은 뭘 믿고 이러는데?"

대답이 나오지 않는 채훈이었다. 제가 믿는 게 무엇인가. 4년간 저를 짝사랑해 온 열희의 마음?

"거봐. 내가 믿고 있는 게 더 낫지? 내가 훨씬 더, 남자답잖아."

채훈을 향해 선우가 빙긋 웃었다. 그 웃음이 얄미웠지만 반박을 할 수 없었다. 열희를 좋아하는 자신의 마음을 믿는다는 남자 앞에서 채훈은 이미 패한 거나 마찬가지였다.

"게다가 난, 개봉 씨를 닮았거든."

그리 덧붙이는 선우의 얼굴에 자신감이 넘쳤다. 개봉 씨라니. 열희와 미령이 선우를 상대로 개봉 씨라 불렀던 게 기억이 났다. 대체 개봉 씨가 누구길래. 채훈은 일면식도 없는 상대에게 다시 또 패한 기분이 들어 참담해졌다.

"아아! 아! 이거 너무 아프다!"

갑자기 선우가 목을 움켜쥐고는 인상을 썼다. 그가 이런 식으로 엄살을 피우는 모습은 익숙했다. 아나나 다를까 열희와 미령이 달려오고 있었다. 그들이 가까워지니 선우의 앓는 소리가 더 커졌다.

"아아! 어떡해, 나 입이 안 벌어져. 목이 안 돌아가. 이도 막 흔들려."

입이 안 벌어지는데 고함은 어떻게 치고 있는 건지, 목이 안 돌아간다면서 왜 사이사이 웃고 있는 건지, 상관없는 이는 왜 흔들린다는 건지.

따지고 들 말이 많았지만 그러지 못하는 채훈이었다. 달려오자마자 선우의 얼굴을 감싸 쥐고 살피는 열희를 보고 확실히 알아 버렸다. 저는 이미 한참 전에 패했다는 것을.

선우는 채훈이 이러는 이유가 제가 열희에게 입맞춤을 한 것 때문이라고 생각했다. 안 그러면 가질 거 다 가진 승자가 갑자기 나타나 저를 죽일 듯이 노려보진 않을 테니까. 솔직함과 직설의 대가인 최열희가 순순히 다 불었을 게 뻔했다.

사과를 하는 게 맞았지만 그러진 않았다. 무슨 용기에선지 이런 덩치를 상대로 뻐딱하게 굴었다. 그러면서도 묘하게 기분이 좋아졌다. 저를 보는 채훈의 눈동자가 흔들렸기 때문이다.

그건 채훈 자신에 대한 흔들림이 아니었다. 채훈과 열희, 그 사이의 흔들림을 보여 준 것이었다. 그렇다면 저에게 아직 희망이 있는 거였다. 저의 입맞춤 하나로 둘 사이가 저리 진동한다면, 아직 열희 마음속에 있는 제가 방전되지 않았다는 얘기인 거니까.

미소가 지어졌다. 제대로 충전시켜야겠다고 마음먹었다. 열희 마음속의 한선우를.

※

채훈은 몇 번이나 허리 굽혀 사죄를 했다. 경사로운 날, 결혼식장에 와서 소란을 피운 건 경솔했기에 변명 한마디 없이 죄송하다는 말만 거듭 반복했다.

그런 채훈을 열희의 가족들은 나무라지 않고 밥 먹고 가라며 팔을 잡아끌었지만 채훈은 그럴 수 없었다. 정중히 거절을 하고 돌아나오는 길이 견딜 수 없게 부끄러웠다. 한심하다, 문채훈. 그 결론을 하나 품고 차 문을 열었다.

"선배."

그런 채훈을 불러 세운 건 열희였다. 엄살 가득한 선우를 데리고 돌아갔다고 여겼었는데 제 눈앞에 다시 나타난 게 의외였다.

"한선우 씨는?"

"아. 괜찮아요. 턱도 안 돌아갔고 이도 안 부러졌어요. 목도 잘 돌아가는 거 확인했어요. 걱정 안 하셔도 돼요."

그걸 걱정한 건 아니었기에, 천진하게 선우의 상태를 알려 오는 열희를 향해 채훈이 소리 없이 웃었다. 애초에 걱정할 만한 상태가 아닌 걸 열희는 모르는 듯했다. 이렇게나 순수한 사람한테 제가 보여 줬던 진심은 너무 얄팍한 거라 다시금 죄책감이 들었다.

"진짜예요. 아주 말짱해요. 일 때문에 돌아가 봐야 한다고 갔어요. 잠깐 짬 내서 들른 거랬어요. 그러니 얼른 선배한테 가 보라고……."

다 좋은데 끝말이 걸렸다. 저한테 가 보라며 인심 쓰는 선우도, 그런다고 쪼르르 제게 달려온 열희도 모두 저의 치졸함을 나무라는 것 같았다. 저는 참 못난 사람 같았다.

"미안해요, 선배."

열희의 사과를 받기에는 더욱.

"네가 뭐가 미안해. 내가 잘못……한 건데……."

그 말을 하는 사이 채훈은 열희의 사과가 무슨 뜻인지 깨달았다. 열희는 지금 지난번 채훈의 고백에 대한 대답을 하고 있는 거란 걸. 그러게 저는 정말로. 거절을. 당했다.

"최열희."

힘을 준 목소리로 열희를 불렀다.

"네?"

언제나처럼 또랑한 두 눈이 채훈을 올려다봤다. 그러게 저는 그
동안 이 눈을 너무 당연하게 여겼었나 보다.

혹 하고 짧고 굵은 숨을 내쉬었다. 자세를 가다듬어 바로 섰다.

"미안하다. 그리고 고마웠다."

채훈의 몸이 90도로 굽었다. 그러고도 한동안 일으키지 않은 채
그대로 머물러 있었다.

"선배……."

숨을 배 속까지 들이마신 채훈이 몸을 일으킨 건 한참 후였다.
다시 올라온 채훈의 얼굴은 개운했다.

"한선우 씨한테는 사과 안 한다고 전해 줘. 사과받기엔 정말 많
은 걸 가져갔으니까."

나직이 웃어 보인 채훈이 차에 올라타 시동을 걸었다. 좁은 주차
공간에서 차를 꺼내고는 차창을 내렸다.

"아 그리고, 나 이제 곧 생일 지난다고 전해 줄래?"

"네?"

"다음에 만나면 앞으로 육 개월 동안은 형이라고. 그러니 말조심
하라고."

벙찐 열희를 남기고 채훈의 차가 떠났다. 정말로 그 말을 전해
줘야 하나 고민도 잠시, 열희의 입가에도 빙긋이 미소가 걸렸다.
자신이 짝사랑했던 사람이 좋은 사람인 것을 확인하는 건 참으로
괜찮은 기분이었다.

⁜

결혼식이 끝나고 부리나케 사무소로 달려온 선우는 뜻밖에도 승욱에게 잔소리를 듣고 있었다. 갑자기 왜 일을 할 생각이 들었는지 뒤늦게 출근을 한 승욱은 한 무더기 서류와 경비 처리할 영수증을 모아 들고 선우가 들어서자마자 폭풍 지청구를 쏟아 내기 시작했다.

"평창동 리모델링은 안 하기로 했잖아. 네가 하기 싫다며. 그런데 왜 갑자기 하자고 드는 건데. 우리 이번 요양원만으로도 정신없어. 바쁘다고."

"주인 할머니가 안 되셨잖아."

눈길 한번 안 주고 제 할 일을 하는 선우였다.

"할머니? 그 집 주인이 할머니셔? 좋아, 뭐 그렇다 쳐. 제주 실버타운은 실측 끝난 게 언젠데 아직까지 진행이 이래?"

"자."

군말 없이 서류를 내미는 선우다.

"이건 또 언제 다했어. 참, 춘천 기숙사는? 그거 내일까지 마무리 짓자."

"오늘 끝낼 거야. 내일 바빠."

뻔뻔하기까지 했다.

"내일 왜 바빠? 암것도 없잖아."

"봉사하러 가야 돼."

"뭐어?"

"할 말 다 했음 나가."

이쯤 되니 약이 오른 승욱이었다.

"그리고 이건 또 뭐야? 헬기? 야, 너 헬기 한 대 부르는데 얼만 줄이나 알아? 갑자기 예정에도 없이 헬기를 왜 불러 탄 건데? 우리가 무슨 부르주아야? 삼성이야? 엘지야? 구글이야? 네가 무슨 미스터 그레이의 쉰 가지 그림자야?"

"내 몫에서 까."

"당연히 너한테서 까지 임마. 이걸 회사 경비로 처리할 줄 알았냐? 그리고 또 이건 뭐야? 기부? 소망 양로원, 햇빛 영아원, 돌봄 유기견 마을? 아니 대체 여기는 어딘데 갑자기 네 맘대로 기부야?"

"그것도 까."

"당연하지! 기부를 해도 같이 해. 의논해서. 그리고 또 이건 뭐야? 여긴 또 언제 갔었……."

영수증을 넘겨 가며 성을 내던 승욱이 말을 멈춘 건 귀까지 올라간 선우의 입을 본 뒤였다. 언제부터 저리 웃고 있었나 생각해 보니 내일 봉사하러 간다는 말을 했을 때부터였다.

"야, 너 미쳤냐? 이게 웃음이 나와? 이렇게 다 퍼 주다가는 너 손가락 빨아. 굶을 거야?"

"안 굶어."

상대가 이렇게 나오자 할 말이 없어진 승욱이었다. 제 앞에 있는 사람은 저의 대학 동기이자 저의 절친 한선우가 아니었다. 한선우의 탈을 쓴 이상한 놈이었다. 그게 꼭 나쁘지만은 않아 두고 보자 했는데, 오늘 보니 상태가 걱정스럽긴 했다.

사람이 아무 때나 저렇게 실실 웃는 건, 정신줄 놓기 초기 증상이 아니던가. 그래서 그녀를 목소리 높여 불러야 했다. 그녀라면

도울 수 있다 싶었다.

"박 실장님- 잘 아는 정신과 의사 있다고 하셨죠?"

"아, 예. 블링블링한 꽃미남 의사분 알고 있는데요. 저는 그분 쳐다보는 것만으로도 힐링이 돼서 일주일에 한 번은 꼬박꼬박 예약해서 가고 있어요. 왜요? 소장님도 상담받으시게요? 맞다. 여자친구분이랑 헤어지셔서 우울해지신 거예요? 그런 거라면 정말 잘 생각하셨어요. 안 그래도 요즘 소장님 피부가 까슬까슬한 게 좀비 같긴 했어요. 햇빛도 안 받으셔서 시커먼 게 아주 못 봐 주겠더라고요. 얼굴 살도 찌셨죠? 집에서 뒹굴거리기만 하니까 뒤룩 돼지가 되셨잖아요. 아주 못쓰겠다 싶었는데 잘 생각하셨어요. 가실 때 같이 가요. 소장님 핑계 삼아 의사 쌤 얼굴 한 번 더 보게요."

달랑 질문 하나 했을 뿐인데 끊임없이 이어지는 박 실장의 디스를 듣고 있자니 정말 저도 병원에 가야 할 것 같아 승욱이 이를 악물었다.

"그게 아니고요, 박 실장님. 상담은 저 말고 부소장이 받아야 할 거 같습니다."

"어머, 부소장님이요? 왜요? 우리 부소장님 요새 친절하고 잘 웃으시고 좋은데."

"그러니까 문제죠. 그게 정상이에요? 쟤가 친절하고 잘 웃는 애예요? 아니잖아요."

"소장님. 무슨 말씀을 그렇게 하세요? 우리 부소장님이 어디가 어때서요. 저렇게 훌륭한 인품을 가지신 분을 폄하하시면 안 되죠. 이상하신 건 소장님이시네요. 병원 가셔야겠네요, 소장님."

"아니, 박 실장님. 제가 어디가 어때서요? 아까부터 듣자니 정말 너무하시네요. 뒤룩 돼지라뇨. 못쓰겠다뇨. 좀비라뇨. 좀 심하신 거 아닙니까."

두 사람의 대화가 귀찮아져 선우가 자리에서 일어섰다. 승욱과 박 실장의 어깨를 토닥이며 문 앞까지 데리고 오더니 목소리를 낮췄다.

"그냥 이삭 씨한테 다녀와. 나한테 꼬장 부리지 말고. 비행기 푯값 나한테서 까고. 박 실장님, 얘 좀 들여보내 주세요. 얘 아주 이상해요. 그쵸?"

언제부턴가 철저하게 선우의 편이 된 박 실장이 결연하게 고개를 끄덕였다. 선우가 친구를 걱정하는 마음을 담아 승욱을 바라보며 문을 열었다. 눈을 꾸욱 감았다 뜨며 고개를 끄덕였다. 힘을 내라 친구야, 그리 응원을 담아서. 그러고는 승욱을 밖으로 밀어내곤 매몰차게 문을 닫아 버렸다. 쿵.

⁂

저녁이 되어서야 열희는 집으로 돌아왔다. 더 어울려 놀자는 언니들을 뿌리치고 돌아온 건 내일 봉사를 나가려면 오늘은 쉬어 줘야 했기 때문이었다.

제가 결혼을 한 것도 아닌데 팔다리가 뻐근했다. 아무래도 안 입던 정장을 빼입고 안 신던 구두를 신은 탓인 듯했다. 거울에 비친 제 모습을 멀거니 보았다. 오랜만에 화장을 머금은 제 얼굴이 낯설면서도 좋아서 씻어 버리기가 아까웠다.

형부랑 조카들이랑 함께 짝지어 돌아가는 언니들이 부럽다고 말했더니 너도 시집갈 때다, 라는 대답이 돌아왔다. 예전에 들었다면 참 성의 없게 들렸을 그 말이 오늘은 제 진심을 들킨 것처럼 콕콕 와 닿았다. 사실은 결혼보다는 누군가와 함께 이 집으로 돌아오고 싶었을 뿐이었다.

화장한 모습 보여 주고 싶은데……. 아직 불이 켜지지 않은 선우의 집을 보자 투정 같은 신음이 흘러나왔다. 낮에 보긴 했지만 선우가 채훈 선배한테 끌려 나갔다는 소식에 놀라 달려간 그 잠깐이 전부였다.

일 년에 한 번 변신할까 말까 한 이런 모습을 어떻게든 제대로 선보이고 싶었다. 꾸미는 것엔 관심이 없는 열희였지만, 곱게 화장하고 차려입은 모습을 보여 주고 싶은 여자들의 심리에 열희도 예외는 아니었다.

여덟 시. 아홉 시. 까무룩 소파에서 잠이 들었다 깨기를 여러 번. 푹 하고 주저앉는 고개를 쳐들어 시계를 봤을 땐 열한 시가 다 되어 가고 있었다.

목과 어깨가 아파 가볍게 움직거리고는 창문을 넘겨다봤다. 여전히 깜깜한 게 아무도 들어오지 않은 듯했다. 오늘따라 승욱과 윤대표도 없었다. 늘 집에 있던 사람들이 없자 저의 식구가 아닌데도 쓸쓸했다.

어떻게 연락도 없지? 문득 모든 게 서운해졌다. 그러다 보니 의문도 들었다. 선우는 아직도 제게 화가 나 있는 걸까. 굳이 코피를 언급하며 퉁치자는 문자는 무슨 의미였을까. 코피 났으니, 사귀는 걸 없던 걸로 하자?

손톱만 한 불안감이 불처럼 번지며 모든 게 불확실해졌다. 미령이는 아닐 거라고 했지만 열희는 불안하기만 했다. 아까 예식장에서도 채훈에게 가 보란 말 외에는 다른 어떤 말도 없던 그가 아닌가.

몸 전체가 심하게 답답하다 싶어 보니 지금껏 스타킹도 벗지 않고 있었다. 혼자서 혀를 차며 스타킹을 벗어 내리자 살 것처럼 숨이 쉬어졌다. 돌돌 말려 내려가는 스타킹을 아무렇게나 던져 놓고 묶여 있던 발가락을 크게 벌려 해방감을 만끽했다.

입고 있던 정장도 훌훌 벗었다. 고운 꽃무늬 치마를 보니 지금껏 돌아오지 않은 선우가 야속했다. 치마를 홀떡 바닥에 내치고는 그게 선우인 것처럼 노려보았다. 그러다 금세 다시 주워 탁탁 털어 옷걸이에 걸었다. 어떻게 사 입은 정장인데. 상의까지 함께 곱게 걸어 덮개를 씌워 놓고는 머리를 질끈 동여맸다.

씻으러 가기 전에 다시 한 번 선우가 오나 싶어 창밖 도로에 시선을 던졌다. 여전히 불빛 하나 보이지 않자 풀이 죽은 채로 샤워실로 향했다. 그러고도 혹시나 싶어 휴대폰을 가지고 들어갔다.

온몸에 더운 물이 닿자 피로가 훅 하고 몰려왔다 쓸려 내려갔다. 아까운 화장이 클렌징 오일에 쓸려 나가는 순간은 괜히 울컥하고 서럽기도 했다. 참 가지가지 한다. 속으로 그리 생각하며 머리꼭지 위로 샤워기를 가져갔다.

대충 샤워 가운만 걸치고 나와 머리를 말리고는 불을 끄고 침대에 누웠다. 탁상시계를 확인하니 12시가 막 넘어갔다. 12시. 신데렐라에겐 마법이 풀리는 시간이었고, 열희에겐 길었던 하루가 마무리되는 시간이었다.

지워 버린 화장처럼, 갈아입은 옷처럼, 평상시의 열희로 돌아왔다. 혹시나 선우도…… 그렇게 되는 건 아닐까. 아무 일 없던 듯이 그의 마음도 지워지는 건 아닐까. 이번에도 저는, 짝사랑인 걸까.

갑자기 한기가 들어 목까지 이불을 끌어올렸다. 구름이 물러가며 달빛이 환하게 들어왔다. 달빛에 온도가 있을 리 없건만 빛이 닿는 곳을 보고 있자니 포근하게 느껴졌다. 욕심이 들었다. 조금 더 포근한 곳에 있고 싶은. 몸을 일으켜 침대에서 내려섰다. 그 포근한 곳이 어디인지 열희는 이미 알고 있다.

서재를 지나 유리복도로 들어섰다. 유리를 밟는 발바닥이 뽀득뽀득 소리를 만들어 냈다. 예전에 그가 저에게 보여 줬던 바다만큼은 아니어도 유리정원은 따뜻한 곳이었다. 그곳에 가면 까닭 없이 드는 한기가 사라질 것 같았다.

그때였다. 쏟아지는 달빛이 열희의 눈에 박혔다. 포근한 그 색감에 한 걸음 두 걸음 복도를 내딛는 속도가 느려졌다. 걸어갈수록 말랑해지는 가슴에서 뜨거운 피가 퍼져 나갔다. 짧은 탄성 사이로 다른 욕심이 고개를 쳐들었다. 그가, 보고 싶었다.

누군가에겐 마법이 풀리는 시간이었지만 저에게는 마법이 시작되는 시간이기를. 호박마차 대신 유리방이 있으니. 금가루를 뿌리는 요정의 막대 대신, 잘게 빛을 쪼개어 쏘아 주고 있는 달빛이 있으니. 좀 유치해도 그랬으면 좋겠다. 마법처럼 그가 왔으면 좋겠다.

이 복도를 지나면 그가 있기를. 이 문을 열었을 때 그가 있기를. 그랬으면…… 좋겠다.

딸각. 유리방의 문을 열었다. 건너편의 유리문도 동시에 열렸다. 열린 문 사이로 그가 보였다. 반짝이는 두 눈이 그대로 마주쳤다. 그는 정말로 문 저편에 있었다.

"……!"

훅. 하고 숨이 들이마셔졌다. 순식간에 묘한 기류가 생겨 버렸
다. 어느 누구 하나 움직이지 않고 있었다.

열희의 눈빛이 선우에게 가 닿았다. 선우의 눈빛도 똑바로 열희
에게 와 꽂혔다. 분명히 중간에서 마주쳤는데도, 부딪힌 시선은 그
걸 뚫고 끝까지 서로에게 가 박혔다. 분명 그에게로 가고 있었는
데, 열희는 굳은 것처럼 그 한 걸음이 내디뎌지지가 않았다.

성큼. 선우가 발을 디뎌 안으로 들어섰다. 그러고도 성큼. 멈추
지 않는 걸음으로 방을 가로질렀다. 열희는 거침없이 다가오는 그
를 망연히 보고만 있었다.

어쩌면 바랐는지도 모른다. 제가 못 내딛는 그 걸음만큼을 그가
대신 다가와 주길. 저 혼자의 짝사랑이 아니란 걸 그가 알려 주길.
그리고 그 바람처럼, 선우가 제 앞에 성큼 와 섰다.

"뭐야 정말. 무슨 일 있는 줄 알았잖아!"

다짜고짜 저를 야단치는 선우를 멍하니 올려다보았다.

"방에 불은 금방 꺼졌는데 전화는 안 받고. 분명 사람이 비쳤는
데 순식간에 사라지고. 이번엔 정말로 도둑이라도 든 줄 알았잖
아."

열희는 휴대폰을 샤워실에 두고 왔음을 생각해 냈다. 그제야 평
소보다 거친 선우의 숨소리를 알아챘다. 놀라서 달려온 게 분명했
기에 미안해졌다. 그러면서도 눈가가 뜨끈해졌다.

그가 저를 걱정해 주고 있었다. 그렇다는 건 아직 그가 저를 차
버리지 않았다는 거다. 역시나, 미령이 말대로 그는 저와 헤어진
게 아닌 거다. 짝사랑이 아닌 거다.

"그렇게 걱정되면 일찍 오든가. 누가 이렇게 늦게 오래요."

투정이 나와 버렸다. 반가워 죽겠는데, 그 마음만큼 지난 마음고생이 서럽다. 이런 것이 밀당인가. 저의 피 속에도 밀당의 피가 흐르고 있었던가.

성큼 방 안으로 들어섰다. 그러고는 씩씩거리면서 유리방 안을 가로질렀다. 저에게 꽂힌 그의 시선도 뿌리친 채 계속 걸었다. 그가 보고 있을 뒤통수가 몹시도 뜨거웠지만 멈추지 않았다. 그리고 마침내 반대편 유리문에 가 닿았다.

"보기 싫어! 갈 거야. 가서 이불 뒤집어쓰고 잘 테야."

그를 돌아보고 심술궂게 말했다. 하지만 진짜로 나갈 마음은 없어서 손잡이만 잡은 채 그의 다음 말을 기다렸다. 가지 말라고 해 주길. 다른 연인들처럼 투정 부리는 저를 달래 주길.

"너, 내가 그렇게 싫어?"

에에에? 이건 또 무슨. 몸을 돌려 그를 바라봤다. 하지도 않은 말로 저를 다그치는 그에게 억울함을 그득 담은 눈길을 보냈다.

"내가 언제 싫댔어요?"

"그럼 그건가? 싫진 않은데 좋지도 않다?"

"어우, 진짜 정말. 왜 자꾸 사람을 매도해요?"

"그럼 좋다는 건가?"

분했다. 밀당은 자신이 하려고 했는데, 어느새 선우에게 제가 끌려가고 있었다. 그러게 애초에 너무 레벨이 높은 걸 시도하려고 했다. 최열희가 밀당이라니. 그냥 하던 대로 하자. 최열희 수준에 맞게.

"좋아요."

"응?"

선우의 눈이 휘둥그레졌다. 하하. 역시 내 갑작스런 당김 공격에 당황했군. 열희가 속으로 쾌재를 불렀다.

"좋아 죽겠어요. 됐어요?"

그의 입이 툭 벌어졌다. 너무 당겼나? 왜 저렇게 놀라지?

"그, 그 말…… 진짜야?"

그게 뭐 그리 놀랄 일이라고. 생각보다 큰 그의 반응에 당황스러웠다. 사귀는 사이에 좋아하는 게 당연한 건데 그는 충격이라도 받은 듯 멍해 보였다. 너무 밀당을 했나? 반성해 보는 열희다. 아무래도 저는 밀당의 고수인가 보다. 제 능력에 자신도 놀랐다.

"안마, 해 줘요?"

불쌍한 사람. 이제 안 밀게요.

"뭐?"

주구장창 당기기만 할게요.

"지난번에 마사지해 주기로 한 것도 아직 안 해 줬고."

그러니 이제 그만 진정해요. 알고 보면 나 친절한 사람이에요.

"나 아주 잘해요. 구석구석. 조물조물. 꽉꽉."

직접 손으로 조물조물 시늉까지 하며 열희가 배시시 웃어 보였다. 발그레해진 볼로 자신의 친절함을 어필해 봤다.

말없이 지켜만 보던 선우의 눈이 가늘어졌다. 고개를 틀어 비스듬히 쳐다보던 그가 나직이 물었다.

"뭐야. 그럼 지금 나, 유혹하는 거야?"

"네? 네에에?"

아저씨처럼 거친 음성이 튀어나왔다. 눈은 더 튀어나올 것처럼 커졌다는 걸 열희 본인은 모르고 있었다. 제가 한 건 당김이지 유혹이 아니었다. 제 말 어디에 유혹이 있단 것인가. 억울했지만 항변조차 나오지 않았다. 뭐라 말을 하기엔 저를 보는 선우의 눈빛이 마치, 정말, 그러니까 너무…… 섹시했다.

오오. 음란마귀가 다시 돌아왔다. 열희의 심장이 갓 잡은 잉어처럼 팔딱거렸다.

선우가 느릿하게 열희에게로 왔다. 한 걸음씩 천천히 내디디며 거리를 좁혀 왔다. 마치 사냥감을 앞에 둔 호랑이처럼 시선은 열희에게 곧게 꽂은 채였다. 그가 다가올수록 열희의 심장 소리는 더 커지기 시작했다. 손가락 끝 발가락 끝까지 심장이 퍼진 것처럼 온몸의 맥박이 둥둥 울렸다.

"내, 내가 무슨 유혹을 했다 그래요?"

쥐어짜듯 겨우 항변을 했다. 닿을 것처럼 다가선 선우가 고개를 숙여 열희를 바라봤다. 웃음기 하나 없는 얼굴에 짙어진 눈이 가감 없이 내려왔다. 이렇게 정색하고 저를 내려다보는 그를 보고 있자니 숨조차 쉬어지지 않았다.

"했잖아."

낮게 읊조린 그가 손 하나만 들어 열희의 볼을 가만히 쓸었다. 그 손길이 가벼운데도 솜털이 가시처럼 바짝 일어섰다. 선우의 손이 여유롭게 턱 선을 지나 목을 지나 열희의 샤워 가운에 닿았다. 그러고는 그 옷깃을 가만히 쓸었다.

손끝이 조금만 방향을 바꿔도 열희의 맨살과 닿기 직전이었다. 이제는 심장 소리보다 열희의 달뜬 숨소리가 더 커졌다. 그가 몸을 숙여 열희의 귀에 간질이듯 속삭인 건 그때였다.

"한밤중에, 이런 것만 걸치고, 남자 집으로 가서 안마를 해 주겠다는 게, 유혹 아니면 뭐지?"

꼴깍 침을 삼켰다. 한밤중인 것도 맞았다. 이런 것만 걸친 것도 맞았다. 안마를 해 주겠다고 한 것도 사실이었다. 그러나 남자 집이라니. 이건 엄연히 우리 집…….

그제야 열희는 퍼뜩 정신이 들었다. 자신이 심통이 나서 가로질러 와 붙잡은 문고리는 선우의 집으로 가는 문이었다. 아. 바보 같다. 몽땅 다 바보 같다. 얼굴이 새빨개졌음을 거울을 보지 않아도 선명하게 알 수 있었다.

"차, 착각했어요. 우리 집 문인 줄 알고."

서둘러 변명을 내놓았지만 달라지는 건 없었다. 문 하나 달라졌다고 선우가 열거했던 유혹의 항목들이 사라지는 건 아니었다.

"최열희."

"네, 네?"

"너, 진짜 나랑 해 볼 맘이 있는 거야?"

나직이 물어보는 말에 열희는 정신이 혼미해졌다. 귓가를 간질이는 그의 숨결 하나로도 이미 온몸으로 열감이 퍼져 나갔다.

"해, 해, 해 볼 맘이요?"

그게 무슨 뜻인지는 알 만한 나이였다. 남녀가 이 밤중에 할 게 그거 아니면 뭐겠는가. 당연히 할 마음이 있었다. 하지만, 짧은 입맞춤 한 번이 전부였는데 이건 진도가 빨라도 너무 빨랐다. 그래, 아직은 아냐. 조금 더 친밀해진 후에. 그러니까 다음 주? 다다음 주? 아니 다다다음 주?

"……네."

대답을 해 놓고도 놀랐다. 최열희, 정말 미쳤구나 너. 음란마귀 왕대왕님이 강림하셨구나!

"정말 하고 싶은 거야?"

"네."

대답이 꿀떡꿀떡 잘 나오는 자신이 신기했다.

"진짜? 진짜로 나랑 할 거야?"

"네. 해요."

까짓 거 못 할 게 뭐 있다고.

"진짜로 하는 거다 그럼? 최열희랑 나랑."

"네. 한다고요."

그만 좀 물어봐요.

"좋았어! 그럼 지금부터 시작인 거다!"

"그래요. 시작해요."

눈을 질끈 감아 버렸다. 곧 다가올 그의 입술을 기다리자니 심장이 벌떡거렸다. 목이 뻣뻣해졌다. 어깨에도 잔뜩 힘이 들어갔다. 오오, 최열희. 드디어 오늘 밤 거사를 치르는구나. 진정한 여자로 거듭나는구나! 샤워하고 오길 잘했어. 역시 선견지명이 있었어!

"……거야."

응? 방금 들은 게 뭐지? 열희가 한쪽 눈을 빼꼼 떴다. 제 입술을 향해 달려들어야 할 선우는 왜인지 저를 가만히 내려다보며 빙그레 웃고 있었다.

"방금 뭐라고 했어요?"

"최열희는 이제 내 거라고."

얼굴이 달아올랐다. 그거야 당연한 건데 뭐.

"진짜로 나랑 시작하는 거라고."

그래요, 맞아요. 시작하자고요.

"정식으로 나랑 하는 거라고."

아, 하자고요 해. 한다잖아요.

"연애."

그래요, 그거요. 연……애?

"우리, 제대로 연애하자. 최열희."

선우가 씨익 웃었다. 그걸 본 열희는 허어, 하고 투박하고 긴 숨을 뿜어내었다. 목이 움직여지고 어깨도 풀렸다. 냉동인간처럼 굳어 있던 팔다리도 움직여졌다. 급 풀어진 두 손이 제멋대로 움직거리며 얼굴과 몸 이곳저곳을 긁적거렸다.

그러니까 선우가 하자는 건 '그것'이 아닌 '연애'였던 거다. 저 혼자 설레발을 쳤던 거다. 민망함에 지레 인상이 써졌다.

"우이씨, 그걸 뭘 새삼. 사귄 지가 언젠데 뭘 이제 와 새삼 연애니 뭐니. 아, 진짜 이상한 사람이야, 한선우 씨는."

"내가 뭘? 진지하게 연애하자는데 뭐가 문제야?"

"그럼 그전에는 안 진지하게 사귄 건가? 나 갖고 논 거예요?"

열희가 따지고 들자 선우가 두 손을 들어 제지시키며 뒤로 물러섰다.

"무슨 말이야? 우리가 언제 사귀었다고?"

"어머어머, 진짜 나쁜 사람이네 정말. 그럼 나 막 찔러 본 거예요? 가볍게 데리고 논 건가?"

"아 진짜, 알아듣게 해."

"말을 하려면 주어 목적어 서술어 확실하게 하든가. 애매하게 해서 사람 가슴 벌렁거리게 만들고. 난 무슨 거사를 치르는 줄 알았잖아요. 완전 긴장했잖아요!"

거사라니. 긴장이라니. 아까 그럼 눈 감고 힘주고 있었던 게 그래서야? 선우는 아차 싶었다. 키스를 원하는 타이밍을 놓치다니. 저와 사귀겠다는 열희의 말에 너무 들떠서 그걸 눈치채지 못했다.

열희가 화난 듯 방을 가로질러 갔다. 보란 듯 유리문을 확 열어젖혔다.

"알고 보면 바람둥이야, 아주. 밀당의 고수야!"

"뭐어?"

억울한 죄목을 잔뜩 씌워 놓고 열희가 문을 나섰다.

"최열희!"

그래도 이것만은 확실히 해야 해서 선우가 다급히 불렀다.

"왜요!"

"대답은 해야 할 거 아냐."

"뭘요!"

"나랑, 연애해? 말아?"

열희의 눈이 선우와 마주쳤다. 물끄러미 바라보던 열희가 아까보다 더 목소리를 높였다.

"아, 진짜 몇 번을 물어. 한다니까요!"

성질내면서도 대답은 꼭 해 주고 보란 듯 발을 쿵쿵거리며 열희는 복도 끝까지 걸어갔다.

"우이씨, 잘 자요!"

그 와중에도 인사를 하는 제 자신이 이상했지만 그래도 선우를 한 번 더 돌아볼 핑계로는 충분하다고 느낀 열희였다.

문을 닫고 서재에 들어서자 씩씩거리던 숨결은 어느새 더운 숨이 되어 열희의 가슴통을 들썩이게 했다. 제 얼굴을 만져 보니 달구어진 프라이팬처럼 뜨거웠다.

본의 아니게 선우를 유혹할 뻔했던 저의 행태를 되짚어 보며 우르르 고개를 털었다. 손으로 몸을 툴툴 털었다. 너무 많이 달라붙은 음란마귀를 좀 덜어 내야 할 것 같았다.

열희가 나가자 선우의 입에서 하악, 하고 뜨거운 숨이 내뱉어졌다. 잔뜩 달아오른 저를 달래느라 진땀이 날 지경이었다. 자신을 좋아한다는 갑작스런 말에 가슴이 뚝 떨어질 만큼 놀랐었다. 채훈과의 사이를 파고들려고 비장한 결심을 하고 왔는데, 로또도 이런 로또가 없었다.

'안마, 해 줘요?' 그 말을 들었을 땐 정말 아래부터 위까지 몸이 뒤집히는 것처럼 피가 쏠렸다.

남자에게, 그것도 한밤중에, 그런 차림으로, 단둘이 있는 공간에서 그런 말을 함부로 꺼내는 게 얼마나 위험한지 열희는 모르는 듯했다. 아무래도 매일 밤 미령과 19금을 보던 열희는 그걸 그렇게 큰 소리로 틀고 볼 만큼 순수한 걸지도 모른다.

그 와중에도 꿀 같은 그 제안을 거절한 제가 참으로 기특한 선우였다. 정말로 안마를 받았으면 어찌 됐을지는 저도 장담할 수 없으니까.

열희의 의도가 문자 그대로 안마였다는 걸 알기에, 더 각오를 단단히 다진 선우였다. 자칫 방심했다가는 큰일 나지 싶었다. 다음에도 또 이런 일이 생기면 참아 낼 자신이 없었다.

연애하자는 제 말에 바짝 긴장하는 열희가 귀여웠다. 오늘 하루 채훈과 열희 사이에 무슨 일이 있었는지는 모르겠지만, 그사이 열희는 저에게 방향을 바꾸어 버렸다. 누가 이정표를 뜯어서 다시 못 질한 것처럼 너무도 명확하게 말이다.

아무래도 결혼식장에서 쿨하게 굴었던 자신의 매력이 어필된 듯했다. 멱살을 잡히고도 멋있는 척, 그러고도 채훈에게 가 보라던 그 성숙한 남성의 모습을 열희는 좋게 봐 준 듯했다.

날아갈 듯한 밤이다. 별 노력도 하지 않고 채훈에게서 열희를 뺏어 오다니. 저의 매력이 그렇게 뛰어났던가. 새삼 제 자신이 다시 보인다. 개운하게 푹 잘 수 있을 것 같다. 아니 설레서 잘 못 잘 수도.

딱 하나 마음에 걸리는 건 있었다. '사귄 지가 언젠데'라니. 저가 언제 열희와 사귀었던가. 혹시 열희는 저를 개봉 군으로 부르던 시절을 사귀는 거라고 착각한 걸까. 수긍이 갔다. 그녀가 제게 먹을 거 주고, 챙겨 주고, 웃어 주고, 쓰다듬어 주던 그 시절. 최열희 수준에서는 사귀는 거나 마찬가지리라.

이제 보니 최열희는 정말 순진무구했다. 당분간 진도를 빼긴 글렀구나. 기운이 조금 빠졌다. 하긴, 키스를 거사로 부르는 게 최열희 수준이니. 저는 당분간 무성욕자로 살아야 할 듯했다.

11. 삐— 처리가 되었습니다

아침에 일어나 씻고 나온 후 십 분은 열희가 외출 준비를 모두 마치기에 충분한 시간이었다.

간단히 로션을 바르고 선크림 기능이 있는 비비크림을 덧바른 후 강아지 목욕시킬 때 물이나 비누거품이 튀어도 크게 상관없을 면바지와 티셔츠를 입고 마무리로 커다란 체크무늬 셔츠 하나 덧입으면 그걸로 땡이었다. 머리를 말려 묶은 후 우유 한 잔을 꺼내 마시고 면양말을 신으며 밖으로 나서면 십 분도 남아돌았다.

그런데 오늘은 그 시간을 모두 멀뚱히 속옷을 바라보는 데 쓰고 있었다. 하필 서랍에 남은 게 모두 땡땡이 무늬 팬티들이었기 때문이다. 그게 마음에 들지 않았다.

오늘 선우와 함께 가는 유기견 목욕 봉사는 첫 데이트나 마찬가지였다. 만나서 밥 먹고 영화 보고 차 마시는 그런 일정은 아니어도, 사귀기로 하고 처음으로 단둘이 함께 움직이는 일이었다.

그런 날 하필 땡땡이 팬티라니. 의도한 바는 아니었지만 이 팬티는 채훈이 먼저 목격한 속옷이었다. 그런 걸 입고 첫 데이트에 나간다는 게 왠지 선우에게 미안한 마음이 들었다.

새것으로 온전하게 선우와의 연애를 시작하고 싶었다. 그래서 십 분이 넘게 아무 죄 없는 형형색색의 땡땡이들을 매직아이라도 되는 듯 노려보고 있는 열희였다. 노려보다 보면 다른 무늬가 보이기라도 할 것처럼. 피곤해도 어제 세탁기를 돌릴걸 하는 후회를 하면서.

푸욱, 하고 긴 한숨을 내쉬고 팬티 하나를 집어 들었다. 어쩌겠는가. 노팬티로 갈 순 없으니 입어야지. 입이 쭈욱 나오는 건 당연지사였다.

당장 내일 퇴근길에 괜찮은 속옷 세트를 사야겠다고 마음먹으며 짝이 안 맞는 스킨색 브래지어를 입었다. 언제 닥칠지 모를 거사지만 미리 준비해서 나쁠 건 없을 테니까.

머리를 말리고 빗질을 하는데 문득 멀건 제 입술이 보였다. 가방을 뒤져 색이 있을까 말까 한 립밤을 꺼내 들었다. 슥슥 문질러서 화장품 광고처럼 입술을 부딪쳐 뽁뽁 소리 나게 한 후 거울을 봤지만 별반 달라지는 게 없었다. 오늘따라 왜 이리 하나하나가 신경 쓰이는지. 시간은 어느덧 30분이 훌쩍 지나 있었다.

화장을 하기엔 늦었고, 그냥 나가자니 맘에 안 드는 얼굴이었다. 26년간 제 외모에 별다른 불만이 없었는데 오늘따라 구석구석이 맘에 안 들었다.

까무잡잡하게 그을린 피부도 그렇고, 있는 듯 없는 듯 한 짝짝이

쌍꺼풀도 그렇고, 마늘 같은 콧방울도 별로고, 립밤 따위로는 회생 불가한 탐스럽지 않은 입술도 못마땅했다.

옷이라도 예쁘게 입어 볼까 싶어 옷장 문을 다시 열었다. 입고 있는 것과 별반 다르지 않은 컬렉션들이 열희 앞에 드러났다. 그나마 멀쩡한 것들은 지금 다 세탁기 안에 들어가 있다. 지난번에 구입한 스커트를 하나 꺼내 들다가 자신이 지금 봉사하러 가는 길임이 생각나 마지못해 다시 집어넣어야 했다.

미적거리며 계단을 내려오다 보니 창문 밖으로 벌써 나와 있는 선우가 보였다. 차에 기대어 휴대폰으로 뭔가를 검색하고 있는 그였다. 아무것도 바르지 않아 바람에 살랑이는 머리카락에, 일하기 좋은 연회색 티셔츠와 헐렁한 면바지 하나를 걸치고 있을 뿐인데도 그는 빛나 보였다.

아, 저 멀쩡한 허우대. 빤히 그 모습을 바라보던 열희의 입가에 웃음이 살짝 물렸다. 나도 좀 더 꾸미고 나올걸 하는 생각이 들자 그 웃음도 금세 사라졌다.

다시 들어가서 치마라도 입고 나올까. 그 생각을 하며 주저하는 사이 고개를 든 선우와 눈이 마주쳤다. 그걸 본 순간 심장 소리만큼이나 쿵쿵거리는 발걸음으로 계단을 내달렸다. 누가 떠민 것도 아닌데 단박에 거실을 가로질러 현관문을 열었다.

선우는 얼굴 반이 웃는 입으로 그려진 만화처럼 환하게 웃고 있었다. 아이처럼 손까지 흔들고 있었다. 저를 향해 이렇게 반갑게 웃어 주는데 주저할 이유가 없었다. 그를 기다리게 하긴 싫었다. 얼른 달려가서 저도 반갑고 좋다고 표현해 주고 싶었다.

"한선우 씨."

수줍게 불렀다. 쪼르르 달려가 그의 앞에 섰다. 마주 서고 나니 그를 올려다보기는커녕 몸만 배배 꼬였다. 늘 보던 그였는데 오늘따라 이상하게 똑바로 봐지지가 않았다.

"어? 머리 덜 말랐네?"

그의 커다란 손이 열희의 머리카락 사이를 부드럽게 훑고 지나갔다. 바람 때문인지 그의 손길 때문인지 열희는 간질거리는 느낌에 어깨를 살짝 움츠렸다.

"급하게 나오느라."

묶지도 못한 머리가 신경 쓰여 양손으로 급히 머리를 빗었다. 혹시나 산발을 하고 있는 건 아닐까 걱정도 되었다. 옷을 신경 쓰느라 머리를 점검 못 하고 나온 것이 아차 싶었다.

머리를 뒤엎어 드라이로 말린 후 빗질을 했던가, 기억도 가물거렸다. 다급해진 마음에 고무줄을 찾아 주머니를 뒤졌다. 일단 묶자. 묶는 것만이 살길이다.

그때였다. 선우의 손이 열희의 귀에 와 닿았다. 그 옆의 머리를 가만히 쓸어 귀 뒤로 넘겼다.

"예뻐."

"……!"

어디선가 바람이 살랑이며 불어왔다. 바람에 흔들리는 머리칼 사이로 그가 살랑이며 웃었다.

아무래도 좋았다. 머리가 산발이건 옷이 후지건 얼굴이 까뭇하건 아무래도. 그가 예쁘다면 그걸로 됐다. 그래서 열희도 살랑이며 웃었다. 이 순간만큼은 자신이 정말로 예쁜 것 같았다.

오늘은 모든 게 새로웠다. 그와 차를 타고 같이 이동한 게 처음이 아닌데도, 오늘은 운전석에 앉아 있는 그가, 그의 옆에 앉아 있는 제가 참으로 신기하고 두근거렸다.

이동하는 내내 계속 선우를 훔쳐봤다. 차가 달릴 때도, 신호에 멈춰 섰을 때도, 우회전을 할 때도, 좌회전을 할 때도. 핸들을 돌리는 그의 손길이 좋았고, 신호를 살피려 슬쩍 시선을 드는 그의 행동이 좋았고, 보행신호에 서 있는 내내 저를 다정하게 쳐다봐 주는 그의 시선이 좋았다.

이 사람이 나를 좋아해 준다. 나와 사귄다. 나의 남자친구다. 든 든한 느낌이 가슴을 벅차게 했다. 단순히 혼자서 좋아하던 때와는 달랐다. 관계가 정해지고 난 후의 안도감 속에 몇 배나 큰 설레임이 있었다.

그와 함께할 것들에 대한 기대가 가슴을 부풀렸다. 무엇을 할지, 어떤 시간을 보낼지 하나도 정해진 게 없지만, 이렇게 나란히 앉아 보행신호에 맞춰 길을 건너는 사람들을 쳐다보는 것까지도 특별하게 느껴졌다.

대학교 2학년 때 어설펐던 첫 남자친구와 헤어지고는 쌍방향 연애란 걸 해 본 적 없이 스물여섯이 되었다. 어떻게 연애를 했더라, 생각이 안 날 정도로 열희에겐 구석기 유물같이 아련하기만 했다. 하지만 이젠 더는 짝사랑이 아니다. 화석 같던 연애세포들이 오로로 깨어났다. 붕 뜬 것처럼 좋았다. 이 남자가, 내 남자니까.

"히힉."

열희가 놀라 손으로 입을 가렸다. 저도 모르게 소리 내어 웃은 것이다. 아마도 저를 황당히 여길 선우를 곁눈질로 흘끔거리며 슬그러니 고개를 창문 쪽으로 돌렸다. 그런데도 웃음은 계속 비집고 나왔다.

"뭐가 그렇게 좋은 거지?"

그냥 모른 척 넘어가 주지. 하긴. 제 여자친구가 미친 것처럼 혼자 키득대며 웃고 있는데 어느 남자친구가 그냥 넘어가겠는가. 큭큭. 여자친구래. 남자친구래. 또 끌끌거리며 웃는 열희였다.

"날 보고 있기만 해도 그렇게 좋나?"

"응."

"큰일이네. 벌써부터 이러면."

"뭐가요?"

"내가 작정하고 멋있는 짓 하면 아주 까무러치겠네."

"히히. 까무러치지 뭐."

"너무 솔직하니까 당황스럽네."

"한선우 씨도 솔직하면 되잖아요."

흐음. 신호에 차를 세운 그가 열희를 돌아보았다. 핸들에 얹은 손가락을 톡톡거린다.

"그 호칭 좀 바꾸자. 학교 출석부도 아니고, 매번 한선우 씨라고 하는 거 싫네."

"그게 뭐 어때서요."

"싫어. 바꿔."

"왜요?"

"그거야, 사귀는 사이니까. 특별하고 싶으니까."

열희는 가슴이 간질거렸다. 언제 들어도 좋다. 사귄다는 그 말이. 히힉, 하는 웃음이 또 새어 나왔다.

"그럼 뭐라고 불러 줘요?"

선우는 머릿속으로 개봉 씨라는 호칭을 떠올리다 말았다. 그 호칭이 남다르긴 하지만 이제 저는 열희에게 개봉 씨보다 더 좋은 사람이 돼야 했으니까. 개봉 씨한텐 미안하지만, 그는 이제 과거의 사람인 걸로. 열희의 현재와 미래에 그 이름은 없는 걸로.

"편하게 이름 불러."

"어떻게 그래요. 한선우 씨는 나한테 오빠인데."

"오빠?"

선우가 그 말을 잡아 되뇌었다. 언니나 형은 아니니까 오빠가 맞긴 맞지 말이다.

"오빠라."

승천한 광대가 원래부터 그 자리가 제자리였던 듯 선우는 계속해서 오빠를 되뇌었다.

"오빠. 오빠란 말이지. 오빠."

키득거리며 오빠를 중얼거리는 선우를 물끄러미 바라보는 열희였다. 오빠란 말에 왜 저리 이상한 반응을 내놓는지. 남자들이 그 소리에 껌뻑 넘어간다는 말은 들었지만 이 정도일 줄은 몰랐다. 그게 뭐라고.

열희는 지금껏 가족이 아닌 누군가를 오빠라고 불러 본 적이 없었다. 저의 친오빠가 전부였다. 과 선배나 동아리 선배도 모두 '선배'였다. 오빠라는 말이 간지럽기도 했고, 집안에 남자가 별로 없어서 오빠라는 호칭으로 부를 사람이 없어 익숙하지 않기도 했다.

열희에게 오빠는 말 그대로 오빠였다. 저의 남자친구이거나 나이 많은 남자 선배들을 향한 게 아닌 글자 그대로.

"오빠."

"어. 응?"

그냥 한번 불러 본 말에 선우가 대뜸 대답을 했다. 열희는 저도 모르게 입으로 나온 말이라 불러 놓고도 당황했다. 마주친 눈길에 둘 다 얼굴이 달아올랐다. 오빠라는 단어에 이리 설렐 줄은 둘 다 몰랐다.

"오빠."

열희는 새로운 사실을 깨달았다. 제가 알던 오빠와 이 오빠는 다르다는 걸. 오빠라는 두 글자에 콧소리가 섞였다. 콩닥거리는 가슴이 얹혀졌다. 남자들이 왜 그리 좋아하는지 알 것도 같았다. 부르는 사람도 이렇게 설레는데 듣는 사람이야 오죽하겠는가.

"히히. 선우 오빠."

선우는 지금 증기기관차가 된 듯했다. 제가 이렇게 여자의 콧소리에 약한 사람이었던가. 열희의 오빠 소리에 귀에서도 하얀 연기가 뿜어 나올 것 같았다.

당장 차를 세우고 끌어안고 싶었다. 오빠라는 소리를 내놓은 저 입술을 콱 깨물고 싶었다. 바스러지도록 안고 싶었다. 큰일 났다. 으르렁거리는 본능이 자꾸 꿈틀거린다. 어찌하면 좋단 말인가. 저 순진한 최열희가 이걸 알면 얼마나 놀랄까. 한선우, 정신 차리자.

※

"야 안 돼-!"

사정없이 몸에 묻은 비눗물을 털어 대는 집채만 한 개 앞에서 선우는 비명 같은 고함을 질렀다. 후두둑거리는 비누거품이 사방으로 튀며 선우를 적셨다. 목욕을 하는 게 개인지 사람인지 분간이 안 될 만큼 물난리가 되어 버렸다.

열희 앞에서 남자다운 척하려다 일어난 불상사였다. 큰 개는 모두 다 제가 맡겠다고 장담한 이후 벌써 네 번째 개와 씨름 아닌 씨름을 호되게 하고 있는 선우였다.

상대를 홀딱 적셔 놓고도 모르쇠로 킁킁거리며 목욕샴푸를 집적거리고 있는 개를 보며 선우가 전의를 다졌다. 내 이놈을 그냥. 물을 틀어 샤워기를 개에게 향하자 놀란 개가 버둥거리며 뛰었다. 그걸 놓칠세라 뒤쫓으며 샤워기 공격을 하는 선우였다. 그렇게 빙글빙글 마당을 도는 게 누가 쫓고 누가 쫓기는지 알 수 없게 되어 버렸다.

"어머머. 어머머."

지켜보던 돌봄센터 소장이 박수를 치며 까르르 웃었다. 함께 나온 자원봉사자도 재밌는 듯 웃었다. 막 목욕을 끝낸 작은 개를 수건에 감싸 들고 나오던 열희가 선우와 큰 개를 보고 혀를 내둘렀다. 자원봉사자가 그 개를 건네받아 드라이기로 털을 말리며 열희를 옆에 끌어 앉혔다.

"하이라이트에 딱 맞춰 왔어, 열희 씨. 역시 대봉이야."

대봉이란 이름은 개봉이를 닮은 큰 개라는 뜻으로 열희가 붙여 준 거였다. 하지만 이름과는 달리 열희는 물론 그 누구도 따르지 않아 센터 내에서 고약하고 고고한 성질로 정평이 나 있던 개였다.

게다가 목욕이라면 질색을 해서 대봉이 목욕하는 날은 세 사람이 맘 잡고 달라붙어서 겨우 해낼까 말까였다. 그런 대봉이를 혼자 목욕시키겠다며 큰소리친 선우의 지금 모습이 허세의 비참한 최후 같아 열희의 얼굴이 절로 일그러졌다.

마당을 빙빙 돌며 도망치던 대봉이가 갑자기 방향을 틀어 선우에게 돌진했다. 비누거품이 잔뜩 묻은 채로 선우를 깔고 그대로 눕혔다. '으아악─' 바둥거리는 고함과 함께 선우가 샤워기로 개를 공격했다.

개는 그게 좋은지 신이 나서 선우를 핥아 대기 시작했다. 목욕을 하는 건지 놀이를 하는 건지 애매했지만, 분명한 건 큰 개는 신이 났고 선우는 화가 났다는 거였다.

"대봉이가 저러는 거 처음 봐. 열희 씨 남자친구가 무척 맘에 드나 봐."

그 말에 지켜보던 열희의 얼굴이 발그레해졌다. 남자친구라니. 적응 안 되는 말이었지만 기분이 좋았다.

"개를 다루는 요령은 부족해도 일러 준 숙지사항은 꼼꼼하게 다 지켜 가면서 잘하고 계시니까 너무 걱정 말아요, 열희 씨."

소장이 나직이 웃으며 안심시키자 아까보다 더 빨갛게 달아오르는 열희였다. 제 남자친구를 칭찬하는 말이 제가 듣는 칭찬보다 더 기분이 좋았다.

"도와줘요?"

보다 못한 열희가 물어보자 선우는 기세 좋게 고개를 저었다.

"아니. 나 혼자 다할 수 있어!"

심기일전한 선우가 대봉이를 꽉 끌어안았다. 대봉이가 좋다고 비눗물을 튕겨 가며 들썩거리자 아예 온몸으로 덮쳐 안았다. 그러고는 심통맞게 샤워기를 틀어 대봉이를 조준했다.

대봉이를 씻기는 건지 제가 씻는 건지 애매한 광경 속에 비누거품들이 흘러 내려갔다. 한참의 사투 끝에 몸을 헹군 대봉이가 세차게 털을 털었다. 마치 샤워기 같은 물이 또다시 선우를 가격해 왔다.

수건을 가지러 오는 선우의 걸음이 비척거렸다. 그걸 보고 있자니 걱정되면서도 자꾸 웃음이 나는 건 어쩔 수 없었다.

"같이 닦아요."

열희가 수건을 들고 일어섰다. 이번에는 거절을 안 하는 선우였다.

귀를 꼼꼼히 닦아 주는 선우의 얼굴을 대봉이의 너른 혀가 쓱쓱 핥았다.

"야, 임마. 너 진짜!"

선우가 질색하고 물러서며 씩씩거렸다.

"이 얼굴은 네가 함부로 핥을 수 있는 얼굴이 아니거든. 나 임자 있는 몸이거든. 허락받고 핥아, 너."

"그걸 누구한테 허락을 받아요?"

까르르거리며 열희가 물었다.

"누구긴, 최열희지. 내 몸엔 오직 최열희 혀만 닿을 수 있다고."

뚝. 정전이 된 것처럼 침묵이 감돌았다. 그런 의도는 아니었는데 야시시한 말을 내뱉은 꼴이 되었다. 선우도 열희도 뻘쭘해서 시선을 딴 데로 돌렸다. 정말로 혀가 닿기라도 한 듯 몸이 화끈거렸다.

"맞다. 개봉이 무덤 옆에 꽃 피었어요. 가 볼래요?"

분위기를 바꾸자고 소장이 한 말에 선우는 귀가 번쩍 뜨였다. 개봉이 무덤이라니. 그럼 개봉 씨가 죽었단 말인가! 그 첫사랑이! 선우의 가슴이 아릿해졌다. 그랬구나. 열희도 누군가를 잃었구나. 그토록 절절하고 아픈 이름을 제게 붙여 부르고 있었던 거구나!

쓰나미 같은 감동이 밀려왔다. 그녀가 어떤 심정으로 저를 보았을지, 어떤 마음으로 저의 머리를 쓰다듬었을지, 어떤 눈으로 저에게 밥을 해 먹였을지, 그 애틋한 심정이 선우의 가슴에 꾹꾹 눌러 박혔다. 개봉 씨. 걱정 말아요. 내가 잘할게요. 내가 당신 대신 열희 씨를 지켜 줄게요!

"대봉이가 발견했지 뭐예요. 개봉이랑 제가 꼭 닮은 걸 아는지 개봉이 무덤가에 자주 가."

"맞아. 덩치만 다르지 얼굴은 개봉이랑 똑같아."

대봉이가 개봉 씨랑 꼭 닮아? 선우는 앞에서 혀를 내밀고 헥헥거리고 있는 대봉이를 쏘아보았다. 이놈이 나의 라이벌이란 말인가. 선우의 눈에 힘이 들어갔다.

"다 같이 운동 삼아 가 볼래요?"

"그게 저……."

개봉이 얘기가 나왔을 때부터 안절부절못하던 열희가 선우를 돌아봤다. 선우에게 절대 개봉이가 개란 걸 알리지 말라는 미령의 당부가 떠올랐다. 선우 성격에 그걸 알면 가만있지 않을 거라는 협박도 곁들여서.

개봉이가 사람이 아닌 게 무슨 문제가 되는지 열희로서는 잘 이해가 되지 않았지만, 지금껏 미령의 말이 틀린 게 없었기에 잠자코 따르는 중이었다.

"저는 여기 있을게요. 다녀들 오세요."

열희의 망설임을 본 선우가 자리에 풀썩 앉았다. 힘들어서 못 가겠다는 말을 농담처럼 꺼냈다. 떠미는 손길에 열희가 주저하며 몸을 돌렸다. 아무래도 이건 아닌 거 같아 열희가 결심하고 선우를 돌아봤다.

"있죠, 오빠. 나 개봉이에 대해 할 얘기가 있어요."

그 말에 선우의 동공이 조금 커졌다. 말없이 열희를 보더니 천천히 일어나 다가와 섰다.

"아냐 괜찮아. 안 해도 돼. 나도 다 알아."

생각지도 못한 말이었다. 선우가 개봉이에 대해 다 알고 있다니.

"언제. 어떻게. 아니 것보다, 다 아는데도, 괜찮은 거예요?"

흔들리는 열희의 눈동자를 선우가 가만히 마주했다. 그러고는 싱긋 웃는다. '응. 괜찮아.' 따뜻한 음성이 열희의 마음에 쏴아 밀려왔다. 오후의 햇살 같은 그의 말 한마디가 불안하던 열희를 녹인다.

"오빠는 정말. 정말 정말 아주 많이 좋은 사람이에요."

감동이었다. 이번에는 미령이가 틀렸다. 선우는 개봉이의 정체를 알고도 한없이 자애롭기만 했다. 마음이 개운했다. 그럼 그렇지. 개봉이가 똥개인 게 무슨 문제가 된다고. 열희가 방긋 웃었다.

대봉이의 머리를 쓰다듬으며 선우는 개봉이 무덤가로 향하는 열희를 배웅했다. 저를 위해서, 지난 사랑에 대해 털어놓으려는 열희의 마음 씀씀이에 감동했다. 그만큼 저를 소중히 여긴다는 의미였기에, 선우는 더는 열희를 힘들게 하고 싶지 않았다. 어쨌거나 지금 열희 곁에 있는 건 개봉 씨가 아닌 저였으니까.

문득 마음이 무거워졌다. 죽은 열희의 첫사랑 개봉 씨는 이곳 사람들도 모두 알고 있을 만큼 열희와 깊은 관계였던 거 같다. 그의 묘도 이곳에 있으니 한 달에 한 번은 열희가 이곳에서 그를 생각하게 될 터이다.

그동안 제가 개봉 씨를 닮았다고 좋아했던 게 철없게 느껴졌다. 이제 보니 좋아할 일이 아니라 경계해야 할 일이었다.

열희는 저를 왜 좋아하는 걸까. 그 의문이 불쑥 고개를 쳐들었다. 그야말로 죽은 개봉 씨를 닮아서라면, 그를 대신해서인 거면, 저는 정말로 아무것도 아닌 거였으니까. 잔뜩 부풀었던 마음이 순식간에 쪼글쪼글해졌다. 아무래도 확실히 해야 할 듯하다. 열희가 왜 채훈이 아닌 저를 선택했는지를.

※

"문 형이랑은 어떻게 된 거야?"

늦은 점심을 먹고 돌아오는 길에 선우가 무심한 척 물어 왔다.

"뭐가요?"

질문이 애매했다. 채훈에 대한 저의 마음의 변화를 고스란히 털어놓으란 건지, 아니면 거절한 상황에 대해 말을 하란 건지, 아님 현재 채훈과 저의 상태가 괜찮은가를 걱정하는 건지.

"문 형 좋아했잖아. 근데 왜, 그니까 왜 변한 거냐고."

변했다, 라는 표현에 열희가 시무룩해졌다. 그에 대한 저의 마음도 변할까 봐 걱정하는 걸까.

"나는 그렇게 마음 막 변하고 그러는 사람 아니에요."

"뭐어?"

"나 이래 봬도 아주 일편단심이에요."

어이없는 듯 열희를 돌아보던 선우가 신호등을 본 후 차를 세웠다. '일편단심?' 제가 한 말을 반복하는 그의 표정이 좋지 않았다. 제 말을 못 믿는 건가. 하긴, 채훈을 좋아하다 자기를 좋아한다고 했으니 못 믿을 만도 하다.

"물론 잘 안 믿기겠지만, 정말이에요. 나 한번 마음 주면 잘 안 변해요."

"그러니까 그 말은 지금, 최열희는 맘속에 누구든 한 번 집어넣으면 아무도 내보내지 않는다 이거야?"

애매하지만 비슷해서 열희가 고개를 끄덕였다. 비록 채훈에 대한 저의 마음이 변하긴 했지만, 지난 4년간의 저는 정말 한결같았다. 지금 제가 변한 건 한선우라는 특별한 사람이 나타나서지 채훈이 싫어져서는 아닌 거니까.

"그럼, 난 뭐야?"

"뭐라뇨?"

"날 좋아하는 이유가 뭐냐고."

"그야……."

그걸 어떻게 말로 하나. 열희가 얼굴을 붉혔다.

"결국 그런 거야? 그랬구나. 문채훈도 그래서 밀린 거구나."

그랬다. 문채훈이 저한테 밀린 건 개봉 씨 때문이었다. 제가 개봉 씨를 닮았기 때문에 최열희는 채훈이 아닌 저를 선택한 거였다. 그러니까 저는 개봉 씨 대용품이었던 거다.

맘속에 사람 한번 품으면 안 내놓는 최열희가 애절한 첫사랑을 쉽게 잊을 리가 없을 테니. 결국 저에게는 진심을 주지 않은 거다. 진심인 척 저를 속인 거다.

선우가 차를 출발시켰다. 화난 티가 역력해서 열희는 당황했다. 자기를 좋아하는 이유를 묻더니 그는 화를 내 버렸다. 빨리 대답을 안 해 줘서 그런가. 아직 채훈 선배를 신경 쓰고 있는 건가.

급속하게 냉랭해진 분위기에 열희는 속으로 발만 동동 굴렀다. 참 잘도 삐지는 사람. 어디서부터 어떻게 달래 줘야 하나, 막연한 마음에 속으로 할 말들을 떠올렸다.

"나 이제 채훈 선배는 확실히 정리했어요. 그건 진짜예요."

집에 도착했을 즈음 마음이 급해진 열희가 다시 입을 열었다.

눈만 들어 흘끔 그녀를 본 선우가 다시 시선을 앞으로 가져갔다.

"일편단심이라며. 한 번 마음에 담으면 안 변한다며."

"그야 그렇지만."

"그러니까 결국 최열희 마음속엔 개봉 씨랑 문채훈이랑 모두 다 들어 있는 거잖아. 다른 남자들로 드글드글한 거잖아. 내 순서는 밀리고 밀려서 저 뒤에 있는 거고."

"에에? 어떻게 얘기가 그렇게 돼요?"

"그니까 날 선택한 이유가 뭐냐고. 왜 일편단심 바라보던 문채훈이 아닌 나랑 사귀는 건데? 너야말로 나 간 보는 거야?"

간을 보다니. 억울해도 이렇게 억울할 순 없었다. 대체 왜 이렇게 화를 내는 건지 모르겠지만, 상황이 중대하다는 건 알겠다. 뭐가 잘못된 걸까. 그는 무슨 얘기가 하고 싶은 걸까.

"그러니까 한선우 씨는 지금, 채훈 선배에 대한 내 마음이 변했다고 날 비난하는 거예요?"

"뭐어?"

"그래요. 나도 내 마음이 변할 줄은 몰랐어요. 그런데 어떡해요.

변해 버린 걸. 하지만 그건 내 잘못이 아니에요. 날 그렇게 만든 건 한선우 씨니까. 한선우 씨한테도 잘못이 있는 거라고요!"

"……?"

"일편단심이라고 했던 거 미안해요. 이제 보니 그거 거짓말이네. 나 일편단심 아니네. 그래도 이건 아니죠. 자기 좋아하느라 마음 변한 사람을 이렇게 다그치면 안 되는 거죠. 내가 어떻게 한선우 씨를 좋아하게 됐는데. 한선우 씨가 내 마음 받아 줘서 내가 얼마나 좋았는데. 적어도 나는 이제 변심 안 할 자신이 있어요. 왜냐면 한선우 씨는 특별하니까. 손톱만큼도 내 이상형이 아닌 주제에, 완벽한 내 이상형을 밀어내고 내 마음에 들어온 사람이니까."

"최열희."

"치사해요 진짜. 멋진 사람인 줄 알았더니 쪼잔하고 못돼 먹었어. 어디 할 게 없어서 과거 마음 줬던 거 갖고 바가지를 긁어요? 남자답지 못한 줄은 알았지만 이건 정말 심하다. 우와, 최열희 어쩌다가 이런 놈한테 눈이 멀어 갖고."

"뭐, 놈?"

"눈 썩었다, 최열희. 망했다, 최열희. 우이씨, 나 가요!"

차체가 흔들리도록 차 문을 닫고 내려섰다. 보란 듯 분노를 꾹꾹 담은 발걸음으로 집 앞에 간 열희가 홱 하고 고개를 돌려 선우를 보았다.

이글거리는 눈빛이 차 안에 남은 선우에게까지 그대로 전달이 되어서 선우는 움찔 몸을 물렸다. 얼굴을 잔뜩 구겨서 나 화났어, 라고 표출을 한 열희가 집 안으로 들어갈 때까지 선우는 꼼짝없이 지켜만 보았다.

큰일 났다. 그 생각이 제일 먼저 떠올랐다. 저렇게 화가 났으니 어떻게 풀어 준다? 철렁하고 가슴이 내려앉는 선우였다.

열희의 청산유수 같은 말을 듣는 동안 깨달았다. 이 모든 게 저의 하찮은 오해였음을. 보잘것없는 노파심이었음을. 열희의 진심을 왜곡한 저의 잘못이었음을.

이럴 땐 어떡해야 하나? 따라 들어가자니 화난 열희가 무서웠고 그냥 있자니 어딘가 불안했다. 결국 저는 쪼잔하고 못돼 먹은, 남자답지 못한 사람이 되어 버렸다. 그래도 싸다, 한선우. 제가 좋아하는 사람의 마음 하나 못 믿어 투정을 부리다니. 참으로 적절한 평가를 받은 거다.

젠장. 괜히 안전벨트에 화풀이를 한 선우가 차에서 내렸다. 누구에게든 상담하고 싶은데 마땅한 사람이 없었다. 새삼 미국으로 쫓아 보낸 승욱이 아쉬웠고, 가정으로 돌아간 윤 대표가 그리웠다. 어떻게든 이 난국을 타파해야 하는데 방법이 떠오르지 않았다.

우선 샤워 좀 하고. 비누에 찌든 옷 좀 갈아입고. 화가 수그러들 때를 기다려 보자는 심산으로 선우는 제집 문으로 향했다. 인터넷 검색이라도 해야겠다고 마음먹었다. 여자친구 마음 오해하다 된통 혼난 남자친구가 여자친구 화를 풀어 주는 방법. 이렇게 하면 되려나.

옷을 벗고 샤워실로 향했다. 시원하게 쏟아지는 물줄기를 맞고 있다 보니 좋은 방법이 떠올랐다. 왜 그 생각을 못 했을까. 한 손으로는 샴푸 거품을 문지르며 다른 한 손은 길게 뻗어 휴대폰을 거머쥐었다.

번호를 찾아 통화 버튼을 누르는 그 시간이 초조했다. 급한 선우의 마음처럼 샤워 거품이 물줄기를 따라 빠르게 몸에서 밀려 나갔다.

어? 그냥 가?

창문으로 몰래 훔쳐보던 열희의 눈이 휘둥그레졌다. 열희의 시나리오는 이랬다. 제가 화를 내고 들어오면 선우가 와서 달래 주고, 그러면 저는 못 이기는 척 그를 받아 주고, 그러다 눈이 마주치고, 지그시 서로를 바라보다가 입술이 살포시 다가가는 뭐 그런…… 흠흠흠.

그런데 이건 예상과는 달라도 너무 달랐다. 혹시나 잘못 봤나 싶어 다시 밖을 내다봐도 아예 집 안으로 들어간 선우의 모습이 보일 리가 없었다.

놈이라고 해서 화났나. 문득 그 생각이 들었다. 그러게 놈은 좀 심했다. 아무리 그래도 오빠한테 놈이라니. 쪼잔하다고도 했다. 못 돼 먹었다고도 했다. 아. 눈이 썩었다는 말은 정말 실수다.

최열희 너 어쩌다가 이렇게 입이 험해진 거니. 열희가 제 머리를 쥐어뜯었다. 이제 보니 제가 그를 쫓아가 마음을 풀어 주는 게 맞았다.

갈아입을 땡땡이 속옷을 집어 들고 샤워실로 향했다. 외출 전 그렇게 고민하던 땡땡이 팬티를 이젠 맘 놓고 입어도 상관없게 돼 버린 게 속상했다. 데이트 아닌 오늘의 데이트는 이렇게 막을 내려 버렸다.

어떻게 풀어 주나. 시무룩하게 샤워실로 들어서며 미령에게 전화를 걸었다. 하필 통화 중인 미령에게까지 서운해하며 물줄기 속으로 들어갔다. 강아지들 목욕시키느라 꿉꿉해진 머리며 몸에 비누 향이 닿자 조금은 기분이 나아졌다. 빠르게 씻고 물기를 닦을 즈음, 미령에게서 전화가 걸려 왔다.

"어, 미령아!"

구세주인 것처럼 미령의 이름을 불렀다. 한 손에는 전화를 든 채 한 손으로 비틀비틀 팬티를 입었다.

"글쎄 오빠, 아니 선우 씨한테 내가 욕을 했어. 놈이라고."

팬티 하나만 입고 샤워실을 나왔다. 이를 드러내 놓고 웃는 고양이 가필드가 커다랗게 그려진 목 늘어난 티셔츠를 집어 머리에 얹었다. 집이라 브래지어 따위는 가뿐하게 생략했다.

— ……거야.

셔츠 구멍에 머리를 집어넣느라 미령의 말을 잘 못 들었다. 셔츠 팔에 팔 한쪽을 밀어 넣으며 되물었다.

"응? 뭐라고? 나 잘 못 들…… 흐어억!!"

미령의 말은 더 이상 중요하지 않았다. 눈앞에, 저만큼이나 경악한 얼굴로 서 있는 선우가 있었으니까.

"……!"

남은 한쪽 팔을 셔츠 구멍에 집어넣지도 못한 채 열희는 얼어붙었다. TV에서 19금 드립할 때나 나오는 기계음 소리가 열희의 귀에서 울렸다. 순식간에 모든 사고회로가 삐— 처리가 되었다.

— 개봉 씨 지금 너한테 갔다고. 내가 당장 달려가라고 했거든. 그러게 친구야, 조금만 더 일찍 말해 주지 그랬냐.

선우의 머릿속도 예외는 아니었다. 삐— 하는 이명이 가득 울려 대고 있었다. 정신이 번쩍 들어 돌아선 건지, 돌아서고 나서야 정신이 번쩍 든 건지조차 구분되지 않았다. 방금 목격한 것이 무엇인지 되짚어 볼 이성 따위는 남아 있지 않았다.

상대가 화가 났으면 무조건 달려가 풀어 줘야 한다는 미령의 호통에, 몸에 묻은 물기만 황급히 닦고 샤워실을 뛰쳐나왔다. 급한 마음에 아무 옷이나 꿰어 입고 달려 나와 벨을 눌렀지만 대답이 없었다.

화가 났으니 일부러 열어 주지 않는 게 분명해 유리복도를 달려왔다. 이렇게 남의 집에 가도 되나 하는 망설임이 든 것도 잠시, 서재를 나와 계단으로 향하던 찰나 열희와 마주쳤다.

뽀얀 수증기와 함께 샤워실 문을 열고 나오던 그녀와.

무슨 말이든 해. 아무 말이나 해. 몸속 어딘가에서 삐— 소리를 뚫고 재촉을 해 왔다. 그러나 해야 할 말이 무엇인가는 아무도 가르쳐 주지 않았다.

그대로 서재로 들어갔다. 왔던 길을 고스란히 되돌아 제집으로 돌아왔다. 계단을 내려와 주방으로 가 찬 생수를 꺼내 벌컥벌컥 마셨다. 제가 목이 말랐던가 하는 의문도 잠시, 한 번에 생수 반 통을 비워 내고서 거실로 돌아왔다.

아니, 거실까지 그냥 두 다리가 움직였다. 그리고 두 다리가 소파에 닿자 그냥 앉았다. 옆에 리모컨이 있길래 TV도 틀었다. 그리고 멍하니 눈을 껌뻑였다.

TV 속에서, 팬티만 입은 열희가 샤워실을 나서고 있었다. 하얗고 탐스런 젖무덤이 화면 앞으로 돌진해 왔다. 주춤주춤 등받이로 물러서는 선우에게 성난 가필드가 나타났다.

'야, 이 변태야!'

으어억! 가필드의 고함에 선우가 팔로 머리를 감싸며 엎드렸다.

모든 것이 기억이 났다. 방금 전 본 것이 선명해도 너무나 선명했다. 맙소사! 온몸이 뜨겁게 달아올랐다.

그게 뭐 대수라고. 여자 가슴을 처음 본 것도 아니잖아! 저한테 아무리 외쳐 봐도, 몸은 저의 말 따위 듣지 않고 혼자서 제 갈 길을 가고 있었다. 귀에서 김이 날 것처럼 얼굴이 익었고, 중심으로는 피가 몰려들었다. 벌떡 일어나 집 안을 왔다 갔다 서성였다. 먹은 나이가 얼마인데 가슴 좀 봤다고 머리가 하얗게 지워지는가.

넌 지금 이럴 때가 아니다, 한선우. 몸이 반응할 때가 아니라, 머리를 굴려야 한다. 이 상황을 수습해야 해. 이제 열희 얼굴은 어떻게 볼 거냐, 이 변태야!

뚝. 두둑.

머리에서 물방울이 떨어져 바닥에 닿았다. 얼마나 그러고 있었을까 제법 흥건해진 물이 발 옆에 고였다.

그가 서 있던 자리에도 물방울이 떨어져 있었다. 기억을 더듬어 보니 그의 머리도 젖어 있었던 것 같다. 그가 지나간 자리에도 물방울이 길을 따라 맺혀 있었다. 네가 본 건 환상이 아니야. 그는 확실히 이 길로 왔다 갔어. 이건 실제상황이야. 라고 알려 주듯이.

너무 놀라면 비명도 안 나온다는 말을 실감한 열희였다. 차라리 제 눈앞에 있던 존재가 귀신이었다면 좋았을 텐데. 스르르 고개를 숙여 제 몸을 내려다봤다. 한참이나 늦은 다음이지만, 다행히 헐렁한 티셔츠는 팔 한쪽을 안 꼈음에도 두 가슴을 다 가려 주고 있었다.

언제부터 봤을까. 샤워실에서 나올 때 그가 있었던가. 티셔츠를 집어 들었을 때 그가 있었던가. 제발 머리 위에 씌운 다음에 그가 나타났기를. 소매를 마저 끼웠을 때 그가 저를 보았기를.

그렇게만 해 준다면 제 손으로 세계 평화를 지키겠다고, 직접 나서서 핵미사일이라도 찾아 없애겠다고. 무모한 다짐들이 마구 피어나며 하늘을 향해 맹세를 해 본다. 제발, 그가, 아무것도 못 봤기를. 봤어도 기억 못 하기를.

— ……희 ……희야. 야! 최열희!

기도하듯 두 손을 높이 쳐들었을 때 손에 든 휴대폰에서 저의 이름이 불렸다. 그게 꼭 기도의 응답 같아 열희가 남은 팔 한쪽을 셔츠 구멍에 끼우며 전화기를 귀에 대었다.

"미령아."

— 아, 뭐야, 왜 대답을 안 해. 개봉 씨 그리로 갈 거라니까. 둘이서 화해 잘 해 봐. 무슨 일인진 몰라도 일단은 팍팍 튕겨라, 친구야. 그래야 화해도 뜨겁고, 진도도 팍팍 나가지. 건투를 빈다, 친구야.

"……"

대답이 없자 수화기 너머에서 미령이 또다시 열희를 불렀다.

— 아 뭐야. 왜 자꾸 씹어. 개봉 씨 벌써 왔어? 그럼 끊어. 끊고 얼른 맞을 준비해."

"내 가슴 보여 줬어."

그 말을 내놓자 뒤늦게 쿵 하고 심장이 발끝까지 떨어졌다 올라왔다.

— 그래, 잘했어. 앞으로 쭉 그렇…… 뭐어??

튀어나왔을 미령의 눈이 이곳까지 당도할 것처럼 목소리가 쩌렁했다.

"선우 씨가 내 가슴 봤어."

한마디를 더 내놓자 심장이 쿵쾅거리며 요동을 쳐 댔다.

— 야, 이 빙구야! 그걸 벌써 보여 주면 어떡해!

"나, 이제 어떡하지? 창피해 죽을 거 같애."

언제나 재빠르다고 느꼈던 운동신경이었다. 순발력 하나는 기가막히다 여겼는데, 오늘 보니 그것도 아닌 듯했다. 뒤늦게 정신이들어 사정없이 펄떡거리는 심장은 늦어도 한참 늦었다. 뒷북이다, 심장아. 이미 일은 다 벌어졌고 나는 충분히 놀라 자빠졌단다.

와중에도 입고 있는 땡땡이 팬티가 원망스러웠다. 이 팬티는 입기만 하면 이렇게 남한테 보여지냐. 땡땡이의 저주인가. 후욱, 하고긴 숨이 덥혀진 몸의 열기를 빼내었다.

12. 영재

"언능 열어. 무거워 죽겠어."

멍해져 전화기만 붙들고 있는 열희의 정신을 들게 한 건 초인종 소리였다. 아무 소득 없는 전화를 끊고, 혹시나 선우일까 싶어 긴 장을 가득 안고 문 앞에 선 열희에게 낯익은 목소리가 들려왔다.

"엄마?"

문을 열자 양손에 찬합을 가득 든 열희의 엄마 구경자 씨가 모습을 드러냈다.

"웬일이야, 연락도 없이. 이게 다 뭐야? 뭐가 이렇게 많아?"

찬합을 받아 드니 묵직했다. 저를 위한 밑반찬이라기엔 무리가 있어 보였다.

"택시 타고 와서 괜찮아. 늬 큰언니랑 장만했어."

"이걸? 왜? 어제 결혼식 끝나고 안 피곤해?"

"늬 큰언니랑 형부 어제 부천서 자고 아까 넘어올 때 같이 얻어 타고 와서 조물조물 몇 개 했어. 식당 손 빌린 거라 많이 안 힘들 었어. 아까 전화하니까 안 받드만."

찬합을 열어 보니 마치 누구 생일 음식 같았다. 불고기며 잡채며 먹을거리가 가득했다. 자라면서도 독립해서도 이런 대접을 받아 본 적이 없는 열희라 먹어 볼 생각도 못 하고 그저 바라보고만 있었 다.

열희가 자라는 동안엔 엄마 구경자 씨도 자식들 건사하느라 바 빴고, 열희가 독립했을 땐 구경자 씨는 몸 이곳저곳이 쑤셔 자식들 챙겨 줄 만한 여력이 못 되었다. 엄마가 들고 왔어도 대부분은 몸 성한 큰언니의 솜씨리라. 굳이 이곳까지 와서 큰언니를 닦달해 잔 치음식을 해 왔을 때에는 다른 이유가 있을 게 분명했다.

"옆집 총각 먹이려고."

바로 이런 이유.

"어제 결혼식도 왔다 가고. 늬 아버지 병원 간 날 고생도 했고. 어제 보니 질질 끌려가는 게 영 부실하다 싶은 게, 이왕 해 먹일 거 빨리 해 먹이자 싶더라고. 어때? 잘 왔지? 엄마 최고지?"

별일이었다. 엄마의 표현을 빌리자면 채훈 선배 손에 질질 끌려 가는 부실하기 짝이 없는 옆집 총각을 구경자 씨가 이리 좋아할 줄 은 몰랐다.

"근데 왜 이렇게 신이 났는데?"

"왜는. 어차피 해 먹이려던 밥, 내 사위 될 사람이다 싶으니까 더 기분이 째지는 거지."

"사위는 무슨. 아우 설레발 좀 치지 마. 창피하게."

"칠 만하니까 치지. 어제 보니까 승부 딱 갈렸더고만. 끌고 간 놈이 뺏긴 놈이고, 끌려간 놈이 뺏은 놈이고."

참으로 눈치 하나는 빠른 구경자 씨였다. 물론 사위란 말엔 김칫국이 다분했지만.

"잘 생각했다, 우리 막내. 여자는 그저 저 좋다는 남자 만나 여왕처럼 사는 게 최고인 거야. 허여멀쑥긴 해도 지 밥벌이는 딱 부러지게 하는 것 같고, 어른들 대하는 거 보니 가정교육도 괜찮고. 나는 기생오라비 같아 별론데 늬 언니들 말로는 잘생겼다 그러니 그런 것도 같고."

"잘생긴 거지. 그것도 엄청. 그리고 허여멀게도 안 부실해. 어깨도 딱 벌어졌고 만져 보면 딴딴해. 개 사료 20킬로도 번쩍번쩍 들어."

번쩍번쩍은 아니었지만 어쨌건 들긴 들었으니 거짓말은 아니었다.

"하이고, 몸은 또 언제 더듬어 봤길래 딴딴하대."

"더듬긴 누가. 아냐, 그런 거."

"상이나 차려. 저녁 먹을 시간 맞추느라 날아왔네. 고기 꺼내 볶고, 잡채는 데우기만 해. 나머진 접시에 덜어만 놔. 밥은 있지? 세 사람 먹을 만치 돼?"

"세 사람? 지금 같이 먹게?"

하마터면 양념된 불고기를 쏟을 뻔했다. 구박했던 순발력이 재빠르게 찬합을 거머쥐며 아직은 건재함을 알려 왔다.

"그럼 지금 같이 먹지 내년에 같이 먹냐?"

정신이 다른 쪽으로 번쩍 들었다. 어떻게든 막아야 했다. 반라의 모습을 그에게 보여 준 지 몇 분 지나지도 않아 또다시 그를 마주할 만큼 저는 대담한 여자가 못 되었다.

"엄마 근데 그게……."

하지만 쉽게 말이 나오진 않았다.

"왜, 밥 없어?"

"아니 그게 아니라……."

엄마한테 뭐라고 설명한단 말인가.

"왜 그러고 서서 자꾸 말꼬리를 날려 먹는데? 아, 얼른 해. 좀 있음 총각 올 거야."

총각 아니라 누가 와도 지금은 안……!

"뭐어? 여길 온다고? 지금? 오늘? 오빠, 아니 선우 씨가? 왜? 어떻게 알고?"

"뭔 질문이 그래? 어떻게 알긴. 내가 좀 전에 옆집 가서 만나고 왔지."

"뭐어어?"

비명이나 다름없는 고함이 쩍 벌어진 입에서 터져 나왔다. 그러거나 말거나 구경자 씨는 의연했다.

"자다 일어난 건지, 사람이 약간 얼이 빠져 있더라고. 밥 먹으러 오라니깐 굳이 사양하길래 내가 정색을 좀 했지. 산 넘고 물 건너 기차 타고 이 먼 곳까지 연로한 몸을 이끌고 그저 밥 한 끼 먹이겠다는 일념으로 온 심약한 노인을 이렇게 내쳐도 되는 거냐고. 그렇게 배웠냐고."

"엄마아……."

"그랬더니 옷만 갈아입고 오겠대. 내가 상 차리는 시간 있으니

20분만 있다 오라 그랬어. 잘했지? 엄마 최고지?"

딱 죽고 싶었다. 아니. 죽는 것은 너무 심하고, 삽 한 자루 꺼내와 뒤뜰에 굴 파고 들어앉고 싶었다.

"근데 넌 왜 빤스 바람으로 그러고 있냐? 아무리 집이지만 바지는 좀 입어라."

이 와중에도 엄마가 고맙긴 했다. 하마터면 땡땡이 하의실종 패션으로 선우를 맞이할 뻔했으니.

✻

밥은 분명 코가 아닌 입으로 들어갔을 거다. 정신을 놓고 있긴 해도 20년 넘게 길들여진 학습효과가 있으니 손은 알아서 숟가락을 입으로 가져갔을 거고, 턱관절은 알아서 움직여 음식을 으깼을 거고, 혀는 음식을 목구멍으로 밀어 넘겼을 거다. 그다음부터는 자율의지에 의해 움직이는 근육들이 아니니 알아서 소화를 시키고 있겠지. 그러니 아마 별문제는 없을 거다. 저녁밥은 열희의 위 속에서 잘 분해되고 있을 테니.

밥 먹는 내내 흘끔거리는 시선조차 앞자리로 던지지 못한 열희였다. 제 옆에 붙어 앉은 구경자 씨가 선우에게 이거 먹어라 저거 먹어라 집어 건넬 때마다 저 사람 체하는 거 아닌가 살짝 걱정은 됐지만 나서서 말릴 용기는 없었다.

그저 시선 끝자락만 수저를 쥔 그의 손에 걸쳐 놓은 채 밥공기 위에 그득한 밥반찬이 오르다 사라지기를 반복하는 걸 훔쳐볼 뿐이었다.

그는 구경자 씨가 묻는 질문엔 잘도 대답을 했다. 원래 이렇게 말이 없냐는 타박엔 희미하게 웃어 보이도 했다. 그의 사소한 말투와 대답 하나까지도 머리에 콕콕 넣어 몇 번을 곱씹었다. 혹시나 그의 화가 풀어졌다는 단서를 찾을까 해서. 혹시나 그가 저의 가슴을 못 본 건 아닌가 하는 희망을 가져 볼까 해서.

아, 가필드 티셔츠라도 갈아입을걸. 그 상황을 기억나게 하는 그 어떤 것이라도 없애 볼걸. 후회가 토네이도처럼 돌돌 말려 와 열희를 찡그리게 했다.

"돌아가셨습니다, 두 분 다."

열희의 정신이 식탁으로 소환된 건 그때였다. 부모님은 건강하시냐는 구경자 씨의 질문에 선우는 일부러 밝게 답했다.

"아버진 어려서 돌아가시고, 어머닌 2년 전에 돌아가셨습니다."

열희가 눈을 들어 선우를 보았다. 이 사람 혼자였구나. 열희의 눈이 말랑해졌다.

그 눈길을 느꼈는지 선우가 열희를 보았다. 시선이 닿자 눈을 접어 싱긋 웃는다. 괜찮아. 그 눈이 그리 말하고 있었다. 어쩔 줄 몰라 열희는 고개를 푹 숙였다. 위로를 해야 하는 건 저인데 오히려 그가 저를 달래 주었다. 그게 속이 상해 애꿎은 밥그릇만 뚫어져라 쳐다보았다.

"미안하네. 내가 괜한 질문을 해 갖고."

"아닙니다. 괜찮습니다."

"그럼, 형제는?"

"혼자입니다."

끝을 흘리는 그의 대답이 열희의 귀에 오래 머물렀다. 혼자라는 말끝에 달라붙은 외로움이 길게 열희를 붙들었다. 그건 구경자 씨에게도 마찬가지였나 보다.

"장하네."

"네?"

"장해. 혼자서 아주 장해."

고개까지 주억거리는 구경자 씨의 음성에 힘이 들어가 있었다. 그걸 들은 선우의 가슴은 뜨끈해졌다.

장하다.

뭐 그리 대단한 일을 이룬 것도 없고, 가끔은 심통이 나 꼬장을 부리기도 했던 저였는데 장하다니. 참 묘했다. 세상 그 어떤 칭찬보다 좋았다. 그 어떤 위로보다 저를 아물게 했다. 29년 동안 크게든지 작게든지 힘들고, 상처받고, 외로웠던 모든 순간이 그 한마디로 다 치유가 되는 듯했다.

구경자 씨는 참 뜬금없게 사람을 감싸 안는다. 아마도 그건, 그녀가 어머니이기 때문이리라.

"사람 필요한 일 있으면 열희한테 말해요. 몰랐으면 모를까 이제 서로 안 이상, 그쪽도 우리 식구나 마찬가지니까. 전에 봐서 알겠지만 우리 집이 다른 건 몰라도 사람은 많아. 어디 내놔도 안 꿀려. 쪽수로 밀어붙일 일 생기면 주저 말고 불러요. 전국 어디든지 두 시간 내로 집합 가능하니까."

"엄마는. 우리가 무슨 조폭이야? 구역 접수하러 가? 쪽수로 왜 밀어붙여?"

뜬금없는 쪽수 자랑에 민망해진 열희가 구경자 씨를 타박했다.

"살면서 제일 필요한 게 쪽수야, 이것아. 돈도 좋고 빽도 좋지만, 사람이 뒤에 든든하게 서 있는 게 최고인 거야. 얘가 아직 세상을 몰라."

열희에겐 정색하던 구경자 씨가 선우를 향해서는 실룩 웃었다.

듣고 있자니 정말 그런 것도 같았다. 돈도 필요하고 **빽도** 필요한 세상이지만, 제 뒤로 주욱 늘어선 열희네 가족들을 떠올리니 선우는 그 어떤 것보다 든든하게 느껴졌다. 단지 상상만 해 봤을 뿐인데도 천군만마를 거느린 것처럼 자신감이 생겼다. 서울 시내 웬만한 구역쯤은 다 접수할 수 있을 것 같아 선우는 빙긋 웃었다.

구경자 씨를 태운 택시가 집앞을 떠나 도로 끝으로 사라질 때까지 선우는 눈을 떼지 않고 보고 있었다. 뽀얀 흙먼지를 일으키며 멀어지는 택시를 보고 있자니 참으로 많은 것이 떠올라 자리를 지키고 선 것도 잊고 있었다.

정신없던 저의 어린 시절, **빳빳**했던 청소년기, 각진 듯 흘러갔던 20대와 그 끝 언저리에서 꽃이 지듯 스러진 저의 어머니. 왜 이 모든 게 갑자기 주마등처럼 스쳐 가는지는 모를 일이었다.

생을 마감하는 자리도 아니고, 추억을 회상하는 자리도 아니었건만. 저에게 따뜻한 밥 한 끼를 차려 주고 떠나는 구경자 씨를 배웅하고 있자니 그냥 마음이 몰캉해졌다. 구경자 씨 표현대로 산 넘고 물 건너 기차 타고 돌아갈 그녀의 먼 길만큼이나 고마움이 길게 남았다.

그리고, 그런 구경자 씨의 딸인 최열희도 고마웠다.

"······!"

하필 돌아서던 선우의 눈길이 가필드 고양이와 마주쳤다. 뭐가 그리 좋은지 얼굴의 반을 웃는 입으로 채운 고양이는 눈 하나 깜빡 않고 선우를 도발했다. 이 안에 뭐가 있게? 너도 봤지, 뭐가 있는지? 고양이의 눈이 그리 약 올리고 있었다. 이 고양이 자식! 선우의 눈에 힘이 들어갔다.

선우의 눈길이 제 가슴께에 향해 있는 걸 본 열희는 얼굴이 화끈 달아올랐다. 당황도 잠시, 가슴을 빤히 보고 있는 선우가 뻔뻔하기까지 했다. 봤네, 봤어. 저 행동은 분명 다 본 자의 행동이야. 그래도 그렇지. 아까는 사고라고 쳐도 지금 이 행동은 무엇인가. 어떻게 이렇게 대놓고 쳐다볼 수가 있단 말인가.

"뭘 봐요?"

카랑한 열희의 외침에 선우가 흠칫 물러섰다. 그제야 저가 고양이와 눈싸움하고 있었다는 걸 깨닫고 시선을 이리저리 흩뿌렸다.

"아까 다 봤죠?"

부끄러울 땐 두 가지 방법이 있다. 도망치거나 오히려 큰소리를 치거나. 열희는 강하게 나가기로 했다.

"뭐, 뭐, 뭘 말야?"

"다 봤네, 다 봤어. 말 더듬는 거 보니 봤네."

역시. 강하게 나가니까 부끄러운 게 사라졌다. 그래, 잘했다 최열희. 계속 그렇게 하자, 최열희.

"봤으면 뭐. 뭐 어쩌라고."

아뿔싸. 강하게 나가자는 작전은 선우도 쓰는 듯했다.

"내가 뭐, 눈뜬장님인가? 눈앞에 떡하니 보이는 걸 어떻게 안 보나."

이럴 수가. 이건 예상 못 했다.

"혹시 일부러 그런 거 아닌가? 나 보여 주려고?"

헐. 나보다 더 세게 나온다. 그렇다면 나도 질 수는 없다.

"미, 미쳤어요? 내가 선우 씨한테 이, 이걸 왜 보여 줘요?"

"왜 보여 주긴. 유혹하는 거지."

"유혹? 유우호옥? 내가 무슨 유혹을 했다고. 왜 자꾸 나더러 유혹을 한다고 그래요? 어제도 그러더니 또 그러네? 선우 씨야말로 유혹당하고 싶어서 그러는 거 아니구요?"

"봐 봐. 최열희는 전적이 있잖아."

"전적? 무슨 전적이요?"

"미령 씨랑 맨날 19금 포르노 틀어 놓고 보드만. 소리 빵빵하게. 우리 집에서도 다 들리게."

"우와우와우와. 왜 남 포르노 보는 걸 엿보고 그래요? 보고 싶으면 당당하게 빌려 달라고 그러지 왜 훔쳐봐요?"

"훔쳐보다니. 내가 뭐가 아쉬워서 그런 걸 훔쳐보나? 난 그런 거안 봐."

"그런 거 안 보는 남자가 어딨어요? 그리고 나 그거 그냥 본 거아니에요. 공부하려고 본 거지."

"공부? 포르노로 공부를 해?"

하. 기막힘을 담아 크게 비웃어 줬다. 매일 밤 이어지던 포르노 감상회가 공부였다니 어이가 없었다. 변명을 해도 어디서 그런. 그걸로 무슨 공부를 한다고.

"지금 비웃었어요? 그러는 선우 씨는 뭘로 공부했는데요?"

이걸 대답해야 하나 잠시 망설여졌다.

"그걸 뭘 공부를 해. 그냥 하는 거지. 그리고 난 공부 같은 거

안 해도 알아서 잘해."

"공부 안 하는데 어떻게 잘해요? 그것도 다 학습이지. 정말 공부 안 했어요? 그럼 잘 못하는 거 아니에요?"

저 질문을 저리 순진무구한 얼굴로 하다니. 상대가 최열희라는 걸 잠시 망각했다. 숨은 의도 없이 툭 저를 찔러 오는 아주 위험한. 게다가 이번엔 자존심도 함께 건드렸다. 그냥 넘어갈 수 있는 문제가 아니었다.

"최열희가 몰라서 그러는데 그건 재능이야. 나는 그 재능이 아주 넘쳐흘러. 영재야 내가, 그 방면에. 공부 안 해도 잘해 나."

"그걸 어떻게 믿어요? 누가 영재 인증해 주는 것도 아니고."

"인증받으면 되지. 그게 뭐 어렵다고."

"누구한테 어떻게 인증을 받는데요?"

"누구한테긴. 같이 하는 사람한테 받는 거지."

"같이 하는 사람 누구요?"

"그걸 몰라서 묻나?"

"그럼 아는데 물어요? 그게 누군……."

'데요.' 들릴 듯 말 듯 한 끝말을 내놓고 열희가 입을 합 다물었다. 뻘쭘해진 선우도 일찌감치 시선을 하늘 어딘가로 던져 버렸다. 크음. 크음. 괜히 헛기침만 서로 주고받았다. 밤도 아닌데, 저녁치고는 참 사방이 고요했다.

그때 일제히 둥근 가로등이 켜졌다. 어둑해진 시간에 맞춰 불이 들어오자 사위에 달이 여러 개 뜬 듯 환해졌다.

그 불빛을 받고 선 열희의 모습은 또 달랐다. 맨발로 신고 나온 분홍색 슬리퍼를 세워 땅을 콩콩 찧는 게, 이 상황을 어찌할지 몰라 고심 중인 게 고스란히 보였다. 고개를 숙이고 있었지만 분명 두 뺨은 달아올라 있을 게 뻔했다. 열희가 몸을 이리저리 움직일 때마다 이를 드러내놓고 웃고 있는 가필드 고양이도 이리저리 흔들렸다.

저 사악한 고양이 같으니라고……

"근데, 왜 아까부터 자꾸 선우 씨래. 호칭 바꾸기로 했잖아."

일부러 선우가 볼멘소리로 물었다. 어색함을 달래는 데는 투정 섞인 말투가 최고다.

"그야, 화가 나서. 미안해요. 다시 제대로 부를게요, 오빠."

크헉. 선우의 얼굴이 벌게졌다. 분위기를 바꿔 보려던 시도가 오빠라는 단어에 그대로 함몰당했다. 방금 저를 향해 수줍게 웃던 열희의 얼굴이 무한 재생된다. 오빠라는 그 말에 저의 이성은 흐물흐물 녹아 버렸다. 그동안 들었던 수많은 오빠와는 다른, 최열희가 불러 주는 그 '오빠'에.

"우리……."

한참 만에 입을 연 열희의 다음 말은 밖으로 나오지 못했다. 성큼 다가온 선우가 제 입속으로 삼켜 버렸다. 커다란 그의 손이 열희의 뒷목을 감싸 당겼다. 남은 한 손이 허리마저 휘감았다. 말캉한 입술이 쭈욱 빨리자 하려던 말이 무엇인지 열희는 잊어버렸다. 그냥 두 팔을 뻗어 밀고 들어오는 그의 목을 가만히 감싸 안았다.

갈 길을 몰라 방황하던 조그만 혀가 그에게 잡혔다. 그를 껴안은 상태로 뒷걸음을 쳐 열희의 집에 들어왔다. 혀가 들어와 입안을 훑어 대는 내내 그에게 꼭 달라붙은 채였다. 뒤통수에 눈이 달린 것도 아니고, 그 또한 눈을 떠 전방을 확인할 틈이 없었음에도 둘은 무사히 거실 소파까지 당도했다.

위대한 사랑의 힘이여. 열정적인 호르몬의 교환은 공간 감지 능력까지 상승시키는구나. 꼭 붙잡힌 혀가 그의 입안으로 넘어갈 듯 빨려지는 쾌감 속에서 열희는 이 순간이 꿈같고 신기하기만 했다.

등을 쓸어내리던 그의 손이 셔츠 안을 파고든 건 그때였다. 단번에 가슴께까지 올라와 봉긋한 젖무덤을 가볍게 움켜쥐었다. 갑작스런 진전에 열희가 손으로 그의 어깨를 살짝 밀며 떨어졌다. 열희의 뜻을 알아채고 그의 손도 셔츠 안을 빠져나갔다.

"미안."

어색한 낮은 음성에 열희가 휘둥그레져 손을 내저었다.

"아니. 그런 게 아니에요."

"……응?"

"만져도 돼요. 괜찮아요. 미안할 거 없어요."

그의 눈이 묘하게 휘었다. 밀어내고 이제와 만져도 된다니. 열희의 의도를 몰라 가만히 눈을 들여다보았다.

"그러니까 나는. 오빠가 싫어서 그러는 게 아니라 그게."

말이 엉켜서 나오지 않는 듯 열희가 벅벅 옆구리를 긁었다. 몸을 긁는 게 곤란할 때면 나오는 버릇인 걸 이미 목격했던지라 결국 선우는 포기해야 했다.

그러게 상대는 순진무구 최열희였다. 양심 있으면 속도를 줄여라, 한선우. 괜찮다는 뜻을 담아 열희를 향해 빙그레 웃어 주었다. 그러고 나니 제가 정말 오빠라는 존재가 된 것 같아 뿌듯했다.

"내가 너무 급했던 거네. 미안. 지금 안 해도 되니까 걱정 마. 천천히 하자, 우리."

어라. 그게 아닌데. 할 말이 있는 듯 열희의 입술이 달싹였다.

"올라가 쉬어. 나 그만 갈게."

그가 열희 어깨를 토닥거리고는 몸을 돌렸다. 아니 저기…….

"아. 내일 출근할 때 십 분 정도 일찍 출발하자. 그럼 내일 봐."

그의 손이 문손잡이를 잡았다. 그게 아니라…….

"문단속 잘 하고."

그가 기어코 현관문을 열었다. 아이 참!

"땡땡이는 싫다고요!"

갑작스런 외침에 선우가 문을 연 채로 돌아봤다.

"나 그동안 정말 공부 열심히 했단 말이에요. 음란마귀도 얼마나
많이 모았는데."

억울함이 주렁주렁한 얼굴이라 선우는 어안이 벙벙했다.

"그러니까 이런 땡땡이 팬티에 고양이 티셔츠로 시작할 순 없어
요. 제대로 하고 싶다고요. 속옷도 새로 다 사 입고, 완전히 오빠만
을 위한 걸로 싹 다 준비하고 싶다고요!"

"……!"

"내가 내일 당장 퇴근할 때 예쁜 거 사 가지고 올게요! 그니까
하나도 천천히 할 필요 없어요. 그냥 해도 돼요. 딱 하루만 참아
요."

저런 말을 저렇게 아무렇지 않게 꺼내는 여자라니. 속에서부터
큭큭이는 웃음이 비집고 나왔다. 다른 여자가 했다면 도발적이고
섹시했을 말이 열희를 통해 나오면 귀엽기만 했다. 어이없는 건 귀
여운 와중에도 너무 진지한 그 표정이 묘하게 섹시하다는 거였다.

열희가 땡땡이를 입었건 별무늬를 입었건 상관이 없는 선우였다.

심통맞은 가필드 고양이마저 섹시한 이 마당에 땡땡이가 무슨 대수란 말인가. 하지만 제대로 하고 싶다는 말만은 가슴에 쿠욱 박혔다. 격하게 공감했다. 저도 열희에게 제대로 해 주고 싶었다.

열었던 문을 놓고 열희에게로 성큼 다가왔다. 좀 전까지 열변을 토하던 얼굴이 저가 다가오자 수줍은 듯 또 빨갛게 익었다.

"이렇게 부끄러워하면서 어떻게 제대로 하겠다는 건지."

선우가 약 올리자 열희의 눈썹이 꿈틀했다.

"남자친구가 영재인데, 어떻게든 알아서 해 주겠죠, 뭐."

"⋯⋯!"

풋. 하고 웃음이 터졌다. 가슴은 두근거리는데 얼굴에선 웃음이 떠나질 않는다.

"왜요? 생각해 보니 영재 아닌 거 같아요? 자신 없어요?"

농담인지 진심인지 애매해서 분간을 할 수 없었다. 진지한 것 같기도 하고, 저를 놀리는 것 같기도 한 열희의 말간 눈이 선우를 따라붙었다. 맞다. 상대는 최열희였다. 자신이 하는 말이 무슨 말인지도 모르는 순수한 음란마귀.

"오케이. 딱 기다려. 내가 영재의 능력을 보여 줄게."

열희의 양쪽 볼을 살짝 잡아당기며 선우가 쪽 입을 맞췄다. 그러자 열희의 눈이 반짝거리며 선우를 마주 봤다. 이렇게 귀엽고 사랑스러웠던가. 선우의 입꼬리가 스멀스멀 올라갔다. 한때 이 여자를 무섭고 두려운 성폭행범으로 인지하고 피해 다녔던 제 자신이 이해가 안 갔다. 어떻게 그럴 수가 있나. 이렇게나 순수하고 예쁜데.

"응. 나 완전 기대해요. 그동안 벼르고 별렀다고요. 우리 다 해봐요."

그래. 뭐든지 다 하자 최열희. 내가 다 들어줄게. 영화도 보고, 밥도 먹고, 여행도 가는 그런 당연한 것들 말고도 남들 연애할 때 하는 거 다. 아니, 남들 안 하는 것도 몽땅 다.

"신기한 자세들 엄청 많던데 그거 다 해 줘야 해요."

응? 선우는 문득 불안해졌다. 신기한 자세라니. 자세라면, 설마 그것? 그럼 다 해 보자는 의미가 그런?

"오빠도 섹스 잘하는 여자가 좋아요?"

뜨억. 하고 선우의 입이 힘없이 벌어졌다. 옛말 하나 틀린 게 없었다. 설마가 사람 잡는다. 설마 하던 무당이 사람 잡는다. 설마 하던 원숭이도 나무에서 떨어져 사람 잡는다. 설마 하던 포르노가 사람 잡는다. 설마 하던 해맑은 여친이 사람 잡는다.

"내가 채훈 선배 때문에 잘하는 여자가 되려고 그동안 공부 열심히 했는데요, 난 이제 한선우 여자친구니까 오빠 취향에 맞게 변해야 하잖아요."

그런 얘기는 굳이 해 줄 필요 없는데.

"하긴. 오빠가 영재니까, 내가 굳이 따로 공부할 필요는 없겠다. 오빠한테 배우면 되니까. 잘 부탁해요, 오빠. 나 열심히 할게요."

반짝반짝 빛나는 열희의 눈동자를 보자 묘하게 책임감이 느껴지는 선우였다. 저는 정말 열과 성을 다해서 영재가 되어야겠구나, 속으로 결심을 했다.

13. 음란마귀와 땡땡이

군이 따지자면 2년 내내 똑같이 되풀이되는 평일 점심시간의 모습과 다를 바 없었다. 미령과 함께 병원 근처에 있는 분식집을 가거나 그냥 원내 식당에서 끼니를 해결하거나. 어디서 무엇을 먹건 미령과 수다를 떨며 황금 같은 휴식을 꽉꽉 채우는 게 열희의 일상이었다.

오늘도 별반 다르지 않았다. 원내식당에 만둣국이라는 신메뉴가 생긴 것과 더불어 돈까스에 곁들여진 양배추 샐러드에 건포도가 첨가됐다는 제보를 받아 각각 하나씩을 시켜 놓고 폭풍처럼 흡입하는 건 늘 보던 모습이었다. 딱 하나만 달랐다. 대화의 주제가 채훈에서 선우로 옮겨 갔다는 것.

선우를 부르는 미령의 호칭도 '오빠'로 바뀌었다. 저보다 더 자연스럽게 선우 오빠라고 부르는 미령이 열희는 부러웠다. 저에게선 큰 결심을 해야만 나오는 특별한 단어였는데. 옆집 싸가지에서 개봉 군으로, 다시 개봉 씨로, 이젠 오빠로. 마치 미령의 입 언저리에 호칭 저장소라도 있는 것처럼 툭툭 쏟아져 나오는 게 신기하기만 했다.

명색이 여자친구가 미령이에게 밀릴 순 없으니 억지로라도 열심히 연습해야 할 판인데, 문제는 정작 연습할 대상이 부재중이라는 거였다. 선우는 지금 급하게 남미 출장을 떠난 상태였다.

얼마 전 완공한 리조트 오너가 주최하는 오픈기념 파티였기에 건축사무소 입장에서는 반드시 참석해야 할 자리였다. 보통 이런 건 승욱의 몫이었지만, 이번만은 선우도 얼굴을 내밀어야 했다. 간 김에 이삭을 만나러 가 배 째라 전법으로 미국에 눌어붙어 있는 승욱을 데려올 계획도 함께였다.

일주일 후에 돌아온다던 선우는 승욱에게 들렀다가 오느라 귀국을 삼 일 더 미뤘다. 덕분에 열희는 사귀기로 한 이후 제대로 된 데이트도 못 한 채 계속 달력만 보고 있었다. 티끌만 했던 불만은 불안이 되고 별거 아니었던 개운치 않음은 징크스처럼 열희를 따라붙었다.

"아무거라도, 뭐라도 좋으니까 사인 같은 게 있었으면 좋겠어."

"사인?"

만둣국 국물을 비워 낸 미령이 두 팔을 식탁에 올리고는 열희 쪽으로 몸을 기울였다. 샐러드에 곁들여진 건포도를 먹지는 않고 포크로 계속 찔러 대는 열희가 심상치 않았다.

"응. 이건 운명이다, 뭐 그런. 아주 조그만 거라도 좋으니까, 두 사람은 제대로 된 짝이니 걱정 마라, 이렇게 안심시켜 주는."

"흐음."

"중요한 순간마다 땡땡이가 방해를 해. 자꾸 짝사랑 때의 흔적이 남아서 발을 거는 느낌이야."

열희는 아무래도 오랜 짝사랑이 낳은 부작용에 시달리는 듯했다. 상대의 맘이 변할까 전전긍긍하는. 다시 짝사랑이 되어 버릴까 두려운. 상대가 저를 함께 좋아해 주는 게 익숙지 않은. 그래서, 이번엔 그렇지 않아, 라고 말해 줄 어떤 초자연적인 것에 기대고 싶은.

"긍정적으로 생각해 봐, 친구야. 오빠랑 너, 자꾸 어깃장이 나는데도 질긴 생명력으로 이어지고 있잖아. 땡땡이를 입었는데도 결국 뽀뽀를 했고, 땡땡이의 방해에도 마음을 확인했잖아. 처음 만남도 그래. 둘이 말도 안 되는 오해로 만났잖아. 선우 오빠 완전 너 질색했잖아. 그런데도 도망 안 가고 너 좋다잖아. 그것만큼 확실한 게 어딨어? 그런 게 바로 운명인 거지."

미령의 말도 옳았다. 저도 긍정파워는 미령이 못지않은 사람이었는데 왜 이렇게 됐나 모를 일이었다. 지분거리던 건포도를 입에 넣으니 달았다. 덕분에 웃었지만 그래도 무언가가 부족했다. 마치 기억해야 할 뭔가를 잊고 있는 듯한 찝찝함이 들었다.

"그나저나 너 그 오빠 소리 좀 살갑게 해라. 군대에서나 들을 법한 말투로 오빠라고 부르냐. 오빠 소리 하나에도 이 남자는 내 거다~라는 옵션을 장착해야지. 그래야 주위에 여자들이 안 꼬일 거 아냐."

"옵션?"

"예를 들면 이런 거지. 단순히 오빠라고 부르는 표준사양에 변화를 주는 거지. 무언가를 원할 때 콧소리 옵션, 오빠앙~ 못마땅할 때 앙탈 옵션, 오빠아! 유혹할 때 끈적 옵션, 오쁘와~"

열희의 눈이 감탄으로 빛났다. 대체 이런 걸 다 어떻게 알고 있는지 미령이 존경스러웠다. 내친김에 따라 해 보라는 미령의 재촉에 열희가 숟가락을 든 채로 진지해졌다. 미령이 선창하면 열희가 후창했다. 어설펐던 오빠 소리가 회를 거듭할수록 점점 차지게 변했다.

"오빠앙~ 오빠아! 옵쁘와~"

"야, 그건 너무 오버다."

열희의 과열된 오버에 미령과 열희가 깔깔거리며 웃었다. 연신 웃으며 옵쁘와~를 느끼하게 내뱉던 열희가 뚝 웃음을 멈췄다. 동료들과 식당으로 들어서던 채훈과 눈이 마주치고 말았다.

열희가 꾸벅 고개인사를 했다. 돌아본 미령도 똑같은 인사를 건넸다.

대화 주제만 달라진 게 아니었다. 생각보다 많은 것이 예전과 달랐다. 채훈을 볼 때면 늘 반갑게 손을 흔들던 제가 변했고, 늘 무뚝뚝하게 고개 한번 끄덕이던 채훈도 변했다. 그가 하던 고개인사를 이젠 열희가 했고, 채훈은 대신 웃으며 인사를 받아 주었다.

아주 작은 것에서부터 저의 세상이 변하고 있음을 실감하는 열희였다. 제가 지켜보는 것만큼 상대도 저를 보아 주고 있다는 것이 운동에너지를 만들어 냈다. 지난 4년간 정체되어 있던 열희의 세상이 구르기 시작했다. 어쩌면 그게 낯설어 저는 이리도 그 무언가에 집착하고 있는지도 모르겠다.

✻

퇴근 후 분식집에 들러 먹을거리를 샀다. 김밥, 떡볶이, 어묵, 튀김, 순대. 언젠가 선우에게 주었을 때도 맛있었다고 한 게 기억나 이것저것 사다 보니 혼자뿐인데도 잔뜩 사 버리고 말았다.

너무 많이 샀나, 그 생각을 하는 사이 집에 도착했다. 선우네 집 도우미 아주머니가 마당에 널었던 빨래 건조대를 들고 옮기는 게 보여 달려가 거들었다. 선우네 집에 왔다 갈 때 몇 번 본 적이 있어 아주머니도 반갑게 열희를 반겼다.

"오늘 퇴근이 빠르네요?"

"네. 일주일에 하루 정도는 일찍 끝나요. 아직 안 마른 거 같은데 안에 넣으시게요?"

"응. 오늘 햇빛이 좋아서 건조기 대신 밖에 널었는데, 내가 돌아갈 시간이 돼서."

"그런 거라면 그냥 두세요. 제가 나중에 개서 넣어 둘게요."

빨래라고 해 봐야 하얀 수건들과 샤워로브 등이 전부인지라 열희가 흔쾌히 제안했다. 건조기라는 편한 방법을 두고 생각해서 햇볕에 널어 준 것만도 고마웠다.

"아유, 그럼 좋지만 미안해서요."

"아니에요. 이렇게 신경 써 주시니 저희가 더 고맙죠."

말해 놓고 보니 부끄러웠다. 선우 빨래를 놓고 저가 고맙다고 느낀 것도 그렇고, '저희'라는 표현을 쓴 것도 그렇고.

"우리 아가씨는 말도 참 예쁘게 해. 비밀번호는 알죠?"

"네."

그러게, 어느새 비밀번호도 아는 사이가 되었다. 모른다 해도 유리복도를 통하면 되는 일이었지만 그래도 서로의 집 번호를 안다는 건 또 다른 의미였다.

"이렇게 예쁜 여자친구를 두고 어디를 가셨대. 나쁘다."

예쁜 건 모르겠지만 여자친구인 건 맞았다. 반은 맞는 말이니 나쁘다는 장난 같은 말의 반도 맞는 말이리라.

"혹시, 분식 좋아하세요?"

열희가 손에 든 봉지를 들어 보이자 아주머니는 대답 대신 눈을 반짝였다. 푸념이 하고 싶었던 열희의 입꼬리가 씨익 올라갔다.

도우미 아주머니가 해 주는 선우 얘기에 열희는 푸념도 잊고 집중했다. 너무 먼지가 없어서 청소할 맛이 안 난다는 얘기까지도 중요한 기밀이라도 되는 듯 꼭꼭 새겨들었다. 선우에 대한 얘기를 나누다 보니 그가 더 보고 싶어졌다. 이럴 줄 알았으면 그에 대해 물어보지 않는 건데, 했다가도 또 이것저것을 캐묻곤 했다.

도우미 아주머니가 돌아가자 더 허전해졌다. '보고 싶다'를 연신 중얼거리며 열희는 샤워실로 향했다. 땡땡이와 새로 산 속옷이 남아 있어서 당연히 땡땡이를 집었다. 새로 산 건 내일 돌아올 예정인 선우를 위해 남겨 두었다. 이번에는 정말 땡땡이의 저주가 없도록 각별히 조심해야 했다. 아무런 운명의 사인도 없는 이 상황에 또다시 땡땡이의 방해를 받을 순 없었다.

샤워를 한 후엔 세탁기를 돌렸다. 날이 어둑해져 오기에 마당에 나가 보니 수건과 샤워로브가 뽀송하게 말라 있었다. 그의 수건을 개고 있으니 마음이 간질거렸다.

폭신한 수건 한 면에 코를 가져다 대니 진하지 않은 은은한 향이 맡아졌다. 그에게서 나는 것과는 다른 향이었지만 이건 이거대로 좋았다. 저도 같은 유연제로 바꿀까, 하는 생각을 하며 수건을 품에 안았다.

그가 없는 집에 문을 열고 들어오는 기분은 묘했다. 마치 살림을 관장하는 여자친구나 아내가 된 듯해 괜히 집 이곳저곳을 기웃거렸다. 도우미 아주머니가 정리는 잘 해 놓으셨나 매의 눈인 척 살림살이들을 훑어보던 눈길이 다시 뒤로 돌아간 건 그때였다.

승욱이 머물던 방에 사진 액자들이 놓여 있었다. 정동진에서 찍은 호신술 동아리 단체사진이어서 반가운 마음에 그 사진을 집어 들었다. 그리고 그 옆에, 정동진의 또 다른 사진이 놓여 있었다.

사진 속에 이삭과 승욱이 있는 건 놀랍지 않았다. 문제는 그 옆에 있는 사람이었다. 누가 봐도 그 사람은 선우였다. 그리고 선우의 목엔 낯익은 빨간 목도리가 둘러져 있었다. 흔하디흔한 목도리를 어떻게 구분하겠냐고 하겠지만 열희는 알았다. 그 목도리는 저의 것이었다.

"......!"

번쩍하는 섬광처럼 2년 전 정동진이 떠올랐다. 코와 귀가 빨갛게 얼어 있던 남자. 저가 건네준 핫팩 사용법을 몰라 몸을 흔들던 남자. 채훈을 주려고 떠 간 목도리를 대신 꽁꽁 둘러 주었던 그 남자. 그런 저를 한참이나 깊게 쳐다봐 주었던 그 남자.

선우가 병원에 왔던 날이 떠올랐다. 저를 때려도 좋다면서 웃으며 손을 내밀던 그때의 눈빛 위로 정동진의 얼어붙은 남자가 해답처럼 겹쳐졌다. 어디서 본 적 있다고 느꼈었는데 그게 정동진이었던 거다.

세상에나. 묘한 흥분감이 열희를 휘감았다. 선우가 정말 이 남자가 맞다면 선우와 저는 사랑의 최고봉이라는 '운명'인 거나 마찬가지였다. 그동안 스멀스멀 고개를 쳐들었던 불안감이 갑자기 확 쓸려 가 버렸다. 그와 그런 인연이 있다는 것만으로도 열희에겐 일생일대의 선물 같았다.

그녀가 바라는 운명의 사인이 이런 거였다. 그녀가 기억해야 할 뭔가가 바로 이거였다. 채훈에게 줄 붉은 목도리가 선우에게 건네진 그 순간, 저와 선우는 붉은 실의 인연이 맺어진 거였다.

몸이 붕 뜬 채로 계단을 올라갔다. 명목상 수건을 샤워실에 가져다 놓으려는 발걸음이었지만, 사실 열희는 꿈속을 걷고 있었다. 선우는 정동진의 남자였다. 제가 준 붉은 목도리를 둘렀던 바로 그 남자였다. 이제 저와 선우 사이에 일어나는 모든 일은 어떤 것이든 운명으로 다 받아들일 수 있을 것 같았다.

선우는 짐만 방에 던져 놓은 채 빠르게 샤워 중이었다. 내일 도착 예정이었지만, 갑자기 비행기 표가 구해져 하루 일찍 돌아올 수 있었다.

일부러 열희에게는 말하지 않았다. 짠— 하고 나타나 놀라게 해 줄 생각에 아이처럼 신이 나서는 승욱을 본가에 던지다시피 내려놓고 돌아왔다. 일부러 택시에서도 조금 미리 내렸다. 슬금슬금 걸어 집으로 들어오자마자 오랜 비행으로 찌든 옷을 벗어 던지고 샤워실로 향했다.

그런데 씻고 나니 수건이 없었다. 물은 뚝뚝 떨어지는데 아무리 뒤져도 수건은커녕 샤워로브도 없었다. 도우미 아주머니가 베란다에 빨래를 널어놓고는 잊어버렸을 수도 있어 하는 수 없이 굵은 물줄기를 탁탁 털고 샤워실 문을 열었다. 미리 확인할걸 하는 후회와 함께 알몸으로 베란다를 향해 걸음을 옮겼다.

그때였다. 계단으로 까만 정수리가 올라오고 있었다. 신기하게도 그가 찾던 수건들이 모습을 나타냈다. 반가울 사이도 없이 그 수건을 든 사람도 나타났다. 바로, 열희였다!

머릿속이 하얘졌다. 알몸인 채로 버둥대는 두 발은 갈 곳을 몰라 우왕좌왕했다. 어디로든 피하자 싶어 발길을 돌리는데, 고인 물에 미끄러지며 두 발이 허공으로 치솟았다. 몸이 붕 뜬다고 느낀 순간, 눈앞에 있어야 할 풍경이 가라앉으며 천장이 나타났다.

선우는 눈을 질끈 감았다. 이제 곧 바닥으로 나자빠지겠구나. 이렇게 놀래 줄 계획은 아니었는데. 참 모양 빠지는구나, 하는 생각들과 함께.

계단을 올라오는 동안 점점 얼어붙은 열희였다. 비어 있어야 할 집에 나신의 남자가 떡하니 있었다. 하얀 바가지 두 개를 엎어 놓은 듯한 볼록한 엉덩이 두 개를 눈앞에서 마주한 소감은 충격이었다.

이리저리 버둥거리는 게 도망갈 궁리를 하는 것 같았다. 바바리맨이 집 안에 있을 리는 없고, 무엇보다 바바리맨은 바바리라도 입었지, 이 남자는 아무것도 걸치지 않고 있었다.

고함이라도 치려는 찰나, 열희는 보고 말았다. 그 엉덩이가 누구의 것인지. 그것은 제 남자친구의 것이었다. 열희의 입이 터억 벌어졌다.

그도 저를 보고 놀랐음이 분명했다. 그렇겠지, 일부러 저러고 저를 기다리진 않았을 테니. 그런데 그가 물을 밟고 미끄러졌다. 허옇고 긴 남자의 육체가 팝콘처럼 공중으로 떠올랐다. 그 짧은 시간 동안 열희는 영화 '그래비티'를 떠올렸다. 우아하게 허공을 배회하던 선우의 알몸이 중력에 의해 아래로 낙하하려는 찰나의 순간이었다.

"오빠!"

수건을 던져 버리고 몸을 날렸다. 저대로 두었다가는 큰일 나지 싶어 갈고닦은 순발력을 총동원해 선우를 붙잡았다. 무릎을 세워 그의 등허리를 지탱하고 손으로 목과 어깨를 받쳤다. 그러고도 미끄러지는 그였기에 방황하던 다른 한 손이 잡을 곳을 찾아 그의 몸을 더듬었다. 그리고 마침내, 그를 추락으로부터 구했다.

턱. 터억. 터억.

그렇게 갈망하던 수건이 허공에 흩뿌려졌다가 선우의 몸 위로 떨어졌다. 이미 바닥과 충돌했어야 할 제 몸은 허리가 뒤로 젖혀진 채 정지되어 있었다. 빠끔 눈을 떠 보니 코앞에 열희가 저를 내려다보고 있었다. 탱고를 추다 남자가 여자의 허리를 바짝 젖히는 장면처럼 저는 열희에게 얹혀 있었다.

"괜찮아요?"

열희의 눈은 전에 없이 커져 있었다. 걱정하는 눈빛을 받으니 가슴이 벅찼다. 달려와 저를 구해 주었구나! 알몸이란 것도 잊고 감동을 한 선우였다. 새액새액 내려앉는 숨결을 맡고 있자니 그대로 고개를 들어 입을 맞추고 싶었다. 못 할 게 뭐 있나, 열희를 향해

턱을 쭈욱 내미는데, 몸 중심이 저릿했다. 이상했다. 무언가가 제
물건을 꽉 움켜쥔 듯한 통증이……

"으어어억!"

고개를 들어 제 몸을 본 선우의 입에서 고함이 터져 나왔다.

"으아아아악-!"

그 고함의 원인을 찾아 눈을 돌린 열희에게서도 뜨악한 비명이
뚫고 나왔다.

열희의 남은 한 손이 우뚝 선 선우의 물건을 꼬옥 쥐고 있었다.
어디든 잡아 그를 멈춰 세운다는 게 저도 모르게 그곳을 잡았나 보
다. 자동차 기어처럼 그의 중심을 쥐고 있던 열희가 놀라 손에 힘
을 더 줘 버렸다. 그러자 손안이 더 뜨겁고 단단하게 불뚝 채워졌
다.

자지러지는 선우의 비명이 울렸다. 그 비명에 더 기함한 비명을
내지르는 열희였다. 손을 놓을 생각도 못 한 채, 몸을 일으킬 엄두
도 못 낸 채, 쩌렁한 비명들만 차례로 질러 대는 두 사람이었다.

※

"좀 나아졌어요? 병원 안 가도 돼요?"

열희의 눈이 쪼르르 그곳으로 향했다. 그 눈길에 선우가 반대편
으로 몸을 틀었다. 급한 대로 샤워로브만 걸친 채 선우는 지금 소
파에 널브러져 얼음찜질 중이었다.

살다 살다 이런 일은 처음이었다. 섹스가 아닌 다른 이유로 여자
에게 그곳을 잡혀 본 적은 없었다. 그것도 자신이 좋아하는 여자한

테, 하필 도망치다 넘어져서, 구해지기 위해 그곳을 잡아당겨지는
건 정말이지 상상으로도 해 본 적이 없었다. 얼굴이 화끈거리는 거
야 당연지사였지만, 지금은 제 분신의 안위가 더 걱정되어 달아오
른 얼굴 따위는 신경 쓰이지 않았다.

"혹시 부러진 거 아니에요? 괜찮은 거 맞아요?"

끈질기게 따라붙는 열희의 시선을 피해 선우가 가운 자락을 더
들어 제 몸을 가렸다. 끄응 하는 소리가 절로 뿜어졌다.

"미안해요. 정말 그건지 모르고 잡았어요. 그냥 손에 잡히기에,
마음은 급하고, 마침 딴딴하길래⋯⋯."

시무룩해진 열희의 고해성사를 듣고 있자니 아픈데도 웃음이 나
는 선우였다. 바닥에 내팽개쳐질 뻔한 저를 구해 주고도 제 탓이라
며 풀이 죽은 열희를 보니 미안하고 고마운 것을 넘어 미치도록 귀
여웠다. 조금 더 골려 주고픈 마음이 삐죽 고개를 들었다. 제가 이
렇게 장난을 좋아했던가 신기해하면서.

"그러고 보니 부러진 거 같은데."

"에에에? 그럼 큰일인 거잖아요!"

더는 심각할 수 없을 만큼 열희가 정색을 했다.

"그러게. 큰일이네. 이거 어쩌지?"

"어쩌긴 뭘 어째요? 병원 가서 깁스 해야죠! 당장 일어나요. 얼
른요!"

당장 강제로라도 저를 끌고 나갈 태세여서 선우는 급하게 눈을
굴렸다. 자칫하면 119라도 부를 열희이기에 뭐든 둘러대야 했다.

"맞다. 전에 어디서 읽었는데 이럴 땐 깁스 말고 마사지를 해야
낫는대."

"마사지요? 부러졌는데 마사지를 해요?"

"그러게. 나도 이상하긴 한데. 여긴 다른 곳이랑 다르니까."

열희의 눈이 골똘해졌다. 그럭저럭 위기를 넘겼다 싶어 안심하는 찰나.

"그럼 내가 해 줄게요. 나 마사지 잘해요."

순간 중심으로 피가 확 몰리는 선우였다. 장난으로 마사지라는 단어를 꺼냈는데, 그 말이 열희의 입에서 나온 순간 더 이상 몸의 반응은 장난이 아니게 되었다.

"근데 나 거기 마사지는 안 배웠는데. 어떻게 하면 돼요? 지압하고 조물조물 주무르면 돼요? 인터넷 찾아봐야겠다."

결국 휴대폰을 꺼내 드는 열희를 말렸다. 지압과 조물조물이라니. 그 말을 듣는 것만으로도 뜨겁게 달아올라 다급히 얼음주머니를 얹었다. 급격한 온도 차에 눈썹이 움찔했다.

"왜 그래요? 많이 아파요? 봐 봐요. 내가 주물러 줄게요."

맙소사. 선우의 입에서 달뜬 숨이 나왔다. 장난을 시작한 저의 잘못이라 속만 끓었다.

"부끄러워 말고 이리 와요. 내가 낫게 해 준다니까요."

선우의 중심을 향해 열희가 손을 뻗었다. 거침없이 다가오는 손길에 기겁을 한 선우가 그 손을 꾹 잡아 멈췄다.

"왜요?"

"아니 무슨 너는. 어떡하면 사람이……."

당황해 제대로 된 말이 나오지 않는 선우였다.

"무슨 여자가 그렇게 겁도 없이. 어떻게 남자 물건을 마구 주물러? 제정신이야? 이런 거 만지는 게 아무렇지도 않아?"

꿈뻑. 열희의 눈이 느리게 감겼다 떠졌다. 눈동자가 허공을 한 바퀴 휘이 돌고 돌아왔다. 그걸 보니 제가 너무 소리쳤나 싶어 후회하는 선우였다. 놀라서 내지른 건데, 그게 열희를 더 놀라게 했나 보다.

"처음이라서요."

뜻밖의 말이 나왔다.

"처음 만져 본 거라 아깐 너무 놀라서 잘 몰랐는데, 지금 생각해보니 기분이 이상하긴 했어요. 그니까 아무렇지도 않았던 건 아니었어요. 뭐랄까, 되게 보드라운데 단단하고 뜨겁고 또……."

뜨억. 하고 입이 벌어졌다. 너무 진지한 열희의 말에 오히려 당황한 건 선우였다. 제 물건의 느낌이 어땠는지를 듣자고 한 말이 아니었다.

"신기했어요."

"뭐?"

"전에 포르노 볼 때 화면으로만 보던 걸 실제 눈앞에서 보니까 더 대단한 거 같아요. 딱딱하고 거칠 줄 알았는데 아기 살처럼 보들보들해서 조금 놀랐어요. 보들거리면 물렁해야 하는데 그것도 아니고."

힛. 하고 웃으며 발그레해지는 열희였다. 그런 것치고 대화 내용은 너무 대담했다. 수줍음은 어느새 선우의 몫이 되어 있었다. 물론 수줍은 것치고 선우의 몸은 뻔뻔하게 반응했지만.

열희의 턱을 들어 올려 입을 맞췄다. 지금까지 꾹꾹 눌러두었던 뜨거움을 혀끝에 담아 파고들었다. 남녀의 애정행각을 2D 영상으로만 배운 열희는 키스 하나에 움찔거리는 제 몸이 이상했다. 그가 빨아들이는 건 입술과 혀인데, 아랫배까지 빨려 올라갈 것처럼 저릿해졌다.

숨을 들이마실 수도 내쉴 수도 없게 입안이 가득 채워졌다. 차오르는 타액을 삼키며 그를 받아 내다 보니 어느새 소파 팔걸이에 머리가 닿았다. 잠시 떨어진 틈을 타 숨을 몰아쉬었다. 가슴이 들썩거렸지만 흔들리지 않고 그를 바라보았다.

우주 같은 그의 눈동자가 내려다보고 있었다. 입에 물면 놓아주고 싶지 않은 그의 입술에선 거친 숨이 새어 나왔다.

"지금, 해도 돼?"

물으나 마나 한 질문에 하나 마나 한 대답을 했다. 끄덕. 그 작은 고갯짓에 선우는 고삐가 풀려 버렸다. 전보다 더 강하게 벌어져 있는 입속을 파고들었다. 그러다 문득 입술을 떼고 열희를 보았다. 제대로 하고 싶다는 그녀의 말이 떠올랐다.

"왜요?"

말갛게 물어 오는 열희를 향해 더운 숨을 내쉬었다. 거실 소파 위는 제대로와는 거리가 멀었으니까.

"아무래도 여긴 아닌 거 같아서."

그러자 열희가 눈을 반짝였다.

"나, 유리방에서 하고 싶어요!"

"유리방?"

"응. 거기가 좋아요. 포근하고, 따뜻해요."

처음 유리방을 보자마자 성적판타지가 생겼어요, 라는 말은 차마 하지 못했다.

말이 끝나기가 무섭게 열희의 몸이 공중으로 붕 떴다. 선우가 열희를 안아 들고는 계단을 올랐다. 갑자기 이런 힘이 어디서 났나 놀라면서도 그의 목을 꼬옥 끌어안았다. 저를 돌아보고 싱긋 웃어 주는 것 때문에 가슴이 미친 것처럼 팔딱거렸다.

"그런데, 해도 괜찮아요? 다쳤잖아요."

다쳤다는 표현을 하기엔 무리가 있었기에 선우는 조금 난감했다. 굳이 설명을 하자면 뜻하지 않게 세게 쥐어져 놀란 정도? 본의 아니게 잡아당겨져서 충격을 받은 정도?

구차한 설명 대신 열희를 침대 위에 눕히곤 셔츠를 벗겼다. 전에 보았던 것과 똑같은 두 가슴이 달빛에 탱글하게 드러났다. 중심이 뻐근해져 그대로 양쪽 가슴을 쓸어 쥐었다.

"아. 나 속옷."

열희가 눈썹을 꺾으며 양손을 팬티 위로 가져갔다. 벗기지 말란 뜻인지 의도가 분명치 않아 선우가 물끄러미 보았다.

"새로 산 걸로 갈아입고 오면 안 돼요? 나 이거 입고 하기 싫은데."

상체를 일으키는 열희를 입술로 눌러 다시 눕히며 선우가 새된 음성으로 속삭였다.

"이거 입고 할 일 없어. 벗길 거니까."

선우의 손이 팬티 속으로 들어와 둔덕을 쓸더니 그대로 밑으로 잡아 내렸다. 순식간에 알몸이 되자 열희가 그곳을 손으로 가렸다.

"더는 태클 걸지 마. 나 못 참으니까."

나직한 협박에 열희의 눈이 똥그래지자 그가 뜨겁게 입을 맞추었다. 가슴을 움켜쥐며 귓불을 잘근거리는 동안, 달구어진 숨 사이로 열희가 끊어지듯 말했다.

"나는. 그냥. 땡땡이가. 싫어서."

가슴 위 정점을 쪼옥 빨아들이던 그가 탱글한 젖무덤에 입술을 묻고 말했다.

"싫어도 입어 줘."

"네?"

"난 좋거든."

"……!"

"내 취향이야. 땡땡이."

몸에 확 불길이 일었다. 그가 제 가슴을 깨물어서인지, 아니면 땡땡이가 좋다는 그의 말 때문인지는 구분되지 않았다. 확실한 건 그의 손길 하나, 말 한마디에 제 온몸이 반응한다는 거였다. 저도 모르는 사이 입으로 신음이 흘러나왔다.

허벅지가 벌려지더니 그의 손이 중심을 쓸고 지나갔다. 얼결에 다리를 오므리자 힘을 준 그의 양손이 전보다 더 넓게 다리를 벌려 놓았다.

촉촉하고 말캉한 것이 사이를 파고들었다. 고개를 들어 보니 벌어진 다리 사이에 그가 얼굴을 묻고 있었다. 생경한 느낌에 놀라서 몸을 뒤틀었지만 허벅지와 둔부를 움켜쥔 그의 손이 움직임을 허락하지 않았다.

울 것 같은 신음이 터져 나왔다. 손가락이 좁은 입구를 빠르게 휘젓기 시작했을 땐 결코 내 본 적 없던 고음을 질러 대기 바빴다. 그동안 저는 공부를 헛했구나 하는 생각이 아주 잠깐 스쳤다.

콘돔을 입에 물고 한 손으로 봉지를 뜯은 선우가 다급히 제 물건에 끼워 올렸다. 달아오를 대로 달아오른 분신이 팔딱거리는 게 느껴졌다. 열희의 몸 가운데 손을 넣어 다시 확인을 했다. 따뜻하게 젖어 있긴 했지만 아무도 드나든 적이 없는 곳에 입성하는 건 신중해야 했다.

반쯤 뜨진 열희의 눈이 선우와 마주쳤다. 달뜬 얼굴을 보니 더는 참을 수 없어 가슴을 움켜쥐고 입술을 빨아올려 주의를 분산시키며 몸을 밀어 넣었다. 끄응. 하고 소리가 날 정도로 좁은 그곳이 물건을 꽉 조여 왔다. 당장 끝이라도 날 것처럼 분신이 달아올랐다.

열희가 선우의 어깨를 움켜쥐었다. 목을 꼭 끌어안는 것이 아픈 걸 참는 듯해 움직이지 못하고 그대로 있었다.

"많이 아파?"

고개를 저으며 제 품으로 파고드는 열희였다. 그게 사랑스러워 부드럽게 입술을 빨고 가슴을 손에 담고 주물렀다. 그녀가 편안해지기를 기다리며 이마와 귓등과 쇄골에 가만가만 입을 맞추었다.

입술이 가슴께에 닿자 열희가 몸을 조여 왔다. 그에 더는 못 참고 몸을 꾸욱 밀어 올렸다. 아흑. 하는 신음을 내지르며 열희가 선우의 목을 끌어당겼다. 온전히 아픈 신음만은 아니었기에 천천히 조금씩 몸을 움직이기 시작했다.

드나들기 편해지자 그가 속도를 내었다. 그를 껴안은 열희의 팔에도 힘이 들어갔다. 아릿한 통증 위에 느껴 본 적 없는 쾌감이 얹혀졌다. 등만 바닥에 대었지. 팔다리는 선우에게 감아 매달린 형태로 몸을 꿰뚫듯 들어오는 그를 받아 내었다.

고개를 뒤로 젖혔다. 눈앞에 달빛 가득한 정원이 드러났다. 거꾸로 접한 세상은 경이로웠다. 숲 속 어딘가에서 날것으로 본능의 행위를 하고 있는 것 같았다. 꽁꽁 싸매고 있는 이성이 스르르 풀려 버렸다.

"아아. 아. 아. 아으. 아흑!"

앙다문 입이 벌어지며 신음이 터져 나왔다. 온몸이 그로 인해 움찔거렸다. 어느새 통증 따위는 느껴지지 않았다. 제 것이 아닌 듯한 교성에 몸이 떠오르는 것 같았다.

눈앞의 전경이 쑤욱 내려가더니 그가 나타났다. 상체를 세워 앉은 그가 열희의 허리를 받쳐 일으켜 마주 보고 앉게 했다.

조금 위에서 내려다본 그의 모습이 좋아서 손을 뻗어 그의 흐트러진 머리칼을 만졌다. 그가 허리를 튕기자 열희의 몸이 솟구쳤다 내려왔다. 빠졌다 쿡 박히는 쾌감에 자지러지는 신음이 나왔다.

그가 손으로 골반을 꾹 눌러 잡더니 속도를 높였다. 밑에서 쳐올리는 힘에 몸이 이리저리 흔들거렸다. 내려와 꽂힐 때마다 아래에선 불이 일었다. 그의 손가락이 연결된 부위를 어루만지자 머리가 새하얗게 점멸되었다. 떨어져 나가지 않게 그의 목만 감싸 안은 채로 절정을 향해 가는 거센 몸짓을 견뎌 내었다.

꾸욱 깊게 찔러 넣어진 곳에서 전율하는 그의 것이 느껴졌다. 몇 번을 더 밀어 올리던 그가 고개를 꺾어 열희의 가슴에 얼굴을 묻었다. 뜨거운 숨이 가슴에 닿았다. 더는 덥혀질 수 없을 것처럼 달아오른 몸인데도 그의 숨결에 다시 심장이 빨라졌다.

헉헉대는 숨이 오갔다. 그가 입술을 덮쳐 와 그 숨을 먹었다. 그와, 떨어지기 싫었다.

"빼지 마요."

열희가 목을 꼭 껴안으며 말했다.

"안 빼."

숨소리를 섞어 그가 대답했다.

선우가 하얀 젖무덤을 강하게 빨아들였다. 따끔한 느낌에 내려다보니 빨간 흔적이 올라왔다.

"다 할 때까지 안 뺄 거야."

"뭘 다 해요?"

그의 눈이 짓궂게 변했다.

"온몸을 다 땡땡이로 만들 거야."

네에? 휘둥그레진 열희를 밀어 눕힌 그가 쇄골에 얼굴을 묻었다. 살을 물어 올려 쪼옥 빨아올리곤 만족스레 내려다보았다.

한동안 열희는 그를 몸 안에 품은 채 전신에 촉촉하고 따끔거리는 느낌을 참아 내야 했다. 신중한 그의 작업이 끝나 갈 때쯤엔 다시 그득하게 차오른 그의 분신을 달래느라 중심에서 퍼지는 홧홧한 열감을 견디는 이중고를 겪어야 했다.

✻

얼굴에 닿는 따뜻한 햇살 덕에 눈을 뜨지 않고도 날이 밝았음을 알 수 있었다. 여느 때처럼 기지개를 펴고자 팔을 뻗으니 몸 가운데가 욱신거렸다.

아. 맞다! 잊을 리 없는 지난밤이었지만 새삼 떠올려지는 기억이 얼굴을 벌겋게 만들었다. 이불을 걷고 슬쩍 몸을 들여다보니 전신에 퍼진 키스마크가 눈에 들어왔다.

아우 참. 싫은 소리가 나와야 하는데 웃음 섞인 투정만 삐질 나왔다.

그런데 선우가 없었다. 고개를 발딱 들어 이리저리 둘러봐도 유리방에는 저 혼자였다. 아니, 어떻게 보면 허허벌판 정글 속에 저 혼자 발가벗겨진 야인처럼 누워 있었다.

상체를 일으켜 이불을 쥐고 앉았다. 볼에 와 닿는 햇살을 받고 있자니 이곳을 벗어나기가 싫었다. 그를 부르는 호출기가 있었으면 좋겠다는 생각을 하던 열희는 정신이 번쩍 들었다. 저는 오늘 출근을 해야 했다. 해가 이렇게 떴다는 건 지각이었다.

어떻게 이곳에서만 잠을 자면 지각을 하는 걸까. 부리나케 몸을 일으키는데 중심이 뜨끈해 걷기가 힘들었다. 큰일이었다. 이런 상태로는 경비 업무를 보는 게 어려웠다. 어쨌건 집으로 가 시간을 확인해야 했기에 비척비척 몇 걸음을 떼었다.

벌컥 분노가 일었다. 이 자리에 없는 선우의 행방이 추리가 되었다. 명색이 남자친구라는 인간이 파김치가 된 여자친구를 내팽개쳐 두고 혼자서 출근을 한 것이다. 깨우지도 않고, 발가벗겨 이런 곳에 내버려 두고.

걸음이 쿵쿵 빨라졌다. 치사한 인간. 내가 오빠라고 불러 주나 봐라. 오빠는 무슨. 개뿔. 연습했던 옵션들 절대 안 써먹는다. 흥칫뿡이다. 개나 주라지 오빠.

"오빠!"

서재로 들어서는 문을 사이에 두고 선우와 마주쳤다. 말끔한 모습의 그는 오빠라는 소리에 광대가 볼록 솟았다.

"여기서 뭐 하는 거예요?"

"아. 목욕물 받아 놨는데. 깨워서 씻겨 주려고."

"목욕이요? 어웅, 오빠는."

오빠 소리에 저도 모르게 콧소리가 얹혀졌다. 몸이 배배 꼬였다. 손을 모아 쥐고는 살랑살랑 몸을 흔들었다. 그러다 뜨헉 했다. 저는 지금 알몸이었다. 적나라하게 몸을 드러내 놓고 수줍게 웃고 있는 벌거벗은 여자였다.

선우를 보았다. 그가 실룩이며 웃고 있는 게 오빠라는 소리 때문인지 알몸의 저 때문인지 분간이 안 되었다.

"걷는 거 괜찮나? 안 아파?"

대답도 안 듣고 번쩍 열희를 안아 들었다. 나체로 안기는 건 온전히 즐겁지만은 않은 거여서 열희가 고개를 돌려 푹 숙였다. 죽을 만치 부끄럽다는 생각을 할 즈음 따뜻하게 물을 받아 놓은 욕조 속에 몸이 내려졌다. 구름 같은 거품들이 다리에 간지럽게 달라붙었다.

"어!"

큰일이라도 난 것 같은 그의 고함이 들렸다. 그의 눈길이 향하는 곳을 쪼르르 따라가 보니 정확히 저의 엉덩이에 다다랐다.

"왜, 왜요? 내 엉덩이가 이상해요?"

선우는 대꾸 없이 열희의 골반을 움켜쥐었다. 그러고는 푹신한 엉덩이 살에 입술을 가져다 대곤 쪼옥 빨아올렸다. 이쯤 되니 그가 무얼 하는지 알아 버렸다. 아니나 다를까 엉덩이를 요리조리 살핀 그가 만족스레 웃었다.

"빈 곳이 있어서."

거울로 제 모습을 본 열희는 뜨악했다. 얼굴과 목을 빼고 전신에 붉고 푸른 자국을 달고 있는 저는 더 이상 평범한 사람이 아니었다. 땡땡이 무늬 인간이었다!

"이게 뭐예요!"

그런 저를 훑어보며 빈 곳이 없나 살피는 그는, 섹스 영재가 아니라 땡땡이 변태가 분명했다. 그 어떤 포르노에서도 본 적 없는 초슈퍼 울트라 킹왕짱 변태 같으니라고.

"이래 갖고 어떻게 출근을 해요!"

"출근 안 해도 돼. 전화했어. 오늘 아파서 쉰다고."

참으로 뻔뻔한 그였다.

"맘대로 그러는 게 어딨어요?"

"그럼 출근하려고? 걷지도 못하는데?"

"왜 못 걸어요! 복도도 잘 걸어왔는데!"

"곧 못 걷게 될 텐데."

"네?"

"씻고 밥 먹자. 그러고 나면, 왜 못 걷게 되는지 알게 될 테니까."

사악하게 웃는 선우였다. 실제로 그렇게 웃는 게 아니었음에도 열희 눈엔 그렇게 보였다. 씻기고 밥 먹여 걷지 못할 정도로 또 박아 주겠어. 으하하하하— 마귀 같은 목소리가 어디선가 들리는 듯했다.

신은, 그렇게 보내 달라던 음란마귀를 인간으로 만들어 하사하셨나 보다.

14. 콩떡 찰떡

"그래서, 좋았어?"

입술을 모아 입에서 닭 뼈만 쪼옥 밀어낸 미령이 TV에 눈을 둔 채 물었다.

"응. 엄청."

맥주 캔 하나를 새로 따는 열희의 시선도 TV에 꽂힌 채였다.

여름의 끝이 다가왔지만 열희는 아직 휴가를 가지 못한 채였다. 해마다 여름과 겨울 두 차례에 걸쳐 거하게 행해지던 가족 휴가여행에도 열희는 참석하지 못했다.

가족에겐 비밀이었지만 선우와 휴가 계획을 맞추다 보니 그리되었다. 가을은 돼야 시간이 날 것 같다는 그의 일정에 맞추다 보니 어느새 아침저녁이면 서늘한 바람이 부는 시기가 되었다.

사랑에 눈이 멀면 가족도 버리는구나, 라는 통탄을 하면서도 선우와 함께할 여행 계획을 세우는 열희의 입꼬리는 자꾸만 실룩거렸다.

미령도 덩달아 휴가를 가지 않았다. 고모네 카페에서 일하는 거라 언제든 일정을 조절할 수 있었기에 선우가 바쁠 동안 함께 놀아주겠다는 의리로 열희의 옆을 지켜 준 미령이었다. 선우는 그런 두 사람을 위해 유리방에서 영화를 볼 수 있게 설치를 해 주었다. 바다를 못 간 대신 그곳에서 시원한 영화를 보며 휴가 기분을 내라는 배려였다.

열희와 미령은 언제나 즐거워하며 그 배려를 충실히 즐겼지만 선우가 모르는 게 하나 있었다. 시원한 영화 대신 뜨끈한 19금 영화가 그곳에서 틀어지고 있다는 것.

오늘도 그런 날 중 하나였다. 퇴근 후에 유리방에 바다 조명을 켜 놓고 치킨과 맥주를 싸 들고 와 화제가 되었던 19금 영화를 감상했다. 얼핏 보면 장소만 바뀌었을 뿐 예전과 다르지 않은 두 사람의 일상이었지만 한 가지 달라진 게 있었다. 영화감상은 이제 열희가 아닌 미령을 위한 것이라는 것. 그리고.

"저건 너무 엉성하다. 각도가 안 맞잖아. 배꼽에다 하는 것도 아니고. 위치 하나 딱딱 못 맞추냐."

행위 장면에 대한 열희의 사실적인 평가가 행해진다는 것.

"그럼 모두 몇 가지 자세를 해 본 거야?"

아까 했던 질문의 연장선상에서 미령이 얘기를 이었다. 할 때마다 새로운 자세를 시도한다는 열희의 침대 생활에 미령은 공부하는 자세로 진지하게 접근하고 있었다.

"몰라. 세는 걸 자꾸 까먹어. 하다 보면 아무 생각이 안 나."

"그렇게 좋냐? 절친의 궁금증도 기억이 안 날 정도로?"

열희가 대답 대신 배시시 웃었다.

"진짜 너는 좋겠다. 우리 언니가 그러는데, 원래가 우락부락한 고무타이어 같은 남자보다 선우 오빠처럼 허연 기생오라비 같은 남자들이 그런 쪽으로 더 재주가 많은 법이래. 센서티브하니까."

그 말의 사실 여부를 떠나 어깨가 으쓱해지는 열희였다. 선우가 정말 영재인지는 대외적으로 증명할 길이 없었지만, 열희가 그렇다니 미령에게도 선우는 영재였다. 덕분에 어느 순간 남자를 고르는 기준이 선우를 중심으로 재배치되었다.

"가만. 생각해 보니 그럼 영재랑 둔재를 외모로 구분할 수 있는 거네? 나도 선우 오빠 같은 타입을 만나면 되네."

"글쎄. 우리 여섯째 형부를 보면 모두 그런 건 아닌 것 같은데. 여섯째 형부도 허여멀겋고 얄상하게 생겼는데 영 시원찮거든. 육희 언니가 그랬어, 낮이든 밤이든 쓸모가 없다고. 뱀술에 개소주를 해 먹여도 청소기 돌리고 나면 맥없이 뻗는다고."

열희의 증언에 심각해지는 미령이었다.

한 손엔 치킨을, 한 손엔 캔 맥주를 든 채 둘은 잠시 사색에 잠겼다. 흐음……. 이쯤 되면 결론은 하나였다. 그냥 열희가 복 터졌다는 거. '기지배.' 미령이 부러운 듯 중얼거리자 열희가 미령의 어깨에 팔을 둘렀다.

"너도 남친 생기면 이리로 와. 여기 완전 끝내줘. 얼마든지 장소 대여해 줄게. 여기 오면 없던 성적욕구도 막 생긴대."

미령이 주위를 쓰윽 둘러봤다. 몇 번이나 왔는데도 둘러볼 때마다 감탄이 나오는 광경이었다.

"그런데 선우 오빠 여길 왜 만든 거래? 진짜 그 용도로만 쓰려고 만든 건 아닐 거 아냐."

아. 열희가 먹던 치킨을 내려놓고 코를 쓱 문질렀다. 뭔가 중요한 얘기가 나올 거 같아 미령도 덩달아 치킨과 맥주를 내려놓고 보았다.

"오빠네 어머니가 바다를 엄청 좋아하셨대."

"그래?"

"응. 그런데 몸이 아프시고 나서는 바다에 가실 수가 없으니까. 오빠가 집에서 바다를 보실 수 있게 하고 싶어서. 그래서 만들었대."

미령이 말없이 다시 바다를 보았다. 여기가 그런 곳이었구나. 그렇게 소중한 곳이었구나. 그렇게 생각하니 이곳이 더 따뜻하게 느껴졌다.

열희도 미령도, 잠시 말없이 바다에 시선을 두었다. 가만히 있다 보니 바닷속을 부유하는 해초가 된 것처럼 몸 이곳저곳에 파도가 이는 것 같은 착각이 들었다.

선우가 누군가를 그리워하는 방. 그가 보여 주고 싶었지만 보여 주지 못한 방에 지금 열희가 있었다. 그가 그리워하며 곁에 두고 싶어 하는 또 하나의 사람이 되어서.

※

"저기요? 아가씨? 처자?"

퇴근길. 부동산 사장의 부름에 열희가 돌아보았다. 입에 넣었던 딱딱한 하드를 쭉 빼내곤 열희가 꾸벅 인사를 했다.

"요 앞 전원주택에 사는 거 맞죠?"

전에도 이런 적이 있었다.

"몇 번지를 말씀하시는 거예요?"

저를 내보내려 한다고 선우를 의심했던 적이 있어서 이번에는 확실히 물었다.

"어디 보자…… 321번지."

"맞아요. 왜 그러시는데요?"

"그 집 전세 계약기간이 다 됐는데 연락이 안 되네. 연장할 건지 말 건지 말을 해 줘야지."

"아."

부동산 사장에게 미국에 있는 이삭의 연락처를 주었다. 그냥 가기 뭐해 손에 든 봉지에서 아이스크림 하나를 꺼내 사장에게 건네고는 터덜터덜 길을 걸었다.

잊고 있었다. 여름이 지나면 이 집을 나가야 한다는 걸. 벌써 그렇게 됐나. 생각보다 빠른 시간에 저항이라도 하듯 열희의 걸음이 느려졌다. 이젠 정말로 나가야 하는구나.

모아 놓은 돈으로 작은 원룸의 월세는 얻을 수 있었다. 그동안 수없이 이사를 다녀 이골이 났기에 새로 옮길 곳을 찾는 것쯤은 별일도 아니었다. 하지만 이번엔 달랐다. 어느 곳으로 옮기든 그 옆집엔 선우가 없을 것이다.

뚝. 다 녹은 아이스크림이 막대에서 떨어져 나갔다. 아깝다. 멍하니 선 채 바닥에 뭉개진 아이스크림을 바라보았다. 그게 꼭 제 처지 같았다.

집에 돌아와 이삭과 승욱의 엽서가 담긴 박스를 포장했다. 아무리 생각해도 제가 버릴 수는 없었다. 그렇다고 승욱에게 건네주기도 뭣해서 이삭에게 보내기로 마음먹었다.

이런 건 당사자의 손으로 해결해야 하는 거다. 자신의 추억은 자신이 직접 정리해야 할 의무가 있으니까. 그러니까 이건 이삭의 몫이다. 꾹꾹 테이프로 입구를 동여맨 열희의 입매가 단단해졌다. 제가 이 집을 떠나야 하듯, 이삭의 추억도 이 집을 떠나야 할 시간이다.

나중에 우체국에 들러 부칠 계산으로 문 앞에 두었다. 그러고 나니 마음이 비장해졌다. 선우와 헤어지는 것도 아니고 머나먼 타국으로 가는 것도 아닌데, 무엇보다 지금 당장 이사를 갈 것도 아닌데 마음은 계속 싱숭생숭했다.

이 집에서의 지난 몇 달이 꼭 마법 같았다. 날이 선선해지면 풀어지는 그런. 좁은 집으로 이사를 가도 선우와의 관계는 변할 리 없었다. 앞으로 살게 될 조그만 원룸을 원망하는 것도 아니다. 새삼 깨달았을 뿐이다. 제가 참 가진 게 없음을.

며칠 전 팔희 언니가 전화로 푸념하던 게 떠올랐다. 결혼하고 싶은데 돈이 없다고. 남자친구의 집이 어마하게 잘살아서 수준을 맞추는 게 어렵다는 따위가 아니었다. 팔희의 새 남자친구는 평범한 직장인이었고 결혼한다면 부모님의 도움과 대출을 받아 서울 시내에 작은 아파트 전세 정도는 마련할 수 있었다. 문제는 그 집을 채울 살림살이였다.

열희네 집은 원래가 넉넉한 집안이 아닌지라 제 혼수는 알아서 준비하는 풍토였다. 밑으로 내려갈수록 위의 형제들이 조금씩 보태 주긴 했지만 얼마 전 오빠의 결혼으로 그나마 기댈 수 있던 재정조차 텅텅 비었다.

팔희 언니의 고민이 남의 것 같지 않았다. 생각해 보니 저는 너무 세상을 어리게만 봤었다. 그런 실질적인 고민 따위 한 번도 해본 적 없이 짝사랑에만 몰두해 있었으니.

선우와 결혼을 한다면 어떨까. 이 집에서 살게 될까. 이 집은 사무소 소유라고 이삭에게서 들은 것 같은데. 그렇다면 그도 아파트 대출을 받으려나? 돈은 잘 버나? 저보다 훨씬 잘 버는 것은 확실했지만 어느 정도인지는 모르겠다.

모아 놓은 돈은 많을까? 생활하는 걸 보면 가끔 신기할 만큼 수준 차이 나는 것들이 있었기에 모으기보다는 쓰는 쪽일 것도 같은데. 그의 수준에 맞춰 저도 혼수를 준비해야 하나? 아니 것보다, 그가 저와 결혼하고 싶어 하긴 할까?

맥없는 한숨이 길게 나왔다. 이런 생각을 하고 있는 제가 어른 같아 싫었다. 이미 어른인데도 이런 식의 어른으로 거듭나는 게 어색했다. 결혼은 현실이라는 언니들의 말이 쓰게 와 닿을 날이 올 줄은 몰랐다. 누가 당장 결혼하잔 것도 아닌데 말이다.

전에 먹다 남은 피자와 콜라를 챙겨 들고 유리방에 왔다. 이젠 이곳을 볼 날도 많지 않다고 생각하니 감회가 새로웠다. 밖에 보이는 나무 한 그루 풀 한 포기에 애정을 담아 시선을 건넸다.

안녕, 정원의 나무야. 안녕, 정원의 꽃들아. 안녕, 바닥의 잡초야. 안녕, 하루살이야. 안녕, 개미야. 안녕, 처음 보는 날벌레야. 안녕, 그 옆의 쪼끄만 날벌레도.

말라서 굳은 피자를 한입 베어 무니 궁상맞게 눈물이 차올랐다. 유리방 밖의 것들과 하나하나 인사를 하다 보니 입안에 있는 피자 맛이 안 느껴졌다.

뭐냐, 최열희. 왜 이렇게 감성이 풍부해진 건데. 하찮은 벌레와의 이별에도 눈물을 흘릴 줄 아는 저는 어쩜 시인이 될 재목인지도 몰랐다. 이사를 가면 당장 시를 써 봐야겠구나. 혹시 알아? 시집이 대박 나 결혼자금이 생길는지? 그리 생각하니 눈물이 뚝뚝 더 흘렀다.

그래, 울어. 울어서 모두가 깜짝 놀랄 대박 시를 쓰는 거야 최열희! 그러니까 편하게 울어! 맘껏 울어!

"울어?"

뿌연 눈을 깜빡여 눈물을 떨어뜨리고 나니 저를 들여다보고 있는 선우가 보였다. 오늘 늦게 들어온다고 해서 기대도 안 했는데, 뜻밖에도 지금 제 앞에 있었다.

갑자기 서러워져 입에 문 피자를 삼킬 생각도 않고 그대로 목을 껴안았다. 어이없게도 아이 같은 울음이 터져 나왔다. 으아아앙- 나 진짜 시인이 되려나 봐요-

놀란 선우가 열희의 등을 쓰다듬었다. 일이 일찍 끝나 놀래 줄 생각에 일찍 왔더니 열희가 혼자 울고 있었다. 차갑게 굳은 피자와 김빠진 콜라를 손에 든 채로 처량하게 눈물을 뚝뚝 흘리면서. 왜 저는 서프라이즈 할 마음만 먹으면 일이 꼬이는 걸까 하는 생각도 아주 잠깐 스쳤다.

"왜 그래? 무슨 일이야?"

손에 쥐고 있던 피자와 콜라를 뺏어 바닥에 내려놓고 손으로 눈물을 쓸어 주자 열희가 꺽꺽 울음을 삼켰다. 이 와중에도 그게 귀여워 입을 맞추고 싶은 걸 꾹 참았다.

"벌레가 너무 슬퍼서. 나는 쟤 이름도 모르는데."

이건 또 무슨 소린가. 어이없어 몇 번이나 눈을 감았다 떴다. 왜 우냐고 물었더니 벌레 이름을 모른단다. 생각하자, 한선우. 또다시 그 무섭다는 여자들만의 언어가 나왔다. 어서 머리를 굴려 보자, 한선우.

"근데, 이 집 얼마예요?"

물끄러미 열희를 보았다. 여전히 못 알아들을 여자들의 언어였지만 그래도 해석은 해야 했다. 집이 얼마냐……. 이것은 저의 재정 능력을 묻는 것일까? 그런 것엔 관심이 없어 보이는 열희였는데. 그런 열희가 갑자기 저런 질문을 한다는 건 이 집에 관심이 있다는 거다. 계속 여기서 살고 싶다는 거다. 여기서 살아도 되는지 알고 싶다는 거다. 앞으로도 쭉. 오래오래 계속해서.

그 말인즉, 열희는 이 집에서 함께할 저와의 미래를 생각한 거다! 그렇기에 이름 모를 벌레 한 마리조차도 소중해 눈물을 흘리고 있었던 거다!

선우의 입꼬리가 비실비실 올라갔다. 여자들의 언어를 드디어 해석해 내었다. 이것은 바로, 프러포즈였다!

"최열희. 이거 반칙인데."

"네?"

"때가 되면 어련히 알아서 이 오빠가 멋지게 해 줄까. 그걸 못 참고 앞서가나. 아무튼 최열희 직진하는 건 알아줘야 해."

열희가 눈을 껌뻑였다. 때가 되면 해 주다니. 저의 보증금을 마련해 준다는 건가. 그걸 왜 선우가 해 주나. 아무리 사귀는 사이라지만 이제 겨우 백 일 조금 지났을 뿐인데, 그런 어마어마한 돈거래를 하는 건 아니지 싶었다.

"좋았어! 하는 거야. 하자 까짓 거. 나는, 열희 언니 두 분이 아직 미혼이라 더 기다리려고 했지. 사귄 지 오래되지도 않아서 눈치가 보이기도 했고. 그런데 네가 이렇게 나와 주니 속이 다 시원하네. 그래, 순서 좀 바뀌면 어떻고 만난 날수가 뭐가 중요해. 그래, 하자 해. 말해 줘서 고맙다, 최열희! 나는 완전 땡큐다! 당장 어른들께 말씀드리고 날짜 잡자!"

신이 난 선우는 두 발만 땅에 대고 있을 뿐이지 영혼은 이미 하늘로 승천할 것처럼 방방 뜨고 있었다.

그런 선우가 도저히 이해가 안 되는 열희였다. 이사 갈 집도 안 구했는데 벌써 이사 날짜를 잡자니. 또한 제 이사가 언니들이랑 무슨 상관인가도 싶다. 언니 집에 가서 살라는 건가? 그런데 그걸 왜 어른들께 말씀드려야 하는지.

거기다 말해 줘서 속이 시원하다니. 고맙다니. 선우는 제가 집을 나가길 기다리고 있었던 걸까? 내심 제가 이 집에 있어서 곤란했던 걸까? 아무래도 사무소 소유라 그런 거였나?

"나빠요."

"응?"

청천벽력 같은 말에 선우의 머리끝에서 춤추고 풍악을 울리던 정신들이 순식간에 소환되었다. 나쁘다니. 왜?

"그런 건 진작 얘기해 주지. 나가랬으면 나갔을 텐데. 어차피 나야 이 집에 공짜로 얹혀사는 건데. 난 오빠 곤란하게 하고 싶지 않은데. 그냥 솔직히 말해 주지. 그게 뭐 어때서."

눈물이 핑 돌아서 꾹 참는 열희였다. 이래저래 민폐가 된 것 같아 선우의 얼굴이 마주 보아지지가 않았다.

"무슨 소리야? 나가다니? 내가 뭐가 곤란한데?"

"이 집 계약기간 다 됐잖아요. 그래서 나가야 한다는 거 들었어요."

"그래? 벌써 그렇게 됐나? 그런데 왜 나가? 나가지 마."

"어떻게 그래요? 내가 나가야 다른 사람한테 세놓잖아요. 아님 팔든가."

나는 이 집에 계속 살 만한 돈도 없구요. 그 말은 차마 꺼내지 못했다.

"아냐. 세 안 놔. 안 팔아."

"네?"

"이삭 씨 세 준 건 승욱이가 나 없는 동안 내 집처럼 돌봐 줄 사람 구해 놓는다기에 그러라고 한 거뿐야. 이삭 씨가 공짜는 싫다고 보증금 내고 들어온 거고. 더는 세 안 놔. 내가 있는데 뭣하러."

"오빠 맘대로 그래도 돼요?"

"당연하지. 내 집인데."

"에에? 이거 오빠 집이에요? 사무소 집 아니에요?"

"사무소 집인 척하고 있지만 실제로는 내 거거든."

"정말이요? 우와. 오빠 부자예요?"

"어…… 그건 잘 모르겠는데. 나, 부자였음 좋겠어?"

"그게 아니라요. 집 있으면 부자죠. 그것도 이런 어마어마한 집을 갖고 있는데."

더 열심히 벌어야겠다, 더 부자가 되어야겠다, 마음먹어 보는 선우였다. 이게 제집이라는 사실만으로도 이렇게 좋아하는 열희니, 앞으로 더 벌어서 더 놀래 줘야겠단 결심에 주먹이 꼭 쥐어졌다. 그러나 그것도 잠시.

"가만. 그럼 뭐야. 아까 운 게 집 나가야 돼서 그런 거야?"

저의 환희가 옅어지고 있었다. 저의 기쁨이 무너지고 있었다. 프러포즈는 정녕 설레발인가? 김칫국이었던가.

"네……."

긴 한숨이 나왔다. 맞았구나, 설레발. 젠장, 김칫국.

"그게 뭐 울 일이라고 그렇게 서럽게 울어?"

"그게…… 오빠랑 떨어져 산다고 생각하니까 슬퍼서……."

쿵. 하고 심장이 가슴을 쳤다. 풀어졌던 주먹이 다시 쥐어졌다. 뿔뿔이 흩어졌던 찬란한 미래가 다시 모여들었다. 떨어져 사는 건 슬프다. 그러니 같이 살자! 이거야 말로 명백한 프러포즈가 아니고 뭐겠는가! 설레발 아니었다. 김칫국 아니었다!

와락, 열희를 끌어안았다.

"그래 최열희! 하자, 결혼!"

"……네?"

"결혼하자고. 당장 하자고. 이 집에서 너랑 나랑 쭈욱 살자고."

이 집에서 쭈욱 사는 건 좋은 일이었다. 선우랑 저랑 사는 것도 행복한 일이었다. 그런데 앞의 말은 여전히 뻥뻥했다. 결혼이라니. 결혼을 하자니. 저는 지금 선우한테, 프러포즈를 받은 거였다!

"오빠!"

감격에 겨워 선우를 보았다.

"진짜 결혼해요, 우리?"

"응. 해. 하자!"

"우와우와. 그래요. 해요, 결혼!"

열희가 와락 선우를 안았다. 선우가 꿈에 부푼 듯 열희를 보았다.

"잘해 보자, 최열희. 나는 원래 일찍 결혼해서 아이 많이 낳는 게 꿈이었거든. 마구마구 낳아서 대가족 만들고 싶어."

"정말요? 나도요. 마구마구 낳는 게 꿈이에요. 어릴 땐 몰랐는데, 크고 나니까 형제자매 많은 게 엄청 좋더라고요."

"어쩜 우린 생각까지 똑같냐. 완전 잘 통해. 막 이심전심이야."

"말하지 않아도 우린 다 알아요. 완전 도긴개긴이에요!"

말해 놓고 보니 도긴개긴은 좀 아닌 듯했지만 상관없었다. 신이 나서 선우에게 매달리다시피 달라붙었다. 너무 좋아 목을 껴안고 몸을 흔들었다.

결혼은 현실이라던 언니들 얘기 따위 신경 쓰이지 않았다. 신혼 살림은 제가 마이너스 대출을 받더라도 채우면 되겠지. 팔희, 구희 언니가 순서 바뀌었다고 투덜대는 것도 당장의 문제는 아니었다. 아무래도 좋았다. 몸이 방방 뜰 뿐이었다. 결혼이라서가 아니라, 이 집에서 쭈욱 선우와 함께 산다는 것이.

역시 저는 사랑에 눈이 멀었나 보다. 휴가도 가족과 따로 가더니 이젠 결혼마저 새치기를 하는구나. 하지만 어쩌겠나. 선우에게 '먼저' 프러포즈를 받았으니 결혼을 해야지. 그러니까 이건 갑자기 결혼을 하자고 달려든 선우 탓이다. 자의로 새치기 결혼을 하는 건 아닌 거다.

열희네 집에 인사할 생각을 하니 선우는 설레었다. 열희 가족을 만나는 건 또 다른 의미로 가슴이 두근거렸다. 제 가족도 아닌데 가족 같은 사람들, 그 속에 파묻혀 있는 저를 생각하면 웃음이 절로 나왔다.

그러면서도 어쩔 수 없이 긴장이 된다. 아무리 좋아도 결혼승낙을 받는 건 또 다른 문제였으니까. 하지만 어쩌겠나. 열희가 '먼저' 프러포즈를 했으니 기꺼이 그 정도는 감내해야지. 뭐든 못하겠나. 열희가 저에게 결혼하자고 해 준 이 마당에.

축복이라도 하듯 햇살이 두 팔 벌리고 유리방을 감쌌다. 말하지 않아도 다 통하는, 생각까지 짠 것처럼 똑같은, 명불허전 이심전심 커플 최열희와 한선우는 서로에게 '먼저' 프러포즈를 받았다는 착각 속에서 행복한 꿈을 꾸고 있었다.

그러고 보면 도긴개긴…… 어쩜 맞는 말일 수도 있겠다. 도토리 키 재기. 오십보백보. 대동소이. 호각지세. 혹은 숯이나 검댕이나. 이놈이나 저놈이나. 아님 초록은 동색이거나.

어쨌거나 말이다, 콩떡같이 말해도 찰떡같이 알아들으면 되는 거 아니겠나.

15. 따뜻합니다!

아직 이른 새벽. 동이 트지 않은 국도를 선우의 차가 내달렸다. 시간을 맞추려면 아슬아슬했기에 비행기에서 내리자마자 곧장 차를 몰기 시작했다.

갑작스레 생긴 싱가폴 출장에서 돌아오는 길이었다. 비행기에서 일부러라도 꾹꾹 잠을 자 두었다. 어떻게든 참석하고 싶었다. 오늘은 선우가 열희네 정식 가족으로 인정받은 후 처음 있는 가족행사였으니까.

팔희의 결혼 날짜가 내년 봄으로 잡히고 구희가 워킹비자로 외국으로 가는 게 확정되는 사이 겨울이 되었다. 1년 1결혼식을 고수하던 최봉석 씨의 주장에 의해 열희와 선우의 결혼은 2년 뒤로 밀릴 뻔했지만, 빨리 해치우고 쉬자는 아내 구경자 씨의 일침이 통해 둘의 결혼 날짜는 내년 가을이 되었다.

열희네 가족과 예비사위까지 포함해 모든 가족들이 총출동해 여행을 떠났다. 가족들의 휴가 날짜를 모두 맞추느라 1박 2일의 짧은 나들이였지만 구희의 출국 전 함께 모일 수 있는 유일한 기회라 군소리 없이 다들 참여했다.

선우도 급박하게 변경된 미팅만 아니었으면 어제 이미 그 자리에 있어야 했다. 선우에게 의미 있는 바로 그 정동진에.

해돋이를 놓치지 않기 위해 달려왔더니 아직도 주차장에는 짙고 푸른 새벽이 있었다. 차에서 내려 정신없이 가족들이 있을 곳으로 달려가다 보니 어느 순간 몸이 움츠러들었다. 찬 공기가 훅 하고 밀려왔다. 예전에 그랬듯이 저는 또 코트 하나 달랑 입은 채 이곳을 가로지르고 있었다.

선우는 추위를 잘 타는 체질임에도 추위에 대한 대비는 별로 하지 않고 살아왔다. 추위에 약하니까 추운 곳에 안 가면 된다는 주의였다. 덕분에 목도리도 장갑도 패딩 따위도 갖고 있지 않았다.

추운데 꽁꽁 싸매고 다니는 사람들을 이해 못 했다. 추우면 안 나가고, 나가도 차에서 내려 얼른 실내로 들어가면 그만인 생활방식이었다. 사무소에서도 겨울에 외부근무가 있는 일은 모두 승욱의 몫이었다. 그만큼 진저리 나게 추위가 싫었다. 웬만하면 집과 사무실에 박혀 꼼짝 안 할 만큼.

게다가 싱가폴에서 돌아오느라 두꺼운 옷은 미리 준비 못 했다. 사실 이 추위를 막을 만한 점퍼 따위 갖고 있지도 않았다. 잠시 멈춰 서서 아무거라도 겹쳐 입고 다시 올까 망설이는 사이 저를 부르는 소리가 들렸다.

"꼬마이모부~"

이 추위 속에서도 선우를 향해 배꼽인사를 주저하지 않는 오희의 다섯 살 난 딸이었다. 쪼르르 달려와 선우의 다리를 꼭 끌어안는 게 너무 예뻐 단번에 품에 안아 올렸다.

이름 외우기도 벅찬 열희의 조카들 중에도 선우를 제일 처음 꼬마이모부라는 호칭으로 불러 준 아이라서 기억하고 있었다. 열희가 꼬마이모인 덕에 가족 중 키가 제일 큰 선우도 본의 아니게 꼬마이모부가 되었다.

"여기서 뭐 해? 추운데?"

"엄마랑 핫팩 가지러 왔어요."

저만치에서 느릿하게 걸어오는 오희가 보였다. 선우를 향해 휘휘 손을 흔들기에 아이를 안은 채 허리를 굽혀 인사를 했다.

"어쩜 딱 맞춰 왔네. 열희가 여태 발을 동동 굴렀어요."

그 말에 추운 것도 잊고 오희를 따라 걸음을 옮겼다. 혹시나 자는 걸 깨울까 전화도 않고 달려온 게 열희를 불안하게 했나 보다. 그때였다. 아이가 손에 든 핫팩을 선우에게 내밀었다.

"꼬마이모부, 나 이거 해 주세요."

선우가 자신 있게 핫팩을 받아 들었다. 핫팩이란 게 있다는 건 열희를 통해 처음 알았다. 이걸 흔들어야 열이 난다는 것도 열희에게 처음 배웠다. 덕분에 선우는 이제 핫팩을 들고 몸을 흔드는 바보가 아니었다. 포장을 벗겨 내고는 손으로 핫팩을 흔들었다. 자신감이 충만해서. 오른손으로 셰킷. 왼손으로 셰킷.

"뭐 하는 거예요?"

아이가 답답한 얼굴로 핫팩을 뺏어 갔다.

"에이 참. 꼬마이모부는 어른이 이런 것도 몰라요?"

조금만 더 컸으면 제 혀를 끌끌 찼을 게 분명한 아이는 핫팩의 한 면을 뜯어내고는 겉옷을 들어 올려 내복 위 제 배에 터억 붙였다.

"이건 그냥 이렇게 붙이는 거예요."

아. 무슨 핫팩이 이렇게 다양하단 말인가. 나날이 발전하는 휴먼 테크놀로지가 새삼 버거운 선우였다.

드디어 열희네 가족 무리가 드러났다. 모여 있는 걸 보니 반가워 배에 힘을 줘 소리쳤다.

"저 왔습니…… 엣취!"

그러자 가족들이 우르르 뒤를 돌아보더니 선우를 향해 모여들었다.

"왔네, 왔어!"

"아유 시간 딱 맞췄네."

"열희야! 선우 왔다! 열희야―"

"열희 저 앞에 있어. 내 불러올게요."

"그런데 이러고 왔어? 그러니까 재채기를 하지."

"감기 걸리면 어쩌려고? 옛다, 이거 써."

"자네 이리 와 봐. 이거 둘러 봐."

"이것도요. 등에 핫팩 좀 붙여요."

"막내. 이거 써. 난 괜찮으니까."

"선우 씨, 이것도 좀 껴 봐."

"세상에 무슨 배짱으로 이러고 왔대."

"가만 좀 있어 봐. 감기 들어요."

"이것도 얹어 줘라."

"핫팩 하나 더 줘 봐요."

순식간의 일이었다. 그 많은 가족들이 선우에게 달라붙어 추워 보인다는 이유로 저마다 제 품에서 보온용품 하나씩을 꺼내 선우에게 장착했다. 모자, 목도리, 장갑, 핫팩, 마스크, 귀마개, 점퍼, 스카프, 조끼, 토시……. 끝으로 손에 꿀 차까지 쥐여 준 후에야 가족들은 선우에게서 물러섰다.

'엣취'라는 짧은 재채기 하나에 선우는 트랜스포머라도 된 듯 뚱뚱하게 변신해 버렸다. 이래서 움직일 수는 있을까 싶어 선우는 낑낑거리며 팔을 올려 봤다. 그 순간.

"어때? 이제 따뜻하지?"

최봉석 씨가 선우의 모자를 더 꾹 눌러 씌우며 물었다.

움직이기 힘들 정도로 덧입혀진 선우가 기꺼이 입꼬리를 끌어 올렸다.

"네. 따뜻합니다, 아버님."

"오빠~!"

열희가 달려왔다. 귀덮개 모자와 목도리에 마스크, 벙어리장갑까지 꼭꼭 장착한 채로 뒤뚱거리며 달려오는 게 너무 귀여워 두툼해진 팔을 넓게 벌려 열희를 껴안았다.

"못 오는 줄 알았어요."

품에 안겨 고개를 삐죽이 내민 열희의 눈이 반짝였다.

"내복은 입고 왔죠?"

아뿔싸. 안 입었다. 열희가 꼼꼼히 챙겨 줬는데 더운 나라에서 오다 보니 잊어버렸다. 하지만 지금 상태로는 내복이 없어도 충분했다. 옷 많이 껴입기 대회에라도 나온 듯 선우는 지금 내복은 상대도 안 될 만큼 겹겹이 옷을 입고 있었으니까.

"맞다!"

열희가 주섬주섬 제 목에서 목도리를 풀었다. 이제 보니 목도리 두 개를 함께 두르고 있었다. 하나를 손에 들고는 선우에게 고개를 숙이라는 손짓을 했다. 더는 방한용품이 필요 없는 선우였지만 주저 않고 몸을 숙였다. 다른 건 몰라도 이 목도리는 해야 했다. 저와 열희를 이어 준 붉은 실의 인연이었으니까.

세트로 커플 목도리까지 두르고 나니 눈만 내놓은 모습이 되어 버렸다. 열희도 마찬가지여서 둘이 마주 보며 키득거렸다.

"해 뜬다!"

누군가의 외침에 둘이 한 방향을 보았다. 순간 뒤에서 휘이- 바람이 몰아쳤다. 열희가 바람을 피해 선우 옆을 파고들었다. 선우는 열희의 뒤를 막아서며 제 앞섶을 벌려 열희를 감싸 안았다. 그리 합체하고 나니 한 쌍의 뚱보 같아 또 큭큭 웃었다.

해수면 위에서 태양이 뚜욱 떼어져 위로 솟구쳤다. 붉은 빛이 퍼지며 세상을 밝히는 걸 보며 선우가 열희의 귀에 나직이 물었다.

"이제 괜찮지?"

열희가 벙어리 손을 뒤로 올려 선우의 볼을 토닥거렸다.

"응. 따뜻해요."

— The end

에
필
로
그

1. 지켜보고 있다

돌돌돌돌돌. 캐리어 바퀴가 소리를 내며 열희를 따라왔다. 여기 어디라고 했는데. 주위를 둘러보는 열희의 눈이 경계 서는 보초처럼 주변 사람들을 빈틈없이 훑고 지나갔다.

선우를 찾는 건 쉬운 일이다. 멀리서도 향기가 나는 한 떨기 꽃 같은 예쁜 남자를 찾는 게 뭐 그리 힘들겠는가. 어디선가 선우의 향기가 나는 듯해 코까지 벌름거리며 두리번거렸다.

열희는 지금 휴일을 끼고 월차까지 긁어모아 시간을 내서 선우에게 오는 길이었다. 발리에 있는 휴양지 건설 때문에 한 달 가까이 귀국을 못 하고 있는 선우의 생일파티를 몰래 열어 줄 계획이었다.

3박 4일의 일정을 책임질 조그만 캐리어 안에는 선우를 위한 열희의 깜짝 선물이 바리바리 들어 있었다. 기다려요, 오빠. 오빠의 생일 밤을 뜨겁게 불살라 줄게요. 열희의 입가에 비장한 미소가 지어졌다.

두꺼운 몸매에 까무잡잡하고 튼튼한 남자들이 지천에 널려 있었지만 열희의 눈엔 들어오지 않았다. 해변가라 강직한 남자들이 수영복 한 장만 걸친 채 상체를 드러내고 있었지만, 열희에겐 길가에 널브러진 돌덩이와 다르지 않았다. 그저 네모나고 단단한 그런 돌덩이. 그러니까 저런 섹시한 남자라고 해도 내 눈에는 더 이상 들어오지…….

우와! 섹시하다! 열희가 눈을 번쩍 떴다. 상의 없이 반바지 하나만 입고 있는 남자에게 시선이 고정됐다. 까무잡잡한 피부에 떡 벌어진 어깨, 유려하게 등을 타고 내려오는 허리선하며, 역삼각형을 몸소 구현하고 있는 남자의 뒤태는 실로 환상이었다. 성난 듯 바짝 올라간 엉덩이하며 쭈욱 이어진 매끄러운 종아리까지. 몸 전체에 잔근육이 꽉꽉 들어찬 남자는 정말 완벽했다.

쳐다보지 마. 그러면 안 돼. 스스로 아무리 단속을 해도 눈은 계속 남자의 뒤태에 꽂혀 있었다. 남자를 두고 멋있다고 느껴 본 적은 있지만 이렇게 온몸이 쭈뼛 서도록 섹시하다고 생각해 본 적은 없었다. 이제는 한 몸인 듯 제 안에 살고 있는 음란마귀가 다른 버전으로 진화하고 있는 듯했다.

그때였다. 남자의 고개가 스르르 돌려졌다. 드러나지 않았던 그의 목선이, 깔끔한 턱 선이, 오똑한 콧대가 열희를 향해 돌아섰다. 꿀꺽. 넘어가지 않는 침을 삼키며 다음 장면을 기다렸다. 슬로우비디오처럼 그 남자의 얼굴이 저를 향해지는 동안, 선우에게 미안하다는 일말의 양심이 고개를 들었다. 미안해요, 오빠. 살짝 저 남자구경만 하고 갈게요. 그냥 지나치기엔 저 남자가 너무 섹시……!

"어? 뭐야? 최열희?"

"오빠?"

끔뻑. 끔뻑. 한 뼘은 날아간 정신을 불러들였다. 넋 놓고 바라보던 그 까만 섹시한 남자는 제 남자친구 선우였다.

"어떻게 된 거야? 언제 왔어? 혼자 왔어?"

반가움에 달려온 선우가 열희를 살폈다. 이게 꿈이야 생시야. 어안이 벙벙하다.

날이 더워 수영 좀 하고 야외 바에 앉아 있는데, 현지 동료 한 명이 웬 여자가 널 쏘아보고 있다며 조심하라고 말해 줬다. 이곳에서 주구장창 일만 했을 뿐 여자들의 오해를 살 만한 일은 없었기에 저가 아닐 거라며 무시했지만 스멀스멀 등 뒤로 따가운 시선이 느껴졌다. 무슨 오해라도 있는 건가 싶어 고개를 돌렸다. 그랬더니 천사처럼 예쁜 열희가 있는 것이 아닌가.

생일에 맞춰 저를 놀래 주려고 온 게 분명해서 입이 귀 끝까지 올라갔다. 겨우 한 달 안 봤을 뿐인데도 몇 년을 헤어졌던 것처럼 눈물 나도록 반가웠다. 어떻게 여기까지 올 생각을 했는가. 그게 너무 기특하고 고마워서 온몸이 바짝바짝 조여 왔다.

지금 두 눈을 커다랗게 뜨고 있는 최열희도 아마 저와 똑같은 기분이겠지? 당장 저 입술을 빨아 먹겠어. 선우가 열희의 얼굴을 향해 성큼 고개를 숙였다.

"오빠, 어쩌다 이렇게 됐어요?"

뚝. 행동을 멈췄다. 다가선 자세 그대로 굳어 열희를 보았다. 어쩌다 이렇게 됐냐니. 내가 뭘?

"이게 뭐야. 시꺼멓게. 왜 이렇게 된 건데?"

"어. 그게. 그러니까 타, 타서 그렇지. 왜, 이상해?"

"왜 태운 거냐고요, 그러니까."

"밖에서 할 일이 많았어."

힘 들어간 열희의 눈엔 못마땅함이 그득 차올랐다. 쎄한 눈길로 선우를 위아래로 훑더니 캐리어를 끌고 저벅저벅 걸어가 버린다. 돌돌돌돌돌. 작은 돌에 부딪히는 캐리어 소리가 열희의 마음속 소리를 대변하듯 덜그럭거렸다.

어이없게도 까맣다는 이유로 버려진 선우는 황급히 뒤를 따랐다. 어디로 가야 할지나 알고 가는 건가, 하는 궁금증이 떠올랐지만 굳이 물어보진 않았다. 아무 방향이나 찍어서 걸어가고 있는 열희였지만 운 좋게도 선우의 숙소가 있는 곳으로 향하고 있었으니까.

"그만 가지."

꽤 한참을 씩씩거리며 걸어온 열희가 그 소리에 멈췄다. 돌아보니 선우가 방갈로 하나를 가리켰다.

"따로 숙소 잡아 놓은 거 아니면 돌아오는 게 좋을 텐데."

그 말에 열희가 지체 없이 몸을 돌려 선우 쪽으로 향해 왔다. 이럴 땐 군더더기 없어 좋다.

해변을 앞에 둔 독립된 방갈로는 커다란 잎을 가진 나무들에 잘도 둘러싸여 있었다. 커다란 침실과 널찍한 테라스에 개인 수영장까지. 웬만한 집보다 좋은 숙소를 열희는 휘둥그레져 둘러봤다. 객실 안 넓은 통유리 창으로는 바다가 그대로 보였다. 이런 이국적인 곳에 캐리어를 들고 서 있자니 마치 신혼여행을 온 것 같은 착각마저 들었다.

"말해 봐. 뭐가 문젠데?"

열희가 바깥 풍경에서 눈을 못 떼고 있을 때, 선우가 뒤로 쓰윽

다가와 열희 어깨에 턱을 올렸다. 귀 옆으로 간질하게 내려앉는 음성에 열희가 움찔 목을 움츠렸다.

"내가 까매져서 싫은 거야? 나 맘에 안 들어? 그래서 한 달 만에 봐 놓고 뽀뽀도 안 해 줄 거야? 나는 열희가 와서 너무 좋은데. 열희는 나 보고도 안 좋은가 보네."

이렇게 살랑대는 작전이라니. 풀 먹인 옷깃처럼 빳빳하던 열희의 눈가가 조금 풀어졌다.

"뽀뽀는 할 거예요."

그 말에 쿡 웃는 선우다. 그럼 그렇지. 그가 열희의 턱을 가만히 돌려 살짝 입술을 물었다.

"그런데 까매진 건 맘에 안 들어요."

입술을 물린 채로 지조 있게 투덜대는 열희다.

"왜 싫어? 일하다 그런 건데. 열심히 일하는 남자가 싫은 건가?"

"그게 아니고요. 너무 까매졌잖아요."

"언제는 까만 게 좋다며."

입술을 물고 빨면서도 잘도 대화를 나누던 선우가 못 참겠는 듯 열희를 돌려세웠다. 그러고는 본격적으로 입안으로 혀를 밀어 넣었다. 저도 모르게 신음이 나왔다. 빨아들이는 족족 꿀이 나오는 것처럼 열희는 달고 달았다.

"아이 참. 좋으니까 안 되는 거죠."

열희가 결국 선우를 밀어내곤 다시 평정을 찾았다. 허리에 손까지 얹고 바라보는 게, 이 문제를 해결하기 전에는 제 몸 한구석도 내어 줄 수 없다는 의지가 강력하게 풍겨 왔다.

좋으니까 안 되다니. 밑도 끝도 없는 불만을 표출하는 열희가 선우는 황당했다. 야외에 있을 일이 많아서 저도 모르게 피부가 그을 렸는데, 그걸 가지고 뭐라 하다니. 저더러 어쩌란 말인가.

"그럼 어떡해. 뭐, 하얗게 분칠이라도 하고 다녀?"

"그러든가요."

"뭐어?"

하도 어이가 없어 아무 말이나 내놓았더니 그걸 덥석 문다.

"아니, 대체 왜? 까만 거 좋다며? 근데 왜 안 된다는 거야?"

"너무 섹시하잖아요!"

열희가 답답한 듯 고함을 쳤다. 분명 칭찬인데도 혼나는 것 같은 이 기분은 뭘까.

"허여멀겋던 때도 잘생긴 사람이, 이렇게 까무잡잡하게 태우기 까지 하면 어쩌라고요. 오죽하면 내가 다 반해. 오빠인지도 모르고 침 질질 흘리고 쳐다봤잖아요. 내가 이럴 정도면 다른 여자는 어떻 겠어. 수박에 파리 꼬이듯 마구마구 꼬여들 거 아니에요. 가뜩이나 여기 홀렁홀렁 벗고 다니는 여자들 천지인데!"

헐. 할 말을 잃었다. 아까와는 반대로, 혼나는데도 칭찬받는 듯 한 기분이 들었다. 그 짧은 순간에 저런 가상의 스토리들을 떠올리 며 삐졌던 열희를 생각하니 귀여워 미칠 것 같았다. 질투하는 최열 희는 너무 솔직해서 매력적이었다.

"게다가 이렇게 옷을 다 벗고 다니면 어떡해요. 잘생겼으면 꽁꽁 싸매고라도 다녀야지!"

삐질 웃음이 나왔다. 최열희는 정말, 저를 순식간에 무장해제시 켜 버린다.

"그러니까, 아까 침 질질 흘리고 날 봤다고?"

"그렇다니까요."

"나인 줄도 모르고?"

"네."

"날 다른 남자라고 생각하고 침 흘렸다고?"

움찔. 열희가 눈을 굴렸다. 뭔가 얘기가 이상하게 되고 있다.

"자기 남자 뒤태를 못 알아본 것도 모자라, 다른 남자한테 한눈까지 팔았다 이거지 지금?"

"어. 저. 그게. 그러니까."

열희의 눈이 사방으로 이리저리 헤맸다. 손가락이 몸 이곳저곳을 마구 긁어 댄다.

"엄밀히 말하면 다른 남자가 아닌 거죠. 오빠 뒤태에 반한 거니까."

"하지만 난 줄 몰랐다며."

"그러니까요. 모르는 와중에도 오빠한테 반한 거니까 우리는 운명인 거죠."

이번에는 선우가 말문이 막혔다. 다른 남자한테 눈길 준 걸 갖고 골려 먹으려 했는데, 안 본 사이 열희의 말발이 세졌다.

뻔뻔하게 대꾸를 하던 열희가 슬그머니 눈치를 보며 몸을 배배 꼬기 시작했다. 푸싯, 웃음이 나왔다. 그걸 보니, 더는 못 참겠어서 열희를 향해 양팔을 쩍 벌렸다.

"이리 와. 내 운명이랑 아직 제대로 인사도 못 했네."

그러자 히힉 하는 웃음을 흘날리며 열희가 와락 품으로 뛰어들었다. 팔을 둘러 열희를 꼬옥 껴안았다. 그러고도 모자라 그녀를 들어올리다시피 해서 이리저리 흔들었다. 다시 내려놓고도 한동안 부서

379

져라 꼭 안았다. 열희도 질세라 허리에 두른 팔에 힘을 주었다.

"자, 인사는 했으니 다음 단계."

선우가 열희의 턱을 들어 올렸다. 그에 열희가 입술을 쭈욱 내밀며 눈을 감았다. 그런데 기다려도 닿아야 할 무엇이 닿지 않았다. 빼꼼 한쪽 눈을 떠 보니 선우가 그런 저를 빤히 내려다보고만 있었다.

"왜요? 뽀뽀 안 해요? 아까 하다 말았잖아요."

"그것만 하기엔 너무 약하지 않나?"

"뭐가요?"

"침 질질 흘렸다며, 내가 섹시해서. 그런데 나랑 하고 싶은 게 그거밖에 없는 거야? 겨우 뽀뽀?"

선우가 응큼한 목소리로 침대를 쓰윽 가리키자 열희의 얼굴이 순식간에 빨개졌다. 부끄러운 듯 입술을 꼬옥 붙이더니 중대 비밀이라도 되는 듯 선우의 귀에 속삭였다.

"그래서 말인데, 기대해요. 내가 오빠 생일 선물로 주려고 굉장한 거 준비해 왔어요."

당장 침대로 끌고 갈 생각뿐인데 갑자기 선물 타령이라니. 선우가 고개를 저었다.

"아냐. 나한텐 네가 선물이야."

"히힛. 오빠도 참."

"그러니까 선물이 제 기능을 하는지 얼른 점검해 봐야겠어."

선우가 번쩍 열희를 들어 올려 그대로 침대에 눕혔다. 그대로 열희의 상의를 벗겨 버리곤 가슴을 베어 물었다. 한 달간 꾹꾹 참았던 본능이 봇물 터지듯 쏟아져 나왔다.

"아이 참. 내 선물부터 받고요."

"나중에."

반쯤 정신 나간 선우가 남은 열희의 옷들을 벗겼다.

"그럼 나 씻고요."

"괜찮아."

"어우, 진짜. 나 땡땡이 속옷 엄청 많이 사 왔는데."

열희의 하얀 팬티를 막 잡아당기던 선우의 손길이 멈췄다.

"땡땡이?"

되묻는 말에 열희가 눈을 빛내며 끄덕였다.

"응. 완전 다양한 땡땡이. 색깔별로 다 있어요."

선우의 시선이 잠시 열희의 캐리어로 향했다. 찰나의 갈등을 끝내고는 다시 열희를 마주 봤다.

"기특한 최열희. 선물은 내가 줘야겠다."

선우가 열희의 팬티를 벗겨 내고는 다리를 잡아 벌렸다. 씨익 웃고는 그 사이로 얼굴을 묻었다.

"아흑. 오빠. 아. 잠깐만. 아아."

뜨겁게 퍼져 오는 열감에 열희는 하려던 말을 관두었다. 그게 제 안전을 위해 낫다고 판단했다. 지금도 이런데 땡땡이 속옷까지 장착하면 저는 아마 살아서는 고국으로 돌아가지 못할 수도 있을 게다.

게다가 저를 잡아 누르고 있는 그의 까만 팔뚝을 보니 저도 더는 못 참을 것 같았다. 아까부터 미친 듯 커지고 있던 음란마귀가 저를 토닥거렸다. 괜찮아. 아직 시간 많잖아. 밤은 길고 속옷은 많아, 최열희.

그가 제 몸 안으로 밀고 들어오는 바람에 열희는 머릿속으로 되짚어 보던 선물 생각을 잠시 미뤄 두어야 했다. 열희가 준비한 건

단지 땡땡이 속옷뿐이 아니었다. 그가 제게 해 준 것처럼 저도 그에게 똑같이 해 주는 게 목표였다.

제가 땡땡이 인간이 됐던 것처럼 선우도 땡땡이 인간으로 만드는 것. 그가 방금 저의 중심에 준 키스 선물처럼, 저도 그의 중심에 키스 선물을 주는 것. 오늘을 위해서 얼마나 물고 빠는 연습을 했는지 모른다. 칭찬받을 생각에 열희의 가슴이 몇 배는 부풀었다.

✻

"정말 여자친구 맞아?"

현지 동료가 선우를 쿡 찌르며 은밀히 물었다. 어제 나타난 저 까맣고 탄탄한 여자는 어디서 구한 건지 모를 기다란 봉을 창처럼 세워 든 채 선우 뒤를 호위무사처럼 따라다니고 있었다. 이글이글 타오르는 눈빛으로 선우 주위에 사람이 올 것 같으면 예외 없이 경계하듯 쏘아보았다. 특히나 여자들에 대한 적대감은 하늘을 찔렀다.

아무리 봐도 평범한 여자친구가 할 행동은 아니었다. 여자친구라면 달달한 얼굴로 살갑게 웃으며 옆에 팔짱을 끼고 앉아 있어야 옳았다. 저렇게 살벌한 눈빛으로 떨어져 지키고 서 있는 게 아니라.

처음엔 보디가드라고 생각했지만, 여자가 나타난 뒤 선우의 몸 여기저기에 벌겋고 퍼런 멍들이 나타난 걸로 보아 그건 아닌 듯했다. 단언컨대 여자는 폭력적인 거다. 언제나 빠릿하던 그가 반쯤 정신을 놓고 계속 실실거리기까지 하는 게 그 증거가 아니겠는가. 이건 매 맞는 사람들의 패턴 중 하나다. 삶을 포기한 듯한 저 허무

한 웃음을 보라.

대체 저 여자의 진짜 정체는 뭘까. 정신 나간 스토커인가? 어쩜 선우는 저 여자 모르게 제게 구조신호를 보내고 있는지도 모르겠기에 그는 선우의 말 한 음, 동작 하나도 놓치지 않고 예의 주시했다. 내게 신호만 줘. 그럼 당장 신고해 줄 테니까. 한국에서 온 이 유능하고 젊은 건축가의 안위가 제게 달려 있다는 사명감에 그의 눈이 불타올랐다.

가뜩이나 선우에게 눈길 주는 여자들 때문에 골치 아픈데 저 남자는 또 뭐란 말인가. 열희가 못마땅한 듯 현지인 남자를 노려보았다. 왜 선우 오빠 옆에 꼬옥 붙어서 저렇게 다정하게 구는 거지? 게다가 저를 대하는 눈길은 또 어떻고. 선우가 저를 여자친구라고 소개한 후 저 남자는 더 적대적이 되었다.

이제 보니 여자만 쳐 낸다고 될 문제가 아니었다. 예상치 못한 복병, 게이 동료의 관심까지 막아 내야 했다.

하긴, 저렇게 섹시하고 잘난 선우가 남자 눈엔들 예외겠는가. 예쁘기로는 여자보다 더 예쁘니 남자들의 관심을 받는 건 당연했다.

하아. 한숨을 내쉬었다. 다른 사람들은 휴양을 즐기는 이 발리에서 저는 바빠도 너무 바쁘다. 밤에는 선우에게 땡땡이 서비스하랴, 낮에는 선우에게 달라붙은 남녀노소를 처리하랴, 이래 가지고 불안해서 어떻게 귀국을 한단 말인가. 어서 도장 쾅쾅 땡땡이 과업을 완수해서 아무도 못 건드리게 해 놓아야겠다.

2. 대봉이

시동을 끄고 안전벨트를 풀고도 선우는 잠시 그대로 앉아 있었다. 무언가 엄청난 일을 목전에 둔 긴장감이 그의 주위에 팽배했다.

주먹을 꾹 움켜쥐었다. 고개를 들었다. 눈에 힘이 들어갔다. 앙다문 입매가 비장하다. 드디어 마음의 준비가 끝났다. 수욱 하고 단번에 숨을 들이마시곤 차 문을 열었다. 자, 가자! 그대로 차에서 뛰쳐나와 집을 향해 줄행랑을 쳤다. 그 뒤를, 기다렸다는 대봉이가 따라왔다.

"으아아아아!"

집 앞으로 향하지 못한 선우가 마당을 빙빙 돌았다. 혀를 내민 커다란 대봉이가 신이 나서 그 뒤를 겅중겅중 따라다닌다.

"오지 마. 오지 말라고! 이 옷은 정말 안 돼. 나 금방 나가 봐야 돼. 이건 정말 핥으면 안······."

'돼.' 끝말이 뚜욱 땅으로 떨어졌다. 이미 뒤를 따라잡은 대봉이
가 선우에게 올라타듯 덮쳐 와 넓은 혀로 선우의 몸 이곳저곳을 홀
홀 핥아 대고 있었다. 마당에 엎어져 포기한 듯 고개를 돌리는 선
우의 얼굴엔 절망이 가득했다. 그것도 모르고 대봉이는 그저 좋다
고 선우를 할짝거렸다.

"어머. 오빠 왔네."

소란스러운 소리에 창밖을 내다본 열희의 얼굴이 환해졌다. 반가
워 나가려다가 그가 대봉이에게 먼저 환영받은 걸 보곤 잠시 둘만
의 시간을 주기로 했다.

대봉이는 유독 선우를 좋아했다. 그를 보기만 하면 달려들어 핥
아 대서 선우가 출근하기 전엔 열희가 나서서 대봉이 목줄을 짧게
묶어 놔야 했다.

지금은 점심때라 안심하고 대봉이 목줄을 길게 해 놨다. 그랬더
니 저 사달이 나 버린 거다. 선우는 질색을 하지만 열희는 그게 선
우의 진심이 아니라고 생각했다. 깔끔 떠는 사람이 개한테 밀려 바
닥에서 뒹굴거리는 고행을 겪으면서도 굳이 대봉이를 입양하자고
한 데는 이유가 있으리라.

그는 혼자서 외로웠던 사람이다. 지금은 저가 있고 저의 가족이
있지만, 대봉이는 제가 모르는 또 어떤 면을 그에게 채워 주고 있
는 걸지도 모른다. 그래서 열희는 질투하지 않고 오롯한 둘만의 시
간을 그들에게 양보하며 이렇게 웃으며 지켜보는 중이다. 참 어른
스럽다, 최열희. 라고 혼자 대견해하면서.

대봉이를 겨우 떼어 내고 선우는 집 안으로 들어왔다. 잠깐 확인할 것이 있어 집에 왔는데 결국 대봉이에게 또 당하고 말았다. 저 지저분한 녀석, 옷 갈아입을 시간도 없는데.

얼굴을 수건으로 닦는데 인상이 써졌다. 아우, 이 침! 불끈 쥔 주먹이 부르르 떨린다. 아무래도 좀 더 빨리 달릴 수 있는 방법을 모색해야겠어. 그의 눈에 결연한 의지가 들어찼다.

아침저녁으로 이 난리를 치르면서도 선우가 대봉이를 데려온 건 다 이유가 있어서다. 죽은 개봉 씨를 저보다 더 닮았다는 이 대봉이를 계속 그곳에 둘 순 없었다. 개봉 씨 무덤가에 있는 개봉 씨 닮은 개라니. 절대 안 될 말이다. 자고로 옛말에 적은 가까이 두라고 했다. 선우는 지금 그 말을 실천하는 중이다. 대봉이의 침을 흥건히 묻힌 채로.

3. 미령이의 영재 발굴

미령이 팔짱을 낀 채 날카로운 눈을 빛내고 있었다. 아까부터 매의 눈으로 유리문 밖을 노려보고 있었다. 시계를 보니 10시 5분전. 미령의 눈이 초침과 문 사이를 오갔다.

오늘은 드디어 세 평 남짓한 미령의 자그마한 카페가 오픈하는 날이다. 선우의 도움으로 일사분란하게 공사가 진행되어 예정보다 빨리 오픈을 하게 되었다. 그것도 아주 만족스러운 인테리어로.

하지만 이른 아침에 오픈 준비를 마치고도 미령은 아직 Open 팻말을 뒤집지 않고 있었다. 대신 신경 써서 볶은 원두를 칼대기시켜 놓고 누군가가 나타나기만을 기다리는 중이다.

차 소리가 들렸다. 그 소리를 알아들은 미령이 일사분란하게 팻말을 뒤집고는 원두를 갈고 드립 종이필터를 깔았다. 탁. 차 문 닫히는 소리가 들렸다. 커피에 물을 붓는 능숙한 미령의 손길에도 긴장이 감돌았다.

딸랑. 종소리와 함께 문이 열렸다. 드디어 기다리던 그가 들어섰다.

"이야. 드디어 오픈하셨네요."

그의 말에 기다렸다는 듯 미령이 커피를 내밀었다.

"자요. 약속한 커피요."

빠르게 건네진 커피에 그가 조금 놀란 듯 바라봤다.

"핸드 드립이에요. 방금 간 걸로."

빛나는 미령의 눈을 마주하던 그가 기대 가득한 눈으로 커피를
받아 들었다. 향을 음미하고, 천천히 한 모금을 마시는 그 동작을
미령은 놓치지 않고 보았다. 그가 입에 문 커피를 삼켰다. 그의 목
울대가 올라갔다 내려왔다. 그걸 따라 내려왔던 미령의 시선이 다
시 그의 눈을 향했다. 대답을 기다리듯이.

"정말 최고다. 이야. 진짜 맛있다!"

그제야 미령의 얼굴이 풀렸다. 한결 편안해진 입꼬리가 작게 올
라갔다.

"먹어 본 중에 최고예요. 이럴 줄 알았어. 여기 세 평 카페 주인
이라고 처음 들었을 때부터 고수가 나타났구나 예감했어요. 오라가
완전 쩔었다니까요."

그의 칭찬에 미령의 광대가 끝없이 솟았다. 수줍은 볼이 발그레
해졌다.

"고마워요. 커피 개시하게 해 줘서."

그가 웃는다. 그 모습이 꿈처럼 몽글하다.

공사를 처음 시작한 날, 인부들을 진두지휘하던 미령을 넋 놓고
바라보던 남자가 있었다. 뭘 보냐고 따지자 그는 다짜고짜 카리스

마 쩐다며 칭찬을 해 왔다. 유치한 말투하며, 노랗게 염색한 머리까지, 꼭 길쭉한 마른 멸치같이 생긴 남자를 미령은 경계했었다. 디자이너라기에 공부하기 싫어 뱃속에 바람 넣고 돌아다니는 날라리라고 결론짓고 상대를 안 할 셈이었다.

그런데 그는 매일 미령의 가게 옆 주차장에 차를 세웠고, 유명한 명품 디자인숍으로 출근을 했다. 생각보다 성실했고, 저만 보면 방긋거리는 게 예상과 달리 친절했다.

문득 선우가 겹쳐 보였다. 물론 멸치남자는 선우만큼 예쁘진 않았지만 공통점이 많았다. 길쭉한 신장, 호리호리한 몸매, 처음 볼 때 싸가지 없어 보여도 말 섞어 보면 좋은 사람인 것까지.

미령의 정신이 번쩍 든 건 그때였다. 저희 언니가 했던 말이 다시 생각났다. 허연 기생오라비 같은 남자들이 그런 쪽으로 더 재주가 많다던. 센서티브하다던. 그렇다! 멸치남자가 선우보다 꽃 같은 미모에선 좀 밀릴지 몰라도 센서티브에선 뒤지지 않는다. 왜냐면 그는 디자이너니까!

그토록 만나기 어렵다는 영재를 저도 찾은 듯해 가슴이 설레었다. 신체 조건만으로 따진다면 멸치남자도 선우 못지않은 영재임이 분명했으니까.

그래서 미령은 그를 향해 웃기 시작했다. 카페의 첫 손님이 되고 싶다는 지나가는 그의 말을 잊지 않고 기억했다가 커피까지 상납했다. 이상한 건 한 달 가까이 그를 향해 웃어 주던 게 버릇이 된 건지, 이젠 일부러 웃지 않아도 몸이 저절로 반응한다는 거다.

그만 나타나며 저도 모르게 입꼬리가 올라가고, 심지어 가슴이 콩닥거리고 얼굴이 붉어지는 현상까지 덤으로 일어났다. 열희도 선우를 만났을 때 그런 현상이 일어났다고 한 걸로 보아, 눈앞의 멸 치남은 정말로 영재가 맞는 듯했다.

"이미령이에요."

미령이 수줍게 이름 석 자를 내놓았다.

"아. 정연우입니다."

그가 바지에 손을 쓰윽 문지르더니 악수를 청해 왔다.

내민 손을 잠시 바라보다 저도 손을 내밀었다. 커다란 그의 손이 미령의 손을 감싸 왔다. 살짝, 그러나 헐겁지 않게 손을 쥐는 그 순 간 온몸이 찌르르 울렸다. 그러고 보니 그의 손도 바르르 떨린다. 저의 손이 너무 차가운가?

"혹시."

힐끔 연우를 올려다본 미령이 아랫입술을 깨물었다. 이상하게 말 한마디 하는 게 참 어렵기만 하다. 심호흡을 한 미령이 연우를 마주 했다. 두 눈에 힘을 꾸욱 줘 용기를 끌어 올린 후 남은 말을 이었다.

"지금 추우세요?"

"……?"

빤히 미령을 바라보던 남자의 두 눈이 느리게 반으로 접혔다. 커 다란 그의 입이 보기 좋게 위로 올라갔다.

"아뇨. 따뜻한데요."

그걸 증명하려는 듯 그가 잡고 있는 미령의 손을 더 꽉 잡았다. 불시에 그의 손안에 갇힌 제 손을 빼낼 생각도 못 한 채 미령은 멀 뚱히 그의 눈을 보았다. 그러고는 속으로 생각했다. 그쪽 손도, 따 뜻해요. 라고.

4. 소녀, 언니를 만나다

어? 상자를 뒤적이던 열희의 표정이 환해졌다. 어린 시절 제 물품을 모아 두었던 상자 속에서 작고 빨간 목도리가 나왔다. 굵은 꽈배기 무늬가 갸름하게 가로지르도록 꼼꼼한 솜씨로 떠진 목도리였다.

입가에 싱긋 미소가 걸렸다. 본가에 놀러 온 김에 사진이나 볼까 해서 뒤지기 시작했는데 뜻밖에도 저의 추억의 물품을 찾았다. 열희가 목도리를 손으로 뜨기 시작한 건 이 목도리의 주인 때문이었다. 이 언니는 지금 뭐 하고 있을까. 20년 가까이 지났는데도 고운 색감을 품고 있는 그 목도리를 손으로 가만히 쓸었다.

✻

추운 날이었다. 할아버지의 49재가 있는 날 열희네 가족과 친척들은 빈소에 모여 있었다. 초등학교 입학을 앞두고 있던 꼬마 열희는 추운 날씨에 옷을 동여맨 채 어른들의 일이 끝나기를 기다리며 쌓인 눈을 꽁꽁 집어 눈사람을 만들고 있었다.

하나, 둘, 셋, 넷. 한참을 만들었는데 세어 보니 아직도 네 개였다. 저희 가족들을 다 만들려면 아직 멀었는데 아까부터 벙어리장갑을 적신 눈은 조그만 손을 시리게 만들고 있었다. 그래도 포기하긴 싫어 손을 호호 불어 가며 눈을 긁어모았다.

"뭐야 이게?"

머리 위에서 들려오는 또랑한 음성에 열희가 고개를 돌렸다. 빨간 목도리를 목에 두른 한 초등학생이 저를 내려다보고 있었다.

"우리 가족이야."

자랑하듯 눈사람을 가리켰다. '아빠. 엄마. 첫째 언니. 둘째 언니. 그리고 이건 셋째 언니야.' 이제 막 완성된 눈사람을 그 옆에 열 맞춰 놓으며 초등학생을 다시 돌아봤다. '멋있지?' 그러고는 다시 눈을 긁어모았다.

멋있긴 개뿔. 초등학생은 눈을 찌푸렸다. 눈사람이라기엔 참 보잘것없는, 불퉁한 눈덩이 두 개를 쌓아 놓은 것뿐이라, 말해 주기 전까진 눈사람인지도 몰랐다.

"너희 가족 되게 못생겼다."

그 말에 열희가 성난 듯 발딱 일어섰다.

"아냐. 안 못생겼어. 시간이 없어서 빨리 만들어서 그래."

"천천히 만들어 그럼."

"안 돼. 아직도 음…… 일곱 개나 더 만들어야 한단 말야."

벙어리장갑 속으로 힘겹게 손가락셈을 마친 열희가 다시 눈덩이를 뭉쳤다. 손가락을 호호 불면서도 멈추질 않자 바라보던 초등학생이 팔짱을 끼고 물었다.

"그럼 가족이 열두 명이나 된단 말야?"

그에 눈을 또르르 굴린 열희가 다시 셈을 했다.

"아닌데. 열세 명인데."

"뭐? 그렇게나 많아?"

"응. 엄청 멋있지?"

"바보야. 그럼 여덟 개를 더 만들어야지."

"어? 진짜?"

하나가 더 늘다니, 큰일이다. 그 표정을 얼굴에 고스란히 드러낸 열희가 속도를 놓여 눈을 뭉쳤다. 손이 얼어 중간에 입김으로 녹이느라 아까보다 현저히 속도가 떨어졌다.

"근데 이건 왜 만드는 건데? 너 그러다 동상 걸린다."

"할아버지 배웅하는 거야."

"뭐?"

"엄마가 그랬어. 오늘 할아버지 영혼이 하늘로 올라가는 날이라고. 그래서 배웅하는 거야."

귀찮게 질문해 오던 초등학생은 왜인지 잠시 말이 없었다. 아무래도 제 말의 의미를 모르는 것 같아 열희는 좀 더 친절해지기로 했다.

"이따 우리가 집에 가고 나면 여기 아무도 없잖아. 할아버지가 하늘나라로 가다가 우리 보고 싶어서 뒤돌아봤는데 아무도 없으면 어떡해. 그래서 슬퍼하지 말라고 우리 대신 만들어 놓는 거야."

막 완성된 눈사람을 옆에 놓고는 열희가 다시 셈을 했다. 하나, 둘, 셋, 넷, 다섯, 여섯. 손을 한 번 더 호 불고는 다시 눈사람을 꼭 꼭 뭉쳤다.

일곱 번째 눈사람을 만들어 옆에 놓고 다시 세어 보는데, 눈사람이 한 개가 더 늘어나 있었다. 이상하다? 하나, 둘, 셋, 넷…… . 처음부터 다시 세어 봐도 일곱 개여야 할 눈사람이 여덟 개다. 그러고 보니 일곱 번째는 멋있기까지 했다.

제가 이렇게나 잘 만들었던가 생각하는데 그 옆으로 또 하나의 눈사람이 턱 나타났다. 돌아간 줄 알았던 초등학생이 옆에서 눈을 뭉치고 있었다. 열희의 눈이 휘둥그레졌다.

"나 도와주는 거야?"

"아냐, 그런 거. 그냥 심심해서 하는 거야."

심심한 사람치고는 손을 호호거리며 열심이었기에 열희도 신이 나서 그 옆에서 눈을 뭉쳤다. 둘이 힘을 합치니 눈사람은 금방 채워졌다. 하나, 둘, 셋, 넷…… . 다 만들고 나자 뿌듯한 마음에 열희가 눈사람 수를 세었다. 그런데 열세 개여야 할 눈사람이 열다섯 개였다.

"어? 너무 많다. 우리 가족은 열세 명인데."

"두 명은 우리 가족이야. 이건 엄마. 이건 나."

"그럼 아빠는?"

초등학생이 대답은 않고 손을 탁탁 털고 일어났다. 그러더니 추위에 빨개진 열희의 뺨을 빤히 바라본다.

"너 감기 걸리겠다."

제 목에 두른 목도리를 풀어 열희 목에 휘휘 감았다. 목도리에 감춰져 있던 초등학생의 얼굴을 코앞에서 마주한 열희의 까만 동공이 스르르 커졌다.

"우와! 언니 백설공주 같다! 예쁘다!"

그 말에 초등학생이 움찔 물러섰다. 뭔가 못마땅한 듯 인상이 구겨졌다.

"언니 아냐."

또랑한 항변에도 불구하고 열희의 정신은 제 목에 둘러진 빨간 목도리에 꽂혔다.

"이거 나 주는 거야?"

"것도 아냐. 빌려주는 거야. 이거 우리 엄마가 손으로 뜬 거라 줄 수 없어. 파는 것보다 백배 더 따뜻해. 그러니까 이따 돌려줘야 해."

"웅! 근데 진짜로 백배 더 따뜻해?"

"당연하지. 직접 만들면 원래 백배 더 따뜻해."

"그럼 내가 나중에 천배 따뜻한 거 만들어서 줄게."

"천배 따뜻한 건 없거든."

"왜 없어. 만들면 되지."

"없어. 백배가 최고야."

"아냐. 있어, 그런 거."

"없다니깐."

"있다니깐."

그때 엄마가 열희를 찾아 나서지 않았다면 의미 없는 말싸움은 한동안 더 지속됐을 것이다. 집에 얼른 가자며 저를 잡아끄는 손 때문에 열희는 그 초등학생과 작별인사도 못 했다.

"엄마. 나 저 언니한테 목도리 돌려줘야 해."

엄마 손에 끌려온 열희가 뒤늦게 옷소매를 잡아당기며 말했지만 바쁜 어른들 귀에는 들어가지 않았다.

차 안에 억지로 실어 넣어진 열희가 차창에 손을 대고 밖을 내다 보았다. 언니가 돌려 달라고 했는데. 떠나는 차 안에서 열희는 고 개를 틀어 가며 초등학생을 찾았지만, 그새 가 버렸는지 보이지 않 았다.

차 안은 히터를 튼 덕에 후끈했다. 꽁꽁 언 열희를 위해 온도를 높인 거였다. 집에 올 때까지 목도리를 풀지 않은 열희는 꾸벅꾸벅 졸면서 생각했다. 그 언니 말대로 정말 백배는 따뜻한 목도리라고. 차 안에서 이렇게 땀이 나니 말이다.

엄마 손에 끌려 간 꼬마를 망연히 보다가 뒤늦게 목도리를 돌려 받지 않은 걸 알았다. 아뿔싸. 허전한 제 목을 문지르며 엄마가 있 는 곳으로 발을 돌렸다. 고개를 돌려 보니 열다섯 개나 되는 조그 만 눈사람들이 쪼르르 서 있는 게 꽤 멋졌다. 이럴 줄 알았으면 멋 지다고 말해 줄걸. 작은 후회가 생겼다.

"선우야. 어디 갔다 와, 추운데."

뻘쭘하게 웃으며 몇 명 되지 않는 친척들 사이에 섰다. 대화를 들으니 이제 그만 돌아가려나 보다.

"이제 가자."

물기 섞인 음성으로 엄마가 저를 내려다보았다. 아쉬움이 가득한 엄마에게 당당히 입을 열었다.

"걱정 마, 엄마. 내가 눈사람으로 엄마랑 나 만들어 놓고 왔어.

아빠 안 외로울 거야."

아들의 얼굴을 빤히 바라보던 엄마가 작은 머리통을 가슴에 포옥 껴안았다. 그러고는 한참을 소리 죽여 울었다. 엄마 기분 좋으라고 한 얘긴데 엄마를 울릴 줄은 몰랐다. 꼬마 얘기를 들은 내가 잘못이지. 새삼 제가 한심하게 느껴졌다.

"그런데 너 목도리는 어쨌어?"

"아. 그게……."

멈칫 망설이던 선우가 방긋 웃으며 제 엄마를 봤다.

"돌려받을 거야. 천배 더 따뜻한 걸로."

아들이 하는 말을 온전히 이해할 수 없었지만 말갛게 웃는 걸 보니 그대로도 좋아서 가만히 끌어안았다. 남편이 죽은 후, 제 엄마 눈치 보느라 섣불리 울지도 웃지도 않던 열 살짜리 아들은 오늘 오랜만에 제게 미소를 지었다.

그거면 됐다. 목도리 좀 잃어버리면 어떤가. 품 안의 아들은 목도리 없이도 아까보다 훨씬 더 따뜻해져 있었다.

�֎

"열희야! 선우 왔다!"

그 말에 열희가 상자를 닫고 발딱 일어섰다. 가족들 다 같이 모여 집에서 밥 먹기로 한 날이라 선우도 퇴근하고 곧장 열희네 본가로 왔다.

거실은 이미 선우를 반기느라 왁자지껄했다. 열희가 그 틈에서 저를 어필해 보려고 발을 깡충깡충 들었다. 모두가 고만고만한 키라 우뚝 솟은 선우를 보는 건 쉬웠지만, 대신 선우가 열희를 찾는 건 어려운 일이었다.

"뭐야, 이 안 어울리는 뻘건 목도리는?"

여섯째 형부가 선우의 목도리를 보며 농을 건넸다.

"열희가 직접 만든 거예요."

"어쩐지. 울퉁불퉁 못생겼네."

"형부!"

뒤에 물러나 있던 열희가 빽 고함을 친 덕분에 선우의 시선이 열희를 찾아 꽂혔다. 선우가 열희를 보며 빙긋이 웃었다. 그러고는 자랑스레 한마디 한다.

"생긴 건 그래도, 파는 것보다 천배는 따뜻합니다."

"에에? 천배는 또 뭐래. 이 솜씨로 천배면, 내가 뜨면 백만 배는 따뜻하겠다."

얼토당토않은 누군가의 대꾸가 귀에 들어왔다 흘러나갔다. 저를 디스하거나 말거나, 선우를 바라보는 열희의 눈이 반으로 접혔다. 왜인지 전보다 더 그가 좋다. 이미 좋은데도 더더더 좋아.

그 언니는 알까. 열희가 결국 해냈다는 것을. 천배는 더 따뜻한 목도리를 제 손으로 만들었다는 걸.

그 언니도 어디선가 이만큼이나 따뜻한 목도리를 두르고 있길. 돌려주지 못한 목도리 대신, 그 언니도 어딘가에서 따뜻하게 살고 있기를 비는 열희였다.

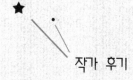

작가 후기

결국 잘될 걸 알면서도 응원하게 되는 사람이 있습니다. '따뜻합니까?'의 주인공 최열희가 제겐 그랬습니다. 열희처럼 솔직하고 따뜻한 아이 편을 들고 있으면 저도 그런 사람이 되고 있는 것 같은 착각이 듭니다. 그런 순간들이 켜켜이 쌓이면 저도 언젠간 열희처럼 진짜로 다른 사람의 가슴을 따뜻하게 덥힐 수 있는 날이 오지 않을까요.

사람과 사람 사이가 빼곡히 더운 가슴으로 채워졌으면 좋겠습니다. 그 과정이 열희와 선우처럼 즐거운 것이면 더 바랄 나위가 없겠죠.

그런 의미로, 제 곁에 있는 따뜻하신 분들 한번 불러 볼까 합니다. 이 글이 책으로 엮어지도록 항상 기운차게 독려해 주신 뿔미디어 스칼렛 이은정 님이나, 책 표지로 고생하셨을 디자이너님, 교정 보시느라 고생하셨을 관계자분들, 연재기간 내내 함께 즐겁게 동행해 주신 독자님들, 그리고 책 나올 때마다 수고했다며 등 두드려 주는 가족들 말입니다.

독자님들은 어떠신가요? 지금, 따뜻하신가요? 지금 옆에, 그런 좋은 분들과 함께 계시길 소망해 봅니다.